徒步金角湾：伊斯坦布尔之旅

ON FOOT TO THE GOLDEN HORN: A Walk to Istanbul

[英] 杰森·古德温 著 黄晨 译

江苏人民出版社

图书在版编目(CIP)数据

徒步金角湾：伊斯坦布尔之旅 / （英）杰森·古德温著；黄晨译. —南京：江苏人民出版社，2019.9

书名原文：ON FOOT TO THE GOLDEN HORN：A Walk to Istanbul

ISBN 978-7-214-21775-2

Ⅰ. ①徒… Ⅱ. ①杰…②黄… Ⅲ. ①游记—作品集—英国—现代 Ⅳ. ①I561.65

中国版本图书馆 CIP 数据核字(2017)第 324200 号

书　　名	徒步金角湾:伊斯坦布尔之旅
著　　者	[英]杰森·古德温
译　　者	黄　晨
责任编辑	张　凉
装帧设计	王　洁
出版发行	江苏人民出版社
出版社地址	南京市湖南路 1 号 A 楼,邮编:210009
出版社网址	http://www.jspph.com
照　　排	江苏凤凰制版有限公司
印　　刷	江苏凤凰通达印刷有限公司
开　　本	652 毫米×960 毫米　1/16
印　　张	20　插页 2
字　　数	260 千字
版　　次	2019 年 10 月第 1 版　2019 年 10 月第 1 次印刷
标准书号	ISBN 978-7-214-21775-2
定　　价	58.00 元

(江苏人民出版社图书凡印装错误可向承印厂调换)

目录

波罗的海
加里宁格勒
格丁尼亚
格但斯克
马尔堡
托伦
波兰
华沙
图例
徒步路线
1500英尺以上
比例尺
0
100英里
柏林
德国
琴斯托霍瓦
克拉科夫
布拉格
捷克斯洛伐克
塔特拉山
莱沃洽
罗兹瓦纳
多瑙河
维也纳
慕尼黑
埃格尔
布达佩斯
奥地利
匈牙利
米兰
威尼斯
意大利
贝尔格莱德
南斯拉夫
亚得里亚海
罗马
阿尔巴尼亚

北
南
西
东
明斯克
白俄罗斯
苏联
基辅
乌克兰
摩尔达维亚
奥德萨
德布勒森
奥拉迪亚
克鲁日
特尔古穆列什
茨希克什哲烈达
特兰西瓦尼亚
布拉索夫
罗马尼亚
皮特什蒂
布加勒斯特
黑海
鲁赛
多瑙河
希普卡山口
卡赞勒克
保加利亚
索菲亚
埃迪尔内
伊斯坦布尔
希腊
马尔马拉海
土耳其

启 程

从远处眺望，伊斯坦布尔这座城市的风光尽收游客眼底：城墙连绵，穹顶成片，宣礼塔傲立于七座圆拱形山山顶之上，水面上桅杆如林，展开的风帆如十字大军的帐营一般壮观。这座城市（似乎）坐拥世界上一半的财富，有些根本不能称之为世俗意义上的财富，而应是物质盛宴的遗存。例如，圣海伦娜（St. Helena）在耶路撒冷发现的真十字架（the True Cross）、埃涅阿斯保留下的特洛伊遗物、诺亚的短斧、先知（the Prophet）的一根胡须。这座城市既古老又富有，既坚韧又傲慢。当欧洲一头栽进黑暗的中世纪、不幸的骑士追寻着圣杯（the Holy Grail）的下落时，拜占庭却沐浴在圣光之下。

这座城市自建城伊始，就已载满故事。君士坦丁大帝[①]（Constantine）梦到一个干瘪的老太婆摇身一变，变成了一个年轻漂亮的女子，于是在公元 330 年迁都于此，欲在此重现罗马的辉煌。他收集了全国各地的遗宝，堆放于七座山之上，希望石块和雕像能因此成为历史的见证：历史的幸存者镇守一方，希望能保佑城市的未来。阿拉伯人叫它“Rum”（谐音“罗马”），远在波罗的海的维京人把它编进了他们的萨迦[②]中，如《墨伽拉》《巨城》，调皮的德国教士调侃它、嘲讽它，就如当年对待巴比伦一样。但是，当他们应邀拜访这座城市的时候，个个却如沐圣光，受宠若惊。

的确是受宠若惊。拜占庭人认为，被邀请到此城一访是凡夫俗子在尘世间能获得的至高荣耀；融入其中，并参与城市运作的永恒仪式乃

---

① 又称君士坦丁一世。君士坦丁大帝是世界历史上第一位尊崇基督教的罗马皇帝，于公元 330 年将罗马帝国的首都从罗马迁到拜占庭，将该地改名为君士坦丁堡。——译注

② 萨迦，维京人的长故事、传说。——译注

是循世理、尊天道。这座城市位于亚洲和西方世界的交界处，三面朝海。它统治着一个帝国，疆域从东方延伸到西方，它调动军队、派遣教士，恩施厚礼又不吝惜报复，它俯视众生，看他们如星罗旋转一般寻觅着自己的安身之所：意大利的歌特人（Goths）、潘诺尼亚的马扎尔人（Magyars）、第聂伯河和顿河河畔的维京人（Vikings）、严寒北地的斯拉夫人（Slavs）、色雷斯的保加利亚人（Bulgars），甚至是亚美尼亚人（Armenians）、犹太人（Jews）和印度人（Indians）。在帝国最强盛之时，他们在广场上欢歌笑语，在帝国衰落时却四散而逃。人们都说希腊人（Greeks）软弱，但是这座城市却足够坚强。

千年之后，这座城市吸收了新鲜血液。红靴卫兵在大门口成堆的尸体中辨认出了最后一个罗马皇帝，新的征服者自命为两海之主（Lord of the Two Seas），有权继承上天赠予奥斯曼先辈的城池。它就像一棵树，伸展出七个分枝——从伊斯坦布尔衍生而来的七座伊斯兰圣城——荫庇着大地。这座城市一度统治了一个横跨亚欧的大帝国，它派遣军队，也调度教士，滋生谣言，也发出警告；但是，在敲钟人的吟唱和紧绷的弓弦之下，它渐渐滑向黑暗。统治者逃跑了，大量城邦撤离了，礼崩乐塌，城市从远方被肢解，被那些仍为其威力所震慑的人们所毁灭。

就这样，我认识了这座城市——一个笼罩在神秘气息之中的传说。

我知道这座城市位于欧洲，但一开始，我就知道那不是我所熟知的那个欧洲。我能在地图上指出它的位置，然而这并没有什么用。一般意义上的“欧洲”和这个遥远的城市没有任何关联。它是城上之城，建造在一个叫作拜占庭的村庄之上，它华丽崛起的传说仍回荡于锣声四起的海面。

它周围不存在任何完全真实的东西。它就像一面镜子，一面照着罗马，一面照着欧洲，但它是一面哈哈镜，歪曲了事实，投射出一个奇怪的不入眼的影像。这个“东方”的欧洲把自己和东正教、伊斯兰和陆上大帝国画上了等号；其人民有时不接受这种态度，有时又向之屈服，只不过时间不同、程度不同。40多年来，他们生活的帝国都臣服于一座城市的统治之下，更奇怪的是，这座城市还一度自诩为第三罗马帝国（然而却并未统治多久）。

随着我年龄的增长，这座城市对我而言越来越神秘。我研究了拜占庭历史——几乎每个人的生命中都有一个研究过拜占庭历史的人，他们研究橡树出版社发行的学术专著。出版社的那些人靠卖儿童泻药发了家，又把房产和财富贡献给了后续的拜占庭历史研究。但后来，我结识了一个马扎尔（Magyar）人，她使我萌生了徒步的想法——她穿着长筒马靴，有着一头狂野的火红头发。我们喝着加了蜂蜜的格鲁吉亚黑茶；她能够蒙着眼睛沿圣索菲亚教堂的穹顶走；她把利奥五世（Leo the Armenian）①树立为最后一个而且是最不共戴天的私敌；我们在拉瓦纳（Ravenna）观赏马赛克相片，她火红的头发打在画幅上，和画混为一体。我们没有研究"我的时代"，没有讨论封建领主、庄园卷宗，也没有讨论土地所有制改革——她说她可不是税收巡视员。她能说汉语、俄语、匈牙利语、法语、德语和英语。她在北京出生，在莫斯科上学，但是，要是她去过伊斯坦布尔，她就不会把这些抖搂出来了。

有些人太过于关心月球，说"阿波罗"着陆是造假。他们不想让那些开着轿车、打着高尔夫的人毁了对月球的神秘感，所以他们指着相片上粗糙的纹理，质疑所谓的月球表面为何与休斯敦附近的村庄如此之像。我赞成他们疯狂的举动。曾经有朋友给我寄来了印着圣索菲亚教堂（Hagia Sophia）的明信片，还用圆珠笔画箭头指出他们在哪儿；还有一两次，飞机上的飞行员说，我们正在跨越博斯布鲁斯海峡（Bosporus）②；但是一会儿之后我与朋友们会面时，我却惊异于他们一点儿都没有变化——这就奇怪了；而且，当我望向机舱窗外时，目光所及之处都是云彩。

---

① 利奥五世（Leo V），拜占庭帝国皇帝（公元813—820年在位）。——译注

② 又称伊斯坦布尔海峡，是土耳其海峡的一部分。——译注

所以，我不是很敢相信伊斯坦布尔的真实性。

然后，在一个寒冷、晴朗的11月的一天，我把手割了个口子。晴天转瞬即逝，圣诞节的时候伤口已经结痂了，渐渐地，我意识到我已停止生长了。这无疑是个晴天霹雳，我从来没有想过——要实在说有，我还以为自己很多年前就停止生长了——没意识到，也没放在心上：我不再是“永生不朽”了，连伤口愈合都比以前慢了，脑细胞消失都是以秒计算了，现在等待我的是越来越差的睡眠和即将松动的牙齿。我已过了盛年，我已完全成熟了。

但是我还没有准备好，真的不行啊！我的公寓是租来的；跟凯特求婚的次数多到可笑；也没有亲戚眼中的正经职业，更别说铁饭碗了；银行账户的余额也不容乐观。甚至，在每天睡觉前，我盯着镜子，感觉里面的那张脸都不是我自己的。我看起来就像一个浪荡子，在早睡和咖啡因的折磨下痛不欲生：我总是发现自己和衣而睡，睡在地板上，或是醒来发现自己在别人家。

那天夜里，凯特还在熟睡，我却想起了儿时的一些事：圣诞老人、金坛子，以及我姐姐的话，她说我的尿有泡芙的味道，所以活不过8岁。我回想童年经历的种种，一个个谜团竟不攻自破了；并且，我忧伤地意识到，伊斯坦布尔这个谜团也终将不会持久。

这是最后一个未解开的谜团，迟早是会解开的。某天，我走下飞机，然后砰的一声，这个谜题就不攻自破了。但是我不想让这个谜团在一瞬间消失，我想自己一点一点、慢慢地琢磨；我要让世人感到敬畏；我要自己赢得迈进这座城市的权力。我会跑到空旷的地界——决不坐巴士或者火车：这将是一趟朝圣之旅；我要徒步去伊斯坦布尔；我会召集一队人，扛上背包，用脚去丈量前方的路；从阴郁的伦敦冬日里逃离！光是想想就让人兴奋不已。在广袤的天空之下，有一个身影：他顶着乱糟糟的头发，巨大的口袋里装满了面包脆皮，背后挂着一个水葫芦。他已不再年轻，但是没关系。他是个漂泊的灵魂。

他在我脑海里走动，然后过了一会儿，他向我抱怨说，太孤独。

“你想走去伊斯坦布尔吗？在东欧。”我问。

凯特已经睡着了。此刻，她猛然睁开了眼睛，且清醒地回答：

“你是吓死人不偿命吗？!”

“什么？走着去？”

“还能再离谱些吗？!”

我说：“说不定，我们能找一个伴儿呢！”

凯特扯过被单蒙在头上，发出了困倦的呻吟声，仿佛在说她不信。

马克本来打算来伦敦之后，和我们在一个酒吧碰面——那间酒吧在转角处，很不错，散发着浓重的味道；它装饰得像个马夫库房，陈列着木桶和锯末——然后跟我们回家、吃饭、过夜。他向来这样，仗着我们热情好客就毫不客气。现在，他摇着杯子里的啤酒，一如既往，慢悠悠地谈论着伊斯坦布尔，从他口里，似乎伊斯坦布尔还不错。他曾在那里吃过饭，他说饭店门口有一口大锅，咕噜咕噜地沸腾着，他还续了一份汤。他说伊斯坦布尔是他最喜欢的地方，他在那里画过画，也学过土耳其语。

马克在约克郡长大，养大他的是传统的饭菜、牛粪饼和布丁。他孩童时期就开始琢磨东西，自学成才，曾经的作品有飞机模型、自创器械，还有一个机械熊，能够从杯子里喝茶，然后又吐回碟子里。他有一堆战前的《男生年鉴》，上面写的东西，他都会照着动手做；有时候，他跑遍了整个约克郡，希望找到一个足够隐秘或古板的药剂师，给他提供所需的各种毒物、爆炸物，就像硝石，不能公开售卖，但是造东西却必不可少。有一次，他造了一个仿真蜘蛛，女仆打扫家里的时候用鸡毛掸子碰到了它，它就爆炸了。等到他进入牛津大学攻读埃及史时，他已经俨然是一位6英尺15英寸高的男子汉了（只穿袜子），像极了他儿时的英雄偶像：能与熊格斗、如毒蛇般迷人的特立独行的英雄好汉。

他的加入是意料之中的事。他畅想着我们爬草垛，披着月光走铁轨，或者在黄昏时接受村民施舍的面包皮或者麦芽啤酒。我们觉得是他想多了，但是还是在心里畅想了一下。凯特常常看到我在仔细研究地图，或者在探险装备橱窗外看得出神，此时她会朝我皱眉，“真是搞不懂你”，又对我嗤之以鼻。

朝圣者之所以朝圣，是为了在与死亡赛跑时能增加一分赢的希望，朝圣是若梦浮生中一项坚定无比的行动，为后世积德，奢望能打开一个通往永生的小窗。朝圣者们，如乔叟(Chaucer)笔下的人物一样，在春日里最具活力的日子启程。

英国的冬天渐渐消退。而东欧，像书上说的一样，四季如春。

东欧像是个喧闹的阁楼，间谍、作家和侦探时不时被推挤出来，带着一脸乡愁和愉悦在街上游荡。在那阁楼的暗色中，你能够辨认出成排的闪光金属器具、住在混凝土公寓里的灰色的市民、乡里的反犹村民、瘦削的知识分子、一根又一根地吸着烟的烟鬼。然后，阁楼墙塌了，清醒的新闻评论员开始寻找能引起轰动的比喻词：“动荡”“震荡”“滑坡”。在我们的客厅中，晚间新闻里，在片刻欢聚和月光的滋养之下，流放者苍白的面容反射着白色的光[①]；很快，他们又得离家东去。

在一段很长的时间内，流放之人不是去往东方，而是西方。记忆所及，东欧一直在遣返被流放者。某些人为或者自然的征服之力一直在把难民赶往西方——只有最后一个拜占庭王朝的国王摒弃了这种做法，他们放手一搏，在1400年游说伦巴第街和博尔斯，对付日渐迫近的土耳其人——再就是1968年后捷克人的大规模逃离[②]；其间，犹太人从佩尔(Pale)来到这里，时不时还有暴徒，1848年之后还出现了国家主义者，以及1868年的波兰起义；俄罗斯白人和备受压迫的犹太人，当然，还有19世纪末大规模移民到美洲的农民。1924年，我的教父用一张立陶

① 戈尔巴乔夫的讲话后，波兰人于1989年举行了自由选举，11月柏林墙倒下，新闻界以“地震”“动荡”“震颤”和“山体滑坡”隐喻东欧流亡者将返回家园。——译注

② 布拉格之春，1968年1月5日开始的捷克斯洛伐克国内的一场政治民主化运动。这场运动直至当年8月20日苏联及华约成员国武装入侵捷克才告终。——译注

宛护照离开了俄罗斯，我继祖母在两次世界大战之间离开了但泽(Danzig)，去了巴黎。

我参观过波兰流亡政府[①](Polish Government in Exile)，那时候波兰还处在戒严令之下。对于伊顿广场[②](Eaton Square)上的老人们来说，这无非又是一次篡权夺位，仗着红军在波兰建立的第一个非法定政权也是一样。当时波兰政府表示抗议，也拿出了雅尔塔条款。英国人允许他们保留了大楼，也给了他们一个附属的外交地位，但是流亡政府到头来却成为一个彻底的障碍，只会提醒人们它曾经多么软弱、多么动摇，最好的方法是不去在意它。这些人属于这个错误的时代，他们把灰白的头靠在沙发靠背上，交叉着脚，抛了光的布洛克鞋在微弱的灯光下反光；总统感冒严重，卧病在床；他们和傀儡机构(如流亡的立陶宛政府和爱沙尼亚总领事馆)签订条约，共同占有边缘地带，企图从中寻求一丝慰藉。

德国人瓦尔特·本雅明(Walter Benjamin)[③]曾用来描述犹太人的话也适用于这些上了年纪的波兰人："大家都知道，这些犹太人被剥夺了探索未来的权利。然而，托拉[④]和祷告则告诉他们，要铭记。这并不意味着未来是一片缥缈幻影。每一分，每一秒，都是一扇大门，弥赛亚救世主可能正从那扇门朝你走来。"

现在，对于这些波兰人来说，突然之间，救世主来临了。

在家，我就变得鬼鬼祟祟起来。我会趁凯特不在的时候偷看地图、描画路线。没过多久，我就规划好了一条行进路线。这条路线不经过任何为人所熟知的国家首都，它穿过的地方都是较落后的省份：小城镇，小乡村。在那些远离灯红酒绿的地方，任何差异都会被放大，生活

---

① 波兰流亡政府是二战时波兰被德国与苏联占领后的波兰政府，长驻伦敦，领导境外波兰人的抗战活动。——译注

② 位于伦敦，这里的"老人们"就是指流亡政府的官员们。——译注

③ 犹太人学者，著有《单向街》等作品，其一生颠沛流离。——译注

④ 犹太法律，教谕。——译注

节奏放慢；世人的关注焦点从不在此处，权力斗争也会把这些地方排除在外，出没于国际酒店、酒吧的时评员和专家也从不会光顾此地。

我们的路线安静而偏僻，途经各式地形。从波兰波罗的海岸的格但斯克(Gdansk)出发，向克拉科夫(Cracow)的低地行进；地图上沿途是一片绿色；华沙在我们的线路东边(它和柏林、莫斯科连成一条政治轴线)，且没有与南部的旧商道交叉。从地图上看，我们的线路穿过棕色斑点满布的塔特拉山(Tatra)①，到了大匈牙利平原(Great Hungarian Plain)颜色又变成了绿色，此时我们既可以南下进入南斯拉夫(Yogoslavia)，再折向东接近尼斯(Nis)，沿着马力扎河谷(Maritsa Valley)穿过保加利亚；也可以沿着喀尔巴阡山脉(Carpathians)，斜穿过旁边特兰西瓦尼亚盆地(Transylvania)②。我最喜欢这个方案，一想到特兰西瓦尼亚我就热血沸腾，这意味着穿过多瑙河之后，我们得横穿整个矩形的保加利亚(因为保加利亚的高山和河谷都是横向延伸的，地势大体向黑海倾斜)。要不是那儿有一点儿土耳其的地界，伊斯坦布尔将会扩展到亚洲去。站在那里，你就能将整个欧洲"置之脑后"。

我将一个德国公路地图册上的里数一一相加，完工之后，看起来似乎也不太远。一共是3000公里左右，或是2000公里，反正差不多。我在公寓里鬼鬼祟祟、小心翼翼地守护着这个数字，像守着一个核机密。凯特觉得，拉近游客和当地人之间的距离还有一个好方法，就是入乡随俗，和当地人一同走泥路，但是一想到走泥路要穿的靴子，她就发毛。

一天夜里，她坐起来，打开了灯。

"你们睡在哪里?"她问。

"草堆，或者，可能，其他地方吧。"

她(再次)说太可怕了。她想不通为什么人家农民会允许我们睡在

---

① 喀尔巴阡山最高的一段。——译注

② 喀尔巴阡山脉成圆弧状，盘踞在罗马尼亚中部，圆弧以内的地区就是特兰西瓦尼亚。——译注

他们的草垛上。

我试图安抚她，但是她弄得我也不安起来。我坦承可能会有危险，凯特叹了一口气，皱起了眉头，咬住了下嘴唇。因为此时，她意识到她自己不得不跟着一起去，像矿地金丝雀那样为我们规避危险，一路保驾护航。

要是用量角器在地图上来走这一趟，就相当容易了，翻越山川，如履平地，轻而易举。更可恶的是，我因为抽烟身上起了水痘。我起先不知道一天能走多远，是 5 英里还是 25 英里，而且我还听说，如果新手一开始走太狠，脚后跟就会像熟透了的西红柿那样裂开。我心里清楚，我们应该先参加一下培训；但是，逛商店、买靴子才有趣，的确更有趣。

可能，我当时的确是那样想的。我心里已经相中了一双棕色的皮鞋，扁头，鞋带系得老高，制造精良，像坦克，防水又舒适，俨然两艘漂游欧陆的小船。

但是，这双鞋不卖。卖给我们的那双鞋让人很容易联想到鞭炮和迪斯科女王。然而，似乎除了我，没有人在乎脚上穿什么鞋。老流浪汉脚上穿着十二骑士般的高靴；登山爱好者只管大步流星；独自游荡的人，或者内向的观鸟爱好者路过我们的时候会脸红，快步走向鞋架，然后马上跑开。而丛林探险家们穿的鞋，极有可能被非洲鹦鹉夺去。突然，我意识到街上的每个人好像都穿着极可笑的鞋，例如曼波远足鞋，以及激光登山鞋。甚至，还有人穿了一双破旧不堪的紫色的靴子——颇有迷幻豪斯(Acid House)[①]MV 的味道。

渐渐地，我们搞懂了所有的行话：代柏拉姆(Vibram)橡胶鞋底极其耐磨；双层车线的高帮，还配有坎布雷尔(cambrelle)内衬，吸汗力度极强——行话都这么讲，够恶心的：鞋孔和鞋钩是镍铬合金，风箱鞋舌能够防止水漫进鞋里。鞋垫具有超强吸水能力，弹力设计还能够保护脊

---

① 英国一乐队。——译注

柱;特制的鞋跟甚至都不会踩坏脚下的草皮。

这些都是我从商店里听来的,这些店灯火通明,科技感十足。它们环绕在伦敦周围,形成了一个圈,弥漫着一种欢快嘈杂的氛围。大自然爱好者们从这儿出发,离开城市,进入大自然;这些店里的售货员也很热切、真诚。然而,在稍内环地带,还有着那么一种令人讨厌的截然不同的商店。他们出售各种带子、弯刃大刀、夜用染牙剂,还有廉价的及膝橡胶靴以及非洲长矛,甚至还有中式铠甲背心。他们还出售仿真手枪、钢铁头盔和巴拉克拉法帽子。从这些店里,我们学会了一种令人憎恶的空洞表情,摆出来,可以拿来对付和我们一起购物的活命主义者和神经病。

有人建议我们干脆穿健身鞋好啦。我们俩与一位作家一起喝过茶,他写过一本关于徒步的书,还向我们推荐了一些鞋子和一种他称之为"大家伙"的大伞。他觉得我们应该由南北上,一路都能赶上好天气。我们满怀敬意地听着,但是全都没有记在心里,都是左耳进右耳出。毕竟,从南到北,是从伊斯坦布尔到波兰,几乎全程都是上山。而且不管怎样,我总得买双鞋,除了办签证和定行程之外,我的得力助手——鞋——是唯一一样能带我感受波兰的东西了。我边看地图,边列出一些可能用到的邮局休息室,同时也在泡脚。不记得是什么时候看到过,说从外科上讲,泡脚能增强脚部力量。

我们在伦敦城内步履匆匆,赶着到处办签证。捷克使馆为了分散门口的人群,用大屏幕播放着一个搞笑视频,视频里有两个小丑,他们从美元商店(Dollar-shop)①里面蹦出来,朝西方的商品吐着舌头。人们总是能不排队就不排队。波兰使馆拒绝了马克的签证,对此我一点也不吃惊。他那护照仿佛是被洗衣机揉过的,纸页上到处是破洞,锈迹斑斑,刚好糊掉了他的姓中间的一个字母,所以我们还得等他重新申请办理。匈牙利使馆办签证既便宜又快,罗马尼亚使馆则又贵又慢,但要是你愿意加钱提速,他们也很乐意。保加利亚使馆慢得令人难以置信,但

---

① 一种小零售店。——译注

他们不会扣下护照，所以你可以离开去找任何人、办任何事，在你离开的时候，他们会把传真发到索菲亚去。

马克时不时从约克镇打来电话，说他在义卖市场上买了一个可以防刺的背心，或是一个军用干粮袋。我们费尽了口舌，才劝他脱下了那双十几层油皮做成的消防员旧靴子，最后他却打电话过来，说他发现了一个牌子，只有在约克郡才可以买得到。为了把鞋底踩软，他上上下下地爬梯子，再跳到一个奈特摩斯桶里。为了打磨那个桶，他花了 35 英镑，买了一个 1911 年的普利默斯煤油炉，装在一个锡盒子里。

我又研究了一下一双靴子，结账之前，我拨弄着支票本子，十分犹豫。

“先生，这双靴子很棒！你花再多钱，也买不到比这更好的！”售货员急切地劝我，他是一个瘦杆儿年轻人，准备骑行去澳大利亚。

我再次打量了一下这双鞋：它们很安静，一种令人压抑的安静。在旧制度的末期，曾出现过一种彩色时尚，人们讽刺地称之为“海豚的便便”。

“我要把这双鞋擦成黑色。”这句话一出口，我自己都吓了一跳，但那一瞬间我坚定无比。

我站在商店大门口，感觉自己仿佛是个英雄，手里的靴子看起来还不错。我把它们擦成了熟栗色，代柏拉姆橡胶大底前端稍稍翘起，像是在嘲笑前方的路。脚踝处有一圈凸起的填料，看起来很合脚，像个米其林小人，或是一条又大又肥的拉布拉多。金属鞋带钩，微凸的鞋底，多夹层鞋舌，这些都让这双鞋看起来很结实，洋溢着年轻的福斯塔夫[①]的欢快气氛。

这双鞋得多穿多磨。我穿着这双鞋出去遛狗，心里很明白，我一定会时不时低头瞄一眼，看鞋面上皱起的褶子是不是恰到好处。鞋底的微小弧度把我的脚微微抬了起来。我穿着这双鞋走过了查令十字街

---

① 福斯塔夫(Falstaffs)，莎士比亚历史剧《亨利四世》中的人物，他是王子放浪形骸的酒友，既吹牛撒谎又幽默乐观，既无道德荣誉观念又无坏心，是一个成功的喜剧形象。——译注

口，在那儿我发现了一本关于徒步的书。我和鞋子躺在沙发上，透彻地研习了书里的训练内容。

这本书很不错。虽然作者留着小胡子，穿着喇叭裤，但是他给的建议还是很跟得上时代的。涉及负重这个话题，作者就有点异常兴奋；还有，他会经常提到厨房水槽，太不吉利了。在我看来，乐于前行的精神、一把牙刷、一个苹果、一双袜子，背起就走，这就足矣。在战前灿烂的日子里，我们的祖先步行启程之时，也就带了这些。

似乎，战争之后，一切都改变了。我们把各式各样的要求和物件都堆到了一张空床上，然后满怀恐惧地看着它们散落一地。

我们的睡袋可以卷得像只大猫般大小。在家人的再三劝说之下，我们带上了橙色大塑料袋，以便在紧急情况下套在身上，好吸引注意力，虽然折起来体积不大，但是很重。我们还带了一堆袜子；为了减小摩擦，不起水泡，脚上得穿两双；外面的一层袜子是羊毛的，很厚，还锁了边。为了应对波罗的海沿岸地区的料峭春寒，我带了丝质内衣和保暖内衣、三件衬衣、两件套头衫，还有急救包。我父亲还准备让我带上一个手掌大小的搪瓷钢收音机（这东西太奇葩了，按键极小，拨号极复杂，不仅没有用，而且还死沉死沉的）。我们收集的一摞地图有 5 英寸厚。我带了一本平装本的《犹太史》和布装版的维多利亚时代的《奥斯曼帝国史》。除此之外，还有来自一位化学家的二手相机和半打胶卷。

一把刀、管装食物、半打绳子、两个饭盒（要是马克带煤油炉我就带）、一小袋净化水、药片、阿司匹林（防便秘或者腹泻）、一个厚信封（装旅行者支票、序列号、护照复印件、签证表格和其他照片）、一个笔记本、粘胶信封、笔、五包能量巧克力（很纯的黑巧克力）、一个可怕的猪皮水袋（里面的水都染上了猪肉味）、一双中式拖鞋、一卷卫生纸、针线、两根蜡烛、一个手电筒。唯一奢侈的东西就是乳胶海绵睡垫了，这个垫子只用过一次，可以卷起来挂在背包下面。

生产商宣称的品质与实物严重不符，特别是我们的塑料风帽和天蓝色三层不滴水内衣。凯特带我去逛市场和义卖会，她给自己买了一个黑色背心，有一个可以存放护照和钱的巨大内置口袋，还买了一条黑色棉质短裙，一件宽松丝质衬衫和一条不错的羊毛内搭。我买了一件厚骑行外套，拉链可以一直拉到下巴，阻挡风雨；但是它太重了，所以我又卖了，现在是一个匈牙利人穿着它。她还买了一件绿色夹克，很轻便，但是最终还是选了十一件开司米(cashmere)羊毛衫——虽然洗了无数次，缩水严重。

“你只能买两件。”我说，我的话里带着命令语气。这么大一堆装备着实让我吃了一惊。她放弃了那件袖子太小的，但后来又拿回来了，因为她喜欢那个颜色。她排除了一件天蓝色高领毛衣(领子小到能勒死一个小孩子)。但是，她又改了主意，最终全买了下来。

为了把东西全装回去，我们又找了些帆布袋子。这些袋子摸起来挺好的，但是我父亲(曾是英国特种航空队的一员)老是嘲笑我们，于是，在我们出发的前一天，我们俩又急急忙忙地在伦敦搜寻卖帆布背包的商店。在维多利亚区的一家军需剩品店里，我发现了一款看起来很正经的瑞典军用背包，还是软边的。我正在试背，突然从柜台那里传来了一个声音：“看这个？有枪吗？小子。”

我听到了金属的咔嚓声，于是赶快脱下背包跑出了门。

友善的售货员通常比较反感绿色迷彩包：穿戴军用品很容易惹祸上身。但是现在有一种替代品——五彩斑斓的迷彩，就像市场上的靴子一样。我们跑遍了整个街区，目光所及之处都是这种迷幻彩虹的颜色，不管是内里还是边框，都让人眼花。这些背包的形状大小不一，有像农药箱一样瘦高的，也有矮宽还带侧袋的。5 点左右，我们终于买到了。我的背包大部分是军用色，凯特的是纯浅蓝色。我们看着这两只包都十分反感，但是我向凯特保证，过段时间就习惯了。

后来，我发现我错了，一直到最后，我们依旧很是反感。

马克到了，他背着行李走路的样子活像个赛博人[1]。他戴着一顶黑帽子，身穿防刺背心和斜纹厚布裤子，脖子上还系着一块大红方巾。那天晚上，我的俄罗斯籍教父也在伦敦，对于东欧，他丝毫不看好。他经历过革命，所以他说一路上我们会遇到各种意想不到的麻烦。他建议我们去使馆登记；一刻也别让护照离眼；进入下一个国家之前，一定要先打探清楚消息；不要在夜里赶路。他还让我们把欧盟旗缝在背包上，以免被当成了敌人。

那天晚上我们没怎么睡。我们的背包放在床脚，在黑暗中好似一个深思的身影。我们躺在柔软的床垫上，似乎连床单也变得更贴肤了，不像睡袋里面那种光滑的尼龙面料。我的护照和钱装在一个皮夹里，放在床头可以够得着的地方——能伸手摸到才安心。很快，闹钟就要响了，铃声打破黑暗，我们也要出发了。

楼下一辆车开过，灯影掠过天花板，在黎明前的安静中，我们的闹钟正在积累着能量，蓄势待发。

---

① 简称空间人，是英国科幻电视剧《神秘博士》中的一种虚拟机器化生物。——译注

到 达

泰晤士河边的珀弗利特(Purfleet-on-Thames)看上去像是漂浮在水面上,四散在河口处的房屋好似栖息在芦苇上的鸟儿。房屋背后是无限延展的沼泽。这里水沼遍布,是垃圾填埋的好地界,似乎岛屿基岩刚好在几英里前断了,而一座座城镇吱吱呀呀地在垃圾堆上建了起来。

这片房屋的最上头是一家杂货店,卖的东西可能最合水手和家庭主妇的胃口,大部分是些方便汤料包和卷烟。我进去买了 20 盒火柴,我刚庆幸自己没忘记火柴,就立马开始担心是不是忘记了其他什么东西。店主弯下腰找钱时,会把她的纱丽的一角紧紧按在肩膀上。我付完钱就跑回去了。凯特和马克在码头上等我,目不转睛地盯着面前的“伊诺弗罗茨瓦夫号”(*Inowroclaw*)游轮。

这艘游轮真是我的骄傲,“伊诺弗罗茨瓦夫号”来自格丁尼亚-亚美利哥(Gdynia-Amerika)航运公司。起初,她的诞生笼罩着一层神秘气息,这个名字也是偶然所得;即使我对它的历史追根溯源,也不一定能顺利分到铺位,所以,我认定自己肯定会在这个波兰谜团上栽跟头。第一眼看上去,她不像是那种有套圈游戏和甲板躺椅的客轮;她是艘货轮,载着 80 个集装箱,开往波罗的海岸的格丁尼亚,两层客舱也只有 12 名乘客。船费很便宜——一个铺位只要 136 英镑——但是到波兰要花 5 天。这艘船最吸引人的地方就是厨房了,上等的红酒和肉,游客享有船长水平的船餐。我跟马克说“有口福啦”。我们的船本身也像一个火候刚好的甜岛点心(*île flottante*),表层微微烤焦,锈迹如焦糖般从白漆缝中流下。

我们找到了船舱之后,一个戴着小领结的侍者过来宣布开餐,我朝马克一笑,示意口福来了。我们在杂乱的下层舱会合,边找座位边朝着其他乘客报以尴尬的微笑。厨师长着一头番茄酱一般的红发,好似一个波斯门房。她有一种不怒自威的气场,我们一在厨房看到她,就下意识地躲避，即使她只是在递盘子而已。那天，我的注意力都在隔壁的两人桌上了，他们似乎是恋人，有一阵子，我没有注意自己的盘子里黏黏的糊子，它顺着船倾斜的方向流开了，包裹了一个突起的肉块，还把一个小土豆化成了一坨土豆泥。我把肉割开，又舀了一勺土豆泥，塞进了嘴里。入嘴的时候，已经凉了，凉彻心扉。

那一刻，乡思与焦虑一同袭来。窗外的建筑被窗沿割成一个个方块，这里有吊车，那里有集装箱，远处还有坚实的一排排议会楼。我本可以打开窗子，朝着某个正在晾衣服的女人喊——然后她就会丢来我要的便携汤料包和香烟，但是，我回不去了。窗外的建筑根本就没浮在水面上，我们离家还不远，但已经离开了祖国。

其他的乘客用波兰语低声交谈着。我们的船似乎进入了一个时间节点，好似流亡政府在伊顿广场的房子一样，只是现在是 1974 年，彼时是 1944 年：不是因为椅套和标准邮票，而是套着橙色救生塑料的吱吱响的沙发和花里胡哨的地毯，要是船摇摆起来，完全不能直视。

地板低声作响，餐具发出清脆的碰撞声，我们盘子里的黏糊也微微地颤动着。海岸缓缓倒退，洗盘子的女人停下手里的活，抬起了头，阳光划过桌面之时，她又隐到了黑暗里。

“咱们去甲板上看看吧？”凯特问道。

马克摇了摇头。

“等我吃完，”他高兴地说道。凯特把一堆东西倒在了马克的盘子上。“把我的也吃完吧！”

午饭后，我们被领到一个大房间，听船员讲授紧急自救程序。船员抖开了一个橙色救生塑料袋，跨进去，一直提到里头顶端，绳子一扯，就不见了。我们盯了好一会。然后，袋子微微动了一下，一个波兰人开始咯咯地笑。为了不错过塑料袋里的任何响动，我们都扯着耳朵仔细听。

大家都笑了。但是，这很可悲：我们耳朵听着塑料袋沙沙作响，但是内心想的却是船员困在袋子里落水挣扎，这些波兰人想到这个就笑个不停，而我，竟对这些波兰人产生了一丝喜爱之感。

我们船上都是瑞普·凡·温克尔①(Rip van Winkle)式的人物，在数月或者数年的背井离乡之后，这些波兰人踏上了归途。他们的行李太多了，只有船才能装得下：科学家——马克的舱友——带了一箱箱设备，其他人还带着一个个塞满了衣服和电子产品的手提箱，除此之外，还有旧自行车、新电脑、罐装雀巢咖啡、一双双鞋。他们选择坐船还有一个原因，这艘船就像一个小波兰，能让他们先适应一下，就像潜水员用气闸来适应水压一样。到岸之后，认不认识眼前的国度谁也说不准。

安德杰费劲地跟我们描述波兰的样子，有那么一会儿，他能想起来的只有波兰人对土豆有五种不同的叫法，这和因纽特人有百种称呼雪的方式有异曲同工之妙。他口中波兰的事务大都难免与共产主义扯上了关系：轻松到手的低薪、紧缺的糖、事实真相、可兑换货币。他不耐烦地撇开了这些想法。历史一点用都没有：他越是从历史角度看，越是迷惑。共产党出现之前是纳粹，纳粹之前是短暂动荡的20多年，主权国家和独裁政体并存，名目不同，实则没什么两样。从一战后的重建到1939年政权崩塌，在这21年里，波兰的疆域还不及现在的大。现在的疆土向西拓展了70英里，盖过了德国的土地，东侧吸纳了苏联的领土。于是，安德杰就不得不追溯一个世纪以前的历史：100多年来，波兰曾被俄国、普鲁士、奥地利轮流统治过，波兰的历史可谓是断断续续。

“在二战前，15%的波兰人都是犹太裔，”他说道，“但就文化来说，犹太文化是主流文化。”说到这儿，他想起了几周前在伦敦见过的一个犹太人，一头螺旋卷发，戴着顶黑帽子。“不可思议！我，一个波兰人，

---

①《瑞普·凡·温克尔》，以殖民地时期哈德逊河畔一个山村为背景，描写了贫苦农民瑞普·凡·克尔的奇特遭遇。瑞普有一天带着猎狗躲进了森林，来到一个被魔法控制的地方，在那里，喝了一种奇妙的饮料，倒头便睡，一觉就是20年。当他醒来回到家乡时，发现家乡的一切都变了样，他记忆中的那个时代早已变成了历史。——译注

还是头一次见到犹太人!”

做一个波兰人就意味着个体的抵抗,得有看透话中话的机敏,还得有一种荒谬感,有时,也意味着逃离,正如安德杰那样。

波兰的国民身份甚至和民族扯不上关系,他的祖母是德国人,他母亲一家来自乌克兰,他有个鞑靼人叔叔,还有个在克拉科夫的捷克姐夫。“甚至连这艘船的船长都算是波兰人,”他说。

船长坐在一张精致的桌子前,他身躯高大,长着蒙古人的眼睛,眉毛浓密,像极了勃列日涅夫。他会隔着堆满肉和土豆的盘子朝我们点头示意。10月里,海上风暴肆虐,船长却一个人心满意足地在这里享用美食。马克 很讨厌他,略带妒意,憎恨他双人份的食物。船长从不说话也不笑;难免令人心生敬意。有时候,我们站在桥上风口处偷瞄他,离甲板上画了红线的雷达区很近,稍不小心就能被烤个透。

“然后,他就开吃啦!”马克悄悄地指着船长说。

我们试图在脑海中构想格丁尼亚,畅想我们到达后会发生什么。倘若格丁尼亚和我们停泊过的米德尔斯堡(Middlesbrough)很像呢?一想到这里我就彻夜难眠。临近米德尔斯堡时,我们站在甲板上,望向大海与河流交界的地方,那个地方海水渐渐平息,形成了一个个小旋涡和一条条螺纹线;当我们的船渐渐滑进泊位的时候,引擎发出鼓点般的轰鸣声,把泥沼地的边缘震出了一条渐渐拓宽了的闪光的水带。甲板上的风还是很大,混杂着盐和焦油的味道,想必是从几英里外渣块堆那边吹过来的。远处,几幢房屋笼罩在精炼厂排烟管排放的煤烟荫翳下,轮廓微微泛着褐红色的光。

我们的船靠岸停泊时,橡胶柱子发出了刺耳的声音。旁边,是一辆苏联货船,正在装粮食。相比之下,我们的集装箱相形见绌,它们被安排到上层货舱,于是一个方形的码头小货车就把它送上了传输带。在驾驶舱门上,画着一个干净利落的纳粹十字。我们还看到几个船员偷偷坐面包车,穿过燃烧废料堆,溜去购物,此情此景颇显凄凉。

但是到晚上，我们就出发了，船尾先行，我们进了北海，然后会一路向东，穿过斯卡格拉克海峡(Skagerrak)和波罗的海海口，直到到达波兰海岸的弯曲沙嘴地区。除此之外，我们啥都不知道，没有计划，没有安排，有的只是背包、靴子和地图。

史蒂文森[①](R. L. Stevenson)说，只有傻子才觉得地图没用。他曾经搭乘一艘移民船前往美国，他异常激动地描述船舱的宽敞空间：房间可宽敞了，床单上还印着美洲地图，你甚至能听到自己的回声。这片土地被称为"新世界"，等待人们去开拓，那些从波兰、匈牙利等地追随至此的人，肯定是抱着这种信念而来的。

东欧那块颇为纠缠。我们把地图拼在一起，铺在铺位上，好似一个极复杂计算机的接线图。欧洲地图上没有直路：不存在那种简洁干脆的事物。欧洲的路杂乱、潦草，将你层层包围，给你的感觉像是在东欧码头上被兜售物品的小贩连环追击。欧洲各地的地名中隐含着许多深层信息，它们直接跳过尴尬的细节，利用各自的面积、边界和政治，玩起了相爱相杀的诡异游戏。

地名也能出乎意料地引起人的共鸣。例如，格丁尼亚-亚美利哥这个名字，一点都不像一个跑了40年国家航线的公司名字。在1936年，这家公司最初创立的时候，这个名字肯定很前卫，带有跨洋握手的意味。美洲都是大机械农场和摩天大楼，而格丁尼亚是个新城，刚刚在波兰走廊近海处建立起来：为羽翼初丰的波兰人而建，算是一个绕开了普鲁士海岸和"免费的"但泽港——纳粹的有力据点的新港。这个波兰人民引以为傲的港口，两年之后被德国人占领，二战爆发。

"格丁尼亚-亚美利哥"，这个名字与其说像跨国合作，倒不如说像国际航线，为饱受战乱之苦的格丁尼亚打开了一扇通往新大陆的大门。

我低头看地图，就像探险家下洞穴之前那样舒了一口气。

即使地图再复杂难懂，也比没有好：在我们的准备过程中，最棘手

---

① 19世纪后半叶英国小说家，代表作品《金银岛》。——译注

的就是地图这一块了。制造东欧地图的人似乎很吝啬信息，他们更倾向于画出通往酒店和地标的近道，以及出去的小路。美国空军生产的图表覆盖的面积相对大一些，但是这些图表本身太大了，要是风大根本就拿不住，太过尴尬。这些地图致力于标清地形地貌、发电站、施工路段，甚至还有吉凶传说：在哪些地方飞机可能出事。大城市被覆上一层阴影，还有极小字体的地名；城镇和乡村没有标出来。整体来看，这种地图有些奇怪，因为似乎在你印象中，《壮志凌云》里面的欧洲从来不是像史蒂文森笔下的美国一样空旷、简单。

其他地图上，战争和政治渗过了国界，给人留下一种一切都在慢慢溶解的印象。

有两本地图册涵盖了我们前往伊斯坦布尔的路线，分别是巴塞洛缪(Bartholomew)的《东欧》和贝恩特(Berndt)的《东欧》。我后来发现，这两本书虽然大小一样，但是贝恩特展示的细节更多，因为他所指的"东欧"地域更小一些。颇有丘吉尔作风的巴塞洛缪则向读者展示了铁幕背后的所有国家，德意志民主共和国、保加利亚等。而贝恩特没有标出东德，这暴露了他希望两德统一的愿望，可能也是一时头脑发热——他省去了另外一半波兰。

在贝恩特的地图里，东欧的边界是一条从格但斯克(Gdansk)向南延伸的线，把二战后割让给波兰的土地都排除在外。他是个想法独特的考古学家，如同在空气中看到一个古老安排一样，他在其他国家的国界内看到了一条分界线，一半算作西欧，另一半他直接忽略。我从未见过如此专断的观点，于是考虑去问问安德杰。

安德杰的妻子和两个孩子都在克拉科夫。他的二儿子出生之后，安德杰还没有见过他。两年来，他一直在伦敦做室内装饰师，想要从父母家搬出来，存些钱准备自己盖房子。要是当初他选择在德国工作，离家就近一点，而且挣得更多。但是他不喜欢德国：他心知肚明，波兰是个古老的天主教王国，自古属于欧洲，而且波兰士兵在维也纳挽救了整个基督世界，功不可没！但是他总是觉得德国把波兰挤到了边缘地位，在波兰和西欧之间划了一道鸿沟，或者是建了一座高墙。安德杰选择在伦敦工作就成功避免了这一切，能假装这些烦心事不存在。

最终，我还是决定不提贝恩特的那本地图。我们说得越多，提到德国也会越多，最终会多到我开始怀疑跟德国过不去会不会是波兰人的一种内在属性：不和德国势不两立就不是波兰人。

至于真正的纳粹地图，我们了如指掌，甚至都不需要再提起。我们的那张是从国王十字火车站的一家小商店的角落里淘到的，它画出了整个波兰北部，从格但斯克到古城托伦（Torun），和1942年纳粹占领下的情况一模一样。地图上有一部分画出了东普鲁士——几世纪以来一直是德国的地界；其他部分画出了被占领的波兰地域，包括波兰走廊，而且地图上没有一丁点东西暗示边界线在哪，也没有一丁点波兰的影子——所有的城市、乡村、河流、森林都印着德语名字。这是我们最好的地图了，但是细想有点吓人，最吓人就是它竟然一点都不老旧。这是最近才印刷的，刚刚从出版社出来。连折痕都很新，纸张也清脆干净。

按计划，我们应该是在这不祥的东欧海岸着陆；我们计划用国防军[①]的遗物来纪念我们的第一站。能够乘坐一艘波兰客船，我感到很开心，尤其是我们的船长像是刚刚从亚洲草原里出来的。我们穿着靴子和卷筒袜，脸朝向天，要是再有个皮短裤，我们俨然就跟希姆莱（Himmler）[②]办公室里的挂画一样了。

我们是上周日起航的，到周三早上，有人喊我们去甲板上看哥本哈根（Copenhagen），还有像个石头盒子一样的埃尔西诺（Elsinore）。我们周围突然出现了一片很小的岛，像一片疹子。那天没有云，也没有风，我们接近一个起雾的海岸时，海面变得像油一样，几缕胡乱的雾掠过我

---

① 德国国防军（德语：Wehrmacht），是1935—1945年间纳粹德国的正式军事力量的称呼。——译注

② 纳粹党卫军头目。——译注

们的船头，紧接着，传来了进入新海域的信号。我们出神地望着一块云，号角拉响了，引擎轰鸣声渐渐消退。一个小时之后，雾气散开了，独留我们在这片天空之下、在油腻的海面上。我们进入波罗的海了。

天气很好。船长下令关闭一个引擎，像是不想太早到岸，不想错过在 8 点、12 点、4 点、6 点和夜里 10 点准时呈上的任何一顿船餐似的（传唤的总是那个戴着细领结的侍者，脸上总是挂着一丝淡淡的微笑，仿佛肚子里憋着某个私人笑话）。我们除了从俄式茶壶里给自己倒杯红茶就没有别的饮品了，然后我们害羞地询问，就会被卖给一瓶红酒——尝起来像糖浆，而且还是从不止一个社会主义国家流传下来的味道。桌上这一滩看起来像个战地医院，洒着一些茶和肉汁。凯特发现一片烤面包里夹着一只蟑螂，她的高脚果盘里杵着一根火柴棍。如果水果是直接从罐子里拿的，那么嫌疑全部转移到了我们这位凶神恶煞的厨子身上。我们的这个厨子，有时候会趁船长回桥上休息的时候出来抽根烟。

我们从珀弗利特出发 5 天后的那天下午，船长把他没吃完的那一小盘圆面包送到了我们的桌子上，而不是像往常一样收起来，我们猜可能快到岸了。

船舱充满了寂静，像水一样；没有了引擎的陪伴，任何动作看起来都缓慢无力，像极了漂浮的水草。窗外，一架灰色的起重机已经开始运作，似乎在抗议大白天躺在床上浪费时间的行为。我们顶着凌晨的寒风，来到甲板上眺望格丁尼亚。

海已经看不见了，取而代之的是绿色的水体和棱角分明的码头，码头上码着一排排褐色的集装箱，还有几个灰色飞机库和一圈镀锌篱笆。码头里，一艘名为“喂食队（*Feederteam*）”的巨轮正在泊船，马克说希望它给我们带了早饭。远处，卡舒布山（Kashubian hills）高高隆起，那里的人讲着一种晦涩难懂的方言，一般的波兰人都听不懂（或者，就像安德杰告诉我们的那样，波兰不存在方言）。山在西边，但是我们的注意力都集中在东边通往格但斯克的路上。

格丁尼亚和格但斯克两个港口城市之间间隔有 10 英里，我们本希望悠闲地逛过去，沿着沙滩，打打水漂，甚至划划船。但事实上我们离海很远，而且考虑到我父亲的建议（我父亲丝毫没有为我的高科技鞋底感到惊讶，也对'抑制水泡'这个功能不屑一顾），能把玩的，就只有脚下的路了。在铁路棚子后面，它巧妙地折向远处。

"我的担心可不是小题大作，"他温和地说，"脚足癣很磨人。你得把脚洗干净，特别是脚趾缝里面，然后好好擦干。早上起来你得往靴子里面撒泡尿。"

"呃？"我示意父亲再说一遍，他不是在开玩笑吧。

侍者宣布早饭开餐。

安德杰曾经教过我们一些关于衣食住行的波兰词汇，现在他准备考我们——"我们能在你的'barn'（谷仓）里面睡觉吗？""'*soltys*'在哪里？"在波兰语中，"*soltys*"是村长的意思。

"教堂？"安德杰问。

"*Koscio*。"

"牧师？"

"*Ksiądz*。"

"农场？"

"*Dom wiejski*。"

"琥珀？"

"啊？琥珀？"我们记不起来了。

"对啊，今天在海滩上你还见到了呢！"一对笑嘻嘻的夫妻点了点头，脸上露出了笑容。"很有名的！"我们又记了一个波兰词——"*bursztyn*"——把它写在了纸巾上。这时，厨娘突然从厨房出来了，把一大包三明治和一大锅草莓酱放在我们的桌子上。我们很感动，但这么大一包，足足有两磅，分量多到让人想抗议。而她却热泪盈眶，还跟我们分享了她的送别烟。我们依次和她握手（因为乘客是一个挨一个地被叫出去过海关的）。

我们最后才被喊到名字。海关承诺书规定得细碎又繁杂，入境不能携带任何违禁物品，出境不能携带的项目里甚至还包括了缝纫机和内衣。当我正在签字的时候，有一个陌生人把我叫到了走廊上，递给我一封信。

我们本未报任何希望能联系上泽姆纳基教授，毕竟他只是一位点头之交的另一位点头之交。这位朋友曾经提到过，泽姆纳基教授可能把我们安排到他的博物馆里。泽姆纳基教授给我们寄来了书面承诺，还在信中表示因一趟赴德出差而未能与我们见面，他感到很遗憾。他还邀请我们跟着搬运工一道前往格但斯克船舶博物馆，博物馆还可以为我们提供住宿。我不禁幻想，要是真的去了，会不会有木乃伊半夜复活，或者从油画上跑下来一些水手什么的。

眼前，最紧急的问题是教授想让我们和他的信使一起驱车前往格但斯克。凯特和马克很生气，但是除了从命，我们似乎也别无他法。我们跟着新朋友走到一辆波兰菲亚特前，所有关于琥珀的念头都烟消云散了。乍一看，车这么小！小到我们以为只能走去格但斯克了呢，但是这位信使朋友经验丰富，深谙把人塞进车里的方法。我们挤在座位上，行李、包裹都堆在腿上；车门勉强合上，连呼吸都很费劲，更别说看到窗外的景色了：就这样，我们一路开往格但斯克。

像这样开始我们的旅程有一种莫名的羞耻，幽闭带来的恶心一阵阵袭来。当然，这还不是最糟糕的，要是我没憋住内急，尿在靴子里，那就更好玩了。

船舶博物馆里的主管常常望向办公室窗外的运河，或是凝望着天花板上运河的倒影，丝丝光影，如鲤鱼般游动。不久之后，他就会往他的菲亚特里塞满鱼竿和鱼线，开往东边海湖交汇处的小木屋。那个湖形状狭长，一半是咸水，一半是淡水。

“说实话，这片海岸条件很恶劣，”他说道，边说边用大拇指揉着鼻子。和其他海域相比，波罗的海很年轻：海水很浅，海底还覆盖着前两个冰期之间遗留下来的森林残骸。“所以，这里会有琥珀，所以，这里沙子多。”这儿的沙子总会在岸上堆积，格但斯克湾就是由一条坚硬的堤地围成的，从地图上看，像是溺水者呼救时伸出来的胳膊。一条条沙嘴从海岸伸向大海，或者叫“*haffs*”，而且它们还在不断地变化着。

“你很喜欢钓鱼啊？”主管问道。我曾经钓起过一条鲭鱼，还有一次，我站在湖边，却总是把渔线扔到树上，最后，钓到了一条很小的鱼，早饭的时候把它给吃了。由于天气太冷，我们大口喝威士忌取暖，大口抽烟防蚊虫：回忆起来都觉得惬意。

他双眼放光。因为他已经想钓鱼很久了，他盘算着架起一套装备，在运河里面钓，但是他一直担心钓上来的鱼是死鱼。我看了看运河里绿油油的水，觉得他的担心完全没必要。对岸停着一艘船——列宁造船厂战后生产的第一艘船，船身后面是仿中世纪码头建造的现代建筑，带着山墙的泡沫墙面看起来不堪一击。

“看，我钓的鱼，”他指着一个木板上的胭脂鱼头说道，鱼头露出了两排细小的牙齿。这儿到处都是鱼，墙上的玻璃盒子里有，桌子底下也有，起初我还以为这些鱼都是他自己的。

“不啊，不啊，这些鱼都是馆里的，”他咳嗽了两声，大家都心知肚明，这就是他自己的。

他又询问了我们的计划，我告诉他我们打算徒步前往伊斯坦布尔。他点了点头——这个话题和鱼不沾边。

“路途可不短啊！”他的语气像是刚刚想起来自己之前也徒步去过那里一样。

最后，我问他房费应收多少钱——我们的小公寓在博物馆深处，在精美的“胜利女神号”[①]模型后面。我们的房子有两个卧室，一厨、一卫、一餐厅——他挥挥手说小忙而已。

---

① “胜利女神号”是英国海军名舰。1805年在西班牙特拉法尔加角附近爆发的特拉法尔加海战中，以霍雷肖·纳尔逊勋爵指挥的英国舰队一举击败了由拿破仑率领的法国、西班牙联合舰队，确立了英国作为海上强国的霸主地位。——译注

在“伊诺弗罗茨瓦夫号”上，我们刻意扮演旅行者：用手比画地平线，往靴子绲边上打蜡，在游记本上写写画画；而一夜之间我们就变成了食宿自理的度假群众。格但斯克似乎是我们能经久不忘的一个城市。在一个温馨动人的家庭场景中，我们列出了一张购物清单，然后去银行兑换了钱，后来发现所有商店都设有兑换柜台，我还奇怪呢，难道格但斯克人在排队买面包的时候，会突然想起来去换开一张 50 的钞票吗？他们会为挨了钱又没丢了队列中的位置而沾沾自喜？其实呢，就是这样。用了 45 年不可兑换货币之后，如今波兰人玩转市场的灵活性不亚于庞特·摩根①，他们用兹罗提②买德国马克，买进比塞塔③，然后在国际市场上狠狠地抛售美元。

实际上，见他们那般决绝地抛售美元，我都快抑郁了。我在伦敦干的最后一件事就是把我们的钱换成美元。当时凯特一脸厌烦地质问我为什么要换成美元，我脸红了：“每个人，都喜欢美元啊……”

但波兰人就不喜欢美元；捷克人也不喜欢；向来不合的匈牙利人和罗马尼亚人也在美元问题上破天荒地达成了一个共识。后来，保加利亚人也嗤之以鼻，土耳其人干脆不接受美元了。连续几个月，英镑一路飙升。我们每种货币都换了 50 元，所以我们手头上还是一堆看起来好笑的钞票——最近开始狂跌的兹罗提，多到数不清。

购物可能是探索一座城市最快、最无痛的方法了。格但斯克街道老旧，建筑蜷缩在一起，每栋建筑都有砖砌山墙和竖窗——又窄又高，带有一丝荷兰风格。这些房子形似账房、店铺或是中世纪的商人居所，排排坐，一直挤到运河边，但是格但斯克的房屋很少像什么就是什么，毕竟，也没谁长得像庞特·摩根。格但斯克人看上去像是吃了太多、宅了太久，和北方的穷人没什么两样；他们面部肌肉有些奇怪；由于北方

① 美国银行家，金融巨头。——译注

② 兹罗提(Zloty)，波兰货币单位。——译注

③ 比塞塔(Peseta)，西班牙及安道尔在 2002 年欧元流通前所使用的法定货币。——译注

布料少，所以他们的衣服也像是拾人家的旧衣：连膝盖都不到的外套、小小的套装、短裙、紧身薄夹克等等。大多数男人都是有胡子的；凯特注意到有几个男人推着婴儿车，但是车里却没有孩子：像极了盗贼，或是唯恐天下不乱的不良分子。

马克求我和他一起分享一块巧克力蛋糕，看起来很腻，但是吃起来却寡淡无味，甚至尝不出什么味道。市场里有个卖鸡的男人，出售的速度堪比从货车上卸货。凯特排到最前面的时候，队列移动速度稍微慢了一下，即刻又恢复了。卖菜的老妇人站在人行道旁，小捆的菜堆在脚边：一个胡萝卜、一捆欧洲防风草、一个瑞典甘蓝（还用一根棉线串了起来），或是一个洋葱、几颗小蒜头。有的引擎盖上还摆着一包包英国茶叶。最后，我买了一双袜子，心里祈祷着袜子可别在海关违禁物品清单上。我之前还想买信封，最后买了棕色卡纸和管胶，自己动手。

我们站在一家店门前犹豫不决，不确定里面是否出售牛奶，此时，我听到有人招呼我们，回头一看，是个戴着贝雷帽、穿着雨衣的老头。

"*Guten Tag! Wovon Kommen Sie?*"（您好！您从哪里来？）

发现自己被当成了德国人，我尴尬无比；发现自己显露出了尴尬，我又感到了一丝羞耻。就在刚才，一辆挂着德国车牌的白色保时捷从鹅卵石路上驶过来，在我们前面刹住。

"*Wir sind Englander.*"（我们是英国人。）

这个男人单腿撑着，上身朝我们倾过来。

"哈哈，开玩笑呢，"他慢慢地用英语说，"知道吗？我能讲英语，是吧？你想知道为什么吗？好吧，告诉你，我曾经在美国军队待过！没错，我是厨师。"

他停下来了，等我们露出吃惊的表情。

"炸薯饼，双面煎，单面煎，"他吆喝的方式和招徕顾客的摊贩没什么两样。"我在多伦多有朋友。哦，对！也有波兰朋友。加拿大生活很滋润。钱多多啊。"他点了点头，突然想到了什么。"那个，你们有英国的硬币吗？我在收集。"

我刚刚准备说没有，就突然想起我在珀弗利特买火柴的时候找回来很多零钱，我掏出来几个硬币，惊异于它们的重量。波兰兹罗提很轻，轻到可以在水面上漂浮起来，15000 个硬币才能换 1 英镑。英镑硬币很重，棱角分明，磨边精致。我现在不敢相信，曾经用这么精致的硬币去交换东西。这个老人似乎也有相似的想法，他用手心掂量着硬币，吹了一声口哨。

“太棒了，”他说，“棒极了，终于到手了！”

我们目送他踉踉跄跄地走远，有那么一瞬间，我甚至怀疑他是不是真的在收集硬币。

其实，我们不一定非得从格但斯克启程——什切青港（Szcecin）也可以——但是格但斯克更合适一些。格但斯克统辖着波罗的海，就像伊斯坦布尔统辖着黑海一样。伊斯坦布尔古老；格但斯克崭新。格但斯克建于凯恩斯时代，市郊也很现代化，颇具 20 世纪五六十年代的水泥建筑营造出既摩登又破旧的风格。四面八方的路都横平竖直，之间夹着一排排公寓楼，路两旁还有异常宽阔的人行道和渐秃的草坪。在城中央，约一平方英里的范围内，是华沙旧城区（the Old Town）。

旧城区也很新。一部分是仿中世纪建筑，不乏出自战后建筑系学生的练习手稿的可能性，余下一部分是修缮过的，有时候让人觉得是从油画里搬出来的一样。夜里，当所有人都回了家，街上没有了日间的拥挤，没有了推手推车的男人，没有了军队的醉汉，也没有了穿着玫红厚呢子大衣的母亲。似乎用筷子一捅，这些建筑就能塌下来似的。

格但斯克重建于一座城市的遗址之上：德国小镇但泽（Danzig）。二战结束前，但泽被苏军的炮弹夷为平地。在一场长达三天的炮轰之后，城市弹尽粮绝，现代摄影技术记录下来的这片废墟像是一个白蚁穴，或是一个垮坍的蜂巢。

德国殖民者在 12 世纪建立了但泽，它很快就成为一个商业重镇，联合北欧一系列港口和商业城市,并称为"汉萨"[1](Hansa),而且享有独立国家的特权。但泽很快就摆脱了修建方条顿骑士团[2]——于坦纳贝格(Tannenberg)和格伦瓦尔德(Grunwald)两次战败,实力大大削弱——的控制,自归于战胜者——波兰-立陶宛国王(King of Poland-Lithuania)的旗帜之下。但是波兰国王的实力不足,难以从中获利,所以,但泽实际上是独立自辖。

自辖之事多且杂,因而但泽渐渐富裕起来。在但泽南部,维斯瓦河(River Vistula)蜿蜒流淌,穿过广阔的平原,把谷物运到港口。港口周围,森林重新出产木材,用来建造远航俄、英等低地国家[3](the Low Countries)的但泽舰队。地毯、香料、黄金和宝石从远东运往但泽,货物从拜占庭和伊斯坦布尔运来,又从但泽配送到欧洲各地。与此同时,一条"琥珀之路"(Amber Road)渐渐成型,穿过南部的平原,跨过喀尔巴阡山(the Carpathian),南下直到匈牙利和意大利。

但泽位于贸易网的中央地带,成为繁盛的中世纪商业城市,这里有高耸的教堂,有宽敞的市政厅。如果说我之所以向往伊斯坦布尔是因为那里节奏缓慢,那么但泽则算是一个运行飞快的城市了。人们无时无刻不在决策、冒险、关注时势变化。在大多数人眼中,某消息可能仅仅是条新闻,或者流言,对于但泽人来说,则成了关乎利害的决定性事件。市民密切关注战事胜败,关注联姻成果,关注国家的起起落落。和其他中世纪人不同,但泽人更加关注联结着你我的世间万花筒,无时无刻不在觊觎和盘算。

但泽人生来就精于尺寸、刻度和称量。在英国,他们被称为"东方

---

① 汉萨同盟是德意志北部城市之间形成的商业、政治联盟。汉萨(Hanse)一词,德文意为"公所"或者"会馆"。13世纪逐渐形成,14世纪达到兴盛,加盟城市最多达到160个。——译注

② 条顿骑士团(Teutonic Knights),出现于中世纪十字军东征时期,为历史上三大骑士团之一。——译注

③ 是对欧洲西北沿海地区的称呼,广义上包括荷兰、比利时、卢森堡,以及法国北部与德国西部,狭义上则仅指荷兰、比利时、卢森堡三国,合称"比荷卢"或"荷比卢"。——译注

人"(the Easterlings),他们使用的银币重量精确至极、不差丝毫,所以能和标准纯银相比肩。在那些成天埋头于账簿的人看来,物物交换必须是等价的,任何事都必须平等、可量化。上帝的荣光在于教堂的宏伟,城市的尊严在于市政厅的宽敞。通过记账、交换和耐心计算,日复一日,连俄国兽皮的价值都能和东方香料挂钩。1700 年,但泽人丹尼尔·华伦海特(Daniel Fahrenheit)[①]开始动心思测量冷热温度。但泽人测量时间也很积极,他们在市政厅顶楼安上了第一座日晷,且将其奉为美学典范,甚至为它建了一个棚子遮风挡雨。

测量时间的确能让人上瘾。时间和金钱可以按照利润率来取得一个平衡,但是时间本身是无法进行一般意义上的调整的。由生到死,轮回已定。在生生不息的活动中,身边的人或来或走,或富足或穷困,或如意或不顺。渐渐地,人们开始幻想永生。他们想让所有事物都能永存,但是,人们知道,没什么将会永存。

现在人们都不再谈论温度计了——可怜的华伦海特没有为自己挣得任何缅怀日或者纪念馆。和其他人一样,波兰人也援引他名声赫赫的对手[②]的名字来描述四月天里善变的气温。但是,对亚瑟王的狂热则在这里扎根,人们在市政厅旁建立了亚瑟王纪念厅(Arturhop),立起了雕像,唱着圆桌骑士的赞歌。他们吟诵着"亚瑟王仍在沉睡,不久即将醒来"的佳说,沉浸在一个断言能把时间暂停的寓言中无法自拔。

亚瑟王从英国来到这里,但很不幸,瘟疫紧随其后。后人猜想可能是因为有老鼠在他们的羊毛捆里肆虐。在此之后,瘟疫频发,1602 年,瘟疫再一次大规模爆发,但泽人认为敌基督(Antichrist)降临了。城门外粮食腐烂、家畜四蹿,村落渐无人烟,道路荒废。逃难者四处流浪,寻找容身之处;城市关上了大门——但是太迟了,因为已经有人家感染

---

① 华氏温度表的创始人。——译注

② 此处,"对手"是指安德斯·摄尔修斯(Anders Celsius),瑞典物理学家,摄氏温度表创始人。——译注

了，厄运降临的人家只剩紧闭的百叶窗。很快，城里已经没有活人再来关百叶窗了，没人锁门，没人守保险库。一些人逃过了瘟疫，却没逃过饥荒，还有些人发了疯。瘟疫造就了异常的景象，如此轻而易举地就颠覆了人类一切努力，这结果无法让人理性接受。亚瑟王信徒们的永生之梦落得惨烈下场。在压力之下，谜团更加扭曲变形，生命的馈赠也变成了恐怖的诅咒。一时间，但泽人被笼罩在天翻地覆的恐惧之下，人们还听说了“永世流浪的犹太人”(the Wandering Jew)，以及他即将来临的消息。

这个故事最初出现在但泽印发的小册子上：这是北欧地区第一次听说这位“永世流浪的犹太人”。1542 年，石勒苏益格地区的保罗主教在汉堡发现了他：他个子很高，静坐不动，全神贯注于布道，当提到耶稣的时候，他捶胸顿足，扼腕深叹。“他几乎没穿衣服，在那样子的寒冬天气里啊，就穿着一条破烂的裤子，里面一条及膝的斗篷，外面一条及地的长斗篷”。他脚底的茧子有两指厚，硬得跟石头一样。

那人解释说自己叫亚哈随鲁(Ahasuerus)，是基督时代的一个鞋匠。他当时没有认出耶稣，把他错当成了一个冒牌先知，一个“诡惑民众的异教徒”，所以他才和抗议群众一起呼吁给耶稣判刑，而且宣判之后他立即冲回家，期望能在窗口看到押街游行。

耶稣被十字架压得抬不起头，在亚哈随鲁家的门柱上靠了一会儿，他就怒火冲天，开始大声斥责耶稣，让他赶快离开，滚到他该待的地方去。然后耶稣严肃地看着他，意味深长地说：“我将会再次站起休息，而你必须永生流浪。”

这个犹太人放下他怀里的孩子，跟随着耶稣继续游行。在目睹了耶稣受难之后，他走出了耶路撒冷，再也没有回过家，也没有见过妻儿，他在异国他乡一直游荡，直到现在。几个世纪以后，当他再次回到故土时，耶路撒冷已经成为一片废墟，一切都已经荡然无存，他再也认不出自己的家乡了。

保罗主教让他描述一下“耶稣时代东方各国的真实情况”，他的描述可圈可点，人们也免去自己想象了。

他几乎不吃不喝，除非别人先开口，他也不讲话，也不笑；但他各国语言都很地道。当别人给他钱的时候，他最多拿两先令，而且会把这两先令舍予穷人，嘴里念叨着“上帝会保佑我的”。他反对亵渎神明的行为，甘心忍受“自己的命运”，他还说，“直到上帝满意，把我从苦难的深谷拯救出来，给予我永恒的安宁”，只有那样，他才会停止流浪，投向死亡的怀抱。

1575 年，驻西荷兰大使在马德里见到了他。他在波希米亚人尽皆知，17 世纪初，他的故事传到了匈牙利，后来，他时不时出现在欧洲各地。有一次，他同时出现在波兰和俄罗斯，还被报道了。但是，让东欧人——特别是德国人——认识了他的是但泽印发的小册子。同时，他的存在也告诉人们还有一种永生的方式。他和亚瑟王完全不同，他不是英雄，他肩膀上挑着历史的重担，他四处流浪，举目无亲，筋疲力尽，饱受煎熬。

但泽从瘟疫中恢复过来，对于敌基督的恐惧也渐渐消退。但是一个新的恐惧包围了这个商业重镇。虽然大家匆忙如旧，但是他们的财富渐渐缩水。人们发现了开普敦通往印度的新航线，来自荷兰的竞争愈发激烈。曾经是但泽把货物分运到东方，如今荷兰人把这条路切断了，“汉萨”整体开始衰落。

“飞翔的荷兰人”(the Flying Dutchman)像是海上的“永世流浪的犹太人”，他的故事也是但泽人所愤恨的事情之一。“受上帝之命！”荷兰人喊道，“就算万劫不复，我也要绕过这个角！”在好望角附近，狂风阻断了他的航线，诅咒竟在他自己身上应验。在无风天满帆的时候，他不仅仅会现身，而且还有传言说他试图叫住过往的船，让他们帮忙把一封信送到阿姆斯特丹去。任何人只要碰了那信，或者答应递信，不久之后都难逃厄运。

然而，但泽本身也在劫难逃。首先，商业光环日渐暗淡：西欧和海外贸易量大增，而这一块已经是一潭死水，但泽处于困境之中。城邦国家的时代已经成为过去。但泽成了油头粉面的普鲁士官僚肆意妄为的场所，冷漠地合计着税收和粮食产量。

二战末期，但泽消失了。城市居民像躲避瘟疫一样四散而逃，建筑都化为废墟，境况和犹太之乡耶路撒冷别无两样。亚瑟王纪念厅灰飞烟灭，就连城市的名字都已经成为过去，废墟之上出现了一座新城——格但斯克。即使新城里有一些仿造的建筑，但泽也不复存在了。

在波兰格但斯克的郊区，人们制造麻烦，也制造船舶；在华沙老城，人们制造的是谎言。市政厅的钟声敲出了一首广为流传的歌，这首歌有个响亮的名字——《先辈的土地，我们永不言弃》，那一晚，我们一直努力寻找合适的词语来描述这首歌。马克摆弄着一个巨大的收音机，预热收音机的音阀耗去了太多电，灯泡就昏暗了下来。凯特准备用一个大炖锅炖鸡；而我，则用专用鞋蜡来擦皮鞋，我用手指摆弄鞋蜡，直到蜡变软可以渗到皮子里。我边弄边想：千万别有人来制止我，说新鞋子还没怎么穿，不需要上蜡，因为我擦鞋纯属为了满足个人心理需要。我看过地图，看到了一片错综复杂的蓝色线条，而且离大路很远。

在船上的时候，我们已经大致拟定了一条穿越波兰的路线，我们会路过离斯洛文尼亚边界 300 英里的克拉科夫(Cracow)。从小地图上看，我们要一直沿直线行进，直到 200 英里开外的琴斯托霍瓦(Częstochowa)，然后再折向东南，沿着贝斯基德山脉(Beskid Hills)，前往最后一站——克拉科夫。从地图上看，格但斯克和琴斯托霍瓦之间似乎没有障碍，只有蜿蜒的维斯瓦河，顺着缓缓的地形起伏随性地流淌。但是，当我们拿起当地地图再看时，问题就来了。

“这些蓝色的线……”马克瞥了一眼，嘟囔着说，“我们能直接跳过吗?”

我皱了皱眉。不知道，蓝线太多了。万一我们错过了河对岸，像落汤鸡一样地露宿荒野可怎么办，我一想到这就紧张得不行。我说：“我们可以不从乡下走，我们走公路。但是，没有路直达马林堡

(Malbork)。”

马林堡本是我们的第一站，它位于格但斯克东南方向40英里处，能为我们提供一个估量日行距离的完美标尺。而且，这里还坐落着马林堡遗址——马尔堡——中世纪条顿骑士团的总部。教授答应我们可以在那里住一晚。

“如果有路，就一定有办法可以穿过河滩，”凯特说，“我觉得我们应该从乡下穿过去。”

“最好还是走大路，”马克说。

“距离足足多了一倍呢！”凯特争道。

我们吃饭的时候，鸡肉已经炖成了糨糊。但回头看，我们当时应该感到庆幸，因为，那算是6个月以来我们吃得最好的一顿饭了。

平坦的波兰北部

我们的火竭尽最后一丝力气，嘶了一声，然后噗的一声熄灭了。马克把茶包丢进壶里，茶泡好了之后，我们用锡制马克杯品尝着这“甘露”，为了增加甜味，我们从大锅里舀了一勺草莓酱，加到了壶里。尝了一口，还是很烫。茶壶滚到了河里，我们用一根棍子把它捞了起来。最后，马克和凯特站了起来，扛起了背包；看到深深地勒进了他们肩膀的书包背带，我就知道，我完了。

我的背酸痛难忍，双腿淤青遍布，脖子抽筋，肩膀还咔咔响。他们俩很不耐烦地跺着脚，而我的脚却像是刚刚受了笞刑。我无力地看着蓝天，所能感受到的只有焦灼的髋骨、酸胀的小腿，以及快要断掉的脊柱。

我败给了一公斤袜子和奶酪。

他俩把我扶了起来，将背包递给我。我就如同一只蚂蚁，举着巨大的糖块，踉踉跄跄地走着。

烈日当空，虽然肉眼看不见，但细小的火星正沿着地上的沟壑蔓延，一点点地吞噬着草地。人人都怨念着四月天不应该热成这样。在离海稍远的波兰中部地区，干旱是永恒的话题，人们用木板车搬运水桶，亲眼看着土地一点点碱化变白却无能为力，然后在茶壶干涸了之后，无悔地大口饮着啤酒。再往南就到了山脉，山上的积雪和雾气一直到夏季才会消散。

我们徒步开始的地方是一片围垦地，虽然光照已经从南部的埃尔西诺——船长喊我们出来围观的城市——向北挪移，但是这里的农民仍然很谨慎地将家畜圈养着，不肯放出来。事实证明农民们的确明智：后来竟下雪了。

我们从格但斯克出发之时，太阳已经升上天空，教堂礼拜的召集铃响起，卵石路上都是去礼拜的人。我们逆着人流，朝着教堂反方向行进，边挤边慰藉自己：我们还是虔诚的，我们前往教堂的征程才刚刚开始，数月或数百英里之后，我们最终会来到圣索菲亚教堂前。格但斯克布满了小屋和田地，被分成了格格段段。

我们走过了叫不出名字的三个小村庄：Hochzeit，Landau，Sperlingsdorf。夹柳大道上，小鸟叽叽喳喳，我们穿过了草地、沟壑之间的小径。在波兰地图上只显示一两个乡村，还有我们本想避开的那条公路，其他只是一片空白，只有纳粹才知晓最细致的情况，而且他们为这个围垦地命名——一大片都是牧场和水沼——先叫但泽维尔德(Danziger Werder)，后来改成了马林堡维尔德(Marienburger Werder)。纳粹熟知跨越两边堤岸的路，而且会提示哪边可能有沼泽；他们还会标出近道和波兰地图上不会标出的小村庄。

当然，鉴于是纳粹，所以地图上显示的是 1942 年的情况，但是路几乎没变。老旧的涂了彩漆的小木屋也能在地图上找到。甚至，对于路边呱呱叫的鸭子和咯咯逃开的母鸡，它们的池塘和院子都在地图上找得到，精确无误。什么都没变，变的只有人。接下来的几天，我们发现了一片流放地，挂着波兰的名字，却不断侵占 50 年前德国的土地。

今天，我更关心的是奶酪。出发前一周，我听从了一位作家的建议，背了一磅球形切达奶酪，他写了一本介绍东欧概况的书，详尽介绍了波兰。他热情推荐，说："但是你们会想念奶酪的味道的。"

当时，我刚刚开始觉得不吃奶酪也没什么大不了。那本书里一个胡子拉碴的徒步者警告大家：每背一盎司奶酪，一次次地背起来，加上那么长的路，一天下来就相当于背了半吨。我包里的奶酪有 16 盎司重，而且天近正午，我一边一瘸一拐地走路，一边把结果算了出来。

四吨。

四吨奶酪！我一下急出了一身汗，而背包里的奶酪，据我所知，现在应该也是汗津津的；最终，在我艰难前行的时候，它终于爆发了，把我所有衣服都沾染上了臭袜子的味道。

我足足多背了四吨负荷，在赶上马克和凯特之后，我立马提议，“要不，我们停下来填填肚子吧？”

马克略带赞许地点了点头。

“我还有香肠，”马克说。

“你不想念奶酪的味道吗？”我眯起了眼睛，反问他。这是个好问题，让他懵了一会，在他张口说服我应该先吃香肠之前，我已经脱下了背包，拆开了奶酪的包装袋子。

我们坐在一片空地上吃了午饭，凉风习习，吹着后背，惬意至极。然后，我们偶然发现了一个小餐馆，从后门买了一些啤酒。菜单印在坑坑洼洼的皮革上，菜品都是用极小的波兰语列出的，旁边还印着极大的德语：牛肉、猪肉、酸骨。

从 Sperlingsdorf 出来之后，我们到达了 Zugdam，但是村头的路标显示的是 Suchy Dom。天快黑之时，村民们最后望一眼门外，然后关上自家大门，我们三个游客，人生地不熟，在此时出现在村里求收留，真可谓是赶上了最不巧的时候。

有两家农户面露难色，十分礼貌地给我们吃了闭门羹。我们又敲开了村长的门，他穿着背心，挠着胳肢窝。他说他们家没有牛棚，还问我们有没有帐篷，让我们自便，想在哪里扎营都可以。

我们没有帐篷，但是点头应声最省事。最后，我们在村外某条路上的稻草堆上扎了营。马克很开心，自我感觉像是个游击队长，或是敌后战线的负伤飞行员。我们泡了茶，吃了一把饼干，小心翼翼地钻进了睡袋里，生怕把什么东西挤掉了。

马克低声哼着：“多好的一个草垛啊。”而不知怎的，凯特的睡袋打结了，连腰部也盖不到。天太黑了，我们啥也看不见，啥也做不了，所以她干脆套上了所有的套头衫。我夹在两捆干草之间，越陷越深，而此时我听见马克正对草垛嘟囔着祝词：“当今头一遭，日后常相会。”我们头顶的天空干净明朗，星星看似冻住了一般。马克又开口了，声音里洋溢着满足感，说要是热量若是能自由循环，睡袋才能发挥更佳效用。“你得把衣服都脱了，一件也不能剩。”但是谁都没有动，凯特说她压根就没在睡袋里，我反驳马克说他自己除了靴子什么都没脱。

他回答：“但是我其实不需要睡袋发挥最佳效用啊，我这儿可暖和了。”

我没什么可说了，把胳膊放到胸口上，梦到了奶酪，还梦到了一条酷似变体熊的、养在门口的大黑狗。

东落的新月变成了橙色，虽然可以听见呱呱的野鸭飞过，但我们什么也看不见。我又打了一会瞌睡，风很烈，一阵阵地，吹亮了天。

晨露打湿了我们的背包，凯特说昨晚梦到从包里掏出了好多东西，包括高跟鞋和脱毛器。我们迅速地打包好行李，上了路。在低层雾气之上，光秃秃的树交织成一团。凯特在路上发现了一个钱包，打开一看，里面有钱、驾照和身份证，这个钱包的主人是个留着小胡子的年轻人，再往前走每20码，就能捡到亨氏鸡肉罐头或者甜玉米。

我们进入下一个村庄，农场的狗吠声不断。村政大厅是半木制结构，我们坐在大厅前面的草地上，在一棵树下摆弄着煤油炉。鹳鸟在大厅烟囱里搭了窝，人们用手推车和自行车推着牛奶搅拌器，边走边吆喝。当雾气散去，我们打开了包、拿出了东西，好让潮气散散。路边，背着书包去上学的小孩子们路过教堂的时候，会停下来画个十字。8点整，我们想把一路捡到的东西寄存到邮局里，可是邮局的女柜员觉得我们一大早就来，而且还寄存这么多东西很可疑，非要我们交押金，或是接受一番调查，于是，我们就跑了。

那天，和接下来的一天，我们踉踉跄跄地前进着，路面都很平坦，突然间，马尔堡(Malbork)——又叫马林堡(Marienburg)——出现在我们面前，把我们吓了一跳。我们走近看时，它仿佛自带光环，静静地伫立在河对岸。

8个世纪以前，马林堡曾是东进行动(Drang Nach Osten)的阵地。

那时，普鲁士还是一片森林，里面住着爱好和平的斯拉夫人和普鲁士人，他们钓鱼、打猎，处决背负着启蒙使命跨过易北河而来的德国教士。对他们来说，这些德国人是异教徒，比巴勒斯坦的撒拉森人还冥顽不化。条顿骑士团诞生于耶路撒冷，可是在阿卡[①](Acre)衰落以后，他们发现自己无所事事，于是向教皇和国王请愿，争得了征服德国以东异教之地的特权。他们开始攻击普鲁士人，占领他们的港口、田地和森林，大面积修建城堡和教堂，把德国殖民者引入这片空旷的土地。

马尔堡——曾经的条顿骑士团总部——是欧洲最大的、最坚固的堡垒，直到1945年才被卷入二战：在为期7个月的围攻之后，最终落入苏联军手中。

蜡炬始干的城堡最终会被人们遗忘，沦为风景的一隅。如今，城堡修复师宛如入殓师，把这血液干涸后遗留的躯体装饰、美化，加之以蜜蜡、棉絮和脂粉。对于城堡的继承人来说，把这粉饰之后的“遗体”公之于众有着莫大的诱惑力。当我们接近时，角楼骄傲地指向天空，斜阳在平整的墙壁上留下了最后一抹余光。

教授答应我们当晚可以住在城堡里。

我们的房间位于外堡的顶层上，房间里铺了灰色的小方地毯，还有两张松木床。洗手间在一楼，中间隔着15段昏暗曲折的楼梯，有那么一两次，我吓得不行，飞奔冲上楼梯，生怕背后跟着什么似的。

Der Teufel！（德语：the Devil，意为魔鬼）我们很累，但饿得更很，所以打算进镇找点吃的。

小镇离城冢很远，像垃圾一样散落在城冢脚下，小路蜿蜒曲折地通往一堆垃圾山，对面是一座报废的立交桥。小镇上有三个酒吧，第一个出售啤酒，但是没有餐品，也不能吸烟；第二个允许抽烟，但是既没啤酒

---

① 以色列西北部海港。1198年，条顿骑士团成立于阿卡，其后一直以其为总部，直至1291年。——译注

也没餐食；第三家有饭有酒，也准吸烟，但是里面的人都烂醉如泥，相互厮打成一团。他们把椅子踢到一边，摩拳擦掌，时刻准备朝对手扑过去，而我们悄悄溜到角落里的一张桌子旁，战战兢兢地点了玻璃窗格里的一盘豆子。

这家酒吧的饭简直难以下咽，跟军队伙食有得一拼，而且还是溃败逃亡的那种军队；我们一边痛苦地吞咽，一边有人被撂倒在我们腿边。马尔堡的人喝起酒来十分凶猛，似乎带着一股豁出去的劲儿，不把自己喝到“出离”誓不罢休——如果不是非要“出离”马尔堡，最起码也要喝得灵魂出窍。我们又爬上城冢，看到身着蓝色工装的人手里攥着酒瓶，扭打成一团，在酒铺外的人行道上滚来滚去。我们趁乱打劫，夺了一瓶酒回房间喝；这瓶红酒很浓醇，甜味很重，让人口齿发涩，一口还没完全咽下去就上了头。我们想去刷牙，可是没找到牙膏。

床单既清爽又干净，但是我怕接下来每个村庄、每个镇都同 Suchy Dom 一副德行，对我们避之不及，让我们在草堆上过夜。

马雷克在角楼上有一间房，虽然门简单粗暴，直接是铁和铆钉，但里面的装潢却很时髦：去皮松木、厚椅垫、全覆盖地毯。我们在城堡门口见到了他，他说：“我们会聊得来的。”

进入厨房，我们受到了来自德国的朋友的热烈欢迎，还看到了一个穿着银色连衫裤的小伙子。我们大家都相互说了一声“嗨”。

我立马就发现了一个共同话题：我们很饿，而他们能提供食物。他们食材很多，有德式奶酪、德式黄油、蜂蜜、果酱、煮鸡蛋、德式香肠、意式萨拉米肠、脆皮面包卷，还有好几锅研磨好了的德式咖啡。从格但斯克出来之后，我们一路上吃了一磅的奶酪，累得不行那会儿还吃了狗粮一样的东西（可能是肺吧），还有一盘尝起来与肥皂无异的豆子。

马雷克只招待了我们一点咖啡，只是一点咖啡——一个共同话题就这么悄然凋零了。

马雷克是马尔堡的一位教育学家。这些德国人——四个年轻教师——是来研讨暑期游戏的细节的,他们带来了一些食物。

“当然啦,我们这是益智游戏,让孩子们感受中世纪的生活。”

“是体验中世纪的生活方式。”

“我们住在这儿,一起工作,烘焙、歌唱,各种各样中世纪的事情。”

“你们吃的东西也是中世纪的?”我边碾着桌子上的面包屑边问道。领头的马雷克蹲下去拿起了水煮蛋,我眼看着一个光滑的蛋白裂开,露出了中间的蛋黄。马雷克把鸡蛋举在半空中。

“当然啦,昨天晚上我们还在火上烤了一头猪呢!”说完,他一口吞下了这个鸡蛋。

他的同事补充道:“两头猪,还有羊呢!”

桌子底下传来了沙沙的响声。

我本想抽根烟,但是房间里有某种东西让我觉得不能抽。

领头的咬了一口涂了黄油的裸麦面包,很干脆。

“还有步行呢!”他说,“在森林里——怎么说的来着——歌唱家。”

“吟游诗人,”我建议道。

“对! 孩子们在森林里唱歌、走路。马雷克必须制造点惊喜。”

“惊喜?”我们异口同声地问。

“例如,波兰小孩假装强盗,攻击他们。”

“还可以有麻风病人! 来乞讨食物。”

我看了一眼马雷克,他很平静。

“这两队孩子,我是说,波兰孩子和你们的孩子,关系处得来吗?”

“你看啊,时间设定是1480年。所以,应该没问题。”

我们当时定是没回过神来,所以,另外一个老师说:

“这些年,德国人和波兰人不斗了,”她咯咯笑了几声。

马雷克有张地图,上面详细地画出了各种小路。他们几个老师靠这张地图来给中世纪的孩子们安排路线:哪个路口怎么走、什么时候麻风病人上场等等。看着这张地图,我们很是羡慕。

“哪里能买到这样的地图?”我激动地问,心想肯定能找到这么详尽的全国地图。

但马雷克给我泼了冷水，他说这种比例的地图是专门为政府准备的。“在商店里是买不到的，”他不屑地补充道。他的语气又稍稍缓和了下来，“波兰境内，有很多步行路线，都是走的小路。都用颜色标出来了，你们可以沿着这样的路一直走到克维曾(Kwydzin)去。”

“有没有地图标明路是通向哪里?”

“没有，”他说。

从城堡出来，穿过院子的时候，我们伤心地围成一圈——地上有一块粉色污渍，还有人在周围洒了点沙子。凯特看了一下，说可能是我们的英国老牌经典牙膏，前一晚从背包里面掉出来了。很不幸，它已经被人踩扁了。这管牙膏本是我们带的为数不多的膏剂之一，可以中和前行路上的粗野生活。马克用脚磨搓着那块污渍。他刷牙的方式很独特，他喜欢用衣服角擦牙。

在离开马尔堡的那天，上午我们在一片树林里绕路，下午误入了一个离大路很远的小村庄。那里的孩子们浑身脏兮兮的，目瞪口呆地看着我们，在从沙地上兀然凸起的混凝土房内，窗帘微微颤动着。我们穿过了一片破烂的荒地，在傍晚时分进入了一片森林。脚下的松针沙沙作响，每踩一步，路面上的沙子就像船的尾迹一样搅动一下。我们沿着树干上和石头上的红色标记前进，直到天黑下来什么也看不见了。我们来到了一个岔路口，不知所措。

树林远处，隐隐约约有些灯光。

我们摸索着走近了一些。一条狗嗅到了我们的气味，挣着链子狂吠起来。有个人走到了篱笆前——映着昏暗灯光，我们看到了一个身影。我们的脚步声裹在沙子里，但是我能听到自己紧张、沉重的呼吸声，以及不远处的狗吠，和那个人倚在柱门上的吱呀声。

身处暗处，我觉得自己像个鬼魂，时刻观望着。

“*Dobra viec*!”这个农民突然张口：晚上好。他的语气里有着一丝疑问，我们走到了光亮处，马克摘下了帽子。

我们解释说迷了路，他给我们指了方向，说往前还有10英里。他后退了一步，打开了门，想必是看到了我们脸上掠过的一丝惊恐。

“请进，”他说，“你们可以在此过夜，我叫利昂。”他和我们握了握手，旁边，狗开心地摇起了尾巴，扬起了地上的尘土。

利昂不仅请我们进门，还把我们从一种旅途拉上了另外一种旅途——终于不用再睡草垛了。我们在这片土地上游荡、吃、睡、走，沿着一条可能通往伊斯坦布尔的道路前进，我们就像几条特殊的蚯蚓，穿过的都是营养丰富的土地，但是我们只能盲目乱撞：所以Suchy Dom很可能就是Zugdam，我们每一步都面临着不信任所引发的焦虑感，但此时此地，在穿越东欧的路途中，有人收留我们过夜啦！在马厩，或是床上，铺着草，或是羽毛。那天，伙食很好，我们用破碎的语言费力地交谈着，直到困意袭来。第二天早上，我们想付他些钱，但是他们无一例外地都拒绝了，我们略带沮丧地收回了钱，此外，他还给我们带了一些东西——面包，还有香肠——路上吃。趁着天亮，我们向南行进，邂逅晚霞，结交朋友，学习一门新的语言；我们一路索取，然后在夜幕降临时驻步。我们的旅途变成了日常的探险，通往伊斯坦布尔的长途跋涉显得没那么可怕了。

利昂突如其来的热情激起了第一个矛盾：我们三个人中有人（至少有一个）仗着路人的热情有恃无恐，而另外一个人则全心全意地关注目的地——坚持说在刚开始的时候不能分心，而应该一心一意前行。

穿过了寒松夹道的拱廊，我们就进了明亮温馨的厨房。我们围坐在桌子周围，利昂提来了一壶牛奶，他姐姐给我们端上了肝酱和大块切片面包片，胸前还夹着装不下的一大块。马克比利昂高一个头，而且一样壮硕，所以，利斯夫人——利昂的母亲——高兴地拍起了手，丝毫不吝啬对马克的赞美之词；而她朝着凯特眨了眨眼，投给了我一个同情的微笑。我想表现得乐观些,但越是想掩饰,越是将不安暴露得一览无余,任何掩饰都是徒劳,反而越可笑。

凯特很疲惫,胃口不好,但是我和马克反而得刻意收敛,稍不小心就会太过火。利斯夫人让儿子给我们泡茶,所以利昂把壶一挥,一把蹲在了炉子上。我目瞪口呆地盯着炉子,这是砖块和黏土搭成的炉子,从平坦的木地板上耸立起来,像个巨大的蘑菇。炉壁刷得很白,白到耀眼,放眼望去,白漆爬过了筛锅和炉门,沿着书架和铃铛继续往上爬,直到竭尽全力;这面墙足足有六英尺高,足够在冬日里挂一个毯子了。头顶的天花板上伸出了一根又黑又粗的管子,上面晾着袜子和背心。这种壁炉在北方很常见,甚至比房子还先建好。建房子时,清理完地面,人们会请来一位壁炉匠(*zdun*)铺设地面、建造壁炉。除了壁炉匠,没有人能担得起这项工作,因为技术含量高,而且意义重大。然后,整个房子,就围着这个壁炉建了起来。

而利昂家的房子,同时也算是围着利斯夫人建起来的。她体型庞大,身体塞在一个高背椅子里,任由全身的肉堆在肚子和大腿上,两条又粗又短的腿上斑斑点点,搭在地板上面。整个人散发着炉火般的温暖。

她叫着:"伊斯坦布尔!哦咿!哦咿!"举着手,模仿磨没了腿的滑稽样子,"徒步!不搭便车!哦咿!哦咿!哦咿!"

利昂匆匆带我们在他的农场里转了一圈——农场里有一个谷仓、三头奶牛、一只小猪崽、一窝小鸡(还照着灯泡呢)。我开始想象利斯家的世世代代是如何开辟这片土地,如何砍树开出一片地,如何插上围栏,如何在森林的岔路口建起一个农场的。

我想错了。利斯夫人谈起了一个地方,那里平坦开阔,视野无阻,几乎可以看到弧形的地平线。她伸长了胳膊,手心朝上,用手在空中左右划弧线。她说那里很美,在500英里外的东方,那里是她度过了童年的地方——她拖着长长的元音:乌—克—兰。当初,和其他难民一样,她也是逃出来的,坐过手推车,搭过飞机,坐过火车,也走过路,什么家当都没有。先进的苏联军队把边境线往西推进,占领了他们的家园,所以他们只能逃跑。她一直都不喜欢这里，因为这儿根本就不是利斯家族的故乡。她用手在空中比画着波浪，说这里山太多。

我们走了几天，没有看到过一座山，甚至连景色都没变过。我们有点困了，听到这番言论突然打起了精神，她也打了一个哈欠，笑了，说："这是个德式农场。"

我们缠着马克让他画张画：得赶快了，天快黑了。利昂笑得很开心，马克用笔量距离的时候，他在桌边摆着各种姿势；可是不一会儿他就开始打哈欠，微笑里也透露出一丝困意，眼皮也张不开了。而马克还差一半的表情，擦了又画，画了又擦，急急忙忙地赶。

"好了，"他终于说了。利昂一下子弹了起来。

"哇——哦？"

马克画了一张利昂的睡像。

主人们把我们安置在最里面的一间起居室里，沙发摊开充当铺位，我和马克共睡一张双人床，凯特睡了一张单人床。我们躺在睡袋里，谈论着利斯夫人的征途，回味着温热的鲜牛奶，又回想起野外森林里的寒气。后来，应答声渐渐慢了下来，再到后来干脆停止了，呼吸声占据了整个房间。

第二天下雪了，但是雪花像头屑一样稀松无力，稀稀拉拉下了半个小时就停了。在雷耶沃镇，我鼓起勇气向药剂师买泻药。太好啦！她会说德语，而且还给了我们糖衣的。出来之后，我们看到一个醉汉正拉着马克的手不放，感谢他为波兰打仗。马克脸上露出了和蔼的表情。

克维曾是另外一个德国古镇，又叫马林韦尔德尔（Marienwerder），这儿的火车站附近有一家旅馆。这是我们途中头一次见到旅馆，当时我立马就希望德国人赶快再回来占领这里带来文明。旅馆内，墙上满是尼古丁，床单太小遮不住床板，地毯破旧，尼龙窗帘布满了灰尘，无精打采地挂在窗口。厕所，真像是每一个路过这里的人都在此方便过似的，而且似乎个个都买了巧克力糖衣泻药。

人体的各种功能和小缺陷愈发有趣了。我们做了不计其数的小实验:把袜子扎到裤子外面,或是不穿外套。在格但斯克,我们还相互约定再也不洗头了,这多亏了电视上的一个女人,她说不洗头就是她保养秀发的秘诀。她说任何人都可以尝试,三个月之后就会有效果。我们决定试试她的方法,所以把带的一大瓶洗发露丢了。

一周之内,我们的头发越来越重,到了克维曾,我开始不停地挠头。

马克夜里梦到自己被截了肢,醒来发现自己脚趾之间长了一个大水泡。他看着自己的脚,很生气。他对我们的靴子一直很不满,我有时也暗自感到羞耻。我和凯特的鞋是意大利产的,同一条生产线上还出产鳄鱼皮乐福鞋、软底山羊皮鞋,所以我们的鞋带着一股古驰挎包和紧身牛仔裤的气味。我们的双脚得到了纵容,就像被温柔的服务员宠溺一般。而马克的靴子产于兰开夏郡(Lancashire),是铆钉鞋和大头鞋钉的同胞兄弟,男子气息浓重,虚有其表。现在,马克别无他法,只能用一根烧烫的针挑破水泡——当然,得背朝我们。

托波夫斯基神父猛一下转过来。

"在波兰请讲波兰语!"他从教堂里走出来的时候,教袍在身后扬得厉害。

"神父,"马克轻蔑地嗤笑道。他的反教权主义看似是欧陆的通性,但其实不然。某天下午,马克在约克郡闲荡,想找一根柳条来做手杖。他在一间教堂里乘凉休息,此时一个牧师发现了他:蓬头垢面,一动不动地躺在长椅上,手里还捏着一把钩镰。马克醒来时看到了两位探长,他们准备为不久前的一场谋杀案提审他。牧师已站开了几步,保持着一个安全距离,而且他把圣器室交给了两位探长任其使用。

"伊诺弗罗茨瓦夫号"上的乘客们曾经告诉我们说,要是没有地方睡可以去教堂看看。我起初还觉得那画面会很奇怪:我们仨站在教堂门口、倚着拄杖、驮着背包,耐心等待着神父做完弥撒出来见我们。但是,他换袍子、剪圣烛、饮圣酒花了很长时间;而且,他见到我们的时候十分不耐烦。

我们用波兰语自我介绍，他不停地打断我们，说“听不懂”，还不耐烦地跺着脚。这不合常理，连教育程度不是很高的农民都能轻松听懂我们的话。

最后，我说：“*Sprechen Sie Deutsch*（讲德语行吗）？”

他耸耸肩：“在波兰，还是讲波兰话。”

我们很无奈，跟着他走了几步，然后他朝我们转过来，”*Milicja*（民兵）！”他朝我们招了招手，但是看起来像是在挥拳头，所以我们不知道他是在指引我们还是在威胁我们。所以，我们在路边磨蹭，等他走远看不见了，立马就踏上了树林边那条小路。

林中的小路和火车铁轨之间有一个小村庄，几个小孩簇拥着一个妇人，我们上前问有没有水。她打量了我们走来的路，用手摸了摸头；马克和我在门外等，凯特跟随她进去取水，孩子们很好奇，挤在周围。一个摇摇晃晃的篱笆里漏出了一些干稻草，看起来很舒适，但是考虑到她独身一人，我们觉得还是不跟她提留宿为好。

我们还是退回到了露宿树林的地步。我们抱着最后的希望，走了一段路，来到了一个小村庄。这儿有一个红砖房小学，农场用作操场，路边插着一圈三柱门篱笆，竟然还有一家没关门的商店。我们进去采购物资。

波兰的大部分商店都一样：柜台后面的货架几乎是空的，只有几块面包，看似已经放了好几天。波兰的面包总是很硬。我们喊想要买面包，于是一个醉醺醺的农民出来了，亲吻了凯特的手背，与男士握了手，问我们是干吗的。

“伊斯坦布尔？走过去？”店主看起来很吃惊，“那你们睡哪里呢？”

对于这些已经安家落户的人来说，这是最切实际的问题，而且这个问题出现的时机往往恰到好处。

“睡在谷仓里。你们村里有人可以留宿我们吗？”

马克和凯特本来已经做好了露宿野外的准备，现在机会来了，他们迫不及待地想趁天黑之前安顿下来。这些人把头凑到了一起，商量着。他们的那番对话可能又让我们今晚无地可留。

“你们应该去找村里的那个德国女人。”

他们告诉我，路对面的农场就是。马克和凯特留下来继续买东西。

我在牛棚里看到了两个人，一个胖乎乎的，眼神呆滞，留着小差的发型，另一个肤色较黑，面色凝重。他上上下下地打量了我一番，要看我的护照。我把护照递给了他，他研习一般地大声读了出来，用沾了粪便的手一页页地翻看着我的护照，从持有人权利一直念到波兰签证那一页，他还费力地辨认领事的签名。天色越来越暗；我怀疑他在玩腻了我的护照之后会直接拒绝我。他们俩都给我递了烟，我接过了念护照的那个人给我的当地烈烟，抽了一口就开始咳嗽。凯特和马克过来之后，我们三个一起解释我们前一夜是在哪里度过的。他转身走了几步，双手合起放在脸颊旁，做睡觉的样子，看懂之后，我们说睡在谷仓里——一个小谎言也无伤大雅。

较黑的那个人的老婆出来了，她脸圆圆的，面带微笑，裹着一个方头巾。

“我们今晚能睡在你们的谷仓里吗?”我们指着谷仓问道。他们的谷仓是木头和塑料搭建的，围着整个农家小院。

他们摇摇头。这位农妇微笑着说不行，“外面太冷了”，还请我们进去喝茶。

我们在门口脱下了背包和鞋子，房间尽头有一个热带鱼缸——连个信封都很难买到的国家，竟然有热带鱼缸！厨房里，一个身材瘦小的老妇人正在剥土豆，她眼睛明亮有神，脸颊消瘦，牙齿有些过于显眼，她站起来，在围裙上擦了擦手，和我们握了手。

主人们带我们来到一个狭长的房间里，请我们坐到沙发上。这个房间像火车厢，有一整面墙都是书架壁笼和玻璃窗格，窗格里面摆满了精致的小孩模型玩具——洋娃娃、小火车、太空船、小汽车。然后，突然之间，房间豁然开朗，又有一部分展现在眼前，像是折纸艺人的一件工艺品：一套桌椅忽然出现在眼前。

这般景象不是因为贫穷，更不是因为空间小，而是归因于北方的寒冷：三个房间围着温暖中心形成一个大房间。桌子上摆着丰盛的菜——蘑菇土豆克洛斯蒂尼、面包片，还有美味的鲟鱼。这两个男人拿出了几瓶啤酒，坚持让我们一起喝。特蕾莎等我们快吃完了才上桌，我们不好意思地说吃了太多，而她丈夫笑了，满怀爱意地掐了掐她，调笑她在炉边偷偷过嘴瘾。

收拾完桌子以后，祖母坐到了椅子上，把手指节抵在了桌面上。

她咂巴了几下嘴。

"*Das Bier ist gut*（啤酒还不错吧）？"村里人都叫她"德国女人"，她的声音又高又尖。我们回答啤酒很不错，她坚定地看着我们。"啊呀，比不上城里的酒。格但斯克、克拉科夫、华沙，那些地方的人懂酒。乡下的啤酒不带劲。"

她微微撇着嘴看着我们，脸上一丝笑容也没有。胖朋友在他的椅子上微微动了一下，伸手去够酒杯，仿佛是要喝一样；但是他没喝，拿在手里前后摇晃起来。我认为这个老妇人不是德国人——德语不是她的母语。我想问来着，但是她的眼神让我不敢开口。

电视在我身后响着。没有人看电视，但是大家就让电视响着，直到睡觉才关。电视上放着老电影、连续剧、智力游戏，偶尔也放纪录片——我们住在利昂家的那天晚上，电视上放了一集有关卡廷大屠杀(Katyn massacre)的纪录片。华沙的主持人身着套装（垫肩十分突兀），梳着整齐的发型——以这副打扮出现在农家厨房里，是够奇怪的。乡下人讲话总是用喊的，可能是得益于常年在户外活动的缘故，所以电视声音也开得很大。因为一整晚都没人注意到它，电视叽叽喳喳吵个不停，像是个发狂的亲戚，大家都习以为常了。

在电视里一阵疯狂的小提琴演奏之后，我不得不提高嗓音。

"你德语说得很好。"我身后的电视机里传来了农机轰鸣声和散养鸡的咯咯声。这位老妇人撅起了嘴，警惕地眨了眨眼。

电视剧依旧在背景里叽叽喳喳:“阿比小姐,过来一下,阿比小姐!”

“*Ich bin ursrunglich Russisch.*”老妇人说:祖籍俄罗斯。

马克转头看电视:怎么这么问? 哦嗨,查尔斯! 对,我到家了。

“从乌克兰来的吗?”我问。

“真好啊,阿比小姐,欢迎回家。”电视里的对话在同步进行。

“*Nitch, nitch.*(不是,不是。)”她皱了皱眉,“我出生于顿涅茨克(Donetsk),一个工业城市。”

我查了一下顿涅茨克,位于亚速海北部,从来未归属过波兰。她真的是俄罗斯人,那么她为什么来这儿呢? 为什么讲德语? 为什么村民们都叫她“德国女人”?

她告诉我们,克维曾是个德国小镇,这儿也是个德国农场,但Grejewro是波兰语。

最开始,他们让我们睡在空教室的地板上,后来又建议我们待在房子里面,说里面有沙发和地毯,比较温暖,但如果我们睡室内,他们去哪儿? 我们不想把他们挤出去。互道晚安之后,特蕾莎把我们带了出去,那时,祖母坐在桌子边,若有所思地剔着牙。

这间教室墙边放着一圈长椅,还有一个坏了的水槽。我们刚把睡袋摊开在地板上,那个农民就带着他的几个朋友进来了,手里还提着几瓶杜松子烈酒,他们从橱柜里面找出玻璃杯。我们一同举杯,说道:“*Prosit*! *Nasdrovie*! *Cheers*!(恭喜! 庆祝! 干杯!)”他还向我们解释了如何咽酒,如何用一杯水把酒的烈劲冲下去,以防止酒气从鼻子里冲出来,让人打喷嚏。特蕾莎回来了,我们继续谈论她的叔叔;这个农民随手抓起了手边的一张纸,画起了图表和日期,边画边跟我们解释她叔叔何时在伦敦打仗,又何时回了波兰。当他发现他是在我签证申请表的背面写写画画时,他着实好好研究了一下马尔堡地牢,我们还考察了一下他们的德语词汇量:schnapps(杜松子酒),prosit(干杯),Hand Hoch(举起手来)。我们几个人都知道。最后,他把瓶子倒了过来,把剩下的酒全倒进了凯特的杯子里,然后开心地离开了。

我躺在旧教室的地板上久久不能入眠，回想着白天的事情。透过单薄的睡袋，地板把我硌得生疼。一旦下雨，地板的咯吱声和雨水的啪嗒声又会让我更加清醒。“在波兰，讲波兰话！”牧师曾对我们吼道。但是这个“德国女人”——她是谁呢？她为什么会来到这里？在一个波兰北部平原的小村庄里安家，难道是战后不得已的安排？

清晨，教室的窗子被霜冻得咔嚓作响，出门之后，反而稍微暖和一些。我们早饭吃了烟熏肉、夹着肥肉块的血香肠和一大块新鲜面包，以及我们去农场告别时，主人们招待我们的菊苣茶。我们打算在夜晚降临之前到达格鲁德柴兹（Grundiaz），所以问那儿有没有什么好玩的去处。阿列克谢用手一拍桌子，“格鲁德柴兹很漂亮！”他老婆满脸疑问地看了看他，朝我们耸了耸肩。老妇人吸了吸牙，嘴巴啪嗒一下闭上了。

“*Das ist ein kleines Stadt*，”她说：那是一个小镇。

凯特送给他女儿一件开司米套头衫，然后他们陪我们往树林里走了两英里，我拍了合影，然后互道珍重。

从照片上看，他们一家人显得尤其虚弱，几乎有些病态。他们的女儿很漂亮，脸颊瘦削、棱角分明；祖母的眼睛深深陷入了眼窝，嘴巴也歪斜着。相比之下，我们仨显得极其阳光，健康、坚韧又乐观。

我的双脚消了肿，也不再发烫了，感觉没那么像炸麻薯球了。睡觉时，若没有帮扶，我的腿是抬不起来的，但是睡觉的时候倒是不疼了。最后，我们渐渐进入了一种规律，这样一来，事情就简单多了，像喝瓶威士忌酒或者看电视一样丝毫不费力气。我的靴子像哑铃一样地上下摆动。我停下来思考为什么我们会出现在这里，前进速度如此之慢，慢到从热气球上看都以为我们原地没动。早上，冒着严寒走了一英里之后，我们的手脚终于暖和起来了。我很厌恶我的背包，真的。只要我脱下它，就感觉自己又成了七尺男儿，可以畅快淋漓地迈开细长的腿，一口气走 30 英里也不费劲；可是只要我背上它，它就像《老人与海》里的大马哈鱼一样缠上了我，又沉又讨厌。即使我使尽浑身解数，好不容易系紧束腰带、调整好肩带，我还是感觉它在我背后得意扬扬，得意地把我压弯，然后得意地欣赏着我头顶的景色，它就像京剧里巨大的头饰，摇摇欲坠——但是我的背包可比头饰重多了。

疼痛过后，人的身体会有一种有趣的感觉。老实说，这个时候，你也就只能感受到这种感觉了。左脚踩下去，大地像是刚耕过般的松软，同时又十分平坦，不至于让你摔跤；右脚踩下去，感觉很平但，也像是刚耕过。前方的路蜿蜒曲折，延伸进了树林；回头看，又像是树林把路咬断了。在这种地方，你能蓄起胡子；今晚，你可能还有机会剪剪脚指甲，以免它长太长，磨透了靴子，但是你还没找到一个足够明亮又足够隐私的时机。热了，你可以停下来，把外套脱掉、卷起，捆到背包上；可能你马上又会感觉冷。你会想起头顶还没洗的头发，像波浪一样地高低起伏，虽然有点灰尘，但看起来勉强能入眼；很快，当你停下来的时候，你会把两只脚上的袜子调换，这样就和穿了一双新的一样了。也可能，你会开始甩手杖，唱起来。

我们经常唱歌，通过主题来选歌——催眠曲、漫步曲、食物歌、喝酒歌——当然，食物歌居多。我们很容易饿。听到三个人扯着嗓子大喊胖子沃勒的“鱼！鱼！鱼！”的时候，树林里怕人的小动物会急忙逃窜；路边辛苦的农民还没干完手里的农活呢，就能听见我们在路上渴求土豆泥。

当步行的节奏平缓的时候，我感觉脚下像是一个滚轮，两旁的景色缓缓滚动。滚轮磨得我脚疼，但是路上车很少，没有白线，没有红绿灯，只有田里耕地的农民、马、拖着猪仔的拖拉机，和偶尔经过的巴士。波兰的小路很美，站在较高处或者从二楼窗户望出去，能看到小路沿着一排排树，蜿蜒柔美地穿过刚犁好的开阔田地。土壤是白色的，像沙子一样；树梢上刚刚长出的新叶，和我们一样，刚刚来到这个世界。

波兰北部有顶，南部有底，可是东西方向什么也没有，是一片贯穿德国和俄罗斯的大平原。这片土地缺少天然屏障，无法阻隔人们的迁移，无法阻断语言的传播，也无法阻止军队的步伐。

中世纪的波兰是个地域辽阔的大帝国，南至黑海和喀尔巴阡山，东至乌拉尔山脉，北到波罗的海，就像维斯瓦河的河水漫出，形成了一个大池塘，池水一直漫到高地，才被阻隔住了步伐。波兰人曾直面从伊斯坦布尔北上的奥斯曼帝国军队，双方相互依赖于对对方的敌意，相爱相杀，相互交融。任何一方都没有准备好迎接一个新崛起的敌对势力。在 17 世纪和 18 世纪，东方的沙皇俄国、复兴的普鲁士王国，以及哈布斯堡帝国，从各方突破了波兰的防线，于是，波兰中部也难逃厄运。波兰人民没有任何可以倚靠的东西，放眼望去只有这广阔的平原，敌军的装甲车轻而易举地开到了每一个角落。1795 年，三大帝国宣称波兰政府无自治能力，快活地瓜分了各自的势力范围，只在克拉科夫给波兰留下了一小块自治公国。1918 年前的 100 多年时间里，波兰几乎不复存在。

时不时，我们会路过占领者遗留下来的各种遗迹。例如，德国人为了运送军队或战俘铺设的铁路支线——当然，运送的还有犹太人：被送往波兰中部的集中营；市镇广场供人瞻仰的解放军的坦克；印着斯拉夫字母的车厢。再小的事物也能让人联想到某一次占领：无论是延长签证还是买碗汤，都得忍受无穷尽的三联售票制度和收据，任何交易都难逃魔爪。这种官僚制度的狂潮席卷了任何一个王国，无论是英属印度还是满族宫廷，就像是统治者想要用纸堵住百姓的嘴，像是用服务国家的无用岗位来赎买人们的忠诚。

波兰有时也像一个官僚机器。它没有地形屏障，所以似乎只寄身于法令中，而且是在德国和俄国允许的前提下。难怪在船上，安德杰解释“波兰文化”时那么费劲：波兰必须在不间断的声明中才能找到存在感，不然就烟消云散了。出了格鲁德柴兹，我们和当地的一名老师一起吃了中饭，聊天话题一个接一个，最后，他向我们宣布三名波兰外交官命丧贝鲁特[①](Beirut),在一场报复波兰政府把俄国的犹太人送回以色列的冲突中丧生。人们义愤填膺,他说。但是我们能看出来,他其实很开心,这算是另一种认同感。

格鲁德柴兹曾是普鲁士的一个工业城市,到处都是千篇一律的红砖:红砖学校、红砖兵营、红砖公寓、红砖办公楼。我们站在河边的陡岸上俯瞰整个城市,目之所及都是烟囱冒着烟的房顶:公寓、办公室和工厂里烧的都是烟煤,烟雾沉积到街道上,把砌砖和抹缝都烤焦了,也深入人们的肺里,为整个城市赋予了一层伦敦贫民窟的气息。这个城市具有一种把群众变成社会主义者的气质。

这个城市满口承诺:它承诺蒸汽工厂能提供很多工作岗位,但是工厂生产出来的东西没人要;它承诺商业一片繁荣,周日会进行大促销,但是商店里根本就没有可买的东西;最令人气愤的承诺来自一个老头,在一家空空荡荡的鞋店里,他偶尔听到我们要买鞋垫,于是跟我们说:“*Dort können Sie alles kaufen-Schuhe, Autos, Mädchen.*(去“那里”,什么都有——鞋子,车子,还有美女。)”

在广场后面的一片空地上,人们售卖的是垃圾中的垃圾。人们围着一堆黑色的塑料电线装置,翻找着菲亚特零部件或是旧录音机上的一个零件。他们为了一堆浸透了雨水的旧吸尘器零件,可以不顾一切地砍价;为了一个家具轮子、椅子腿、果酱罐相互叫价。在这里,鞋子、车子和美女无处可寻。这里还有跨国界而来的俄罗斯人,他们的大包里混杂着茶叶、玩具汽车、红牌伏特加和电视机,全都摊在拉达[②](Ladas)汽车的引擎盖上。穿着棕色羊皮外套的男人伸出他们的手,指头上的戒指闪闪发光,扬声器里嘶吼着刺耳的摇滚乐。

谁都没有什么可显摆的物件;也没谁能买得起什么。格鲁德柴兹的贫穷散布到每个人身上,十分均匀,无法摆脱。

---

① 黎巴嫩一港口城市。——译注

② 俄国汽车品牌。——译注

“乃们讲英语不?”

他穿着套装,胸前挂着一个怀表,头顶一顶毛茸茸的假发。*Soltys*(村长)穿着蓝色棉布裤子和一件衬衫,扣子解到胸口。狗叫声不断,烈风吹得身后的门哐哐作响。

“我们是英国人,”最后我说道。

“啊! 呃,你们是哪儿人? 啊呃,嗯,你刚刚说什么?”

“我们来自英国,”我说。

“好,好。”

“我们徒步穿过波兰,呃,就是用脚走。有时候,我们睡在谷仓里,就是 *stodola*。我们想问村长能否收留我们一晚。”

“走路? 啊,呃——”他猛地一动,胳膊肘往后抽了一下。

“是的。”

“你们睡哪? 你们想要个房间? 你们付多少钱?”

之前,所有人都坚决不收我们的钱,所以我们也不知道付多少钱合适。

“你们付美元吗? 你们有啥? 英元? 你们英国也有英元,对吧? 波兰兹罗提,可以吗?”

最终定价是 2 万兹罗提,大约 1.5 英镑,我们握了握手。

“我叫斯坦,知道吗?”他声音里带着些不安。我们把背包脱下,放在门廊里,脱了靴子,跟着他们进去了。

自 18 世纪,波兰主要的出口货物有漆器、水果、毛皮,还有移民。人们源源不断地从这里出发,去往美国、加拿大、巴西、以色列和西欧。在波兰分裂后、1830 年抗俄起义失败、1864 年、1905 年、20 世纪三四十年代和 1968 年,移民更是如挡不住的潮水。波兰人和爱尔兰人很相似,都以务农和饮酒为生,都被外来统治者管辖,都带着喧嚣的爱国之情踏上移民之路,可能,他们是怕被强大的邻国吞噬了吧。

斯坦回来了,我们看见桌子上摆着香肠、蘸蛋黄酱的煮鸡蛋,还有薄切面包，很明显，我们闯入了一个派对。桌子边有一张木床，还有一个组合柜，上面摆满了专门搭配组合柜的物件：瓷器小雕像、凹槽小铜件、波兰各地的纪念物。房间的墙壁上都印上了竖直的条纹。

斯坦把我们介绍给了大家。村长的妻子块头很大，辫子盘在头顶上，梳着几十年前的老婚礼照片上的发式，发丝里还点缀着胭脂红和白色。晚饭后，一个小男孩站在桌边，他穿着最帅气的裤子，配一件干净的白衬衣，嘴里带着牙箍。另一个稍微大一点的女孩坐在一把椅子的扶手上，穿着一条满是花朵的连衣裙。

斯坦抚了抚裤子，坐在桌子主位上。他往自己杯子里倒了一杯伏特加，一口闷了，接着就要看我们的护照（我们拍护照照片的时候风很大，睁开眼睛都费劲）。他从内兜里的小笔架上挑了一支银头伯罗圆珠笔，开始在笔记本上记录我们的信息。

通常，我们把护照拿给农民看时，他们会用大手捧着护照，一页一页地翻看，直到翻到波兰签证那一页，停下来仔细地看，嘴里无声地念着。但是斯坦对护照这种东西了如指掌，他记下护照号码、签证码，以及我们的姓名、年龄和出生地，就像美国移民局一样。

“好了，对吧？没什么别的了吧？你们好人，我们也好人，但是……”他脸上出现了一丝困惑的表情，“正常，对吧？”

我们一致认为情况很正常。

他指着桌子上的“剩宴”：

“吃吧。”

斯坦现居住在芝加哥，他的妻子来自靠近俄罗斯边界的一个地方，她的服装散发着一种东方王室的气息，像一位拥有西尔斯（Sears）商品录和签账卡的游牧民族的公主：一件黑色镶金线的稀针织毛衫，巨大的垫肩显得她肩膀很宽，有一股市长般的闪耀气息。她脸上化着很浓的妆，金色的头发盘在头顶——想必很是费了一番功夫；手指上的戒指闪闪发光。她住在芝加哥的时间几乎和斯坦一样长，但是她不会说英语。

斯坦在父母还健在的时候就离开了家（农场自那时就转到了村

长——斯坦的舅舅——名下),现在,斯坦在一个车库当看守。他握起了一个拳头,用鼻子深吸了一口气。

“看吧!真是桩好买卖,”他宣布。

接下来,屋内上演了一段扣人心弦的表演。无论如何,斯坦是这里土生土长的人,出生在一个炉渣路边饱受风沙洗礼的农场上——波兰一半的农场上都有斯坦这样的人,穿着针织毛衫、深蓝棉布裤子和厚底鞋。我们敢说,15年后,要是他还是个小看守,他肯定不会说英语了,走着瞧吧——然而他的亲戚却很认真地聆听他讲英语,眼神里充满了崇拜,对他们来说,斯坦就是一位阔气、闪耀、洋气的货真价实的美国佬。他的假发闪闪发光,但也许他就是要达到这种效果——要是大家都看不出来你戴了假发,那花那么多钱图什么?与其说美国是个大熔炉,不如说更像是个炒锅:各种食材的风味无损,但是都沾了一层美国口味酱。

“我儿子英语很不错吧?”斯坦的母亲说。

他儿子,实际上,在刚刚的“健谈”之后,现已哑口无言。“嗨,”他不自在地叹了一口气,很难判断。

“讲得很不错,”我们说。

“那啥,她叫Ron,Ronnie。”斯坦解释道。Ronnie意思是终极。Ron这个名字听起来像是个铁路巨头,或是电力大亨——这个叫“Ron”的人干脆省掉姓氏后半部分的复杂辅音,白天辛勤工作,晚上上夜校充电;然后有朝一日,凭着自己的辛勤劳动和伟大构想冲破阶级限制,成为猪肉王子,或是硅业大亨。我都替Ron感到激动。

我拿出了最后一盒骆驼香烟,散了几根。村长拿来三个顶针玻璃杯,给我们倒上伏特加。我们敬了美国;当地人带着更加高涨的热情(至少我觉得是),敬了波兰。

接下来,访客们站起身要走,我们吃了一惊。斯坦之前一路从苏联边境的亲戚家开过来,现在这些亲戚们又要西行去往下一站。

“那啥,你还有骆驼吗?我跟你买。”

但，这的确是我最后一包。

“糟糕，”在大家告别的时候，他用双手抚着他的金色假发。

村长回屋之后，在桌边和我们一起坐下。他孩童时期在学校里学过德语，后来一般上课也是德语教学了，而且想在国内混必须得拿到德语结业证。“*Vergenssen*，*vergenssen*！（忘掉，忘掉！）”他嘟囔着，像是故意要忘掉德语，忘掉德国人曾占领波兰的事实。

他突然想起我们是一路南下，他沉默了一会儿，然后，开始急匆匆地讲话。接着，他又默不作声，只是用手抓后脑勺，拍着自己的脸。似乎南边有令他揪心的东西。

他又抓了抓头，然后他的头发都竖了起来。他指着我们脚下，开始数数，他把手越举越高，像是描述山的形状。

“成堆的鞋——他在说奥斯维辛，”凯特 突然明白了，“南边有奥斯维辛。”

村长点了点头，露出疲惫不堪的表情。

“波兰，”他说，“是个美丽的地方。”

那天晚上，我们到了托伦（Torun）。

波多利亚（Podolia）建于世纪之交，柏林人站在新巴洛克风格的剧院对面的威廉大街上，萌生了这个念头。现在，这条大街的主要功能是纪念一次波兰革命。周边的酒店在失去波兰东南部省份之时已更名换姓，现在的境况则更加惨淡。乍一看，市场上流通的货币太少了。曾经的无限诱惑现已变成苍白无力，城市的四肢开始萎缩，与外界隔绝，成为一潭死水。这个城市所剩的能量刚好够它向外界索求金钱，以及为仅存的住户供暖。在楼下的酒吧里，人们企图借酒精来重振往日雄风，一切仍在以波兰特有的方式进行着。

这儿的人饮酒的方式可谓浮夸至极。他们看到一家酒吧，进门，灌下一小杯，配以淡酒，然后灌下一整瓶。然后，只见他们跌跌撞撞地往家走。由于酒吧数量很有限，所以我们可以根据醉汉们的步态或者酒味儿推测出什么时候会遇到下一个醉汉。当然，要是真的有人躺在路边，或者抱着树不走，我们会停下来看一看，因为酒吧很不起眼，一不小心就错过了，很容易被错当成仓库或者水泥牛圈。街上的醉汉也成了一道风景，我们几乎天天都能见到。但即使这样，我们仍会时不时地被震惊到，就像这片一望无际、平坦无垠的土地一样，仍能时不时地给我们带来震惊。

到日落时分，这里会突然蒙上一层凄凉与空洞。疾风在沙田上空抽打，撕扯着田地里的初芽，并在路过我们耳边时，留下一阵呼号。这番光景让人不难想象冬天的样子，在这寒冷的北方——层层的雪、死寂的海，在微弱阳光下，波罗的海奄奄一息，浅露的海水失去了最后一点生机，河流也因寒冷阻塞；平原之上，只有夹道的树列依稀可辨，田垄的分界是一条草带，几乎和刚犁过的地没有区别。但是，即使是这些树，也处于烈风的掌控之下：烈风就像个愤怒的军团，沿着这条走廊肆无忌惮地前进。他们穿过沿途的村庄——这些村庄低矮，毫无起伏，但是它们却四处蔓延着、生长着，如同被风扫到路边的彩色纸带。

当然，也有树林——树林绵延数公顷，我们可能得连续走几小时甚至几天才能穿过。树林里远离风的洗礼，也没有阳光照射。我们轻声而语，如同身处肃穆的教堂；我们还产生了幻听，似乎行进途中一直能听到某种鸟叫声，也可能是啄木鸟的咔嗒咔嗒声。我们总是能独享整个树林，从没有遇到过在树干上画叉叉的樵夫，也没遇到伐木清场的工人。只是偶尔透过银白色的桦树林，我们可能瞥到过一只鹿（可能吧），还有一次，是两只相互打闹的鹳鸟，朝上游飞去。这些树林看起来都不古老（英国的树林历史悠久，到处长着橡树和苔藓）。大部分树是人工种植的，抵着田地的边，压抑地排列着。通常，人们种的是桦树和松树，一代不到就会砍掉——所以树林的边界会改变，像是会移动似的；但是同时，它们仍然逃不出这片风沙肆虐的土地——同样的，还有那开阔的田野，垄间的道路，被吹成线的村庄，以及那如挥鞭般改道的河。

在这片土地上，酒精相当于掩体，男人们蜂拥而至，将生活中的干旱、劳作、家庭和教会抛诸脑后，任其自生自灭。他们抱着“凭酒度聊生”的态度蹲在这里，紧紧握住酒瓶；当胃里开始灼烧的时候，他们放肆地呕吐，然后顶着烧焦的肿胀的脸踉踉跄跄地走远。他们一般喝伏特加，看兴致再喝些其他的种类：冰镇、淡酒饮料等等，不过这些显然不是他们疲惫或者害怕时的首选。这些波兰人——平日里看似温柔——实际则常常是有什么喝什么，一股脑儿地灌；不知适可而止，一直喝到吐；然后蹒跚出门；要是他们清醒过来，一定会觉得这种行为愚蠢至极。

匈式辣椒炖肉，南方的大米，甚至是啤酒，虽然是波兰产的，但都是出口品质：我们在波多利亚吃的这顿饭出奇得好。吃到一半，我冲了出去，我猛地觉得自己要生病：可能是太累了；可能是旅馆太热了；也可能是我吃炖肉吃太猛了。我在床上躺了半个小时，痛苦不堪，刮骨般的痛在我双腿间流窜，我把这一切都怪罪于鞋垫：说好的防震呢！说好的不会损伤股骨呢！至少，马克脚上的水泡也没见好：我寻求心理平衡。我仔细思考了一下，似乎只有凯特一个人毫发无损，要是凯特真的什么事也没有的话，马克会不会也像我一样感到奇怪？等我感觉稍好了一些时，我决定下楼探个究竟。马克正在吃冰激凌，他们俩正一起用英语叫嚷着，试图轰走一个复读机般在他们桌边摇来摇去的女演员。之前的想法被我抛诸脑后，我们仨一起去睡觉了，在不可思议的温度里，不可思议地打着鼾。

最起码，我知道马克肯定会琢磨。昨天，我们在一片空地上休息泡茶，凯特脱下背包，拉伸僵硬的身体，发出了一句仪式感满满的评论：背包足足有一吨重。

“你再背上普利茅斯炉子试试，”马克说。

“你还要我背什么?”凯特问。马克忙着鼓捣气泵，没有搭理凯特。虽然我可以证明凯特的包(装有地图册和作为礼物的开司米羊毛衫)几乎和马克的一样重，但是我还是转换了话题。从伦敦出发前，我们把各自的包都称了，当时我的最重，但是我立马就把我爸给我的那个收音机丢了，而且我真的在撕《犹太史》，看完一页撕一页。

马克一味地觉得凯特背的东西少，而且我发现，他的这种观念有一种像旋花草[①]一样的特有的扎根方式。

他低着头，微驼着背，双手插到口袋里，在路边拖拖拉拉地走着。一会儿之后，我们来到了第一片山峰，凯特一阵风似的跑到了我们前面，快得根本追不上。我发现，越是接近中午和下午，我的腿越是利索，如小锤般干脆，然而在早上或者上午，这种力量感就不知跑到哪里去了，就像是拥有完美计算能力的大脑渐渐迟钝。而马克的步伐一直不变。他抬头看路，从来不会就天气变化、奇观美景发表任何看法；只是跟着一步步地朝南走，好似上了发条一般。

他对地图很没耐心。凯特和我俩人知道，到了托伦，纳粹地图就没用了——托伦位于维斯瓦河一个弯道处，标志着东普鲁士国王的南部边界。像但泽一样，托伦也是由条顿骑士团建立的，建于13世纪。他们建起的塔楼和堡垒现在仍屹立于河岸旁。最开始，骑士团的保护和荫蔽吸引来了大批商人和居民，但是骑士团的权势日渐衰落，市民只好和波兰皇室联袂，人们借机捞利，除了独立之外，俨然已能呼风唤雨：托伦俨然已经成为一个城邦。城中心的广场上，人们建起了宏大的市政厅，方方正正、角楼高耸，建造的精巧技艺和巨大开销堪比宫殿和教堂。

1769年，在市政厅外，一队天主教队伍和一群新教学生之间发生了一场对抗，日耳曼新教学生看见了前往教堂的队伍，于是加之以讥讽和嘲笑，这场争执演变成了暴乱。英文历史文献里记载为“托伦暴动”，但是在德文里是 *Der Thorner Blutbad*，或者叫作“血战”，这件事为7年之后腓特烈大帝[②](Frederick the Great)瓜分波兰做好了铺垫。普鲁士人为了与市政厅抗衡，在广场的另一方建了一座宏伟的邮局，作为总督的办公地。

---

① 一种形似牵牛花的花，枝条伸长，具有匍匐性。——译注

② 普鲁士国王。——译注

虽然托伦现在是个完全天主教的波兰城市，但是这儿的人们并没有丢失嘲讽的艺术。一天早上，我们正穿过广场，一群男孩子开始跟着我们，嘴里还振振有词地说道：“*Deutsch Schwein*！*Deutsch Schwein*！（德国猪佬！）”凯特一时急了，猛地回身朝他们嚷了一声，他们就散到人群中不见了。

我们为买新地图跑遍了托伦，一路上马克都拖拖拉拉的。他一想到地图就紧张：必须仔细看，还要研讨路线，而且观点还可能产生分歧；有人突然蹦出一个论断，就得有人低头。你不知道地图会把你卷入什么样的纠纷之中，最好还是低下头，老老实实地跟着路标走；最好还是别尝试小道，也别讨价还价……马克应该是这么想的。要是只有他一个人，他一定会像子弹般飞奔到大路上，头也不回；在最后一家可能有地图的商店里，店员摇了摇头，此时，马克的整个天空都放晴了。

在寻找地图的途中，我们路过了一家假肢店，在远离广场的一个狭窄的小巷子里。一条活动的人腿挂在橱窗里。再往里看去，店内不过是一个柜子、一张工作台、两张椅子和两个工匠罢了。其中一个又矮又胖，另一个又高又瘦，两人都系着皮围裙，头顶杂七杂八地挂着一堆塑料手臂、矫正靴、填料文胸和铰链膝肘。店内所有东西都挤在一起，宛如一场氧气和空间争夺战的战后残局，而这两名店员则是唯二的幸存者。

他们俩都 70 多岁了，操着一口流利的德语。我们怎么也想不起来“鞋垫”的德文怎么说，此时，胖男人张开了手，说道：

“不好意思，我们没有那些东西的成品，呃，那个鞋内舒适垫。”他弯下腰看了一眼马克的脚。“就算我们有，恐怕也不行，你的脚太大了。”

“他的鞋内舒适垫得定做，”我说。

“这双大脚，当然啦，”他戴上了夹鼻眼镜又看了看，“可以做，”他说。

“我腿上也疼得很，这儿，”连疼痛我也要和马克争一下。这些人身上有一种魔幻现实主义，一切关于他们、关于他们的店的事物都有些失真，仿佛，他们的存在是个美丽的错误；到了明天他们就会被人发现、会被收起来，然后墙面合起，一切归于平静和空荡。

他们让我们穿着袜子，为我们量了尺寸，又把尺寸挪到一张棕色牛皮纸上。个高的男人把手伸进了一串假牙中，掏出了一本书，书里黄色的图表标明了人体脚部构造。他们俩把头凑到一起，指了指这儿，点了点那儿，又点了点头。

“后天再过来吧，”他们说。

两天之后的早上，我们背上了行囊，长途跋涉又来到了店里。每只鞋垫上下都黏了两层兽皮，中间是一个个小橡胶块，可以支撑脚背并把脚趾拱成一个弧形：和那本古老的书里描述的一样。垫在脚下，仿佛有柔软的手指轻揉脚底，很舒服。

过了河，大路直通罗兹(Lodz)。罗兹算是波兰的曼彻斯特，它坐落在南边，仿佛在嘲讽我们的路线。其实我们有意避开这里，因为从来都没人为它美言一句：它的灰暗暴躁的郊区延伸数英里，市中心也不过是压紧实了的郊区而已。我们下了大路，进入了一片松树林。

“SMIERC!”树林边缘上有这样一块红色的警示牌，我们没有在意。

“SMIERC!”一百码外，我们又碰到了这样一块牌子。

“这好像是俄语里的什么来着，”马克说。

我们继续跋涉。一辆笨重的拖拉机从小路上穿过，慢慢地开进了树林，在泥地上留下了一道印子。

“一定是在伐木，”我说。

不久之后，我们被一面很高的铁丝网拦住了去路。我们能听见铁丝网那边传来的机头汽笛声和火车的咔嚓声，但是树木挡住了视线，什么也看不见。火车开过，树林里一片寂静。我们站在铁丝网前，十分受挫，奇怪为什么树林一片死寂。

我们跌跌撞撞又走了一个小时，希望能找到一条路把我们带出树林，最后，我们上了一条碎石路，路上每隔 100 米都用白色油漆画了线。

走了一会，我们很奇怪路上怎么没有车。

“为什么这些高高的树都是死的？”凯特问。

马克挠了挠下巴。

“啊！对啦！我想起来了，俄语里 smierc 是死亡的意思。”

我们的步速慢了下来——这个消息得好好消化一下。前面出现了一片空地。

“我看到坦克了，”凯特说。

我和马克不信，“那是草垛啦，”于是我继续走。

“不是，我保证，真的是坦克！”

其中一个“草垛”开始动了。

我们已经在森林里走了几个小时，现在出也出不去了。我们开始逃跑。树林太大了。没人知道有什么“死亡”的情形等着我们：可能是一个士兵的来福枪，或者是什么潜伏在枯树中的东西。这里连鸟也没有。可能，我们会脱发，头发全部掉光。中间，我们听到了巡逻队的脚步声，于是就缩身卧在灌木之下。最好的结果可能是我们被捕，然后被送出波兰；最坏的结果是他们找来美国空军地图，然后把我们射死。

我的脚很疼，淤青还没消。鞋垫里的橡胶块已经不再是柔软的手指了，而成了凶恶的刺，扣住我的脚底，歇斯底里地刺穿。管不了怕不怕了，我必须停下来把鞋脱了。马克把那层橡胶撬开了，而我把整双鞋都丢了，咒骂着托伦的那两个无赖。

当我们到达昏暗的大街上时，天已经快黑了，一个布满了灰尘的霓虹灯亮了起来。我们推开门，进入了一个棚子，里面到处都是醉汉。酒吧的招待说没地方给我们住。环顾四周：挂着傻笑的乡下脸庞，洒在地上的脏兮兮的啤酒。于是，我们问了去火车站的路，搭最后一班火车回到了托伦。

我们的确逃离了托伦，从普鲁士逃出来，进入了一个向来都是波兰地界的乡村。我们进入的第一个村庄，男人们长相千篇一律：淡蓝色的瞳孔配大长脸。

面包越来越稀缺，最开始我们还不知道为什么，直到我们看到乡下妇女烤蛋糕的情形。复活节前夕，她们把所有能找到的面粉都用上了。我们在干涸的池塘前止步，停下来食用带有深红色籽的黄色海绵，涩如嚼蜡，难以下咽。为了取水，农民们把水桶装在马车上，不惜走一英里的路，前往最深的井打水。我们放纵了一下，搭了几次便车，至少，脚踏实地的还有马儿。我们坐在车后面，伴着马车吱吱呀呀的响声，身体有节奏地晃着。

在经历了矫形鞋垫的惨败之后，我和马克便对其他尝试产生了畏惧心理。而凯特却不一样，她开始削减物品。最开始，她撕掉了背包上的德文 logo，到最后甚至丢掉了运动鞋。随着赠送物品数量的增加，她那一堆开司米毛衫也越来越少。最后，她腿上起了一片红疹子，不痛也不痒。就在我们绕路穿行禁区那天，几乎是一瞬间冒出了一大片，快得令我们惊慌失措。直到后来，在克拉科夫，才有人提到过沥青皮疹：显然，不是什么大病，但是却把去往琴斯托霍瓦(Częstochowa)的朝圣者们折磨得够呛。

由于我们也往琴斯托霍瓦的方向走，人们往往把我们错当成朝圣者。我们也不想费力去纠正他们，相反，我们倒想看看人们口中的波兰圣城是什么样子的。

路两边的小神龛像一个个神圣的里程碑。起初我还以为它们是纪念什么可怕的事故或者谋杀案；但是不仅大路两旁有，小路两边也有，半隐在高高的草丛里。最简易的神龛是钉在树干上的圣女“圣盒”。有时，在石头搭成的小小教堂里，钉在十字架上的耶稣透过铁栅栏，看着来来往往的行人。

这些神龛通常很老旧。鉴于它们所在的小道(还没有成为大路)，我们可以判断它们建于步行时期(朝圣者都是步行朝圣)，那个时候，出于安全考虑，朝圣者们都是成群结队，组成车马队出行。生活需要忏悔和祈祷来指引，同样的，现实生活中的路两旁也得摆放信念的象征，指引着旅人们到达终点。

这些神龛令路人心安。我们睡在哪、吃什么——或是没得吃、会遇到谁,都充满了不确定性,我们无法掌控天气,也无法改变地形。正如在深不可测的上帝面前的信徒一样,我们百般无助。

马克胆子比较大,从他走路的方式就能判断。凯特则战战兢兢、紧张兮兮,仿佛一个声响就能把她吓得魂飞魄散。有时,她把我也吓得够呛。我们能感觉到,路上并不是百分百安全:威胁和恶意以某种无形的方式存在着:森林对我们来说太黑了,于是我们吓得傻叫。还有一两次,听到有脚步声靠近,我们吓得躲了起来。我们尽力避免在夜里游荡,并且对一切异常现象都保持高度警惕——一辆报废的车,举个例子,或者是一间破屋子,或者是在鲜有塑料袋的乡间看到挂在树上晾着的塑料袋。这种焦虑不确切,但并非荒谬。我们拐弯抹角地解读身边发生的故事,好催促自己忘记它们给旅者带来的不安。

几乎,世上所有的愚弄和欺骗的目标都是年轻人:出去打拼事业的小伙子,或是身负重任地挎着篮子的女孩。这些小路也遵循着人生的轨迹,沿途有险滩也有美景,二者都是阅历所带来的收获。待在家可能更愚钝一点,但是多么安全啊!背后一推,步子一迈——旅行、驱逐、朝圣——于是所有的压力和焦虑都随之而来。

这些神龛原本意图是驱除萦绕在路上的各种妖魔鬼怪,鼓励人们恪守规则,不可越界逾矩,更不能趁天黑跨越国界线。迁移往往会带来恐惧和不安,对于那些生于此死于此的村民们来说,这条路就是这种不确定性的集中之地。村民们所需的一切都在手边:他们不会再去寻找外延和其他途径。相反,这些莫知起始的道路把一群乌合之众带到了这里——商人、小贩、收税员、士兵、流浪汉。有的东西不见了踪影,疾病也开始蔓延。身处波兰普鲁士的人们也开始从东方迁移。但是在中部,在大门口迎接我们的是他们最本能的迟疑,然后,他们会要求我们证明身份。

后来,我们就不提伊斯坦布尔了——它只会徒增人们的担忧。它远在天边，属异国他乡，远到我们都觉得可能是什么不祥之兆。于是每当被问起，我们就说要去琴斯托霍瓦。

朝圣之旅！朝圣将我们拉进了教会的势力范围，这下可是完全闲散不得了。它画定了一条神圣的路线，让信徒们踏上无休止的征程，同时，它用路边的神龛来抵消征途的“令人不安”的特性。我们真的不合群，因为前往琴斯托霍瓦的朝圣直到6月才开始；但是我们是外国人，外国人总是搞不清楚状况，而且我们目的地明确，这就够了。

乔治把我们领回了家，仿佛我们是圣主(gospodar)赐予的奖杯一样。他的父亲从田里回来，大声喊着“欢迎你们”，还和我们使劲地握手。后来，他女儿震天的磁带声盖过了他父亲的喊声——她在厨房里放着音乐，似乎大家都已见怪不怪了。

整个晚上，那台录音机不断地吐出磁带，张着大嘴要新的，几个小时之后，喇叭里发出欢快的低吼声：俨然一个被宠坏了的家庭宠物。伴着披头士的歌声，晚饭准备好了：家庭自制面包切片、香肠、茶叶蛋，整个过程中，我们就用高音量喊了几句话，然后，又喊着推辞了一下这家人为我们准备的巨型白鸭绒被。

进入洗手间，一种不一样的氛围悄然泛滥。一张老旧的麦当娜海报已在浴缸上的墙上挂了几年，在腾腾的雾气和音乐中现身；威猛乐队[①]的男孩子们在水箱上开始了他们的复出生涯，身着皮衣、满脸胡子的一个德国乐队凭着毛巾架上的一张贴纸统领整个浴室。高两英寸的史泰龙人偶站在压制板材上，拼尽全力地闪着光——他已经占领了牙膏罐和其他的东西。

之后，他们就洗手间里的一张贴纸展开了讨论：会不会黏不牢掉下来呀？不对啊，他在说什么迈克尔·杰克逊？他应该没听说过吧！可能是我听错了；她嘴里说麦当娜，其实应该也不明白是在指谁。她喜欢

---

① 威猛乐队(Wham!)，1984—1985年期间十分受欢迎。——译注

的乐队来自华沙，而家里没有他们的贴纸。“但是他们水平很高”，为了证明自己的观点，她插上了一盘磁带，农场又被笼罩在低音炮混响和愤怒的歌声里了。

后来，在克拉科夫，有人告诉我们，这儿的农民们觉得西方来的东西都是好的；对于大批量的本地无营养文化，他们嫌恶地摇头。在我们看来，不是农民们崇洋媚外，而是他们习惯了和子女共享一切，而城里人却恰恰相反。城里人忙于操心房子和物资短缺，生怕和家里的老小住在同一屋檐下。乡下的父母期望子女留在身边，结婚生子更好。房子总能空出来，农场里人手当然是越多越好。人们认识同样的朋友，赶同一个集，日间也一同劳作。所以，孩子们喜欢的流行文化，父母们不会一味反对。

复活节

马切伊是个摄影师——婚礼、出生、团聚，这些场合他都拍。在空闲时间里，他喜欢在树林和田地里摸爬滚打，希望能够捕捉到野鼠或者蜜蜂的身影。他喜欢拍摄麦田里的夕阳余晖。这块平原为他提供了一个微观世界，使得他的镜头聚焦到无数个微小的事物之上。他的妻子伊莎指着一片棕色混着绿色的地方，微笑着说："阴影周期（Dark period）。"她会说一点英语。

之前，我们走在大街上，试图避开前面一群醉醺醺的孩子，马切伊把我们叫住，要招待我们茶水。在他们家门口，我们脱鞋时，注意到其他的鞋都套了套子，塞到了鞋架里，门框边上还立着一根棍子。然后，我们在他的私宅里见到了楼梯，出门之后头一次。

"去伊斯坦布尔？很棒！"马切伊取出了一本地图册，开始估量我们的路线。他是我们遇到的第一个家里有阁楼的人，第一个懂得欣赏我们行程的乐趣的人。大多数人都对我们报以怜悯之情。伊莎好奇我们一路上吃些什么。

我们也好奇这一路上吃了些什么。晚上，收留我们的人通常会给我们一些食物——黄油、面包、奶酪以及冷肉。白天，我们就靠这时有时无的供给果腹，满心盼望能遇到一家乡村餐馆。类似的店通常是酒吧；要是店主实在，他们会直接向你展示玻璃柜台里那些干瘪的蔬菜；要是不老实，就递给你一张打印的菜单——主菜、开胃菜、肉菜、素菜、甜点。你拿着这张菜单，问有些什么。他会回答你有猪排（Schabowy）。在你们都决定吃猪排之后，他会在一个板子上写一个大大的"3"，然后收走菜单，走进厨房。菜单最上面标着今日的日期，连同整个过程，都充满了一种原始感和荒谬感。

这里的猪排是维也纳炸牛排（Wiener schnitzel）的山寨版——马克

说要是没有给他找到更好的鞋垫，他就塞两块猪排到鞋子里。直到我们离店，总共也没吃几口。在我们的想象中，灌木丛中的任何沙沙声都可能是这种羞涩的小动物，它们收拢了鬃毛，抻开了跟腱，如蝶鱼一般飞快地掠过森林地表。

我们跟伊莎说起了那家饭馆，她皱了皱鼻子，给我们端上了炸得金黄的肉排，外酥里嫩，外面还裹着绿沙拉。我们原来只是打算停下喝口茶，但是后来一直在这里度过了复活节。

马切伊也是个侦察专家。波兰的侦察活动可不是光着膝盖、拿着导航仪就能完成的。这并非一种主流活动。数年来，当权者不断催促解散童子军组织，但是人们还会在树林空地举行碰头会，人们还是会热心助人，波兰少先队员还是会央求着加入组织。马切伊信天主教，所以他以侦察为豪，并对西方将二者的融合颇为满意。我们也从中受益，因为马切伊有一系列优质的地图，他还给我们提供了夹着松脂的帆布折叠床。

复活节那天，日落之后，他领我们来到了墓地。每座坟墓前都放着一个蜡烛小罐。一家人在父辈或者祖父辈的墓碑之间走动。然而，大多数的碑刻都很新，只有一座墓碑是旧的，这位波兰人曾是拿破仑军队一员，在俄国打过仗：棺盖上有个石刻的歪军帽，纳粹摧毁所有原墓地和烈士名单时，放过了这一座。他们也把犹太墓地夷为了平地，附近的一个犹太教堂现已成了一家商店。犹太人主要居住于此：小房子、木门和伸到街边的门槛。

清晨5点，消防员的乐队奏起了挽歌，伴着低音鼓点，大号和小号的声音清晰可辨。队列以教堂为中心，围着整个小镇逆时针旋转，并在太阳升起时，归逝者入土。这座教堂是战后唯一一名当地企业家捐赠的，他靠卖水果罐头成了百万富翁。教堂内，墙上布满了垂饰，杏、葡萄、梨从丰饶角①里溢出，旁边还伴有可爱的小天使——清晨5点30分，这么

① 古希腊神话中，能出产各种美味食物的山羊角。——译注

多水果实在是难以承受。教堂的走道里也挤满了人，消防员们肩扛斧子，满脸睡意——他们刚刚结束圣母教堂前的守夜。我打了一个哈欠。马克则被淹没在一片白色蕾丝中——他身边围了一圈矮小的女人，她们戴着大檐帽饰，系着红丝带，身着糨糊大蓬裙，一个个喜笑颜开。我见马克闭上了眼，我好奇他能不能站着睡觉，像马那样。

两个小时后，我们跌跌撞撞又来到了阳光之下。在家里，伊莎的母亲已经在一间昏暗的餐厅摆好了复活节盛宴。银色的蜡烛闪着沉甸甸的光，透过穆斯林帘子，烛光过滤只剩了白色；桌布上摆满了美食：蛋糕、炸鱼、茶、彩蛋。画彩蛋是拜占庭时期遗留下来的一个传统，千年之间逐渐北传。我把它们当成一个吉兆，意味着我们最终会到达伊斯坦布尔。现在，我们已经穿过了半个波兰，起初不可想象的目的地，如今也不再那么遥不可及。

马切伊给我们倒了野松伏特加，就着复活节蛋糕把剩下的喝了个精光，他提起北上去谋生，去斯堪的那维亚建筑工地干活：他和几个朋友准备一起开车北上，穿过立陶宛、爱沙尼亚和芬兰。和安德杰一样，他也需要钱盖房子；他也不愿意去德国。

那天，尽管马切伊和伊莎极力挽留，我们还是上了路。恐惧感在我的大脑里弹来撞去，迷惑、不安。在某些版本的故事里，流浪的犹太人(Wandering Jew)不能在一处停留三天以上，其他说法又说他天一亮必须走，或是一个小时内，或是吃一小块面包的时间内。在英国，他记得这些农田曾是森林；他曾在马特角(Matterhorn)路过一座城市，可是一千年后那里却变成了山地。波罗的地区传言说，圣诞之夜他必须睡在犁刀上，而且必须找到一个直立的耙子(而且两支尖角还得相接触)才能停下。波兰和立陶宛的说法与此大体相同，他对休息的渴望永无止境。出于本能，那些传述者们能感受到他面临的不安，这种不安来自永不能停歇的步伐，以及随之而来的陌生感和精疲力竭。永世沦落他乡本已悲惨无限，此外还要承受永无休止的路途艰辛。

波兰人对前路也感到焦虑不安；遥远的记忆可追溯波兰立陶宛帝

国时代和俄国、土耳其、普鲁士以及奥地利人的入侵。他们将波兰的消亡史铭记于心,如目睹般清晰明了。如今,俄国人走了,德国人又强大了起来。

在船上看到贝恩特海岸地图的那一瞬间,我对波兰人的恐惧就有了感同身受的体会。这是一种几乎不可察觉的焦虑,如狂风骤雨之前的天色般微妙。光亮自西方而来,眼看要照亮德国——这个清醒、谨慎的民族想做负责的欧洲人,他们内在的谦逊与发达的工业形成鲜明对比——但是这斜照德国的光亮却在欧洲边缘投射了一层阴影:无处安放的记忆、黑暗的揣测、一系列愧疚与憎恨。一股深埋心底的悲剧气息笼罩着城镇和乡村:在象征着共产主义的胜利的方尖碑和牌匾里,在空荡荡的犹太教堂的阴影里,在半毁的不知通往何处的林荫大道里,这仿佛是某个最终会被遗忘的东西留下的遗迹,如一块立石:这些都可归罪于德国。

我们如水手般驾轻就熟,向着琴斯托霍瓦出发了。远离维斯瓦河,土地变得坚实起来。下雨天,泥巴黏在我们的鞋子上,所以,当我们沿着田边走时,脚跟处会积很厚一层泥饼,步伐也变得歪歪扭扭了,像是中国小脚女人一样。但是,除此之外别无他事。我们直挂云帆,丝毫没有在意这一点小风小浪,径直向南行进。路上毫无挑战性,甚至有些乏味;景致太过随意,路随意延伸向任何地方,即使房屋沿路散布,人们的姿态也显得格外随意。

波兰人渴望安定、奢望安全,但是实际上他们却像水鸟一样,暂时停落在湖面而已。它们收起翅膀——有时一声击掌或是一声枪响,就能轻而易举地把它们吓回天空。湖面又归于一片平静。

我很努力地挣脱这种印象:这属于阴暗面。毕竟,就是基于这种想法,德国人才一度幻想把波兰人和犹太人清除掉,像扬谷那样把那些"糟糠"清出去,建立一个东至乌拉尔的大德意志帝国。

我们几乎跨越了维斯瓦河和瓦尔塔河的分界线了,但几乎察觉不到。瓦尔塔河也是自南向北流，在波兰西部汇入奥得河（the Oder）。打井水的形式也随着季候和水位不同发生变化：以往是桶上系绳子，现在已经变成了“点头驴”[①]，上头悬挂的圆材稍不小心就能把我们磕得头破血流。现在，终于不再是一望无际的平原了，好歹见到缓山了，但山丘被树林遮盖了起来，仿佛它们的存在是对平原的亵渎，亟须掩盖。

复活节那个周日充满了婚礼的愉悦气息。一村接一村，白色蕾丝、发髻和西装到处可见。我们朝嘟嘟驶过的车队挥手。天空突降暴雨，我们跑到一个售货亭下躲避，看到村政厅里聚集了一堆避雨的人，一个乐队成员背着一架手风琴冲进雨里。那天晚上求宿之时，我们隔着大门朝一个农民挥手，他起初以为我们是跑路的骗子，佯装成英国旅人；幸运的是，他女儿想，让我们仨睡在他们家的谷仓里应该很有趣，于是说服了她爸爸，两人一同拿我们取乐。全家人看我们打开睡袋，笑得差点喘不过气。他们真的很想看我们钻进像虫茧一样的睡袋里。但是最后一刻，这个农民一下子清醒了过来，把其他人都轰走了，给我们留了一盏灯，好过一会儿再回来看看。墙那一边的牛抽着鼻子、敲打着木栅栏。黑暗中，猫咪追寻着细小的响动，爪子按压得稻草咔嚓咔嚓地响。凯特在凌晨4点左右醒了一次，看到农场主人站在水瓢旁边，然后她又睡着了。

破晓时分，一切响动都变得清脆明朗。外面某处传来了极力克制的狂笑声。有人推开了门，跳进了草堆，往凯特 的睡袋里倒了一瓶冷水。

马克扑腾了几下，大半个人都陷进了草垛里，一个留着浓密小胡子的男人正喜笑颜开，像条欢快的狗一样喘个不停。他手里的瓶子是空的，于是我开始谨慎地穿衣服。农民的妻子看热闹可够积极的，她忍着笑解释道，只有未婚女子才会湿身：湿透的周一。马克从草垛里出来；凯特委屈地裹着湿淋淋的睡袋，呜咽着。

---

① 往复式水泵。——译注

在厨房里，农民的女儿们正手忙脚乱地招待这个小胡子男人和他的朋友——一个警察。这两个男孩昨晚在一场婚庆上通宵演奏手风琴。农民的妻子端着蛋糕和茶水跑前跑后，而小胡子男人正拿警察的开销开玩笑，段子还没讲出来就狂笑不止，引得整个厨房骚动起来。我们硬着头皮冲进了他们的笑声里，端了一块蛋糕，走了出来。

猪皮水袋可以用作水枪，而且很顺手。我把农场主的女儿喷得浑身湿透，且一时忘了形。我朝完全不认识的路人喷水，期望听到尖叫，但是她头也没回一下地走远了。

在下一个村庄，水战全力开启，但是却没那么好玩。马克和我侧身而行，掩护凯特，努力表现出不好惹的样子（如同夹在女孩堆中间的几个男孩那样），把他们浇了又浇。提着水桶的男人在路上闲荡。村外，六个彪形大汉正拼命往一辆小型菲亚特里面挤——据此情景判断，前面不远处应该有个酒吧。

整个国家都是酒鬼，而乡下却没有酒吧，真是令人沮丧不已。他们需要的仅仅是一家有酒的店铺，像海峡那边的Café那样就够了。有时，我们饥渴难耐，走了数小时，穿过一个又一个村庄，愣是连一个酒吧也没看到，这令人不禁产生疑问：在东欧地区，波兰因大批黑市商人臭名昭著，而他们国内却疲沓到连一家酒吧都懒得开，他们是怎么做到的？只要是一家酒吧——任何一家——都能大火，我是这么想的。

旧日里，乡间旅馆都是犹太人开的，他们头脑清晰，人力充沛，也正是因为这个原因，常年外出的地主们会雇佣犹太管家来替他们打理家事。在乡下的任何地方，犹太人都是邻里中教育程度最高的，所以酒吧的经营者是他们，而非波兰人。那些能开店的波兰人很可能早已进城打拼了，或者是去了美国新大陆。

有些时候，我们纵队前进，各思索各的。我曾经以为徒步能清理人的思绪，但是步行时留给胡思乱想的时间太充裕了，只会诱发进一步的痴迷，最终思绪会乱成一团，挥之不去。而这些都不是什么有深度的思考。可能是某首我甚至都不喜欢的歌里面的，只因循环播放而在我脑中扎根颇深。我们探讨了《阿彻一家》里的人物。而且，近日我看《犹太史》比以往任何一本都慢。

德国人的东进运动(Drang Nach Osten)可能已经扰乱了犹太人的思绪——或是如库斯勒[1]说的——他们已经处于一个任人宰割的地位了。犹太人的东迁不仅仅是德国人推动的，也不完全借力于冷兵器和基督狂潮。几乎所有的中欧统治者都曾把德国人请入家门——康拉德(Conrad)曾允许他们进入东普鲁士；或是匈牙利的伊什特万和俄国的叶卡捷琳娜(她设立了伏尔加德意志帝国)。德国的商人和工匠占领了整个东欧地区，其程度之深致使德国文化成了主流：人们遵守着德国法规，忏悔的对象是德国教士。数世纪以来，大街小巷上流传的都是德语，格但斯克或是托伦、克拉科夫或是莱沃恰(Levoca)、布达(Buda)、加里宁格勒(Kalingrad)、锡比乌。

唯一的例外，是意第绪语[2]。因为，上述这些城市同样也是犹太城市，这里有着犹太教堂、犹太学校、犹太医生、律师、裁缝、商人和客栈老板。这两个几乎同样精明和前卫的民族分别从东欧和中欧崛起、扩张，相互学习过程中也难免存在竞争关系。两种语言相互交融，因为意第绪语——欧洲犹太人的通用语言——很大一部分源于德语(虽然比例不及以往之大：文献家否定了意第绪语的地位，称之为对德语的亵渎，就如称吉卜赛语为盗贼的黑话一样)。如今，德国人和犹太人都消失在这片土地上。

至少，一直到拿破仑时代，此地区几乎所有的城镇都是由德国人和犹太人统治的；城镇之外的贵族和农民——可注意到的范围内——说着他们祖上流传下来的语言。这是东欧一个巨大的分歧；直到第一次世界大战，才出现了此类城镇，而在亨利八世、亨利四世或是腓力王室

---

① 亚瑟·库斯勒(Arthur Koestler)，匈牙利裔英籍作家，其作品关注政治和哲学问题。——译注

② 尤其是老年犹太人使用。——译注

时代，这类城镇就已经在西欧萌芽，人们生活在同一边界内，讲着同一种语言。东方有的仅仅是王国和城市，受制于特定的统治者，受限于传统、力量、利益或是三者的合力，处于不断的变动之中。这就是但泽所守望的时代，它如同守望着一片汪洋的渔夫。永世流浪的犹太人曾踏足这里，它变幻无常，流光溢彩，又烟消云散。

波兰国王统治的臣民曾一度包括了波兰人、德国人、犹太人、鲁塞尼亚人、乌克兰人、塔尔塔人、哥萨克人、俄国人、立陶宛人、匈牙利人、罗马尼亚人、亚美尼亚人、希腊人、斯洛伐克人和捷克人。波兰、匈牙利和特兰西瓦尼亚国王伊斯特万·巴托里(Istvan Bathory)是第一个宣扬宗教包容的欧洲统治者——毫无疑问。他统治范围内居住着基督教、路德教、加尔文教、伊斯兰教、莫拉维兄弟会、东正基督教、东正犹太教，以及承认教皇和一位论的东正基督教、东仪派以及聂斯托利派的教徒。宗教归属比语言重要，社会地位又比宗教更重要，因为家庭、村落之间，语言和信仰是相互交织的，无法重新分离开来：种田的就是农民，山上的就是牧农，遇到的都可能是同乡，并且，高贵的就是贵族，只要他们想，法语就能随手拈来。很久以后，20 世纪 30 年代，帕特里克·弗莫尔(Patrick Leigh Fermor)[①]带领一群德国贵族前往摩尔达维亚[②]，他们看似都说了一口流利的英语，同时又感到地位不保。1915 年，亚瑟·拉克汉姆(Arthur Rackham)[③]问一个加利西亚(克拉科夫附近)农民属于什么国籍，却被恶言相向赶走了。

“属于？你在说些什么呢？我属于这里。这儿!”

在一个村庄，一位老妇人倚靠在栏杆上。她的德语已略显生疏。她 14 岁被卖到了德国，替一个团伙做炮场筛捡石子的苦力活。后来她进了土豆田里干活，从早挖到晚。石块磨坏了她的手，冰凉的泥巴冻烂

---

① 英国游记作者。——译注

② 中南欧高原地区，曾为苏联加盟国之一。——译注

③ 20 世纪著名插画师。——译注

了她的脚。她19岁回到家,俨然一副饱经沧桑的模样。从她谈论她屋内的儿子的方式可以推断他可能是个智障。她一向辛勤工作,但是如今东西不好卖了,他们存的钱也全被通货膨胀吞噬了。要是有头牛该多好!

“要是能重来一遍就好了,”她语气坚定,“我一定会留在德国。”

然后,她用手做了一个失望的动作,“到最后,总得落叶归根,对吧?”

莱赫家安在通往西里西亚的火车道旁边,希望能借交通便利捞到个老婆。他镶着一口银色的牙,坐在他家农场的厨房里,梳着头发。在农场里,你可以听见引擎的轰鸣声,马车轻轻的咔嗒咔嗒声,持续时间远比你想象得要长。这条线上运送的货物有煤、谷物、石油、农机、钢铁、引擎部件、电冰箱,唯独不在车站停留的就是女人。

莱赫的父亲长着一张温柔的脸,颧骨高耸而绯红。他坚信英语是德语里的一种方言。

“方子,”他用德语说。

“房子,”我们回答。他开怀大笑。

“难人,”他说,“创,卓子,怼。”他说。

“男人,床,桌子,对。”

他笑得很激动,指着他妻子说:“*Frau*(老婆).”

“Wife(妻子),”我们回答。他假装没听见。

但是莱赫母亲却很吃惊,没想到英国人也相信上帝。“信基督?”她磨了磨牙,表示不信。

另外一个农场上,埃琳娜钓了一个水手做老公,准备一周之后结婚。埃琳娜的母亲给我们看了未来女婿的照片,说个头不是很高。凯特说挺壮的,此时她露出了满意的笑容。

早上我们出发时,埃琳娜送给我们一张彩色的牧师照片。凯特送给她一件开司米毛线衫。

两天晚上，我都和马克共睡一张床。

凯特是导航仪，能轻松地找到一条小路或者旁道，往往接下来几天都不着大路，径直向南。凯特很满意有近路可走，而马克则耸耸肩，不相信会有又近又轻松的路。凯特很生气，仿佛马克是在故意气她。然后马克就默不作声，拒绝卷入可能发生的争吵——若是我接了他的烂摊子，开始向她解释，必然免不了一场口舌大战。凯特觉得马克耸肩主要是为了伤害她，而相反的，我会说，他说得有道理。

问题就在于马克耸肩伤害了凯特，而他却是没理硬逞强。很快我就会把自己置于万劫不复之地——为不可辩护的马克辩护。凯特乱发一通脾气，而整件事的始作俑者则没事儿一样地甩开步子，装作没听见。

在马克看来，我们此次徒步颇具爱德华时代(the Edwardian)的特色，是《男孩的纸书》[1]里的故事，这部书里面都是男孩子做的事，而且不和女孩子一起。他赶在塑料时代到来之前踏出了国门，彼时，农民们还住在简朴的小屋里，路上唯一的行人只可能是业余运动员和采风的画家，或是酒吧里的小贩和流氓，这正是他的原型。每个人都能分配到一个角色，他的角色应是拎着一盒颜料、爽朗地笑着的画家；农民应该是老老实实住在小屋子里，视他为怪人的人。他讨厌太复杂的东西，正如他讨厌地图上纠缠不清的路一样；遇到了问题、激情或者争执，他本能地躲避。这些是我从他走路的方式里看出来的：他迈步向前，背包上的一个黑帽子在斜纹棉布裤子后面摇摆，从不左顾右盼，只是一味向前。

他前进的心十分顽固，前往伊斯坦布尔的路上不愿徘徊，也不愿闲荡，所以，在瓦尔塔，我们最终也没能解开扎在花园里的明黄色的斯图卡式俯冲轰炸机之谜，而是上路继续走，一直走到了谢拉兹(Sieradz)。

---

①《男孩的纸书》(*Boy's Own Paper*)，一本针对男孩子的故事书，1897—1967年于英国出版。——译注

离开托伦后的两周内，乡村的景象不过是农场、田地、森林和河流；太阳落山之后，我们到达了谢拉兹，这里有冒着烟的工厂烟囱、挤巴士的人群和关注于昏黄路灯的面孔。烟雾和阴影笼罩了整座城市，还有如结核般入侵的破旧巴士；寂静的工厂大门前，乌黑的焦油浸染了路面，混凝土大楼如坟墓一般散发着潮气，凝结在路边菜贩子的卷心菜叶子上。

我们的旅馆在城郊地区，旁边是一所监狱。旅馆为了节约成本一人多用，订房间的过程简直和越狱一样艰难。一个满脸牢骚的老女人要看我们的证件，我们拗不过她，只得把包翻了个底朝天，找出早已失效的文件：货币兑换证明——早已停止发行，申请签证表——还留着的原因仅仅是因为我们不喜欢扔东西。我们在精心整理的包里乱翻一通时，她叉着双手，露出胜利的表情，然后她一句话没说，接过这些纸，喊来了一个蒙古女人带我们进去。

在旅馆的餐厅里，一个神情呆滞的总管接待了我们。他胳膊上搭着一块灰色的布，红色夹克上沾了肉汁。他一本正经地带我们入座，用那块布擦了擦鼻子，以及桌上的三个玻璃杯。我们点了啤酒，想象面前的炸猪排外面裹了一层奶酪。穿西装的男人们脸色苍白，面容肿胀，他们点好了餐，但是一口没动就推到了一边——很明智——把手肘撑在桌子上，大口地灌着啤酒。

卧室窗外，一对年轻夫妻欢乐地叫喊着，慢慢地，他们开始唱歌，歌声甜蜜动人，散发着醉意。他们在台阶上做爱，但是我们的疲惫战胜了淫欲——我们睡着了，隐隐约约地听到愉悦的呻吟和震颤，回音绕梁，不绝于耳。

白日里，谢拉兹的末日气息没有那么浓重：工厂和公寓楼位处边缘，旧城中心的卵石广场周围是一圈二层小楼，户户有着巨大的倾斜的房顶：这是中世纪的建筑，却被 18 世纪的开窗术重新规整了一番，墙面上涂了一层烟灰色的灰泥。谢拉兹是依照德国法律、由国王建立的，但是它比托伦更加谦逊、更加困倦，也没有托伦那样的工业红砖，没有洋溢着财富和文明的骄傲的垂直高楼。谢拉兹像是一个乡下的城镇，比别的城市更具有波兰气息，更加乡土。

我们套着随时都可能滑倒的鞋套，溜过了当地博物馆的抛光地面。我们很高兴地发现了一把土耳其弯刀和一顶士兵头盔，由黄铜与铁的合金制成，边缘还刻有《可兰经》铭文。试问是哪个来自基督教家庭的孩子，不幸从一个巴尔干村落里被抱走，然后在长大过程中一直被灌输伊斯兰教的虔诚以及对基督教的痛恨，最终变成了一个苏丹[①]的狂热信徒？他又是在哪里陨落——基辅附近的普利佩特河沼地？还是西方的维也纳门口？而且是哪个波兰领主战胜了他，把这枚胜利品带回了谢拉兹？

不论谁战胜了它，我们都能明白是谁占有了它：半月弯刀后面摆放着一系列肖像画——画布粗糙，比例不协调——从那画中，18 世纪中期的谢拉兹上流社会可见一斑。

他们个个身着华服，举个例子，有一幅中的人物像是“伊诺弗罗茨瓦夫号”上的船长，是个高大的蒙古人，身披紫红色丝质斗篷和毛边夹克，头戴阿斯特拉罕王冠，腹部缀着 30 颗金鹰双排扣；还有一个年轻的时髦绅士——脸侧向一边，但是他的胡子却是平着画的——一把弯刀无精打采地搭在他肩上，他身上是一件灰蓝色丝质夹克，从领子到袖口都缝着金线，还镶着看似是红宝石的饰物。

与这一连串的雄性虚荣，与这些包裹得严严实实的花花公子相比，女性的时尚气息则有过之而无不及。我冷冷地盯着她们那埋在华服之中的脸，活像厚靠垫上镶的纽扣。

这些男人对波兰的历史兴趣颇浓，热衷于纪念光荣旧日——模仿先辈的服饰和行为。100 年前，土耳其人率军攻打乌克兰，遭到了其先辈们的再三侵扰，而且当土耳其士兵在维也纳放肆、游荡的时候，他们的马蹄也毫不留情。贵族们声称与暴烈的萨尔马提亚人(Sarmatian)有

---

① 苏丹(Sultan)，伊斯兰国家统治者的称号。——译注

一定渊源：他们是一个赛西亚（Scythian tribe）部落，曾在罗马时代跨国界北上至黑海地区。最好的时候，萨尔马提亚人是个巨大的谎言，虚张声势而已；最差的时候，则被波兰地主阶级（*schlachta*）所利用，他们坚守保守主义，甚至到了发狂的地步。18世纪初，波兰帝国的时代走到了尽头。皇位被出售、买卖。议会里，大地主们通过选举选出他们的国王：他们不放过任何一个受贿的机会——法国同行、德国同行、梵蒂冈候选人。每个贵族都有自由否决权，他们可以随随便便地站起来说“不”就终止一场辩论。最终，结果是一片混乱，或者叫作那些地主们口中的“令人骄傲的无政府的状态”。少数上层阶级（伯爵所有儿子都是伯爵，儿子的儿子也算——数不尽的伯爵）和大巨头有着同样的权力，从而乡绅们得以趾高气扬地赞颂无政府状态里他们称作民主的东西。而与此同时，他们也拍着巨头们的马屁——令人作呕——因为巨头手里掌控着这个垂死国家里的唯一的实权——约定会见时间以及分配闲职的权力。

萨尔马提亚主义[①]高傲自大，趋利附势，保守排外，故作姿态，又粗野狭隘。它向政治中注入了懒惰和无知。法国、普鲁士、奥地利、俄国、土耳其围在波兰边界周围，各自心怀鬼胎，观望哪个国家会最先动手、扑向这个共和国——没有军队、没有公职、没有民主、没有领袖、没有方向，也没有未来。和平处在千钧一发之际，而且，这些地主阶级过得很滋润；而农民们在温饱线上挣扎，地租、限期和庄园式的酒精垄断，把他们的余粮压榨得干干净净。这些贵族们悠然自得，为了让农民交税肆意使用否决权，他们把乡村牧师当作自家仆人一样使唤，被人当作权威的同时又迷信鬼神，热衷于喋喋不休和华而不实的东西；一堆油头粉面的花花公子，守旧、蛮横、夸夸其谈。他们头发半剃，身着半土耳其的袍子，长袍（*kontusz*）斜挂在一边的肩膀上。他们自认为构成了波兰（当然没

① 萨尔马提亚主义，是16—19世纪波兰贵族占统治地位的生活方式、文化和思想，并与贵族民主制一起构成了联邦文化独一无二的一面。——译注

有包括农奴），对农场大门外的所有事都加以指点，其结果就是，1793年，俄国、普鲁士和奥地利最终开始瓜分波兰之时，地主阶级失去了任何可以依靠的东西。

反抗也是有的，在1794年被俄国正规军一锅端之前，联盟（the Confederacy）的领袖声称他珍视所有的士兵，会进行小规模战斗（*la petite guerre*）。起义、卫国的豪言壮语和路障也是有的。然而，1864年的南部起义从未能迎面奥地利军队——他们被农民阶级扼杀在摇篮里了。奥地利人给予农民们自由，于是他们倒戈反向国内的乡绅和地主阶级，推翻之前那个不关注农民利益的群体。

但是，画上那上尉身披熊皮战袍的方式、带着大得夸张的骑兵肩饰冲锋的行为，简直高傲得可爱。

离开了谢拉兹以后，脚下青青的嫩芽在霜冻之下嘎喳作响，冬天伴着春的气息来临了。这样的早晨预示着下午可能会下雨：帽子软塌，水顺着脖子而下，塑料雨衣边缘雨水淋淋，膝盖下的裤子全部湿透。

脚下的路似乎抬起了头，嗅着空气。我们沿着路走，感到路面正在渐渐上升，就像是狗能听到街上主人的脚步声一样。路盘了好几圈，然后突然猛地沿山的一侧俯冲下去。站在这里，我们可以看到谢拉兹的烟囱、树丛和一直延伸到烟灰色天际线的森林。山峰上有一个圆顶木质小教堂，高耸的树林之间隐藏着一个小村庄、一个池塘、木屋、马场以及半隐在灌木丛里其他的房子，还有那个我们歇脚喝茶的陡壁。

我脱了鞋，双脚在阳光里摇摆。我的脚给我一种似曾相识的感觉，像是重新找到了掉到洗脸槽后面很久的东西。我的小脚趾上也有个鸡眼，半盎司的肉都没了，像地上缺了块卵石。马克总是伸过来一个刀片，让我把它割了，而我总是推脱。我们喝了茶，吃了果酱甜甜圈。我们下面的路上有个运货的马车夫，他站在驾车位上好催马走快些，他的狗远远地跟在后面。

村长的妻子倚在橱柜上，看着她丈夫吃饭：一个身躯魁梧、头发半白的老头坐在桌子前，腰杆挺得笔直，面前的盘子上摆着一片黄油吐司。

他吃完之后，她烧了一壶水，从顶层柜子里拿出了一卷纸，打开纸卷，捏了茶叶，放到了三个玻璃杯里。她又从另外一个包里取出了白糖，放到了一个玻璃碗里，然后她扯出了一段面包，从小罐子里舀出了一勺黄油，抱歉地解释面包不新鲜。“明天，”她说，“就有新鲜面包了。”

凯特忍了饿没吃，我和马克一人取了一片，抹好了黄油，在村长妻子的监视下一口一口地吞咽着。村长站起身，来到了橱柜旁边，他真是高；他向我要了一根烟，很认真地品味着。他说他已经忘了德语怎么说了，抑或是他只是口头上说说而已。他在德国工作了 5 年，1946 年的时候又回到这里。她是个宽下巴的女人，目光锐利；她 1943 年离开了家乡里沃夫[①]，刚好在俄国人入侵之前。

不久前，他们把农场卖给了一个私人公司，那个公司收购了附近所有的集体农场。他们家没有自来水，而且地柜也被划到了隔离网的另外一边。公司是个阿拉伯人开的，村长严肃地说。我们以为听错了。

早上，在村外，我们看到了一块招牌：ABDULLAH NEMEH AND SONS LTD(阿布杜拉及儿子们家族公司)，牌子上，远处的背景是一片起伏的屋顶，有清真寺的宣礼塔、白色的别墅，远处还有一抹深蓝色的海面；一队人头戴飘逸的帽子，正骑着骆驼列队前进；“阿布杜拉”在最前面，“儿子们”骑着较小的骆驼跟在后面。我能想象他说，“这块地不错”；他付过了钱，所以他的儿子们得以留在这里。为了欢迎远道而来的旅人，他们通常会宰一头羊，大摆宴席，举行露天烤肉会。我闭上了眼睛，想象着马克经常向我描述阿布杜拉家族烹饪的方式：大锅里炖着茄子，皮塔饼上铺上一层冰黄瓜。梦醒，我睁开了眼，发现自己在水泥院子里，一个身穿蓝色工装服、头戴帽子的波兰人倚在栏杆上，抽着烟。

两天之后，我们到达了琴斯托霍瓦。

---

① 里沃夫(Lvov)，乌克兰城市。——译注

波兰中心

6月里，村里的条幅都已经高高挂起，朝圣者的背包里塞满了面包和香肠，牧师普施祝福，乐队从边境上的神龛出发：前往琴斯托霍瓦的朝圣之途开始了。穿着布鞋的老妇人选择徒步；还有年轻人和背着小孩的夫妻；农民和社会活动家，工人以及神学院学生；越来越壮大的朝圣队伍朝着雅斯纳古拉塔（the Tower of Jasna Gora）和黑圣母教堂（Black Madonna）集聚，他们圣洁、爱国、团结，向着波兰中心，或者叫波兰灵魂出发。

琴斯托霍瓦也是个纺织重镇，人口57万。我们进城前本应咬紧牙关，但是指南在某人的背包底部已经一页页脱落，被蹂躏得不成样子了。每个人听到我们要去琴斯托霍瓦，都给予我们祝福，所以，我们起初以为它是一座与坎特伯雷或梅克尔差不多的城市。

事实上，琴斯托霍瓦属于那种我们本想避开的城市。它有马尔堡的绝望气息，有格但斯克郊区的丑恶，有所有波兰城镇的共性——酒，还有它特有的可悲的戒心。煤烟把公寓外墙熏得乌黑，墙上的苔藓干裂得像一块块淤青。工厂里，电线胡牵乱搭，烟囱喘着浓烟；工厂把城市围了起来，把沟渠染成了五颜六色。火车站附近的种种匿名的恶劣行径，正印证了琴斯托霍瓦的地位——一个大城市。在市里，我们找到了一家廉价旅馆，还碰到了一群穿着短裤和军靴的光头小混混，在交通灯附近昂首阔步、大摇大摆——以及，那天晚上，在一个昏暗的角落，一个男人突然抓住了凯特。

窗子外，来往的火车咔嗒咔嗒；轨道上行驶的有轨电车呜咽不断。走廊里有两个女人相互厮打着，撕扯着对方的头发，张牙舞爪地尖叫着；同时，她们俩都想赶快踹开对方，逃到盥洗室里躲起来。但是盥洗室门锁了，一个满口烂牙、毛发稀疏的瘦男人把自己关在了里面——因为梳子缠到了他的头发上。在房间里，我们奋力地逮着床虱，逮到之后用指甲挤死——活生生的虱子，仿佛是从左拉阴郁的小说里直接跳到了我们的睡衣里。向窗外看去，层层房顶之上，雅斯纳古拉塔顶的白色霓虹星依稀可见。

这个灯光对于无知者和粗心者来说是个巨大的诱惑。朝圣者成群涌来，年复一年，他们为琴斯托霍瓦带来了边境城市的氛围。这里流动性巨大，即使是陌生人，人们不惜彼此冲撞；人们建工厂，妄想着主导风能把烟尘吹走；而且，这里的本地人以过路人为捕猎对象，朝他们下手。那个男人抓住了凯特，但是她一叫他就跑了，仿佛他仅仅是想试试而已；对于本地人来说，物价都太贵了——食物、酒店——品质和档次不及波兰任何一个地方，然而，床上的虱子似乎说明在这里睡过的人不在少数。

通往修道院的林荫道破旧、阴暗，气味与其他所有烟煤城市无异。路尽头伫立着一座苍白的混凝土建筑——北极星旅客酒店，这是专门为党军宴请建的——配备会议厅、单脚烟灰缸和椅套。我们就着蛋黄酱吃了水煮蛋，稀燕麦粥配坚硬的猪排。在接待处，一个德国女游客停下手里的电话，俯身询问城市名字。

“琴斯托霍瓦，”前台小姐回答。

“什么？切斯——”

“琴斯托霍瓦。”

“琴斯，琴斯，怎么来着？”

前台小姐放慢了语速，“琴斯——托——霍瓦。”

“啊！天哪，”这个女人声音突然严肃起来，她让前台小姐写了下来。“但是，”她说，脸上毫无笑意，“这不是个名字啊。”

波兰的中心是座城堡。受了沃邦[1]的防御主义的影响，它伫立在一

---

① 沃邦(Vauban)，法国元帅，著名军事工程师。——译注

座人造假山之上，外形似一颗星星。建筑的大部分建于17世纪，但是后来又有增补和拆除，最后一次扩建是法国人进军莫斯科的途中主持的。他们建了这座城堡，本意是想保卫所谓的华沙公国——拿破仑从瓜分狂潮之下留出的一块地，但是这个公国不堪一击，而且十分依赖于拿破仑，所以在1813年就灭亡了，存在时间不足3年；雅斯纳古拉向俄国人投降了。

它也不总是如此轻易投降。雅斯纳古拉有一段传奇故事：1654年，几乎全波兰都放弃了抵抗瑞典入侵时，雅斯纳古拉却创造了一段抗争传奇。瑞典的新教国王查尔斯·古斯塔夫(Charles Gustavus)幻想建立一个波罗的帝国，让辽阔疆域都臣服于他。波兰国王约翰二世(Jan Casimir)逃往了西里西亚——那时，琴斯托霍瓦确实处于边境上，边境线从它背后的山上穿过，这座城市扼守着跨越瓦尔塔河的通道。山脉啊！西里西亚现属于波兰，是波兰的工业中心，它得益于往昔的普鲁士统治者，拥有仅次于鲁尔区的欧洲最大煤矿(但是在约翰二世统治时期，以及之前的几个世纪里，它都在波希米亚国王的统辖之下)。在查尔斯·古斯塔夫统治了全国之后，只有雅斯纳古拉的住持还坚定支持天主教国王。瑞典军在雅斯纳古拉周围驻扎下来，想要逼迫被围军队投降，但是圣女玛利(Virgin Mary)在此时挺身而出，一把抓住了炮弹丢回到敌窝中，一举摧毁了敌军包围。修道院的奋力抵抗很快就传遍了全国，国内人民早已对瑞典人的亵渎神明行为心存不满，而令他们感到吃惊的是，一场南方山地佬领导的反抗竟然在一年之内赶走了瑞典人。

这座城堡还有另外一个光荣时刻。在1764年，联邦军占领此处，并且把它作为抵抗奥地利瓜分波兰的打头阵地。成立于东部小镇巴尔的联邦军，算是地主阶级迟来的努力。可能，他们被自己的军事辞令和良好的萨尔马提亚文化吸引力冲昏了头脑，他们召集了一支草台军队来抵抗俄国人，然而，这支军队没有任何准备，他们把好日子都花在了塔罗牌上了。奥军、普军和俄军把他们打得四散而逃，直接导致了第一次瓜分波兰。此次瓜分剜去了波兰大片土地，也使得后来的几次瓜分成为逃避不了的灾难(联邦军的一个领袖逃到了美国,将要在萨拉托加战役中对抗英国人,所以他成了第一批波兰移民)。这座城堡再一次直面敌人,直到瓜分事实已成定局,它才放弃抵抗。

我们在山岗脚下停住。对于一个声称捍卫入境通道的堡垒而言,雅斯纳古拉的围墙显得太过矮小;护城河——现在被填起来了——太浅;中心塔太高,仿佛一伸手就能把它折断。无论如何,它是个修道院,里面都是修士——另外一批战争时期需要被喂饱的人。

可能,我选择了一个错误的理解这里的方法吧。

黑圣母塑像的来源神秘莫测。传说中,在一块取自拿撒勒的柏树板上,圣路加亲自画了一幅玛丽和圣子的画像,圣海伦娜把它从耶路撒冷带到了君士坦丁堡,当作来自另一个世界的礼物,君士坦丁大帝又用它纪念新城博斯普鲁斯(Bosporus)。后来,国王尼斯福鲁斯(Emperor Nicephorus)把它给了查理曼大帝(Charlemagne):可能是作为东西二王友好的表示。几百年来,它一直躺在鲁塞尼亚亲王的城堡里,直到后来,一个叫利奥的人试图把它搬到奥波莱去。但是马车陷入了困境,而且他被托梦告知,这尊雕像应被放置在雅斯纳古拉修道院。自此之后,黑圣母塑像就一直安放在此,曾有攻击者试图挪动这尊雕像,但是不仅挪不动,反而更沉了。

专家也认为这尊雕像源自拜占庭时期——它来自一个虚妄的城市。它自13世纪起就一直在波兰境内,我很想亲眼看看它。

朝拜的人挤在我们周围。教堂很小,朝圣者数量又极大,他们很有可能是走了几英里过来的,这个时刻对他们来说是无比珍贵的。我们几个人都站着,因为没有地方可以坐:没有长凳,也没有椅子,周围满是熙熙攘攘的农民,挤得人头晕目眩。在人们温热的呼吸和刺鼻的乳香香火气味之间,几乎没有可呼吸的空气,我们在银球之间痛苦地扭动着身体。钟声敲响,镲钹碰撞,周围的人们在胸前画十字,默默祈祷着,眼睛盯着银色的圣障。慢慢地,大门打开了,透过浑浊的空气,满脸愁云的人们终于见到了美丽的圣女。

她，的确，是黑色的——泛着古铜色。她脸稍长，嘴巴小巧，鼻梁直挺，目光斜视，端庄优雅。圣子也笔直地坐着，举着手，歪着头。圣女面颊上有三道疤，是1430年胡斯运动[①]的后果。

祷告从人们嘴里冒出来，就如同吸烟的人一张嘴，烟就冒出来一样：他们祈祷财富，祈祷安稳，祈祷健康，有的想找到失散的母亲，有的想找到兄弟姐妹，有的想要个孩子，还有的祈祷庄稼丰收，有的只求腰痛、失明以及残疾赶快离开。不仅有拄着拐杖的年轻人低头祈祷，而且有一面墙上挂满了奇奇怪怪的还愿信物：锡腿、锡臂、成千的眼镜框、铝制拐杖、小照片、校徽、水晶珊瑚念珠、银心、浮雕宝石、珍珠、长命锁、戒指、小盒子等等，还有写写画画以及名字。

钟声敲响，会众下跪，仪式要结束了；最后，人们擦了酒杯，折好手绢，收走了水壶和果盘。当银色大门缓缓关上之时，许多双眼睛也一同闭上。

然后——散场！牧师像瓷娃娃一样滑了出来。“散场！”侍者们把人一点一点地推出门外，把他们推到光亮处，拆散了祷告和愿望的主人。拄着拐杖的男孩紧闭双眼，在流动的黏稠人群中一动不动。

散场！这些祷告若是要一一实现，黑圣母该忙成什么样呐。穿着灰色道袍的修女们用扫帚把我们往外轰，弄得满地都是木屑，那个年轻人也不得不挪开了，他踉跄着走过我身边时，我们刚好对视了一下。尴尬万分，我立马挪开了目光。

雅斯纳古拉令我感到尴尬。英国人、新教徒、过路者：无论怎么说，我们都是外人，都算偷窥；在我看来，似乎我们是在偷看别人的私人仪式，或者是偷看他人的日记。现在看来，相较于圣地亚哥孔波斯

---

① 胡斯运动(Hussite Movement)，15世纪反对天主教会和德国封建统治者的宗教改革和民族解放运动。——译注

特拉古城(Santiago de Compostela)来说,雅斯纳古拉不为西方人所知的原因已经很明显了。我们在这儿并不受欢迎。教堂也不希望满堂的波兰气息——和地幔一样浓厚——里贸然闯入几个装束奇怪的外人。

和还愿墙一样,博物馆同样被人们奉为值得纪念的事物之一,每件展品都对应着波兰历史中的一件大事。博物馆里有拉文斯布吕克集中营的干面包念珠串,还有 1683 年索别斯基[①]攻打土耳其人的战利品——那场虚荣之战吃力不讨好,战利品不过是几根鸵鸟羽毛和龟壳盾牌而已。莱赫·瓦文萨[②]也出现在博物馆里,不过是作为偶像被瞻仰和崇敬罢了。尤其是那面勋章墙,奖章一排又一排,大多数是外国军队里的波兰人赢得的,他们没有归属,哪边肯给奖章,他们就为哪边卖命:拿破仑奖章、一战双方的十字勋章和绶带勋章、卡西诺山攻守战之后为自由波兰人铸造的铜质奖牌——波兰军队在卡西诺山那场战役中投入了大量兵力,然而那场战役太孤注一掷,如同没有家国归属的人放手一搏那样:这使他们性情暴烈,同时也使得他们可有可无——可能吧。

一座被围攻的堡垒远不止这些奖牌、战利品和军械库里的步枪。对世俗权力和王室丧失期望之后,波兰人民把国家抬到了一个更高的不可侵犯的层面。若全权接受雅斯纳古拉的领导,那么波兰就是一个宗教实体,波兰人民是被选中的民族。他们的女王是玛丽,圣母玛利亚——在 1714 年,他们为黑圣母加冕——且她一直守护在人民身边,同人民一起受苦受难,和那些血肉之躯的国王截然相反:亨利三世(Henry of Valois)一听说法国王位暂空,就立马放弃了自己三个月的王位飞驰而走;瑞典军打入国门之后,约翰二世(Jan Casimir)落荒而逃,得知自己的王位幸存于琴斯托霍瓦时,他又抬起了头(他前往致谢,当然应该好好致谢);或是瓦迪斯瓦夫三世(Wladislaw),在匈牙利的时间比在祖国

---

① 索别斯基(Sobieski),17 世纪波兰国王约翰三世。——译注

② 莱赫·瓦文萨(Lech Walesa),波兰政治活动家、前总统、团结工会领袖。——译注

都多，丧生于瓦尔纳十字军的刀刃之下；还有所有那些被要求担任国王的贵族们，一个个都千方百计地躲避。女王玛利亚和他们都不一样，她坚守在人民身边，脸上的疤痕永远都不会消失。政治流放者也寻求她的庇护——波兰的西伯利亚女人——她是波兰史上信念最坚定的女王。

整个19世纪，任何一张地图上都找不到波兰，任何一个宫廷里都见不到波兰籍的外交官（除了奥斯曼帝国，它一直拒绝接受往日对头已不存在的事实），圣母玛利亚统治下的精神国度，依靠爱国集会和信念才幸存下来：*Polonia Semper Fidelis*（波罗尼亚永远忠诚）。

这些我都能理解，但是我不是波兰人，而且教会被家国之情劫持也让我感到别扭。教会的所作所为越了界，要了一把冠冕堂皇的三牌伎俩，把上帝、民众和过去混为一谈，直到你分不清哪个是哪个。朝圣者们涌进这个城市，也涌进这个修道院，他们理应拜倒在这套说辞之下。

修道院外，拱形小桥的那一边，有一排纪念品商店，叫卖着无用的玩意儿——教皇夜灯、塑料圣女、圣水、约翰保罗印花T恤、念珠和钥匙挂坠。在柜台后面，售货员拖着一具疲惫的身躯，柜台里面还售卖纸牌、流行磁带和毛绒玩具，而且，我们出门时注意到，门口放的不是"*Polonia Semper Fidelis*"（波罗尼亚永远忠诚），而是一张印着英国国旗的海报和萨曼莎·福克斯[①]的放屁坐垫，绝对错不了。

一步开外，一群吉卜赛人不耐烦地催我们赶快走。他们头上裹着印花围巾，海盗式裹法；个个一口烂牙，戴着金戒指，破烂的毛衫里套着印花衬衫，边缘垂到了膝盖之下，脚上穿着高跟凉鞋。他们皮肤上伤痕累累，积了一层泥垢。这是我们头一次见到吉卜赛人，他们朝我们走来，那气势仿佛一群扇翅而起的鸽子，他们一步步逼近，用领针戳我们的衣服，问我们索要德国马克。在如此近距离的喊叫之下，凯特和我一下子慌了，只好乖乖地掏出了钱——但是他们的领针戳到了马克的防

① 萨曼莎·福克斯(Samantha Fox)，1966年出生的英格兰歌手。——译注

刺背心，倒被吓了一跳。

从这里起，路上开始出现山地了。我们艰难地辨认了一番等高线图之后，看出了一些皱起的线条；沟壑、山谷、弯路，曲折的河。地形起伏不断，紧紧地挤在一起。

我们穿过了一堆破鼓、垃圾和枯骨组成的垃圾场，出了城，还路过了一群身着蓝色工装正在等车的工人们，他们一直盯着我们看。我们踏上了一条带有标记的路，喀斯特地貌一个接一个：从鹰巢（Eagle's Nest）到克拉科夫，这条线路深受夏季远足爱好者的青睐。而现在，路上空空荡荡的，附近的青旅和酒店都关了门。

傍晚，我们穿过了一片夹在两面陡峭岩壁之间的田野，身后是广阔平原——我们熟悉的波兰景色——平坦、空旷，被树林和模糊的小村庄割裂。但，眼前是一片起皱的山地。似乎，有什么东西不一样了：波罗的沙地到了尽头，我们正在进入中欧的山地地区。

我们沿着标记的路线走，然后赶在一个戏剧性的时刻上了大路。大路绕过了山的一侧，然后奥尔什丁堡（Olsztyn Castle）突然出现在了山谷的那一边——一座庞然废墟。我终于感觉自己像个旅人了：可能是因为拄杖和眼前这片狂野又浪漫的景象吧，我就缺个披风和皮帽了；夜晚开始变冷，甚至连城堡也变得模糊不清，昏暗的线条与背后的山混为一体。我们振作了精神，准备向着城堡出发。不一会儿，城堡就隐在了山后，看不见了。

我们在餐馆（*restauracjia*）里寻找住处，但一无所获。女服务员不耐烦地朝着一桌工人喊叫——他们穿着连体工装和长筒胶靴，因咀嚼的声音太大而招致女服务生的责骂。而她，唯一能做的就是建议我们搭大巴回琴斯托霍瓦。村长的院子里没有看家狗，静悄悄的；但是下一个山岭之后，是一片望不到头的绵延的树林，于是，我们又折了回去。

我们向村里的一位老太太求助，她女儿一直拿我们打趣。

“妈妈，咱有一个谷仓可以给他们住。”

“啊，那里太小了。”

“但是足够装下三个人呀。”

“那里太冷了，太冷。”

“有很多稻草呢。”

“不多，没多少。”每个人都尴尬地咧开了嘴，笑了起来。

马雷克走了进来。

“我有一个地方，跟我来。”

他微低下了头，半走半跑地往他的地方赶。

“来啊，”他腼腆地催促我们。

他冲进自己的房间里，打开了电视和收音机，然后往炉子里填了两根木棍，准备烧水泡茶。

等水烧开之时，他兴奋不已地翻开了一本书，然后他在一张喷火式战斗机的照片处停了下来。“英国，波兰。”书页里有很多彩色的武器图片，明显是从杂志上剪下来的。他把纸揉成了一团，丢到了水壶底下。

他在房间里到处跑动，给我们找可看的东西。他给我们展示了一张他服兵役的照片，我们对他的军靴表示了赞赏。他还站在隔壁房间光亮照不到的地方，迅速地吹了几声他的军号。他让我们看电视：一个穿着巨大粉色垫肩外套的女人正在采访一位农民。她那身衣服，那个拍摄团队，站在牛粪上的姿势以及刻意的电视腔，似乎表明她不是来自华沙，而是外太空。他又给我们拿出来一张照片，是一个高个子女人坐在这个厨房里。

“我妻子，”马雷克说，他的语气里既有骄傲也有苦楚。一年前，她带着小儿子跑了，直到现在都没见人影。到了时间他就去上班，下了班就回到空荡荡的家，像个失措的飞蛾一样四处乱撞。

“来，”马雷克又说。

凯特在电视前没有动，开心地喝着酒，看着索菲亚·劳伦演的迷你剧：她演一个初到纽约的第一代移民。

马雷克拿着一个手电筒，飞快地领我们上了山；我也拿着我的手电筒，无力地讲了几个关于“香烟太多”的笑话。在黑暗里，在他的城堡里，他丢掉了所有羞涩与束缚，在碎石满地的山顶他也没有放慢步速，而是在地下室和塔顶之间上蹿下跳。在城堡的最顶上有两个塔楼，大洞被顺势造成了主楼，主楼里还有一条秘密通道通往地窖厨房和储水槽。我独自一人在地窖里站了一会：似乎有数不尽的鬼魂围着我转，毛骨悚然，我吓得跑了出来。这不失为一座城堡。所有的东西都是一片漆黑：在一个没有星星的夜晚，只有远处小村舍里发出的些许昏黄灯光。

现在，我们的路两边尽是山丘和山谷，村庄不再沿路延伸，而开始抱团——可能是出于安全因素考虑。另外一些城堡则位于军队可能路过的地方。

我们全身的肌肉疼痛无比：跋涉、攀登、肌肉紧绷；下山的时候，鞋尖碰挤了我们的脚趾。夜里，和往常一样，我们寻找寄宿的谷仓，要不是凯特发现了五冠白兰地，我们很可能因为草太薄而无法入睡。

五冠白兰地是一种现象级的存在。除去语言不说，我们仿佛来到了一个新的国度：这里酒吧更多，环境更好，这里的房屋有屋檐，沿途的神龛像哨岗一样瘦长。在山顶的村庄里，取水得转动一个轮子，把水泵到地面的高度。从这里看出去，能看到俯冲式的谷地、大片的羊群和茂密的树林。农作物也更加高级，高高的绿色植株不仅填满了田垄，而且预示着繁荣。这里已经离贫穷的北部沙地很远了。

三天之后，我们到达了克拉科夫。

克拉科夫

有轨电车让我联想到了电邮和侦探——带着巧克力色帽子的那种。叮当的铃声和轰轰的发动机让人联想到了20世纪30年代的黑白老照片，想到了那些戴着霍姆堡毡帽、竖着风衣领子的男人，以及带雨篷的小商店和那些德国犹太人的名字。“中欧”和“继承国”[①]一样，只存在于两次大战间的20年：之前，人们说的是奥匈帝国，克拉科夫也包括在其中；之后，人们口中就变成了“东方集团”了。

在克拉科夫，到处都有花：电车停靠站旁、广场卖花人的怀抱里、夜间饭店里，吉卜赛女人也会朝你伸出一枝。这对于我们来说很新奇：乡下没人种花，其他城镇里也没人卖花。当然，克拉科夫要把花归功于哈布斯堡皇室的礼仪：亲手礼(Küss-die-Hand)；而且，我注意到，当我把一束花呈给远足俱乐部一位女士(她为我们找到了地图)时，她竟然已经准备好了花瓶。

克拉科夫的仪式感颇有都市气息。据说中央广场(Rynek Glowny)上曾有中世纪欧洲最大的市场——虽然流向这里的大批货币已经缩水成了蔬菜和肉类等等必备品(那个巨大的市场也沦为了小贩的集中地——洋娃娃、篮子和手工编织品)。如今，广场上只剩下鸽子和行人，但要知道，这里的流量曾一度达到了顶峰。对于那些身背毛皮、蜂蜡和蜂蜜的商人来说，克拉科夫可以算得上他们走出大草原到达的第一个大城市了；谷物北运、木材南送，安纳托利亚和黎凡特[②]的织毯和香料、德国的布匹和钟表纷纷运达此处，这里是东西、南北贸易要道。克拉科夫的市民——那时大多是德国人——能够和“汉萨”结盟，然后(至少)

---

① 从一个大国中分裂出来的国家，拥有独立主权。——译注

② 地中海东部地区。——译注

在首都推翻国王的统治。他们建立了这个城市，后来，波兰贵族又把意大利建筑和土耳其战利品带到了这里，随之而来的还有大波的财富和居民。

我们进了一家最喜欢的咖啡店，除了服务员更友好之外，这家店和纺织会馆对面的另外一家没任何不同。我们坐在窗边，看着窗外的人来去匆匆，无论如何，这都算是个奇异的世界：穿着长袍的耶稣会徒，在去忏悔的路上昂首阔步；扎着头巾、面带妆容的老闲头，把他们的小咖啡店视为骄傲；一个穿着仔细缝补的西装的男人，仿佛还对40年代依依不舍——那个时候一切都井井有条；还有穿着牛仔裤和T恤的孩子们；遛着大丹狗的女人；一对修女；一个别着裤管夹的学士；还有——怪异可怕的一幕——一个留着黑色卷发的哈希德派男孩，身穿黑色长礼服，从广场上穿过，隐到卡齐米日犹太街区不见了踪影。我们望向窗外的同时，总感觉有人也在看我们：这是欧洲大城市独有的感觉。

那些吉卜赛人在看我们。纺织会馆的柱子上倚着一个懒洋洋的胖吉卜赛女人，她嚼着口香糖，身边围着一群大眼睛的小孩——就像《雾都孤儿》里的费金一样。乍一看，孩子不少，但是后来我们发现，到我们桌边讨钱的小女孩（穿着破烂裙子，用手拍嘴的方式颇具印度风味）竟是早上来讨要过的那个男孩：我们把他抓了个正着，他笑着跑走了。这些吉卜赛人，像拾荒者一样，依仗着旅人的大意，在连绵起伏的城市中捞点甜头：在谢拉兹或者托伦，他们绝对活不过两天。他们身上也回响着30年代的音符，如同电车那样：如巡演乐队般的理想派，如周日广场宣言般空旷。在广场上的孤塔塔顶上，我们见到了一张二战前夕阅兵仪式的照片：照片里彩旗飘扬，军乐队成员穿戴整齐，政客们的帽子上装饰着花结，还有——可悲又不可思议——骑兵队，个个都戴着平顶筒帽，阳光下，长矛闪闪发光。

在旅馆度过一晚之后，我们搬到了瓦维尔堡（Wawel Castle）的一个房间里，这间屋子是从未谋面但慷慨大方的泽姆纳基教授提供给我们的。瓦维尔堡相当于克拉科夫的终极地标式建筑——集温莎城堡、西敏寺和伦敦塔于一身:这里是波兰的皇宫,同时也是皇室加冕和入葬的教堂,一直到17世纪依旧如此。城堡所在的小山周围围了一圈围墙,到处都是角楼。我们的房间是一个颇实用的营房(奥地利人建于19世纪);我们在皇室寝宫的庭院里穿行,在守卫室里拉了一根线才准许进入;瓦维尔堡如同鹰巢,从这里,整个克拉科夫尽收眼底,王室出猎也不过如此吧。夜里,游客散去,大门关闭,中庭一片沉寂,但远处御前卫队巡逻队的脚步声依稀可闻,还有定时敲响的教堂钟声。

我们匆匆扫了一眼广场边的书店,全都是奢侈的俄文艺术书籍和相关的波兰小说,还有一些不知从哪户人家的阁楼上挖出来的二手德文书,甚至还有英文书:《男孩帝国丛书》、骚赛的《纳尔逊传》和陶赫尼茨平装版的《白鲸记》。在弗洛里安斯卡(Florianska),我发现了一家富丽堂皇的新艺术派酒吧,还附带卡巴莱表演。酒吧里灯光昏暗,知识分子们三五成群地围在一起抽着烟,倘若我们进去,衣帽倌会取下我们的外套,向我们出售火柴和香烟,尽力抓住每个机会昭示他的存在感。

一战之前,大酒店外,这些人是不存在的;毫无疑问,他们也注定会在这里消亡,但目前他们数量仍不在少数。都有些什么样的人呢?低层白领阶层——若是逮住个闲职,必定会抓住不放,日复一日地做着琐事,在岗位上待到天荒地老;办公室把他们招来,不是期望其如门卫般安静,也不是让他们充当前台,而仅仅是雇他们安稳地坐定,眼睁睁地看着你进进出出。咖啡馆外的中央广场上,有人售卖厕纸,按张付钱。城市的各个角落遍布着各式各样的小贩,毫无疑问,瓦维尔堡门口小摊上那个橙色头发的女人算得上是他们之中的元老了。我们走向她去买票:后面排了很长的队。我们透过一个厚玻璃板讨价还价,她专断的声音里透着不容商讨的威严,通过扩音器破碎的声音传向队伍。她拒绝向我们售票。不一会儿,她就失去了跟我们敲手表和抖票子的耐心,但是她不会讲外语,于是只好抄起了胳膊。旁边的一个日本人摸不着头脑,一个法国人不安地扭动着手腕,而一个德国人则叹了口气扭头走了。我看见,那些不远万里来到这里的人们,遇到这种情况不禁失望至极、失声痛哭。不寻常的是,其实我们根本不需要买票,更不用从她那里买。我们根本不需要和她打交道。我们本可以直接走进去。

那些半透明的门童式的人物,则以另外一种方式证明了这个城市的生命力。他们是这个有机体的毛细血管——即使它快把你榨干了。没有你,乡下和市镇照样存在,而对城市来说就不一样——你对城市来说必不可少。克拉科夫,虽然是大城市,但它也在时时刻刻狡黠地关注着我们,抢我们的钱包,卖给我们无须有的票,引我们到这里,向我们展示一切,无休止地上演那些小把戏。相比之下,那些乡下的城镇似乎患有舞台恐惧症;在游客面前,它百般不自在,过分地羞涩;而克拉科夫则能用尽手段吸引你的注意力,像一场预演过的荒诞喜剧。

某天夜里,我们坐上了轰隆隆的电车,离开了这肮脏污浊的 19 世纪般的郊区,周围是战后遗留下来的过剩的水泥建筑。克拉科夫骗了我们:它的大门对汽车关闭,大部分都用墙围了起来。而且,从我们住的瓦维尔堡可以推测,文艺复兴的中心应该也如克拉科夫一样。几乎,但是,不完全有可能:街上的人们戴着医用口罩,抽泣不已;雕塑抬起不详的空洞面孔;浮夸的柱子上满是擦拭的痕迹。邀请我们参观的建筑师提醒我们留意路边一个苏联海军上将的玄武岩雕塑,看到它之后,我们就下了电车,他坐在一个小公园里愁眉不展,像是想要与苏联军队一起撤军似的。

找到那间房子颇费了我们一番功夫。街道两旁的房子如烤架一般排列,一排排房子几乎一样,倒让我联想到了新德里郊区的景象,但是,最终我们还是找到了,按响了门铃。

正如我预想的一样,惠特克不建议我们四处参观他的房子。如同可可和睡前故事一样,我们也在进行着一项惬意的睡前仪式:站在混着粪土和稻草的地面上,观赏断奶的猪仔。我们倚靠在木栅门上,轻抚奶牛,对话鸡仔,和农场看家狗交朋友——我的行为中,仅有一丝丝出于个人利益考虑——农场的狗拴在了狗舍中。农场的存货总是处于短缺状态：要是多四头奶牛和半打猪，似乎能让农场看上去生机勃勃；但是即使只有一半，也同样能使人感到骄傲和满足。每个农民都喜欢走动巡视，但是，他们似乎更喜欢有人一同欣赏。

惠特克让我们坐在沙发上——一个真正意义上的沙发，不能展开成床的那种。滑门画窗外面是一个小庭院；一楼是敞开式布置。

“这是为热带地区设计的，”他解释说，“但生意泡汤了，所以建到了这里。”

那么，我是对的，关于新德里郊区。

他妻子为我们准备了一盘盘精致的开胃烤面包。清理鲱鱼、切鸡蛋、切香肠，她一定花了好几个小时，再把这些码到方片黑面包上——如胸针般精美复杂，只不过，这不是饰品，而是食品。她斜坐在扶手椅上，小口地啜着矿泉水。她很漂亮，是个高挑的金发美人，像个北欧人；我想，她定是觉得她的客人们很无趣，整个晚上，她都很礼貌地提问，不断引导话题，似乎是按照一本无形的女主人手册逐条进行似的。

惠特克目前的工作和战后波兰史一样令人难以捉摸。那是1946年，他找到了人生的第一份工作。大战最后一年，他从地下大学毕业。他算是一个合格的建筑设计师，摩拳擦掌，跃跃欲试；他也是一个崭新的人，对过去无牵无挂。

“我被送到了格但斯克，”他说，“一片废墟，真的。他们说德国人毁了格但斯克，跟华沙一样，但是你知道吗，我可不这么认为。”

他狡黠地朝我们笑了笑。

“最开始，我不是建筑师。那些碎石，和旧建筑一起被人们丢弃，于是渐渐地，这个城市就消失了。最开始还有一个地下黑市，交易各种漂亮的石头——这些石头都在夜里被装上瑞典的货船运到国外了。所以，我第一份工作是管宵禁——建筑宵禁。”

当局希望尽快建立起新的波兰的格但斯克，尽快投入反对德国民族统一主义的战斗之中。

“我们得建工人住房，必须迅速建起来。这就是说，城中央那部分我只能重建外墙。以前后城那块儿是小巷、庭院和许多小地方——根本不可能。很多记载都被毁了，我们资金又不足，所以我们就造了一些公寓楼。”

他耸了耸肩。

“现在，我对他们的条件仍然不满意，工人们根本没能力照看这些财产。”继格但斯克的成功之后，惠特克去了南方，主持设计一个新的工业城市，离克拉科夫不远。很难想象，对于一个人人都厌恶的地方，他会有何见解。人们厌恶烟囱里滚滚而出的废气，它们污染了空气、毒害了孩子。人们厌恶阴暗的房子，厌恶阅兵广场，厌恶拥挤的混凝土大楼，厌恶压得人喘不过气的单调和乏味；又因为它代表着国家对斯大林和俄国屈辱的投降，人们就更厌恶它了。

从建筑的视角来看，克拉科夫几乎是战后才出现的，相对于华沙和格但斯克来说，可谓是完好无损。德国人曾经在那儿挖过矿，但是不知为何无果而终。但是，在二战后的几年里，来自东部的大批难民涌入这个城市，因版图变动，那些难民的家会被划入俄国疆土，因此，他们愤恨不已。当局把克拉科夫当作此项抵抗的核心，贵族们（他们可不会眼睁睁地看着东部的地产流失）可能会组织抵抗力量进行反击；结果就是，他们决定利用难民把这个城市带回正轨。

所以，他们安排建造这座工业城市——苏联式的重工业怪物——一项工人阶级接手并推动社会主义的光荣使命。

“你去拜访那个人了吗？”安德杰曾经问我，“在克拉科夫，人们叫他疯狂糖果师。”

不用等他说完，我的嘴巴就噘了起来——至少，我内心是不屑的。但是惠特克表里如一、镇定自若，丝毫不担心他在此项目中的角色。他用客观的语言向我们描述了那本巨厚的项目简介，而且不难感受到他内心的那一丝恐惧。他要设计成千套公寓，还有成套服务设施、商店、洗衣店、道路、医院和警察局。整个卫星城平地而起。

他说，这个地方也有缺点。他的设计需要新的建筑技术，当时的工人对需要的建筑材料还不熟悉，所以就产生了误解；错误也难以避免。他发现，这些问题在那个时候并非罕见，也不仅仅限于东欧；但是后来，由于资金受限，他所要求的材料都被廉价不合适的材料代替了。

“太仓促，太廉价了，”他说，“但是激动人心。全世界都激动不已，你知道吗？对于建筑师来说，50 年代和 60 年代是个实践和创新的时代。节日大厅、南方银行、考文垂大教堂，你们国家的那些，都是绝妙的建筑。你去过拜克墙(Byker Wall)吗？”

然后，他继续讲述着如何从容不迫地把他那个可怖的城市从苏联危险的暗礁和浅滩边缘拯救回来，进入宽广开阔的国际水域，在那里，全球的建筑设计师们都急切地想造出些新奇的东西。

他刚参加完伦敦的一个研讨会——中途开了一个小玩笑，据他说——他把工业城市的一两张图片插到了后现代主义的讨论专题之中。没有人笑。“然后我告诉他们这些是建于 20 世纪 50 年代。真是太好笑了，他们相当震惊，当然，我们不得不把它叫作那个时候的社会主义现实主义。”

现在他正在帮忙组建一个环境压力小组，关注欧洲地区的保护问题，诸如环境污染、古建筑消损、历史遗迹的保存等等。他向我们解释说，很有可能会去游说政府最高官员。惠特克最新关注点里是否有什么讽刺意味，他自己也不承认。

对荒凉的恐惧最初让惠特克选择成为一名建筑师。在战争结束之时，他向东到达了加利西亚(Galicia)——这里曾是波兰的一部分，后来落入了俄国人手中，被纳粹占领了一段时间之后，又永久性地归于俄国人。他没有炫耀波兰人、犹太人和乌克兰人居住的村庄，也没有显摆好收成和结实的房子，而是独自一人，在废墟和焦炭中穿行了数日。

他以格但斯克为荣。重建所耗费的钱财是新建一座城市的四倍。“我们对自己的文化有一种热情，”惠特克说。共产党曾经准备投资重建教堂，当然，钱都花在了城镇上。战争中，城市被夷为平地，共产党不得不另寻他法。马尔堡也重建了。但是,每 1 万座幸存于战争的乡村房屋中,仅有 800 座挺过了土地改革和清洗运动。

这片土地上到处是他们留下的疮痍。有时,过了一个路口,沿着蜿蜒的夹道树的方向行走,我们会遇到一堆枯枝或者一堆废旧铁鼓;长久以来,波兰的任何东西都在一点一点地走向衰亡。

斯洛伐克

重峦叠嶂之间,景色若隐若现。远处的山峰刚刚现身于阳光之下,近处的山丘又隐在了云雾之中;低垂的云彩描画出了另外一条地平线,投下的阴影使得山谷显得更加深邃;随着峰回路转,一个个小村庄如精灵般突然闪现,继而又消失不见。

在这里,你的空间感会遭受巨大的波动。山路崎岖不平,气候摇摆不定,在这种地方,谈论里程或是根据地图来猜测距离完全是徒劳的,特别是当有一半的距离都是上坡,或前路横亘着一个破碎的山谷的时候。

语言和习惯在前进途中失去了用途。山地居民的生活隐秘而孤僻,他们很少遇见外来的生人——崎岖的地形限制了他们的眼界,但是他们从中学会了如何看山、如何在山中生存。这份营生如此不易,所以他们更加不愿意放弃。山地居民性格更为刚烈、更为谨慎,他们建造的房子有宽阔倾斜的屋顶,他们以部落的形式聚集,甚至还有可能近亲结婚;他们享受音乐,喜爱在木头上刻画,在外还有着严苛的名声。世人批评他们,说他们的头脑与山谷一样的狭隘。

几个世纪以来,斯洛伐克人都过着耕牧营生,从未被世界在意。位于喀尔巴阡山脉东北端的斯洛伐克曾经属于匈牙利,自此而始,喀尔巴阡山向东横亘在欧洲中部,好似一道扶垛,或者说像一个问号。之前,匈牙利位于这个问号的圈圈里,强盛之时以山脉为屏障,向西南的的里雅斯特和亚得里亚海方向扩张;国家式微之时——16 世纪土耳其人北上入侵——匈牙利上山求蔽,屈身于斯洛伐克境内;当东边特兰西瓦尼亚强盛之时,匈牙利王权西迁至维也纳的哈布斯堡,斯洛伐克则落入了奥地利人的管辖之下。特兰西瓦尼亚——这片山地环绕的世外之地,向土耳其人缴纳自赎金，然后继续自立自治。这种情况直到 1699 年才发生了改变，土耳其人被打回了多瑙河沿岸，这片被征服的土地又回到了奥地利王朝手中，此时，特兰西瓦尼亚终于臣服。

土耳其人被击退很久以后，斯洛伐克成了一片布满了城堡、匈牙利贵族、农奴和以贸易为生的日耳曼人小镇。一些农奴说匈牙利语；但是他们说什么无关紧要。身为农奴的斯洛伐克人没有发言权，也从未发声。19 世纪中叶，语言学家编纂斯洛伐克语语法和词典纯粹是为了学术兴趣，别无他意。到 19 世纪末，仅仅有一小部分斯洛伐克人享受到了大学教育——匈牙利大学教育。然而，20 年内，他们被算作一个国家。奥匈帝国在一战结束之时解体，捷克游说同盟国，主张建立一个斯洛伐克国家。

捷克是老师，是这个新国家的设计师，而且，它们破天荒地教导从未发过声的斯洛伐克人说话。1938 年，德国纳粹吞并了捷克的领土，斯洛伐克成了一个傀儡政府，被一个法西斯天主教牧师统治。战后，国家统一如初。

捷克斯洛伐克看上去不堪一击。从地图上看，东西向像个国家，但是南北向，却窄得像布拉格彗星的尾巴——无名之辈的土地；境内的山脉，是我们即将要面对的阻碍。地图把这里和匈牙利平原连到了一起，就像给一口深底锅扣上了一顶盖子。

边境检查站位于松林之中，位于深溪沟的对岸。再没有其他人会穿越这里——这儿的守卫似乎纯粹等着我们到来。我的波兰签证过期了，所以需要从这些捷克人手中拿到一个内部签证，好一路出去，有了这个签证，就能证明我们一直老老实实地待在登记寄宿区，且每天都老老实实地交了 15 美元。我们其实也很缺钱。

一路上，我提心吊胆，每走一步都在担心那些波兰人反悔，要反过来仔细检查我们的护照。我们只顾一心逃走，所以什么实质性的问题也没问，也没有挑条好路线。检查站太小了，连货币兑换处都没有。我们身上甚至连一张合适的地图都没有。

从边境上一路走来，沿途都是松树和花岗岩，小路蜿蜒曲折，延伸到了一个空荡荡的山谷里，路边有一个小木屋，绿色的百叶窗，木材搭建的墙。一个蓝色的远足标志直指塔特拉山。山坡上林线很低；再往上，岩石下面藏了些雪，像白色的睫毛膏。山峰顶部是黑色的，远足路线跨过山顶，直到新塔尔格（Novy Targ）去了；我们的路最终也到那里，但是绕开了远足营地。我们继续走，天黑很久之后，身边的树林也隐到了暗夜之中了，凯特很害怕，我们也筋疲力尽；我们跌跌撞撞进了一个小镇，却发现被地图捉弄了，而且累到一句话都说不出来，加之身无分文，我们仨几乎被逼到了发疯与痛哭的边缘。我们沿着路走了 20 多英里，沿途一片空空荡荡，唯独几个空等夏客的 SPA 小屋，但是连看门狗都弃之而去，它们在门松掩映之下，显得无比冷漠和无情。

旅馆主人说没有空房了，然后抬头望向窗外，一片漆黑。然后，她带着我们穿过树林，来到了一个小木屋，里面睡满了童子军，她为我们收拾了三张单人床。

整个斯洛伐克在我的日记里留下的是一片抓狂般的徒劳吼叫，唯独一篇例外。这篇日记写于莱沃恰城墙外的一片花草地之上。夏日炎炎，我们却目睹了一场风暴，狂风浩浩荡荡地扫过了另一个山谷：这个场景的怪异程度不亚于维多利亚时代的人铺野餐垫于草地之上，然后静观一场战役。虽然战役不常发生，但这里的山却常年暴露于这突如其来的威胁之中，突然如晴天霹雳，干脆如部落冲突。

“有人来了，”凯特突然说，但是我没有看见任何人，目光所及是一片花草地和一条坡度不小的林荫道，道路通往山顶的教堂，两旁种着干瘪的栗子树。每年，斯洛伐克的善男信女们都要来到这里参加集会；那天，我们被大波人流冲刷了一个小时：我们到达的时候他们已经开始下山了，一大波斯洛伐克三角头巾（*babushki*）、乡村短裙和打褶衫迎面而来。

“他们是工人，”她掉了一个前缀，就像单说“航空”或者“机”那样。

“伐木工人？”

“走吧！”凯特已经站了起来，我听见头顶上传来低沉如轰鸣般的雄性声音，从天而降，我为什么会害怕？于是我合了日记，三人一起冲下了山。

19世纪，德国商人殖民者创建了莱沃恰（Levoca），彼时名为Leutschau。那时，小城外围是一堵高墙，城中心广场四周是低矮的高顶房屋，广场中心是一个哥特式的天主教市政厅和一个巨大的路德教堂。建筑五彩缤纷，不仅有雕栏画柱，横梁之间的石灰墙上都画着壁画。

在本地人眼中，这可有个大问题：暴露了城市的真实年龄。要是想吸引游客，市貌和建筑就不能凌乱破败。要是给人家留下了不好的印象，他回去就会告知他的朋友，说：“斯洛伐克太凌乱、太落后。人们住在破破烂烂的屋子里，窗户看似几百年没修过。他们接手了一个国家，就任其破落衰败下去。”

世界其他地方的人就会用手敲着合订本的《好兵帅克》，仰天大笑……一想到这里，斯洛伐克人就能想象，他们那狡猾的捷克老邻居是如何满脸堆笑地向外人替他们的乡下亲戚赔不是的。

一想到这里，他们就狂躁不已。健康保险、光脚乱跑的小孩、佝偻的老妇全都抛诸脑后，必须要拼尽全力地不懈建设市貌，褪色的壁画要用持久的丙烯酸颜料重新涂抹一次，参差不齐的房屋得全部拆除，用公寓楼取而代之，建楼得用煤渣砖和防霉底灰。然而，即使付出了如此之多，情况依旧没有多大改观，墙壁上还是斑斑点点，菜场大门依旧是千疮百孔，来往的车辆留下的创伤使得为翻新所做的一切努力都付之东流。但是亟待解决的问题还很多：不美观的小摊和店面需要整改，不然会让游客以为斯洛伐克的商业还停留在18世纪，同时，还得有个人——随便哪个人——去处理一下博物馆里那些易碎的壁画。

壁画修复师不是没有尝试过还原历史，能想到的手段都尝试了。

于是，只能牺牲质量了：阴郁的贵族、僵挺的伯爵，略去；冷峻司令的嘲讽以及犀利的眼神，略去；眼睛本应该是温柔圆润的，瞳孔应该纯澈清透，眉间纹和眼角纹本应该有阴影，最好有半英寸的凸起。修女们个个喜笑颜开，但是仔细看却能发现每个人的笑容里的无奈和烦恼：无疑，每个人都有各自的喜怒哀乐，有热情也有慵懒，有嫉妒也有仇恨，而现在，他们成了欢乐的一大家子，红润的幸福笑容千篇一律，有如一通鲜血下肚后复活的吸血鬼家族。

可能，没有人预想到我们在旅游局上班之前就到达了斯皮什斯基堡(Spissiky Hrad)。这里离莱沃恰仅不到10英里，就有两个山谷横亘在两地之间的小平原之上。平原上还有一座缓山，山顶上有一块凸起的岩石。我们远远地就望见了城堡外墙：城墙、损毁的角楼和主楼。爬上山之后，我们站到了城堡之上，俯瞰四野，视野广阔；士兵占领了此处就相当于扼守住了连通波兰和匈牙利的要道。

在城堡实施了军事管制之后，斯皮什斯基下城区照着莱沃恰进行了一场高仿建设，于是更显凌乱和原始。城中心位于三条道路的交叉路口，是个三角形，其中一条道路通往远处背景里的城堡，它坐拥山顶，那般的庄严宏伟。城中心周围的房屋破败不堪，石灰泥巴墙上渗着霉绿色和赤褐色的涂料。从那些已经几乎看不见的哥特字母中，可以隐约分辨这里曾是个商店，经营着小生意。离城堡更远的那些零散的建筑则更加令人心酸。旧犹太城区现在已经成了吉卜赛人的领地：他们小巧黝黑，小孩子们顶着一头乱发，朝我们咧嘴笑嘻嘻地讨要零钱。

突然，天下雨了，于是我们跑走避雨。这些吉卜赛小孩子们也跑了起来，他们用一只手遮住头顶，这个动作让我想起了印度人和他们的雨季。在印度，风暴和骤雨来得一样迅猛。顷刻之间，大雨滂沱而下，三角中心城区已经淹没在水中了。人们挤在车厢门口和建筑物的走廊里。有一会，可见度甚至不及街宽，闪电把大雨照成了黄绿色，水面上的旋涡消失，化成了一堆堆泡沫，堆积在我们脚边。又在转瞬之间，雨停了。街上一片安静，只有雨水流进下水道的声音。我们趁着这个空当，匆匆忙忙地跑回了酒店。

酒店的咖啡馆里弥漫着阴郁的雾气。我们点了一壶茶和一杯啤酒，和一位体型庞大的妇人共用最后一张桌子，我们到的时候，她正咕嘟咕嘟地灌伏特加。我眼睛有些许刺痛，鼻子也冰凉凉的。

我们几个把书包脱下，放到地上，开始小口嘬啤酒。

“啊啊啊啊啊，”这个老妇人发出了声音。

“不，” 她猛地晃了一下头，又突然停住。

“不，”她闭上了眼，“不。”

她嘟囔的那些话，我们几乎只听懂十分之一。她有 5 个孩子。有一个——外国的——布拉格的——妈妈！我的好儿子啊！就那么走了！

她伸出巨大的手抓住了马克的胳膊，她猛拉他的胳膊，死死不放手。

马克动弹不得，此时这个老妇人脸上留下了两行泪水，她把马克的胳膊又往自己身边拉扯，把他的手放到了自己的胸口。

“啊……不，”她低吼着，前后摇晃着身体，马克也被拉得前后摇晃，桌子上的玻璃杯叮叮当当，我们俩看得着了迷。当被她拉着摇晃不下十次的时候，马克已经露出了一副生无可恋的表情。

“啊……啊，不要啊。不啊。”

“无法脱身，”马克说。

“啊……不！”

“马克，咱们走吧，”我提议。此时，老妇人靠回了椅子里，呻吟仍在继续，“啊……”

马克转身一闪，咬着牙说：“我要是能脱身早就走了！”

“啊……啊！不要走。”她跪到了地上，眼泪沿着她的脸颊流下。门外，雨又开始下了起来。

自山谷向南，沿着一条夹岸都是白杨树的蜿蜒曲折的道路，我们穿过了连绵起伏的缓山，在道路的尽头有一座规模不小的城市：有工业、有铁道，这儿叫诺瓦维(意为新城)。这里的博物馆里有长毛绒、织锦和钟表，还有一张老照片，照片里是这个博物馆的旧貌，展馆门前有马和马车，三角顶饰上刻着辨认不清的字。我们又出去看了看，但是那些刻字已经消失了。

在前往诺瓦维的路上，我们因不想被发现护照上少了图章，在路过警察局的时候尽量保持低调。我们看到一个穿着粉色运动服的吉卜赛人被铐住了手，被两个警察架着，然后，他回头朝我们笑。

我们冒着雨跑了大约一个多小时，雨中毛茛和野草也不好受。雨正紧的那一会，我们坐在一个公交站底下啃巧克力，当大雨过后，我们已经到了峡谷。山路很狭窄，只要有两个卡车路过，我们就不得不把背包挂在护栏外全力避让。马克走了路的另外一边，差点被一辆超载的卡车挤扁了。后来终于柳暗花明，来到了开阔地界——一个简陋的小村庄，这里处处装饰着鹿角和熊牙，村民们为我们提供了一晚栖身之处。

一如既往，我们又是一顿狼吞虎咽，然后就朝山顶出发了。草地连着冷杉，山坡上沿路有一连串木板小别墅，每一幢都带有一个露台和打孔木屏风，这让马克想起了安纳托利亚的房子。

我们停了下来，驻足盯着其中的一座。这栋别墅和它左右无差，也是雕栏画柱、大门紧闭。经年累月，在日晒和潮气侵袭之下，房屋整体已经变成了灰黑色。护墙板自门框开始，空荡荡的窗框上缠满了花园里伸出来的黑莓枝。屋顶上的面板脱落了，而椽子上却长了一丛丛的野草。这栋房子如搁浅的船般陷在此地，慢慢腐烂。

雨水和融化的雪把我们的路冲刷得干干净净，露出了土下的花岗岩，阳光透过树叶投射到地上，照亮了脚下的矿石和石英，一闪一闪的。接近山顶时，我们小心翼翼地坐在一个马车躺椅上休息，椅子散发着潮气，还渗着细小的水流，但是我们无暇顾及它为何会出现在这里。无论它是怎样出现在这里，它最终归属于这片土地：这里的小洞穴、头顶的绿叶、阳光斑斓的土地和它身下的一层层落叶，俨然一个天然沙龙。我们打开了地图。

图纸上扭曲的白线似乎是一条河，河流自此而始，像电线一样流淌开去。山顶就在我们眼前；我突然意识到，地图上所有的河流——朝北流去的瓦尔塔河、维斯瓦河和利斯河，以及盘曲在南部匈牙利平原上的提萨河（多瑙河支流）都是起源于这里的这条白线。自格但斯克以来，我们一路都是上行，跋山涉水穿过了蜿蜒流淌的维斯瓦河、瓦尔塔河和利斯河。但是，自此而始，河流像是有了目的地：一路上我们都在与之斗争的成千上万条细流，汇聚到了提萨河中，而提萨河如铅锤般笔直地向多瑙河奔流而去，最终东至黑海。那一刻我们欣喜不已，仿佛目光所及的万物都要调转方向，一路为我们助力，助我们前进。

“我们现在，”我郑重宣布，“就坐在整个东欧的分水岭上啊！”

凯特笑了，阳光下，她的发丝泛着金光，胳膊搭在马车椅子的靠背上，恰巧有一束阳光照在她的胳膊上。

马克扭动着身体，看上去很不适。

“我裤子湿透了，”他说。

“为了这一刻，咱们蹚过了东欧近一半的河。”

马克站了起来。

“还没到顶呢，”他说。

山顶气氛怪异，雾气弥漫之中透着略微烧焦的痕迹。一棵棵白桦树分立而站，枝丫乌黑而稀疏，弯曲成了一种怪异的角度，仿佛是被底下的荆豆丛缠住了脚：仿佛它们也在行进，但是被石块和荆棘阻碍了步伐，于是只能停下来，听我们的匆匆步伐声。欧洲蕨是绿色的。只有雾气在移动，移动过程中，雾气被枝丫分割开来，缓缓地在地面匍匐前进，仿佛在搜寻着什么。天边完全没有太阳的痕迹，只有灰色的光；我们呼出的水汽和雾气融为一体，漫过了石头，迟疑而专注。

来到了一条空旷的大路之后，我们倍感欣慰，地图上显示这条路附近有一家旅馆。旅馆有着陡峭的山墙和昏暗的窗户，背后还有一个入口。我们进门之后，发现两个男人坐在一张桌子前面，他们抬头望了望，其中一个人一句话没说开始脱衣服，另外一个人从角落的小柜子里拿出了茶水和巧克力，给我们端了上来。房间里没人说话，就连我们自己的声音都能给我们带来莫大的欣慰。壁炉散发着微弱的温暖，照亮了墙上一张厚厚的自制地图。

我们满心骄傲地坐在一片寂静之中，守着我们心中的秘密。我心想，这个服务生可能以为我们是出来短途旅行的，趁着假期进山玩一天。

最后他终于忍不住开口了，问我们要不要在这儿留宿。外面的雾气使得天色更加阴暗，现在是下午 4 点，得三四个小时才会天黑，我们犹豫了一下：山的那边会不会有另外一个可投宿的村庄呢？

从进门起发生的一切激发了我们小小的自尊心：进门没人招呼；另一个男人一声不吭地离开了；我们没说明身份；他们也没有问什么。那个时候我们满心急切地想要快点到达匈牙利，一路下山，顺着水流而下：他耸了下肩，点了点头，用大拇指在肩膀上比画了两下。我们喝了杯白兰地，然后就出发了。

下山的过程比上山来得更加突然，盘山公路像裙边饰带一样层层围绕着山谷，一圈又一圈，我们沿路一圈圈地走，踏着一层层的苔藓、树叶和细流。空气很潮湿，但是却干净清澈。我们来到了一片开阔地，能俯瞰眼前的山谷：水洗般干净的农场，蓝色的尖塔，然后我们脚下的路就化成了一片山毛榉树林之间的空地，四周长满了苔藓——我们在这儿躲过了一阵狂风。我们从一个小农场边离开了树林，问候了正在砍木材的年轻农民。

只可惜这个农场太小了，小到我们不敢倚仗初见的交谈甚欢，放肆地向他提出留宿之请。他说沿路不远有一个酒吧，也可能是个旅馆，他不确定，但是他确定那里的啤酒很棒。我们穿过了村庄，跨过了铁道，刚从火车站出来，我们就在一排平房之间发现了这个酒吧——一条石子小路通往酒吧，没有扶手。

回顾过去几天，我所见的是一连串的小灾小难，非到穷途末路之时，我们本可以避免其发生。然而，实际的结局和“灾难”一词相距甚远：我们仅仅是行至深夜、露宿野外而已；那仅仅是另一个不眠之夜，拿其他睡在家里、谷仓里和酒店里的夜晚一调和，就更加不值一提；之后，我们再也没有那般明辨轻重缓急的能力了。似乎，那是我们自身的一个分水岭，翻越了那最高点之后，接踵而来的就是抛弃和放弃：我们打破了原有的节奏，冲撞、起落破坏了我们仨之间某种脆弱如薄雾的东西。

女房东毫不热情，室内打牌喝酒的当地人一个个看上去都倦容满面。他们压低声音交谈，却喘着粗气。当我们问起来时，才知道村子里没有可以住的地方。女店主在柜台后面耸了耸肩，为一位顾客递了啤酒。她本可以随口问一问在座的人——说不定会有人愿意给我们腾个谷仓凑合一宿，但是她的敌意让我们心生惧意，所以没有打听住处；甚至她给我们倒啤酒这个小动作都在提醒我们注意自己是外人：这个地方只属于她和他们。

我们来的路上遇到了一家青旅，但是折回去路程太远、坡度太大；虽然，回头几站不远处也有一家旅馆。一杯啤酒下肚，我和马克都意识到饿了，但是，现在连食物的影子都看不到。

我们本可以求助于火车站的工作人员，让他们给我们提供个温暖舒适的地方度过一夜，他们自己正在安逸地品着咖啡，享用着村里送来的饭。他们热情友善，比较肯定附近有旅馆，还建议我们往回走走看，让我们在酒吧里多等一会儿好让火车过去。我们本可以引借马普尔小姐的故事剧情，编造一个自我介绍，因为所有人的心思都在电视上：汽车飞驰而过，引擎盖上的彩带随风飘扬，人们轻轻倒出玻璃瓶里的威士忌，老姑娘们修剪着她们夏日里的炽热玫瑰。我们耐心地等待列车驶过，失去了与司机共饮帕林卡酒[1]的机会，当然也没机会站在驾驶室里观赏灯束吞噬黑暗的独特景观了。

我们在弗莱切下了车，外面风正紧，火车追随着一个小红点，呜的一声驶入了黑夜，那个红点在黑暗中盘旋，突然又不见了。我们在空荡荡的车站里摸索，靠感觉沿着碎石路前进，然后到了一个红色霓虹灯前，透过两扇玻璃门，我们可以看到里面灯火通明的大堂。

前后都没有人，于是我们放开了胆子，把背包留在柜台后，吵嚷着穿过了黄色的走廊，沿着狭窄楼梯而上。我们一路敲门问询，突然，远处传来了摔门的声音。

最终，一个看守出现了，他身着背心和裤子，边挠腋窝边朝我们吼着"旅馆关门了"，最开始我们不相信，还以为是听错了，不然就是他说话太含糊。争执了一番之后，我们只盼出了一个管事的人，又过了一会，我们绝望了。我们跟他谈条件，但是他连大堂都不让我们睡，凯特眼看就要急出眼泪，她请求他允许我们靠在玻璃门内侧，不然我们就得整晚在寒风呼啸的山里游荡。霓虹灯下，他朝着我们，把门重重地摔上了。不可思议。

马克是第一个认输的，拖着沉重的步子往外走——我说这是战略错误。现在我们又饿又冷又困，还迷了路。旅馆前不着村，后不着店。

"今晚月光很亮，我们可以一直走动来保暖，"马克说，"而且不用担心货车，还能看日出。"

在几近完美的月光下，他的脸模糊难辨，但是从他的声音里我可以想象他脸上那杰克·霍金斯般的表情，一定和他的语气极相配。那种混杂而成的怪异而坚定的表情，成分复杂，如同是从《战争照片库》里一点点撕扯拼凑出来的。

"或者，反过来，"我说，"咱们可以认定已经走过了一个山头了。我

---

① 帕林卡酒(palinka)，一种产于中东欧的杏仁白兰地。——译注

们早饭之后就没吃过东西，而且就因为那趟火车，我们现在连在哪都不知道，现在要怎么走？”

那一刻，一团巨大的白影从灌木丛里冲了出来，停在了凯特的头上。凯特受了惊，呼吸声急促可闻。

依我看，是一只猫头鹰。那些听到了尖叫声的村民们，听见我们敲门立马就开了门，他们把头从天窗探出来，口口声声地向我们保证前面有旅店，急切地催我们走。

过了一会儿之后，村民甚至连头也不探出来了：关门闭窗，沉睡不醒，而且，你永远也叫不醒一个装睡的人。我们走到了一个雾气弥漫的水库边，看到了另一家旅馆，和上一家相比，这家更阴暗、更封闭。好一会之后，二层阳台上终于出现了一个穿着睡衣的女人。我们解释了自己的身份，问能不能留宿一晚。

“不行，不行。”

“这是旅店吗？”

“是旅店。”

“我们能订间房吗？”

“不，不，没有房间。”

“十分感谢。”

我们只好作罢。后来，一辆巴士在路边停了下来，我们受宠若惊。仨人气喘吁吁地爬上了车，跟司机说明了来意。“酒店？”司机揉着下巴，咧开嘴笑了，“到的，上来吧。”

最后一名乘客下车的时候，我们正在打盹，司机开车回家的途中把我们叫醒了，指向黑窗之外。

“酒店到了吗？”我们心中一阵惊喜。

他做了一个手势。我们连滚带爬地下了车。

并没有酒店。他是指一个私家公寓，可能会往外出租房间；但问题是房主故意“不在”。村子里居民不多，即使我们想打扰，也没几个可打扰的对象。后来，我们就在一个临时公交站——一个有遮雨棚的篱笆——里铺开铺盖卷凑合了一晚上。

我与凯特共用一个铺盖卷，给了马克一个，我想，那晚我是睡着了的。凯特时不时地眯一会，且还得当心意外。马克抄起手，把帽子盖在脸上，开始打鼾。1点整来得毫不迟疑。3点，下起了雨，我们只能挤得再紧实一些。我们把防水夹克盖在腿上，能用上的衣服都搜出来了。4点，一条狗朝我们叫，但是疲倦和寒冷令我们动弹不得。约莫半个小时之后，一辆公交车路过，没停。天上的星星开始泛白，我们也准备起身。

我们揉了揉肩，又拍了拍手，活动开了因奇怪姿势而僵住的关节，努力把气血灌回脸部。10点半的时候，我们已经回到了布莱切旅馆处，面朝阳光前进。

出发时，阳光那么疲倦，那么易碎，但又充满了生命力；那天，我们又打破了过去几个月里的轻松节奏，在南下途中发生了另外一件事。

出了村庄，我们开始上山，我感觉似乎失去了一层皮肤，仿佛即将罹患一场重感冒。途中，一个欢乐的农民和他妻子朝我们招手，把我们拉下了大路。在凉快的半地下厨房里，他请我们喝柠檬汁：外面已经是烈日炎炎了。我们装满了水瓶，死活不接受他们给指的近路，他们也很识趣地放弃了，因为他知道，外地人情愿绕远也不愿冒险。

我们到达山顶时，已经是下午了。我们喘着粗气，惊叹于眼前开阔的景象，再往前就是匈牙利和大平原了。我们卸下书包，坐在木桩上拉伸了一下僵硬的腿，我抽了一根BT烟——经典保加利亚香烟。然后，我们就开始下山了。

透过疲惫的脚底，我能直接感受到地面的起起伏伏。在波兰最开始的几天，我们肉体的疼痛、油腻的头发、我的鸡眼、马克可恶的鞋垫都能为我们带来片刻的欢愉，并且引发激烈讨论。坦途之时，危险离我们很远，可以暂将担忧抛诸脑后；而在斯洛伐克境内，则坎坷尽现。

面对蜿蜒曲折和起伏不平的路，我们颇受打击。很久以来，我一直想蓄胡子，但是现在尽管满面胡子拉碴，蓄须的娱乐价值似乎没那么高了。甚至凯特的疹子——曾为我们带来了无限乐趣——在山地都销声匿迹了。不久之后，潘趣酒让我们醉态尽显，迷路是我们心知肚明的事，所以我们才肆无忌惮地唱歌，高声谈论着背包和脚。怎能不迷路呢？这般的崎岖蜿蜒，加之数不清的分叉，直路下一秒会突然弯折，再或是，直接冒出一片草地或者树林，拦住我们的去路。

在我的心思里，越是辨不清方向，我就越是挂念已走过的路。前途漫漫，只会让人不知所措、筋疲力尽——但是回头看，走过的每条路都能回忆起来，都能连成一串。我们行的路组成的图案同时也是一条记忆组成的路，如归程候鸟一样，可以一步一步地追溯至初。

不会太陡峭，也不会太狭窄，缓缓倾斜的路面引着我们一圈圈地爬上了一个大坡。时不时向东，时不时向西，向北折一下又向南走几码。有时，我们为了避免走远路而抄近道，但是必须得穿过高大的欧洲蕨丛，捡落枝空当走，才能到达低处的直道，这一遭积累了危险势头，所以我们得格外小心，不能贸然冒险。我不止一次差点用拄杖戳到自己。我们一个个因缺乏睡眠而头重脚轻，因缺乏休息而淤青遍布，最后我们自己陷入了厌倦又痛苦的恶性循环。高高的山毛榉树林里，光影变幻莫测，阳光和鸟鸣被树叶筛落。但是同时，这一切又愚蠢极了。

约莫下午 4 点，我的喘息开始急促起来。陷入了急剧的恐慌之后，我们尽量往低处走，或者暗示自己忽略这茫茫森林的压迫感，但是这一切似乎徒劳无功。谷地环路一个接一个，我们的朝向也变了又变，猛然间，我觉得自己好似身处地狱，宛若必须用扁勺舀干净大西洋里的水的有罪之人，或是把一块大石头滚上山。我的内脏开始作痛，有如被秃鹰啄食。一辆车从我们身边飞驰而过，消失在路的尽头。我们跟着那车的虚影整整走了 5 分钟，直到那车的车顶反射出了一道刺眼的太阳光；透过树林，我们隐约辨认出它已在我们海拔下 100 码处的南边了，朝我们相反的方向驶去。

夜幕降临。山脚下，夏天已经悄然而至。夕阳在路面上拉出了长长的影子，新草间蟋蟀嗡嗡作响；山坡上，树木已繁盛茂密，喀尔巴阡山脉地区山毛榉最为出名（再往东边，有一个叫布科维纳的地方，被称为山毛榉之乡。这里曾经是奥匈帝国最远的一个辖省，现在则成了罗马尼亚和乌克兰的边界线）。为了辨认方位，我们回头张望，却吃惊地发现山已不见了踪影，之前的地方出现了一座缓丘。恍惚之间，我以为出现了超自然现象，仿佛我们穿过了一个时空隧道，来到了几百英里以外的地方。只是，那天早上我们仍然在寒雾中发抖，靴子上沾满了泥巴和雪绒花。

我们口中冒出疯言醉语，脚步也是东倒西歪。在山谷里，我们遇上了奇怪的声音，像一连串诡异的叫声。渐渐走近，声音开始连成串，但是仍然无法辨别。这种声音听上去像是火车里的播音，直到我们到了车站才意识到这是一首麦当娜的歌，声音来自路边高挂的一个扩音器，以最大档嘶吼着。路边有一位老妇人，正在修建篱笆，她仿佛听不见这震耳欲聋的声音，可能是聋得厉害。

我们跌跌撞撞进了一家酒吧，关上了门。然而，噪声丝毫没有减弱。

我们点了两杯帕林卡酒，马克喝了茶。

天黑之前，我们到达了罗兹纳瓦（Roznava）。边境离我们不到一天的行程，但事实上通关口则还很远。在我们吃早饭的同时，接待员再三检查了我们的证件，最终告诉我们通道是专供原哈布斯堡王国的居民——当地人、意大利人、奥地利人和匈牙利人——使用的。我们得往南走 30 英里，那里会有一个国际边境海关通道。这意味着，我们还要在捷克斯洛伐克待上两天——除非我们夜行偷渡。

马克下定了决心。法律规定，我们在境内每人每天要消费 15 美元，若是过关的时候我们拿不出证据，他们就会逼我们另外交钱。

“我觉得咱们能逃过去，”凯特争论道，“我们就说这是条老规定了，早就被废除了。”

“要是逃不掉呢?”

“最不济就是交钱,然后可以以此为借口日后再回来。”

马克不情愿地撅起了嘴。

“我再也不会回这儿了,”马克的话仿佛是一种宣誓,以决绝之言否定了一生中所有的可能性。

“从伊斯坦布尔回来,可能会坐火车路过这里呢,”我说。

“我坐飞机,”马克显得很不耐烦。

“但是,马克,总有一天……”

“不回,永远不回。我也不会冒险。”

争论就那样不了了之。我和凯特打算碰碰运气,马克则老老实实地换了相应的当地货币,拿了收据,索性去采购一番。当他和凯特回来时,拎着一包包淡彩饰画,还有捷克版的红环钢笔,每一支包装都很精美。

那天在广场旁的咖啡馆里,他们抱着战利品与我会合,但是我都没有瞧真切,因为我当时正边品红酒边看一本匈牙利指南。那个地方到处都是蓄着黑色胡子、面色枯黄的男人,但是个个都生气勃勃,话也不少,可能是吉卜赛人吧。

“还有什么?”我问。

“一个小时之后有一班公交,能去国际海关通道。”

指南上写,匈牙利是盛产牛奶和蜂蜜的圣地。我便等不及了。

涉足匈牙利

我们乘坐的巴士目的地是布达佩斯。车身高耸而庞大，宛如一个怪兽。与我们同行的还有将近50个中年妇女，她们把采购的海绵乳胶塞入车厢时，这个怪兽发出了不满的喷气声。这个季节，斯洛伐克的乳胶床垫很划算。

老妇人们的步伐好似一首忽快忽慢的歌，既有轻敲，也有闷擂，还夹杂着胶着弹润的元音。与之同样怪异的还有巴士侧面刻的那些字和中途停靠的镇中商店。斯洛伐克境内仍不乏匈牙利人；接近边境的地方尤其密集，这里路标、店名和市镇名都以双语标注，当然，斯洛伐克语为先；只有那些颓废的路边花铺和冰激凌小摊才把异国语放在突出位置。

上车之前，我们离边境线还有5英里，过了边境线，还有5英里才能到达第一个匈牙利小镇。那群老妇人示意我们上车；而司机却说我们不能上车(他的话和我们前一晚听到的一样)。我们掂量了一下，要是步行前往，海关的人就有足够的时间查阅相关政策；要是我们听老妇人的话上了车，说不定能夹在人群中蒙混过关。司机没办法，耸了耸肩，示意我们上车。

在边境检查站，检查员们让大家都单独站好，好奇地翻看着那些老妇人们的护照。边境站是座平顶的建筑，如同加油站，从平顶之下斜射而来的夕阳仍炽热火辣。一名斯洛伐克检查官(他的制服有向德意志非洲军团致敬的意味)拿走了我们的护照；马克开始躁动不安。

“别动，”我说，“你这样会让我们显得很紧张。”

“我不紧张。”他说。

“人家都看着我们呢。”

“要是我想干什么，就没人能拦住我。”他说。

紧接着是一刻的沉默,不祥的沉默。

“老实点,马克,我不想惹他们注意,要是他们查我们的外汇收据怎么办?”马克有,而我和凯特本就打算瞒天过海。

马克就朝我们耸了一下肩,一圈一圈地踱着步子,然后他终于站定。其他乘客开始陆陆续续上车,引擎的轰鸣声也一直响着。直到最后一名乘客跨上了车,才有一个检查官从办公室里冲出来,手里捏着我们的护照。我们顺利通过。

指南书用了半行就把奥兹德(Ozd)打发了。这里没有博物馆、古建筑或是公共地标,也没有雕塑、剧院、高档饭店,甚至动物园也没有。奥兹德只有一家七层的炼钢厂,一家二星级宾馆和一间书店;这里还有红酒、白米和辣肉。奥兹德位于匈牙利,而这里竟是度假般的存在。

第二天我们出发的时候,一个男人用德语跟我们交谈,他不久前刚刚和儿子一起徒步到了埃格尔。“很早以前,我自己也是个小童子军,后来共产党把我们解散了。所以,你们也不能错过埃格尔,那里算是匈牙利最有意义的地方了。那是我们打败土耳其入侵者的地方,赶走了压迫我们150年的侵略者!”

“巴登·鲍威尔!”他几乎是喊出来的,举三根手指以示敬意。

凯特头一个走进了酒吧。她穿着短裙和一件轻薄的丝质汗衫,绑了一条马尾辫,那天天气太热。酒吧里面的人看上去和跨国巴士里的人没什么差别,我误把他们当成了吉卜赛人:男人们都蓄着两撇胡子,都有深邃的目光和烤焦般的颧骨。其中有些人和我们对视了一下,又转眼看向别处。酒吧女招待长着一张瘦削粗糙的脸,起初她听不清我们的话,就笑了笑,漏出一嘴灰色的牙。

她身后的墙上贴着一张杂志照片,照片里是两艘三角帆游艇,帆面完全迎风展开。我暗自想,对于这些深处内陆的人来说,这幅画出现在此真的是难以理解,而且,那两片帆,说真的,像极了两个乳房。

墙上到处都是这样的照片，我看了一会，目光最终回落到收银台后面的那张。事实上，那对乳房真不小。自门边的冰激凌机到酒架之间的墙面，挂满了装饰品——面容和体态各异的肉体照片，如同处在军队更衣室般。

酒吧女招待帮我整理了零钱，马克一口干掉了他点的咖啡，然后开始盯着空杯子，凯特点了杯红酒。

和波兰人一样，酒吧里的人也都穿着蓝色棉布裤子、白色背心和橡胶靴子（或是厚底靴），但是他们的蓝色裤子在日晒之下褪成了淡紫色，而且，他们喝酒说话的方式与波兰酒吧的醉汉们可谓是天壤之别。波兰的酒吧里，同样也是醉汉成堆（有的只顾着喝酒），我们无可避免地接受了他们的招待、被问东问西，甚至沦为了被吼叫的对象；完全陌生的人会走过来和我们握手，拍我们的肩膀。他们不怎么在乎我们是谁、长什么样，在他们印象之中，我们仅仅是外国人而已，而且，穿波兰而过的我们对他们的吸引力不亚于著名成人片演员，能同样地引爆他们的肾上腺素，为他们带来空洞的兴奋。

然而，匈牙利酒吧里的人则不然，他们跟随我们的步伐，但却不过分注视，不躲闪，也不苛求，而是以点头回示我们的微笑。他们不会从你面前踉跄而过，这是一种令人愉悦的收敛。

凯特喝完了红酒，又点了一杯。

马克面露愠色，他不喜欢这里的氛围，这里的人警惕心太重。他怀疑这里的人都心怀鬼胎，所以急着想走。凯特急匆匆地喝完了第二杯酒之后，我们就出门了。小路穿行于长着绒草的小山丘和枯草之间，在拐弯之前，我回头张望了一下，发现那家酒吧门口站着一个男人，他用手挡着太阳，也在张望着我们。

接下来的一个酒吧里，三个老头替我们付了酒钱：现在每个村里都配备了至少一间酒吧。除了我们，他们是唯一的顾客。老板娘把一个长勺伸进一碗冰镇红酒里，碗上还有一个锌盖。当我们出门时，他们说:“祝你们在布克(Bukk)玩得开心!”还鼓励我们道:“斯瓦斯瓦罗德(Silvasvarod)拐弯就到了。”

“布克”,一个地名,匈牙利的地名叠加得十分随意,比波兰和斯洛伐克都更胜一筹。虽然匈牙利地域面积仅仅是波兰的三分之一,人们似乎更热衷于自行规定地名,而且是有过之而无不及。我后来想到,当地旅游局肯定觉得这是一个夸大地域范围和多样性的良策。毋庸置疑,要是斯瓦斯瓦罗德的人能讲英语,他们肯定会热情欢迎我们道:“欢迎来到利比扎(Lippizaner)。”

整个村子都洋溢着生气。这里的利比扎马是一种健硕的、带有灰色斑点的优良马种,在维也纳骑术学校里十分出名,因为它们擅长花式骑术和沿边表演,子弹从耳旁飞过也不容易受到惊吓。自古至今,利比扎的种马农场一直是这种马的供应地。

进村的最后一英里路,有个农夫捎了我们一程,所以,我们可谓是阔气地乘着马车进了村。田里在拉犁的是马;篱笆旁站着抽动耳朵的是马;街上、牧场里、田地里,马无处不在;在利比扎餐馆里吃饭的时候,抬头就能看见有马不耐烦地磨着蹄子,低头就能瞥见有马满目愁云地盯着我们。目光所及之处,是马模型、马鬃开关、骑马帽、马蹄铁。墙上的挂饰也离不开马:最佳表现、希望之星、可爱马驹、极速之王、狂野浪子,甚至不乏卡通马和铜马雕像。我们在镇子里穿行,直到找到了一家廉价的旅馆,它穷酸到没有法子攀马的亲戚。我们的门房钥匙挂在一个小木牌子上,客厅里稀稀拉拉地装点着一些黑色的人造皮,一台小电视彻夜亮着。在床上,我们对着马尔扎语的发音指引窃笑,上面写着:“‘A’在音标里比‘a’更深沉,‘E’的发音参考‘bed’发音。”

我们在餐馆里吃了野猪肉和薯条,不过,我很怀疑那不是真的野猪肉。

“野猪?怎么可能,”我说,“这种小镇,只可能是……”

“别说!”马克警告我闭嘴。这半睡半醒之时,他隐约感觉有些恶心。

酒吧招待有个神情严肃的儿子，长着一副女孩子的眼睛。他带我们绕过了峡谷，但是峡谷的路上跑满了大卡车，引擎的轰鸣声在树林里回荡，地面也颤动不止。他带我们走了约莫一英里，然后在一个崖边停下了，他指给我们南边一条穿过树林的小路。小路两边开满了夏日初盛的花朵，蔓生蔷薇从橡树上垂下来，路边完好的野草还未被踩踏过，草丛之间还生长着犬蔷薇和牵牛花，还有水仙、毛地黄。

埃格尔(Eger)看上去很近，但这是假象。在树林尽头、田野之上，我们看到了埃格尔：山谷间，成簇的角楼、拱顶和塔尖。

在那丛簇之间，我知道，有一座孤独的宣礼塔，全欧洲最北端的宣礼塔：驻守于废旧边界的哨兵。在1596—1687年之间，埃格尔标志着土耳其在欧洲的边界。这座宣礼塔本身的存在就证实了这里是北部天主教信徒们筋疲力尽之后的回头之岸，自此之南，各民族和各教派则开始向巴尔干靠拢。

埃格尔坐落于喀尔巴阡山脉最末端的山丘处。再向外则是一望无际的平原，自土耳其帝国时代起，匈牙利人民就知道这个地方：这是他们叫作“平原”和“荒漠”的地方——据说，这里既平坦又荒芜。我们能找到水源吗？有没有食物和住所？又或者，我们会不会来到另一边——只存在于流言中的世界，对我们而言，如富饶乐土般神秘莫测——欧洲最后一块消逝的乐园：特兰西瓦尼亚。

大约在太阳落山时分，我们花了两个小时穿过了葡萄酒厂、度假小白别墅区和黄色的稻草堆。城墙向前延伸，周围环绕着一圈五彩斑斓的公寓楼，整整齐齐地沿着路边铺开。在公寓楼之间，有着大大小小的各式停车场，还有一间闪亮的壳牌车库，如同热带鸟一般吸引眼球。在人行道上，两个漂亮的小女孩手里拿着渔网，在我们前面跑着，晃动着小小的书包。又是一个周六，美丽的夜晚。

独角兽酒店所有的床铺都被一个婚礼预订了。另外的哈兹议员酒店则富丽堂皇。酒店的装潢很气派。大厅里四面安着镜子，对于蕨类盆景、大理石和金饰毫不吝啬。看我们走近，女接待员从阔气的白色办公桌后站起了身。

我觉得在当时的情景之下，她对我们的欢迎似乎有一点冷淡。那华丽的大厅里面，闯入了几个令人作呕的流浪汉，若是抬头望去，发现他们三个人就站在那里，面露尴尬，但似乎又故作愠色；他们破破烂烂的，背着一堆行李，还有人拿着登山杖，像山里的牧人一样；他们的衣服肮脏又油腻，脚上穿着拖沓的大厚靴子，还有那几个月未洗的结成簇的头发；三人中甚至还有女人，穿着黑色的半裙和厚袜子，宽松的背心耷拉到了腰间；男人们纤细瘦弱，而且胡子拉碴，似乎他们把裤子一拎，就能看到已经踩成泥条的裤脚边；当他们左腿打右腿，一边拖拖拉拉地走路的时候，还一边争吵着；甚至不用走近他们，你都能看到他们指甲里的那圈黑泥。女接待紧张地拍着头，说没有房间了，紧接着就呼啦啦出来了一群人，从我们身后推搡而过。在这整洁的大理石大厅里面，难闻的、脏乱的，不止我们仨。

埃格尔整齐干净，我们起初以为某家邮局是一个大酒店，所以试图强行进入找些食物吃。当乡镇旅店的老板娘把我们轰出来的时候，我们发现自己面前是一扇宽阔的大门，门边的窗户上贴了一张纸条，纸条上写着：*zimmer frei*（有空余房间）。我们按响了门铃，当然，不仅仅是因为外面一片漆黑，而且自花园那边还飘来了一股迷人的花香。不一会儿，我们被安置到了花园背面的一个套房里。华丽舒适的床、温馨小巧的厨房和洗手间都暂时属于我们。女房东听说我们是英国人，十分高兴，还拿出了一本她儿子的相册，里面是他儿子在巨石阵拍的照片，角度、光影都颇具变化。后来我在洗手间里又发现了他儿子制作的手工日历，这些埃格尔手工艺品都是同一种风格，没有任何多余的装饰。房东又把钥匙给了我们，向我们说明了洗手间的用法，穿过了花园，回到了她的房间。

匈牙利的房屋通常是背向大街的：一扇木门，几扇高高的窗户，窗户上悬挂着百叶窗。这种样式的房屋能极好地抵御外来攻击和不善的目光。提高警惕总比盲目热情来得更令人安心，因为这意味着又构筑了一层保护。

埃格尔距格但斯克有730英里，距伊斯坦布尔还有800英里，相当于是我们此次徒步的中点。从埃格尔到伊斯坦布尔，我们有两条路可以选。其中一条近似直角三角形的一个斜边，直接穿过特兰西瓦尼亚和罗马尼亚，然后向南折往保加利亚；但是我们也可以考虑直接向南，然后向东，穿过南斯拉夫和保加利亚。从地形上来说，特兰西瓦尼亚路线要穿过山区，而走直角整体上来说，是沿着山脚边缘前进。

从出发的时候，我们就预计着走特兰西瓦尼亚路线，虽然一路上遇到了安德杰和其他人的种种阻挠。他说我们在那儿要是能买得到面包，就算走了大运了；那里的人饥饿又善变。他还听说罗马尼亚人会把人的尸肉当作猪肉来卖；他还有一个朋友开车穿过罗马尼亚，不幸落入了强盗的陷阱，他能活着回来就已经谢天谢地了。在齐奥塞斯库(1918—1989，罗马尼亚政治家、前总统)的那个年代，土匪就肆意横行，现在国亡家崩，更别说多危险了。

安德杰不是唯一一个劝我们的人，所到任何地方，人们都极力劝阻我们不要冒险。即使是对于荒谬的怪诞之谈，这般不谋而合令人难以心安，更何况涉及的对象是我们的路线。而且，我们很早之前就打算到了埃格尔之后再看情况行事。从伦敦的一个朋友那里，我们打听到了布达佩斯的一位专家。他的看法比较可靠，又能给我们提供许多信息，往匈牙利首都跑一趟似乎不失为有益之举。如果这些专家建议我们明哲保身，我们就会走南下路线；要是他没这么说，我们就再返回埃格尔，直朝着边境前进。

一想到没有食物可吃，我们就心生忧虑。在波兰，我们已经饿够了，但是好在波兰人民热情。进入罗马尼亚，我们可能又会饿肚子。另一方面，马克去过南斯拉夫，在他记忆中，那个地方到处都是烤羊肉串和白面包。

在吃午饭的时候，我们计划着下午下雨之前前往布达佩斯。

“我不去了，”马克说。

我吃惊地看着他，“这话是什么意思？”

他说：“布达佩斯的那些人，”他停顿了一下，清了清嗓子，“我的意思是，你坚持你的计划，我要南下去南斯拉夫。”

他似乎是在委婉地暗示我们选择 B 计划。

“当然，我们可以，”我同意他的观点，“B 计划感觉更安全，最起码我们不会饿肚子，正如你说的，但是我们现在并不明确知道特兰西瓦尼亚是什么情况。下午去布达佩斯问清楚，然后再决定可以吗？”

但是，其实我没有听懂他话中的意思，马克并不是想和我们一起南下，他想自己去。

服务员给我们端上了食物，但是食物在盘子里凝固了。我十分不解。

“为什么突然改变计划呢？要是我们不一起去，这一切还有什么意义？”

我突然想起来，那天早上，马克和他的女朋友梅根在电话里面讲话。

“梅根怎么想？”我问。

马克噘起了嘴：“她和我想得一样，她也坚持让我远离特兰西瓦尼亚。”

“哦？是吗？”我现在有点生气了。“要是我早知道你会退出，那么一切就都不一样了。”

马克在眨眼间变成了一个陌生人。在那些相互陪伴的日子里，我们一起前进，一起交谈，在夜里抱团取暖，可他心里一直盘算着要怎样离开我们。

他合起了下巴。可能一直以来，马克的行程里都没有我们。我们是一心前往伊斯坦布尔的突击队员，脚上穿的是破靴子，而跟随我们的是脖子上系着丝巾、手里抱着速写本的年轻艺术家，他本应如鸟儿一般自由。他想一个人，那样就可以画画了。实在是没有什么办法；我们跟不上他的步伐，也不能像《老人与海》里那样，试图驾驭他。

我们相互沟通了一下，双方能够做些什么，然后给了他一些地图。马克站了起来，扛起了背包，在桌子上放了一些钱，作为他那部分的费用，然后就走了，头也没有回，穿过了桥，走上了大路，甚至没有说一声再见。

桌子上有三个盘子，几个酒瓶，桌边还有第三把斜放着的椅子，这一切看起来都那么毫不起眼、虚妄不真。我不知所措，凯特哭了。

“我们去布达佩斯吧，”我说。

我们的确去了，5个小时之后，我俩斜倚在阳台上，望着横跨多瑙河的格勒特桥(Gellert Bridge)和桥上的车水马龙。

布达佩斯

布达佩斯充满了起伏与不安。建筑围栏发出刺耳的尖叫，沿街有许许多多的窗户和门。每扇窗户背后都暗藏着一种希望或者意图，它们涌出来，涌到了急促的人群中，从我们身边经过，不瞥我们一眼，也没有一声招呼。拥挤的人群涌向公交站台，或是从人行道的狭小入口中涌入地铁、商店、人行道以及林荫大道，处处都不乏拥挤的人群。有生以来，我第一次体会到了在汹涌人潮中身不由己的感觉。要是想逆着人群走，你必须有极大的决心和超乎寻常的勇气。此时此刻，我发现自己像是来到大城市的一个乡巴佬，对一切都感到那么的恐惧和迷茫。

渐渐地，我们学会了享受这种匿名的乐趣和便利，也能够安然走着无数人踏过的道路，去往城市中任何一个我们想去的餐馆或博物馆。我们熟悉了常用的几班公交，有时我们一整天都在城里闲荡，有时我们直奔目的地：去看比赛，或是去参观建筑博物馆，或是去格勒特山(Gellert Hill)顶俯瞰整个布达佩斯——在那里，所有的桥梁、教堂和佩斯区 19 世纪的公寓都尽收眼底。我们从格勒特浴室里逃了出来，那里水滴混着汗液从天花板上滴下，且整个房间里都充满了脚臭味；还有一个男按摩师莫名其妙地拿走了我们的衣服。那天中午，我们和一个年轻的议员在一个隐秘的餐厅里吃了饭(之所以说它隐秘，是因为它位于一个电视工作室内部，据说这里曾经是股票交易所，如果改革派当选，这里又会改回股票交易所)。下午的时候，我们在戈尔布餐厅(Gerbeau's)里喝咖啡、吃果馅卷，在这儿你还可以从书架上取阅一些外文书籍；然后，我们去了市场，又到了犹太区，还去听了歌剧。晚上我们沿着克尔索大街散步。远处的河面上，驳船上闪烁着点点灯光；我们把所有的衣服都洗了，也熨烫完毕；和一对老夫妻度过了一个愉快的晚上，他们家里全部都是比德迈厄家具，当他们谈起“依里莎白”女王时，会互相眨眼；我们和一个历史学家度过了另一个晚上，他正等着首相在内阁给他一个职位呢。

在两次世界大战中，匈牙利都站错了边。一战之后，它受到了严重的惩罚，所以在二战中德国还能拉拢到匈牙利的支持，其中匈牙利应不乏复仇的打算。

1918年，战败之后，奥匈帝国分裂，领土归于威尔逊总统提出的一系列国家。14位美国公民的丧生让美国人在欧洲有了一个战斗的理由，从而维护住了民族自决的权利。

从1918—1921年，凡尔赛宫内战胜国都纷纷提出了各自的要求。他们分配到了一个棘手的任务：划国界线；从无到有，难上加难。总有那么一些不幸的人站错了边：新苏台德地区的德国人、波兰境内的俄罗斯和乌克兰人；新成立的斯洛伐克境内的匈牙利人；罗马尼亚境内的匈牙利人；塞尔维亚和克罗地亚境内的匈牙利人。战后余劫，波兰打败了苏联，把它的边境线扩张到了东方，保加利亚和希腊也侵占了土耳其一部分土地，而匈牙利失去了八成领土，沦为领土损失最重的国家。

1919年，匈牙利境内又发生了共产主义革命和内战，二者的领导人分别是贝拉昆和霍赛将军：二者都不惜使用恐怖手段来达到最终目的。共产主义革命对凡尔赛宫的政客们来说，无非是一阵惊雷，当罗马尼亚趁火打劫、吞并了特兰西瓦尼亚地区时，巴黎条约的制定者最终接受了特兰西瓦尼亚地区要并入罗马尼亚的全民公投。

特兰西瓦尼亚之失成了匈牙利的心头之痛，主要有以下几个原因：特兰西瓦尼亚不是匈牙利主动让出的一块土地，不是像斯洛伐克那样让它成立一个新国家，而是被现存的强国夺去的宝贵领土。之前，莱沃恰(Levoca)在匈牙利的管辖之下，仅仅算是一个平淡无奇的小省会，就是丢失了也并无大碍；但是文化重镇奥拉迪亚(Nagyvarad)、克鲁日(Kolozsvar)和特尔古穆列什(Marosvasarhely)可就非同一般了，更别说古代的大主教辖区了，在许多人眼里，那儿的地位甚至超越了布达佩斯。特兰西瓦尼亚一直是匈牙利的公国，几千年来一直如此。

特兰西瓦尼亚地区的人口调查显示，匈牙利人口只略处劣势，但是当特兰西瓦尼亚公国并入了另外一个国家（这个国家仅仅稍大一点，而且只有50多年的自治历史而已）之后，那这个小差距就变成了大鸿沟。

只要有可能，匈牙利议会会全力追回它所损失的领土，即使对方是希特勒也在所不辞。然而匈牙利对德国态度太过冷淡，导致德国在1944年反过来入侵了匈牙利，在战争即将结束之时，红军步步逼来，罗马尼亚——至今仍是德国的盟国——狡猾地调转了矛头所指，和俄国人一同入侵了匈牙利，夺回了被希特勒所侵占的土地。

战后齐奥赛斯库在罗马尼亚的政权算得上是“灾难”，特兰西瓦尼亚也未能幸免。

任何有判断能力的人，都不会认为罗马尼亚是一个平安之地。在经历了20多年的暴政和恐怖统治之后，城市只剩苟延残喘。渐渐地，媒体开始报道孤儿事件；特兰西瓦尼亚地区的种族矛盾开始激化，引发的暴乱导致了若干人死亡。甚至还有地震，不久之后，新上任的总统伊利埃斯库召集大批矿工进入首都，试图打压示威者、恐吓反对方。匈牙利从独裁政体到多政党的资本主义民主的转换，并非如其他国家一样一帆风顺。我突然想起，在出发之前，我的教父嘱咐我途经匈牙利时，一定要声明自己的立场；我们甚至还考虑如何把英国国旗缝到我们的背包上。一路上，我们不断听到加尔文教牧师戈扎（Nemeth Geza）的名字。他在布达佩斯工作，但是他代表的是特兰西瓦尼亚地区的匈牙利人。他对这个地区知根知底。我打通了他的电话，希望安排一次见面。

最开始的几分钟，我们交流十分困难。他说我们应该自己去体会、去观察，但是当问到具体的问题时——例如，我们应该去哪里，我们是不是应该随身携带食物，随意穿行会不会太冒失等等——他则建议我们，一切听天由命。

据我所知，从来没有任何人会主动地听天由命，除非是走投无路。

我有一点失望,“我们应该去克鲁日吗?”我问。在一阵沉默之后,我又听到了他那饱满的声音:“让上帝指引你们的方向吧,我的孩子。”

这种情况丝毫不能安抚凯特。好吧,现在我们没有了马克,但是我们有了上帝——真是可笑。我们怀疑戈扎牧师并非完全不知道他的话会对我们产生什么影响,这种情况令人更加忧心。问题抛出去,我们得到的却是一句嗓音饱满甚至带着喜悦的回答。最开始,他让我自己瞎慌了一两分钟,最后他终于同意见我们,还说,要是我们愿意,可以在他的教堂里参加集会。他简单地说了地址,挂掉了电话。

见面之后,他问我们的第一句话是,你们从属于一个团体吗? 我一脸迷惑,“你信什么宗教?”“哦! 宗教! 我们信英格兰教。”我有一点结巴,美其名曰英格兰教。

“那么既然你们现在在布达佩斯,这就是你们的团体了。”他的微笑里带有一丝讽刺。我感到自己被骗了,就如同一个富有的基督教徒,被骗来到他这个破烂的小教堂领受救济。

教堂位于布达佩斯某个欠发达的区,还在一个地下室里;教堂里面有十几排椅子,对面是一张桌子,还有几排椅子抵着裸墙而放。

“我们的教堂,并不是那么富裕,”他继续说。他十分人高马大,凶狠的黑色眉毛向上翘着,还有两片令人无法忽视的粉红色嘴唇,脸上仍然挂着那种带有一丝嘲讽的笑意,“今天晚上来参加集会的人都来自特兰西瓦尼亚,也许你会得到你想要知道的东西。”

虽然嘴上这么说,然而,他的言行举止都暗示着他本身并不这么想,他可能巴不得我们一无所获。但是,他似乎对凯特颇感兴趣,他微笑着对她说:“如此标致的一个女孩儿竟然和这样的一个小丑在一起,真有趣。”

我们坐在圣坛桌旁,从我们坐的地方可以看到整个集会的人群,他们也能看到我们。我们看着人群从街上涌进这个小教堂,男人们都留着厚厚的航海家般的胡子;女人们穿着印花袍子,系着头巾;稍微老一点的妇人们，穿着夹层外套和没有什么颜色的裙子。要是仅根据他们的着装能判断出他们很穷，那就是因为整体上他们的衣服都是粗布麻衣；只有少数人穿着自己最体面的衣服来参加集会。他们个个面带倦容，还有一些愁眉不展。从我们个人的角度看，布达佩斯给我们带来了不小的震惊，我很好奇，布达佩斯在他们看来是怎样的？

当戈扎牧师站到讲桌旁时，听众都安静了下来，他的布道是通过对话的形式进行的，虽然前十分钟都只是他一个人在说话。他站在桌子边，手上无须任何动作，也不必提高声音，毕竟他那声音如蜜糖一般，深沉又有力。他给我们指派了一个翻译，但是这个翻译听得太入迷了，而且她一开口就很紧张，所以也没怎么给我们翻。突然，全部听众都挺直了腰，翘首以盼；然后他们又放松地向后靠了回去，面带微笑，频频点头，神情严肃。这一切都是戈扎牧师预料之中的。他面带微笑地抛出一个笑话，听众们就会笑，轻松至极。

他脸上的微笑尺度像是刻意拿捏过的，似乎是想要平衡某一种严肃和痛苦。房间里氛围十足，一位老人站起来做祈祷，很快他就泪流满面，沉浸于痛苦之中而不可自拔。起初他想坐下，但是人们鼓励他继续讲，他时不时地停下来用手遮住眼睛。祈祷、叹息和祈求都成为他故事不可分割的一部分。（当老人坐下时，我们的翻译靠向我们，小声说："罗马尼亚的军队，开着直升机扫射了他们村。"其他人也都泪流不止。）

又有一个年轻人站了起来，也做了祈祷，我们都相应地说了"阿门"；没有一个人像那位老人那样崩溃，但是整个教堂里一直有人在抽泣，甚至有的人声音都在颤抖。要是戈扎牧师是一个传统基督教牧师，俗套地用自己的呼喊将整个集会引向高潮，那么这件事应不会如此令我记忆深刻。相反的，他的声音一直很镇静，微笑也一如既往地平淡，并且令人吃惊的是，在这种情况之下、在寒冷的地下室里、在暗淡的灯光下，人们的情绪竟然也迸发了！

再后来，教堂开始发放果汁和饼干，我们一一被介绍给集会群众，每个人都报出了他们的名字和地址，嘱咐我们说，要是我们到了特兰西瓦尼亚，一定要去他们家看看。凯特和一个个子很高的女孩谈话，那个女孩穿着塑料制的高跟鞋。她决定不回特兰西瓦尼亚了，而是待在布达佩斯，她脸上的表情很痛苦，“我们过得跟狗一样，甚至连狗都不如。”

又过了一会儿，戈扎牧师对我们说：“你们真应该亲自去看看，那边的人们很热情。要是你们看见一个尖塔上有一个亮点，那就证明你们到村庄了。走进教堂，然后直接去找牧师，他会告诉你接下来应该做什么。”他写了一封介绍信，落款是“同僚牧师”，在信中，他解释了我们的身份，并且担保我们是老实人；他还请求对方，要是我们有难处，请尽力给予帮助。

事后，我又突然想起一个问题：关于吉卜赛人。我们知道特兰西瓦尼亚那边有很多吉卜赛人，而且，在波兰南部和琴斯托霍瓦，我们分别与两拨吉卜赛人“交过手”，情况都不是很乐观。虽然他们并没有明显的敌意，但是，所作所为却令我们摸不着头脑：他们就是嘲讽，我们则是迷惑。我总有一种感觉，似乎在某种无形的争论中，我们败下了阵。

“我认为，你们还是不要去招惹他们，”他说，“而且不要在夜里出门，当然了。”他脸上再次泛起了微笑，这次，他的笑里没有嘲讽。“希望你们安全，祝你们好运。”

几天之后，我们又坐上了回埃格尔的火车，再一次住进了民宿。房东太太给我们端上大碗的草莓，早上的时候会在桌子上放一壶温热的意式浓缩咖啡。我们坐在花园里，急切地想要把在布达佩斯买的英文书全部看完，因为我们知道，是没法再带走的。

我们隔壁房间里住着一个年轻的老师，她是俄罗斯人，刚刚丢了工作，目前在埃格尔准备参加英文教师资格的重考。她说只要她开口就能有新工作，因为她爸爸是校长。其实，她知道自己英文水平不行，但是很明显，他爸爸可以挪用学校的资金来补贴她上课的费用，至于其他人，没有老爹撑腰，就只能自保了。在离开之前，她发表了一通反对民主投票的高谈阔论（在我看来倒像是自我安慰剂），理由是匈牙利需要一个更英明的领导，而且，选举这种事浪费了太多钱。在她看来，选举就是腐败的某种形式：政府花费纳税人的钱来打印表格、开设投票点，而且还为参加选举的党派提供资金，这是为了什么？就是为了建立一个新的政府呀！说到激动处，她怒气冲冲，眼睛瞪得滚圆。

她走之后，我们又继续看书，大都是写于两次世界大战之间的匈牙利小说，讲的是 *puszta*，即大平原（the Alfold）——我们即将涉足的地方。“在大草原上，人们一般不怎么讲话。那里雾气永恒，似乎没有消散的时日，强壮的男人走进大雾，不见了踪影；他们从紫繁蒌的花苞里，能预见春天的来临，当绵羊把头朝向北时，它们就知道冬天逼近了。在这个地方，除了谋杀、仇杀以及逃逸之外，几乎不会发生什么其他的事。罪犯跑入大雾中消失不见，有时，骑士军会进行追捕；时不时地，骑士兵会进行追捕，有时我们也一同去，但我们通常会和罪犯会心一笑。要是我们在霍托巴基（Hortobagy）（大草原的中点，那儿有一座旧桥和一家小客栈）外遇到了骑士军，则会对他们加以嘲笑——这么远了还没追到。霍托巴基向来都是避难所。”

类似的小说里，还有一本讲的是一个老牧羊人和他的儿子的故事：夜里他们与牧羊犬和羊群坐在一起，看到另外两个牧羊人朝他们走来；很久之后，他们走到了跟前，径直坐在他们的火炉旁，开始抽烟斗。

谁都没说话。

最后，烟斗灭了，这俩陌生人直接钻到了自己的羊皮毯子底下，睡着了。

在大草原上的夜晚中，我们的牧羊人、他的儿子，甚至还有狗，都在睡梦中被一刀毙命，羊群就跟着他们的新主人走了。

漫长的一年过去了，警官找到了谋杀犯，但是他矢口否认。正当警官准备离开时，他看到受害者的绣花腰带挂在他家的门把手上。所以恶人不得不坦承一切。

我把这本书塞给了我们隔壁的邻居，凯特真不好这一口。

自从我们离开之后，罂粟花已在田间泛滥。我本以为埃格尔算是我们行程的一个突破点，但是离城之路丝毫没有缓和。转过了一条小路，布达佩斯就不见了踪影——仿佛，穿行于葡萄藤和酿酒厂之间仅仅是昨天的事情。我突然想起，埃格尔是格但斯克和伊斯坦布尔的正中点，也是全程意志力最薄弱的地方。

在匈牙利大平原的边缘处，我们进入了一个小镇，前方再没有用来储酒的悬崖和山洞。夜里，天空炸裂、响雷阵阵，但是没有下雨。那天晚上，我做了奇幻无比的梦，梦见了大海、巨轮，还有脚边滚滚的浪花。

第二天早上，我们在镇边一家小店喝了咖啡。一位头戴贝雷帽的友善老头进了门，在我们的桌边十分活跃。镇图书室管理员带他坐到了我们临近的一张桌子旁，然后服务生突然给我们上了几大杯红酒。管理员笑了笑，对我们点头示意。

我们走近那位老人表示谢意，他张口用德语向我问话，问对这个国家印象如何等等。然后，他突然一把抓住了我的胳膊。

"你走的时候，一定要告诉别人匈牙利不是巴尔干！"他重复了两遍，像是言语或某种咒语：*Ungarn ist nicht die Balkan*.（意为：匈牙利可不是巴尔干。）

蜿蜒的道路旁的电线杆上筑着鹳鸟的巢，沿途我们还经过了溪流、村庄和成群的顶着花头巾、围着围裙的妇女。不一会儿，葡萄酒的酒劲开始发作，我们双腿发软，嘴巴黏腻。路边没了罂粟和玉米，反而长满了苇草，静水滩闪闪发光，某一种莎草夹道而生，空气中到处都是小飞虫。突然之间，脚下的道路一改以往的弯弯曲曲，转而一往直前了。水洼愈发闪耀，苇草愈发高大，这条路似乎是受了惊吓似的径直向前冲出去。一路上，我们一口气穿过了一大片芦苇丛、一片树林，跨过了一条小河——提萨河（the Tisza）——棕黄色的河水不紧不慢地向多瑙河流去；这条路一直把我们带到了提萨福尔德（Tiszafured）。约莫几个小时里，我们一直都以为它是条小山脊，仿佛有人在地平线上磕鞋底留下的泥巴。

放眼望去，提萨福尔德全城几乎不超过单层平房，除了一个小电影院——当然，从放映室那一头开始，屋顶高度就急剧下降了。周末里，所有的窗户都紧闭着，住在这平原边缘的人们——要是真有人的话——一定觉得寻常家畜也高大无比吧。

转角处，一位身着白色礼服的新娘，脚蹬楔形高跟鞋朝我们走来。从她身后，传来了一阵歇斯底里的声音，一个吹着小号的男人跟着她走到了大路上。在他之后，紧跟着的是一大簇婚庆人员，绝大多数是穿着西服和皮鞋的男人，但是他们的皮鞋上都布满了白灰。他们走过的时候，垂落的口袋丁当作响。

我们找到了一家阴暗的小旅馆，床单上很明显有人睡过。旅馆主人看了看，说知道了，但并未采取任何行动。我们决定再给她点时间，于是出了门，在外面又遇到了回来的婚礼游行队。新娘挂在新郎的脖子上，后面所有的人都举着空的帕林卡酒瓶，一路欢呼着。

我们回到旅馆之后，床单还是没换，但是我们已筋疲力尽，无暇再管。

第二天早上我们正要出发，凯特喝咖啡的时候嚼到了一个毛茸茸的东西。她用手背一擦，是只死了的绿豆苍蝇，已经掉了几根腿。

那一天，她时不时干呕几声，看来是够恶心的。

我的背包一直发出吱吱的声音，就像《弗兰克斯坦》里的冰雪中的船一样，或是《古舟子咏》里的哀叹一般。我快绝望了，感觉自己仿佛是置身于无边大海中央的一艘孤船。

时不时，我专挑草地走，企图调和一下背后单调的噪音。一望无际的大平原——掩盖住了发情期的野鹅——在这么一种地方，被吱吱声一直缠绕是一件可怕到无以复加的事。我无法确定声音具体来自哪里，我用手垫在背包和背之间，那个声音停了一下，之后又继续开始响。约莫5英里之后，我开始尝试横行，像卡西莫多那样怪异的样子：一个肩膀高，一个肩膀低，重心放在右脚上，才求得了几分钟的安宁。但是这个动作太有挑战性了,引得我阵阵耳鸣。真是不容易啊。

一列火车安静地滑过,有那么一会儿,它在烟雾里几乎没动,但是突然拉响了鸣笛。野鹅纷纷鸣叫,火车唔唔作响,我的背包仍在吱吱。

在我看来,我的大脑把意识联合起来去理解周围的一切——这些意识已经被这片盲目的平原压抑了太久太久。天边腾腾的热气对于坏人以及亡命之徒来说,是颇有益处的。我开始渐渐意识到,要是就隐蔽性来说,没什么能胜过炽热的荒野。在这里,眼见的并不一定真实,除非你亲手摸到,才能够确定。一个身穿白色衣服的男人,可能远看像一头鹅,直到你走近了与他握手,才意识到他是一个人。白鹅可能看起来像穿白衣服的男人,直到你走近了摸它,才意识到自己错了。一整天下来,在大草原上,我可感知到的事物就只有三个:凯特、我的双腿以及我背包的怪声。数英里之内,草地以及小路没有任何的变化:弯弯曲曲的小径穿过草丛,延伸向摇曳的天际。我真希望当时没有那种感觉。回想起来我有点儿想吐,就像是夜里坐火车时那种突然间的幻象,让你以为自己坐反了方向。

霍托巴基(Hortobagy)地区的平房看起来与伯恩茅斯度假区(Bournmouth Rievera)没有太大的差别,可能都是装在集装箱里运过来的。这儿有些破烂的小旅馆,还有那座著名的大桥。匈牙利摄影界中,镜头之下出现得最多的第一属乳房,第二是议会大楼,第三就是这座桥了。我们从奥兹德到埃格尔,一路都能见到它的海报,且我们知道这座桥是米白色的,用石头建成,甚至他的7个拱洞至今仍保持着某项纪录。

对人来说,跨过桥下的小河可谓是轻而易举,毕竟,就算是一只鹅蹚过,水也不会湿到它的膝骨。春天涨水的时候,河面会宽一些,但水并没有加深。我一想到会有山羊胡子的骑兵牵着毛发乱糟糟的亡命之徒,小心翼翼地蹚过这条河,走向对面破烂的旅馆时,就觉得很好笑。无论如何,旅游业算是造福了这些旅馆。通常,他们的柱子和横梁上都是污迹斑斑,菜品也难以下咽,来此投宿的奥地利车夫之前看了漂亮的照片和匈牙利小说，所以他们才会以为自己来到了 OK 畜栏[①]和雪伍德森林[②]之间。

我在某间平房里的一张小床上躺着，暗自得意霍托巴基没有预想中的那么差，最起码我不再焦虑了。因为现在，我们走了一多半才发现其实大草原(puszta)原来那么小。建平房是极正确的选择：拿它和大西部比较——常有的事——的话，它简直算是高尔夫球场的一个小草丘了。它顶多算个大养鹅场，我们起初还以为牧羊人和坏人走进这里就能消失数月，简直太可笑了。

在逐渐地丢失了对邻近地域的统治权之后，匈牙利就只剩下一个狭小的地界了，所以大草原看起来如同一个巨大的沙漠一般可怖。这个草原被称为侵入欧洲的草地，但实际上却轻微得不值一提，轻微得就如同有人扯了一下你的袖子。

自打进入匈牙利境内，我们所遇到的霍苏帕里(Hossupalyi)村是第一个没有旅馆也没有民宿的村子。我们决定拿出戈扎牧师的介绍信，拿给这里的牧师看，但是教堂的门锁了，而且牧师住在几英里外的另一个村里。一个带着儿子的男人主动提出带我们去找天主教牧师，但是他又突发奇想领我们到了一个医生的老婆面前，那个女人看似有些犹豫，她拍了拍头发，然后又给我们指了另外一个女人，说那个女人手里有天主教教堂的钥匙。根据墙上挂的牌匾来看，利兹特这家人似乎在村里曾扮演过很重要的领导角色，但无奈，我们还是没能找到住的地方。到外面之后，我们感谢了带路的男人，但是他似乎不想丢下我们，羞涩地邀请我们和他一起回去。

他的家在教师公寓的小平房里，他的妻子和他一样，也是老师，叫艾尔莎，他们都能以流利的德语交谈，当我们提及要穿越边境线的计划

---

① OK 畜栏(OK Corral)，美国西部传奇英雄怀特·厄普的故事，1881 年 OK 畜栏发生了一场著名枪战。——译注

② 雪伍德森林(Sherwood Forest)，英国皇家森林，位于英格兰诺丁汉区，CW 电视台发行了同名电视剧，改编了侠盗罗宾汉的故事。——译注

时，他们对视了一眼，转而嘱咐我们千万要当心。他说住在如此善变的民族旁边，就已经够倒霉的了，在12月革命的时候，罗马尼亚军队的直升机飞过我们的村庄，而且天知道为什么他们朝田地里的人开火！你要走到他们中间去，那简直是不敢想象。

“老天啊，你们知道自己在做什么吧?”

之后，凯特和我出去散步——我们不想打扰他们一家人吃晚饭。出门前，我们故意让他们以为我俩已经吃过了，然后，我们就开始在村子里四处寻找食物。终于，我们在天黑之前撞上了一群正在开派对的吉卜赛人，一个吉他手正在演奏一首快节奏的吉卜赛曲子，他周围的人开始唱歌跳舞。旁边墙角处，还蹲着几个穿着背心、留着黑色胡子的男人，一人一口地传递着酒瓶子。有一对夫妻开始跳舞，他们一只手放在腰间，体态像极了摇纱工，围绕着对方转圈，跺得地面阵阵作响。全程都没有人跟我们说话，只是好奇地看着我们。最后，我们觉得应该离开了，所以走了。

再远一点有一家酒吧，我们进去之后，一群吉卜赛小孩放下手中的游戏，朝我们跑过来，把我们围住，朝我们吹泡泡，还摸凯特的裙子。一个五六岁的小女孩要人抱，凯特就把她举了起来，然后她就开始玩弄凯特的头发，用手背轻轻触碰凯特的脸，嘴里念叨着：*Szep*，*Szep*（真漂亮）。一小会之后，她在凯特口袋里发现了一把橡皮筋，然后露出一脸惊异的表情，把橡皮筋比作耳环，俨然收到了圣诞礼物一般欣喜——公然的表演。

为了不挡脸，凯特在步行的时候需要把头发扎到后面去，所以她勉强夺回了一根橡皮筋，那个小女孩似乎也没在意。另外一个稍微大一点的孩子从某个地方掏出了一把葵花籽，吃一口吐一口瓜子壳。紧随我们身后进来一大波人，一个留着大胡子的吉卜赛男人拍了拍凯特的口袋；于是我们喝了一口白兰地，给孩子们买了些糖果。

糖果被一抢而光，小孩子们又伸出了空空的小手。正当孩子们热情开始减退的时候，有一个孩子举起了糖，说了一声“谢谢”，他们就又开始哄嚷起来。他们的小手轻轻伸到我的衣服里，凯特也难逃厄运：孩子们的小手指伸到她的背心上去了，那个硬块块是我们的护照和钱，真希望他们别对那个东西感兴趣。嗑瓜子的那个女孩在我们的口袋里装满了瓜子，接下来的几周内，我们时不时都能从衣服缝里发现散落的瓜子。

怀里的小女孩开始问我们问题，例如我们是从哪儿来，为什么会来到这儿。当她听说我们已经走了如此之远的时候，沉默了一会，然后以几近完美的默剧方式问我们：是不是我们的妈妈已经去世了？因为我们的衣服颜色很深沉。我们笑了，摇摇头，惊异于面前这个小女孩儿竟能以如此简单的方式来理解和表达问题。然后她也笑了，问我们是否吃过饭？这会儿，有几个成年人站得离我们很近。她一把抱起了一个婴儿，然后又给我指了指她的母亲，之后，她母亲向我们走过来，问我们要了一根香烟。我们身边还有一个年轻人，他身体微微倾斜着，在孩子们向我们索要糖果——或是钱——时，他似乎并不感兴趣；糖果散尽之后，我们能够拿出最好的东西就是一些彩色包装纸了，受欢迎程度似乎并不比糖果差。这个小女孩问我们有没有地方睡觉，她说我们还可以跟着他。

有那么一会儿，我们很后悔把书包放在了老师的平房。酒吧里有一个男人开始摆弄我腰间挂着的装钱的小皮盒儿，我不想引起冲突，但是十分害怕他找见我的美元和其他东西。他把我的胳膊举起来，脸上并没有丝毫笑意。在他松手之前，我必须表现出友好的单纯握手意图。孩子们一直簇拥着直到我们出门，然后我们挥手道别，有人大喊了几声，他们就散开了。

回到那个教师公寓之后，我们发现晚饭已经备好。艾尔莎的脸上挂着胜利般的笑容，“现在你们逃不了了吧？快来，和我们一起吃，”她说。晚饭我们吃了面包、鸡蛋和萨拉米香肠，还喝了黑甜茶，谈起了我们在外面遇见的那群吉卜赛人。

艾尔莎皱起了眉头，面露尴尬：

"我感到很抱歉,那是我们的灾难。"

大约数年前,村长决定教导匈牙利人和吉卜赛人互助互爱——艾尔莎的语气里有一股浓浓的嘲讽。几个吉卜赛家庭应邀到新房子里入住,但没多久,他们就已经把木地板给拆了生火。渐渐地,他们就形成了一种习惯:女人在田地里连续劳作几个星期,男人则等着女人把钱挣回来,拿钱出去吃喝玩乐。等钱花光之后,女人又回到田地里干活。最初来的人已经几乎毁了给他们的房子,又邀请别的吉卜赛人来到他们家里住,所以现在村子里几乎到处都是陌生人。

她说,那些人从未为融入乡村生活做任何的努力,小孩子们去上学,但是他们完全说学不进去。说到这里,她拿下笔记本给我们看,班级列表里约四分之五是匈牙利小孩,只有少数百分之十是吉卜赛孩子。从我们自己的经验来看,这些孩子们的理解能力和表达能力并不差——毕竟他们与外国人交谈的经历并不多;但是他们在课堂上的表现却很笨拙。我们十分欣赏他们的活力,但是在学校里他们则无精打采,闷闷不乐。

"这些孩子们跟他们父母一副德行,他们烧了自己的房子,从来不为明天打算。"威胁和惩罚对他们来说有害无益,孩子们很顽固,和大人对着干是常有的事。

艾尔莎用手扶住额头,很焦虑,"我们真的不知道该怎么样继续下去了,那天,我的一个邻居开车撞到了一个吉卜赛女孩,那个小女孩儿只有 6 岁。吉卜赛小孩喜欢突然跳到路上,逼着车子急转弯,他们觉得吓唬司机很好玩!! 那次,我邻居突然慌了神,她为了躲开前面突然跳出来的孩子,急转弯,撞了另外那个女孩,把她撞死了。这家吉卜赛人开始朝他们要钱,还朝他们窗户里面扔石头,那天晚上,她的孩子在睡觉,就被石头和玻璃砸伤了。我邻居搬到了一间偏房里,但是事情越来越糟,最后他们没办法,只能去外地和亲戚待在一起。简直就是敲诈。"她无奈地耸了耸肩,"我们在这儿住都很害怕,现在已经不知道是谁管事了。匈牙利的吉卜赛人真是个大问题,简直是灾难。"

第二天早上，他们把我们送到大路上，他们的小女儿哭得成了个泪人儿，她送给凯特一个玩具狗削笔刀，艾尔莎也流了泪，跟我们拥抱道别，叮嘱我们一定要小心，"请一定要写信给我们报平安，如果你们改变了主意，一定要回到这儿来，好吗？"

远离了匈牙利中心的一片吵嚷，边境地区显得平静多了，只有罗马尼亚人在附近活动。缓山之外，黑色的烟囱冒着宁静的烟；边境线旁的小镇经营着双向贸易，当地人把巧克力、香肠、卫生棉、香皂、电视、吸尘器和饼干卖给出境的人；另外一边则把东西卖给匈牙利人。什么东西都有：塑料凉鞋、黏胶跑鞋、廉价衬衫、套头衫、奇怪的塑料肥皂盒，以及鱼肉切片。穿着黑裙子、头顶着黑头巾的老太太们在路旁售卖水果：她们那干枯瘦削的脸庞在一袋袋樱桃和李子的上方摇晃着，似乎充满了希望。

你可以通过鞋子很轻易地分辨出特兰西瓦尼亚人，他们的衣服做工精良，只是没有那么新，而且比匈牙利的衣着更为保守，女人们穿着裙子和高跟鞋——假期的装束。

我们路过一家旅馆，店主说房间已经满了，但是他可以提供一间房，既然人家那么热情，我们似乎有义务在这里留宿。我们第一眼见到他，就对他产生了错误的印象，他是一个浑身汗津津的彪形大汉；在厨房里，他给我们倒了啤酒和伏特加；没有提前张口就给我们摆上了晚饭（虽然食物很恶心）。我们的房间很宽敞，有一张水床垫和一台卫星电视。我们在电视上看了德语版的《摩天大楼失火记》[1]，到最后凯特摆弄遥控盒，找到了一个英语台，放着同样的内容。

就在那时，开始插播紧急简讯！

简讯！！！

日光般耀眼的某个图片闪了两次，然后又消失了，之后出现的镜头则是大街上横七竖八的车和奔跑的人群。

---

① The Towering Inferno。——译注

“天空新闻，马上回来!”一个激动的声音说道。“布加勒斯特——大火中的城市。”

简讯!

简讯!!!

突然之间，每个人都急切地想看天空新闻。我们躺在水床上，不安地扭动着身体。在东欧某一个阴暗的角落里，我们任由这个受诅咒的电视台把我们玩弄于品质低劣的播报之中。整个晚上，我们都躺在床上无力地盯着电视，接下来屏幕里出现的东西有粉色的沙发、含糊的审问、放屁、果派、还有朝着屏幕口吐白沫的浪荡子，伴着那个东西还有一阵不见人影的笑声，以及令我们感到羞耻和怀疑人生的笑话。直到第二天早上，阳光照亮了窗帘，我们一直都对电视屏幕敬而远之。可是，我们再也没有等到那“马上回来”的新闻。

恶兆连连，我们努力不去在意。早上，新闻刚要开始店主就换了台，他肯定是以为我们想看电视，然后他就多收了我们的钱。就在前一天，我丢了我的波兰帽子，还有我那本笨重的毫无悬念的备忘录。丢了这些东西，我对边境的好感就没那么强烈了。

“你是学生?”

我近乎淡然地承认了，好像我的声音太大了，他的笔敲打着表格，划过了罗马尼亚住宿那一栏。

“奥拉迪亚酒店?”

“是的。”是我点头太用力了吗? 他抬头看我。

“有行李吗?”

“有，就这一个。”

他掀开了门帘，朝里看了看，放行。

“行了。”

我正准备结巴着说谢谢，凯特拉着我赶快走了。之后，我们就来到了林荫大道上，地下是生锈的水管，地上是巨大的工厂烟囱，和我们在霍苏帕里看到的一样。

特兰西瓦尼亚

特兰西瓦尼亚地形好似一块马蹄铁，三面被喀尔巴阡山包围。特兰西瓦尼亚就如同一个悬空的船尾，从匈牙利平原之上贸然突起，被环山搁浅其中。

特兰西瓦尼亚交通闭塞，与世隔绝，附近只有一条传统的路线：从巴干半岛前往黑海。几个世纪以来，不断迁徙的部落冲击着这块地方：马扎尔人从南方穿过多瑙河平原，再经过大草原最终来到潘诺尼亚；13世纪，他们从西部接近特兰西瓦尼亚，穿过了毛洛什山谷，在这里建立城堡，组建村镇，把文明和开化带到了中部的低地。

几个世纪以来，特兰西瓦尼亚地区的人民贫穷、封闭。许多东欧的国家都在这片竞技场里展露过自己的风采。这片地区曾经被亚洲游牧部落夷为平地，有库曼人、鞑靼人、蒙古人、土耳其人；这里也曾经被匈牙利人、罗马尼亚人、波兰人、德国人和捷克人统治。相比于波兰平原或者四散蔓延的匈牙利大草原来说，这里反而难攻易守：它是一片高原，中间间隔着河谷洼地，整体看来是一块山地与平原相间的波浪形地貌；这儿土地富饶，十分适合发展放牧、种植、开矿、林业、牧业和贸易。在这里，人们的定居点根据时势情况而变化，常常与当地环境相融合、与外界整体抗衡，他们的生活被语言、习惯和财富分割开来。东欧大部分地区都听命于一种生活方式、一个统治者的命令，遭受同一种灾难，王国的凝聚力能把整个地区糅合成一个富有弹力的整体；而相比之下，特兰西瓦尼亚则在它的界域内固守着一切生命必需品和许多奢侈之物。

我们小心翼翼地进入奥拉迪亚（Oradea），仿佛士兵进入被占领的城市一样，我们一个街道接着一个街道，小心翼翼地搜寻。恍惚之中，郊区的样子在我脑海中一遍遍地闪现，因为街旁全都是低矮的房屋，人行道旁树木无精打采，街道宽阔又寂静，与埃格尔(Eger)和德布勒森(Debresen)别无两样。

人行道旁蹲着一个乞丐，他撑在扶栏上，当行人从他面前路过时，他的头向一侧抽动，眼睛随意地瞟着行人。他身上穿着一件破烂的衬衫和短裤，上面黑渍斑斑，他头发是黑色的，但已经拧成了螺丝锥一样的泥条子；在他双腿之间，有一个祈祷用的破碗，他两腿张开，瘫在地上，就像坏掉了的脚镫子。透过他深棕色的皮肤，歪斜的骨头依稀可见。行人从他面前路过时，不得不跨过他的腿，或者得绕路跨过旁边的臭水沟；太阳很毒，我们也没有什么现金。这完全不像欧洲，更像是印度加尔各答某街道的一角。

我们打听了三家旅馆，每一家都没有住满，只是当我们看到房间的情况时，就立马退了出来。其中的一家，房间小得像盒子，窗旁有一个安全出口；另外一家，窗帘没拉开，床上一片狼藉，空中满是灰尘，仿佛上一个住客已经走了几周了，走之前也没锁门，也没收拾房间；第三家旅馆里，接待员坐在一个小黑白电视旁边，当她低头寻找表格的时候，我们越过她的肩膀看了一会儿电视。

电视里，一个男的为了躲避射击，在路上呈 Z 字形前进，但他被石子绊倒了，追他的人眼看追上了他，过了一会儿，他们并肩向前跑，你追我赶，好不激烈！然后他们撞上了，两个人都摔得不轻。

旅馆接待员把钥匙拍在了案台上。

跌倒的那个人又开始跑起来了，追他的那个人也在周围紧跟不放，他拍打着对方的脸和肩膀，但是没有声音，然后，他们距离越来越近，直到被追的那个人钻进了人群中：镜头一拉，看不见了。

我们指了指，接待员抬头看我们，“布加勒斯特”，她的表情中没有一丝震惊或者害怕，电视上开始播无感情的报道，和天空新闻那个“马上回来”指挥员般的语调迥然不同。

我们对当时发生的事情一无所知。一个月以前，罗马尼亚举行了近半个世纪以来的第一次选举，推翻了救国阵线及其领导人，过渡时期的总统杨·伊利埃斯库(Ion Iliescu)以绝大多数票赢得了政权。

这颠覆性的结果引来了大波社论批评,说选举举行得太早了,反对方还没有来得及搬出自己的宣传词,人民也还没有从齐奥塞斯库的倒台中恢复过来。伊利埃斯库成了打倒坏人的恶霸,现在正享受着人民的爱戴呢。

更加犀利的观察家则说,伊利埃斯库是齐奥塞斯库倒台的顺接受益人。数年来,伊利埃斯库作为首领的左膀右臂,一直在伺机待发,在政坛上他也和旧官场的人混在一起。自十二月革命以来,他不断向人们抛出诺言,试图稳固他在军队、工人阶级、矿工——他们算是无产阶级里的精英了,有丢不了的铁饭碗和高于平均工资10倍的报酬——之间的地位。明目张胆地压迫大大减轻了——再没有凌晨抓捕,人民重获活动自由权,与外国人来往解禁——但是怀疑者们仍旧认为这是伊利埃斯库操纵人民的新方式。即使是这样,他依然鼓励人民保持警惕,他告诫人民要警惕特兰西瓦尼亚地区的匈牙利少数民族,他描述贪婪的资本主义来恐吓人们,他煽动沙文主义和民族偏执,捏造阴谋论。怀疑者们围起了布加勒斯特的议会大厦,要求伊利埃斯库下台,叫停所谓的"共产主义"。

电视直播里播放了伊利埃斯库的回应,当然,据官方说法,矿工们的到来是极具自发性的。他们发挥了自发性,四处奔窜,一路烧杀抢掠,而执法部门却袖手旁观;伊利埃斯库毫无作为,但是人人都知道,这是他在示威——他想让人都知道——矿工阶层是他的"瓦兰吉护卫队"[①]。

其中一些事我们已经知晓,接下来我们还会了解到更多。到目前为止,我们一直在低空飞行,横跨欧陆之时一直在尽力躲避言论和政治操控的余波。波兰人、斯洛伐克人和匈牙利人抓住了时机,把旧体系砸碎了,但是罗马尼亚人没有走到那一步:他们无法确定未来的方向,不

---

① 斯堪的纳维亚人的一个部落,曾组建了拜占庭的皇家护卫队。——译注

知道有哪些路可以选，也不知道他们到底想要什么。但事实是，人人都梦想着胜利，或是解脱；而且，这些梦想背后的驱动力都是恐惧。

最后，我们分到了一间巨大的房间，房间叫贵族钢琴（Piano Nobile），沿街有两扇高窗。房间在很早之前就刷过了白漆，经年累月，两张窄床留下的黑色印记已经无法消退。尼龙床罩白中泛灰，棉毛丝床垫几乎已经垂到地上；只有一张桌子还凑合；灯泡也坏了，服务生直接从隔壁房间扭下来一个灯泡，有力无气地给我们扭上。终于，我们房间里有了昏暗的光，从昏暗的天花板上发射出来。洗手间很大，玻璃都经过了磨砂处理，但是整体的档次被劣质小物件给拉低了，而且没有卷纸，没有热水。每个接口处都有冲水口般的锈迹。

我们窗户下有一群吉卜赛人，正在用水泥盆子兜售绅士牌香烟。他们与我们之前在克拉科夫见到的那些又黑又矮、贼眉鼠眼的吉卜赛人不一样。他们穿的是衬衫、裙子和裤子，和其他当地人一样。他们不黑，个头也挺高；女人们长长的黑辫子直垂到腰间，还用彩色的绳子作为装饰，她们深色的瞳孔越发映衬出了深邃的眼睛，嘴巴也弯弯的。他们属于那帮具有传奇色彩的吉卜赛人。他们和当地人一样，属于这一个有着锥形尖顶和五彩小瓷砖的城镇。这些吉卜赛男人身着黑色——帽子、胡子、裤子和背心，底下是白色或者条纹的衬衫，十分抢眼。相应地，女人们则是彩色背心，有的穿着到胳膊肘的像沙丽一样的印花上衣，下面穿着正式的裙子，一层又一层，光鲜亮丽（一个吉卜赛女孩对凯特炫耀，说她有 13 条裙子，一下子全都穿上了，里面还有口袋）。绿色、黄色、蓝色、橙色，当他们走动起来时，色彩斑斓，目不暇接。

似乎，他们没法保持静止不动。一整天下来，他们必须得跳上几步舞，或者在地上跺几下脚，好让他们多彩的裙摆在空中飞扬起来；再不然，他们与人说话的时候，就一定要活动下胳膊，或是摆弄下头发，或者是把小孩举高。当有顾客走近时，他们会停下旋转摇摆的舞步，倾身询问，无论生意成交与否，在谈话结束之后，他们都会继续之前的运动。

伴着舞步的还有漫不经心的谈话，有时一句话会惹得他们开怀大笑。

凯特坐在窗边，一直望着他们。在这几个小时中，我也一直望着窗边的凯特，心想去哪儿弄点吃的。

正当我在房间里闲荡的时候，凯特突然朝我大喊，让我快到走廊上去。我们从一个后窗朝下看，庭院里正在举行一场花园啤酒会。这些吉卜赛人在我们酒店后面的花园里，摆上了绿色的桌子，不断扬起一片片欢声笑语。花园里，他们彩色的裙子起舞飞扬，帽子也被他们戴在后面。从橡木桶里直接喝冰爽的啤酒，真是好不自在！

我们看到了一个扫烟囱的人，他戴着一个圆锥形的毛帽子，全身上下污迹斑斑。他把扫把往墙上一靠，挤进了饮酒作乐的人群当中。

“咱们也下去吧，”凯特说。

欢呼的人群摇晃着手中大杯的啤酒，换个布景就仿佛是中世纪的宴会。嘴唇紧闭的女服务生能准确地避开每一具摇摆的身躯、每一簇摇晃的人群，然后来到入口旁的一个铁桶边，从虹吸壶接一盘啤酒，再从容地走出来。我们坐下，希望有人过来招呼，但是我们周围的人脸上的情绪十分明显，他们绝不是匈牙利酒吧里那种稳定且保守的态度。这些人脸上的表情深不可测，他们看到我们的时候，表情突然发生了变化——突然降低了声音，或者露出了醉醺醺的空洞眼神，再或者是一瞥斜睨。我们周围的气氛有点紧张，很明显，大家都躁动不安：就像是风中摇曳的火烛。

到后来我们才明白，要喝啤酒得有票，所以我们就在虹吸壶旁边开始排队。喝完了的空啤酒杯子被服务生攥成一圈，端到这儿，丢进水桶里准备清洗，清洗完了之后，再次接满啤酒，又送到那群歪斜的醉态人群中。我排到了前面，突然有一个人插到了我的前面，要了一杯啤酒。

“*Due biera*，*va rog*（两杯啤酒，加冰），”我说，终于到我了。

这个男人皱着眉头看着我，仿佛我把满头的虱子抖到了他的桌子上似的。

“啊？”他的脸色阴沉下来。

空气中的啤酒味浓郁冲天。

“Due(两杯)!”我伸出了两根手指,这个男人摇摇头,直接跳过了我,去招呼后面排队的人,而后面那个人也毫不犹豫地挤上前来。

一个沾着泥点子的啤酒杯从我的鼻子前面掠过,我转头去找凯特,看到了一张张嘴,有咧开的,有闭合的,身后的人群露出满口黑牙咧嘴大笑,或是拉扯对方的胳膊,推推搡搡。一个女人突然开始尖叫,大喊:“欺负人了!”紧接着一个男的站了起来,朝她脸上打了一拳。我找到了凯特,说要走,当我们跑到大街上的时候,我的心几乎快要跳了出来。

在省会城市,多多少少都能见到些东欧的历史遗迹,中世纪、文艺复兴、帝国时代,一直到古典时期,每一个阶段都在很久以前有过自己的辉煌时代。它们看上去似乎都以小城镇的方式留存了下来,当然这是为了绅士阶级能更方便地沾邻近庄园的光,例如那些以O-和P-开头的城镇。这里的生活和俄国小说里的内容颇为相似,里面会有音乐家、风流寡妇,还有贫苦农民和他们那面色苍白的女儿们。使我联想到这些的,就是那些在战争中损毁后来又被草草重建的建筑。奥拉迪亚——在匈牙利被称为“Nagyvarad”,在德国被叫为“Grosswardein”——就是一个典型代表。

奥拉迪亚(Oradea)的繁盛时期来得比较晚,几乎处于世纪之交,再往后就没有任何有趣的事情了,所以也算是与匈牙利最后几年的统治赶在了一起。再往后,奥拉迪亚就归于罗马尼亚的统治之下,渐渐销声匿迹了。

繁盛时期历来热闹非凡,所以这一轮也不例外。奥拉迪亚看上去像是一座由杏仁糖浆制作而成的城市,到处都是彩色的砖块、仿制的角楼和百合花瓣般的壳膜,通往河畔广场的路上,沿街两侧都是仿理想王国新艺术(Ruritanian Art Nouveau)的装饰建筑。由于一家古典剧院(赫尔默和费尔纳的作品)留下来的柱子,所以广场才不得已成了广场。但广场上所有的东西都是缩小版的,和微缩版亚依宫很像,一切都小得那么轻佻又圆滑:此处乃公主、王爵的住所,当然,也有扭曲得不成样的驼背、尖嘴的女乞丐和戴着尖顶帽子的异教徒，以及在某个不知名的角落，卡里加利博士可能正坐在一个弯曲的凳子上，人贩子可能手里捏着网子准备在大街上套小孩儿……

对我来说，罗马尼亚语太过拗口。罗马尼亚语是一种地中海语言，第一眼看上去感觉似曾相识，然而，越研究越不明白。它就像小孩子们用的一种密语，每一句话中都穿插着一串乱语，让人无法理解。妄图看懂罗马尼亚语，就像是用橡胶叉子吃饭，或者说戴着模糊的眼镜看书，总之，一看我就一阵眩晕。

实际上，每个地方的实际情况和第一眼看上去都大相径庭，就如同地平线上突然凸起甲板一样突兀。他们叫"*vinu*"，看上去很像"*wine*"(酒)，端上来之后，你会发现高脚杯里的这东西尝起来像是兑过水的糖浆，或是油腻的覆盆子汁。"*Coniac*"是一种棕色的饮料，闻起来像是青贮饲料，光是看看就够我头疼的了。还有一次，我们遇上了一个假的服务员，他从头到脚穿得跟服务员一模一样，甚至有一块白布搭在胳膊上，我们还以为是用来擦酒瓶的抹布，但是到头来他都不愿意招待我们。约莫一个小时之后，他来到我们桌子旁边，用令人作呕的声音对我们说了一声"再见"。若非生活待我们太过残酷，那天本来还算得上好玩：我们买了假烟，稍微一抖，烟草就洒到了大腿上；拿起一份报纸，却发现只有一页，以及洗手间里的硬肥皂死活搓不出泡沫；酒吧里气氛一点也不欢快，目光所及之处是一片肃立，十分扫兴；还有另外一家布满灰尘的商店，把书随意地装在麻布袋子里，翻开某一本，却发现对页的油墨混成了一团；化学制品随意地装在家庭手制的盒子里，还有可以弯曲的塑料梳子；身穿套装的服务员看上去都呆头呆脑的，路边的水泥坑里空空荡荡，少了本该种上的树……所有的迹象都表明：在这个城市里，女巫和驼背注定无法安生，因为剧院里身披长袍的公主和王爵以及骏马都早已灰飞烟灭。

至少，我不用住在这里。人们穿着灰暗的套装，顶着不羁的领子，独守着那份惴惴不安的隐秘感。我并不期待人们表现出友好态度，但是我也没有感受到明确的敌意。我所能体会到的就是这个城市正在分崩离析，且每况愈下——而不是越来越好。街上的人走路的时候都低着头，似乎努力避开旁人的眼光，还有些人会向你投出斜睨的目光，里面难免有一丝恶意的反抗。这里的人要是能够随心所欲的话，他们可能早就像气体一样消失不见了。

在特兰西瓦尼亚饭店的衣帽间里，我停下来去买香烟。售货员站在一个玻璃柜子前面，给我拿出了三四种不同的牌子，我仔细瞧了瞧，看不出任何的区别。

"想买香烟吗？"

我站直了身体，惊异于他竟然会说英语。

"是的，给我拿包烟。"

"你来自哪个国家，先生？"

"英国。"

"啊！伦敦！"

"对的。"

他并没有直视我的眼睛，对我说："我之前可不是衣帽间的小跑腿，我曾经是一个边境检查站的老大呢，"他嘴唇闭合了一下，"而现在，哼，我却在这儿卖烟。"

我想问他发生了什么。他的手腕上戴着一个电子手表，两条塑料指针连接着下面的一个巨大的电池，一针一针地走着。

我轻轻地问："这些烟怎样？"

他疲惫地把目光投向一旁，"都不怎么样，"他说，"你想要好烟吗？"

他弯下腰把手伸进柜台，拿出了一包万宝路，75 列伊，以官方汇率换算大概是 5 美元。

"我拿这个吧，"我指着一包被压扁的烟，上面有浅蓝色的条纹，还有一个红色的滑雪的人。

"滑雪这个？"他好奇地抬起了眉毛，"6 列伊。"

我把这包烟拿在手里摆弄，试图认清说明里的文字。

“要火柴吗?”他的语气里多了一丝嘲讽,说着,把一盒火柴放到了柜台上。

“谢谢,”我说。当他拉出一个装满硬币的鞋盒子的时候,我含糊地说,“不用找钱了。”

那天晚上,我躺在松垮的床上,像一个战士,或者说像一根香蕉。我像小孩子一样心神不宁,似乎一切都太不公平了:15 英里之外,那是另外一个世界,是触手可及的欧洲——干净、整洁、繁荣、美好;而这里的一切,像是被命运玩弄于股掌之间,无一能逃脱破落和俗套。我们本可以深吸一口气,置之不理,单纯地祈祷此第三世界的角落能够明哲保身,毕竟满城都是苍蝇、乞丐、疾病和难忍的高温。当然,匈牙利也并不是向来如此。70 年之前所建的绚丽建筑与现在的豆腐渣工程形成了鲜明的对比,可能这种对比永远也不会消失。要是这个城市里住的还是匈牙利人就好了!最起码现在的这种歪风邪气,能够被一些欢快和成熟所取代。

我们进入了一间刷白漆的匈牙利小教堂参加弥撒,工作日里,教堂仪式只有几个身穿黑色袍子的老妇人参加。在那里,我又再一次身处熟悉的语言和罗马仪式之中,此时,上帝像一个老朋友一样,从霍苏帕里慢慢闲荡而来,仿佛边境不存在似的。

乍看上去,奥拉迪亚(Oradea)像是个有趣的城市。从天花板来看,这间餐馆的前身不是一个高级妓院就是一个上流沙龙;墙上和壁柱上都镶嵌着肉瘤般的大镜子,还涂成了浅棕色;窗前和门前挂着沉甸甸的淡紫色饰帘,把室内与街道隔绝开来;头顶的丘比特雕像十分欢快,前面桌子上摆着葡萄,且享受着世人的爱;骰子四散、杯子腾空,丘比特的箭随意射向欢乐的人儿。此时,若是拉起窗帘、奏起音乐、唱起歌剧、品起香槟,这一切是多么顽皮又愉悦的画面啊!但是,事实上并没有乐队,也没有酒,房间里只有消声的布帘、老旧的地毯以及一股恶意。

隔壁桌坐着两位女士,服务生正以前所未有的文明态度招待她们。

其中，年龄稍微大一点的那位穿着一件黑色毛衣，她的金色头发松松地绑在后面。渐渐地，餐馆里人开始多了起来。一会儿之后，突然有人打起了架，其中一个人身强力壮，是个中年大叔，他的对手则是一个瘦削的年轻小伙子。椅子全被踢到一边，桌子也被掀翻了，服务员都停下了手中的活儿驻足观看。打架进行得很迅速，中年人把他的对手撂倒在地，骑在他身上，用快拳朝脸上一拳又一拳，直到那个年轻小伙子的脸开始流血。大叔把自己手背上的血擦到那个小伙子的外套上，然后站了起来，年轻人则爬走了。人群中传出了笑声。

隔壁桌的金发女士看到了我们。

“我能跟你说英文吗？对这一切我深感抱歉，”她靠过来朝我们说，“请千万别认为奥拉迪亚就是这样的，这些人是农民，没有文化，我希望你能够理解。”

我们礼貌地回了话，她转身走了。

然而，在出门时，她们又在我们桌边停了下来。

“我真心希望你们能够理解，”她说，“这是你们第一次来这儿吧？奥拉迪亚可不是今天这样的可悲的地方，相信我，这些人打架，好吧，因为他们不幸福，他们必须为了生存辛苦奔波，现在奥拉迪亚面目一新了。我很抱歉让你目睹了今天这一幕。”

她坐了下来，“曾经，奥拉迪亚叫‘小巴黎’，但后来来了许多外地人，有一些是南方的农民，他们都在可怕的大工厂里做工，那些大工厂全在奥拉迪亚附近建了起来，就是它们让奥拉迪亚变得又大又丑。”

她随行的朋友珊达点点头，“你看啊，齐奥塞斯库，他啊，”她把手放在脸颊两旁，做出眼镜的形状，“就像这样。”

“他的脑子长到肚子里去了，”伊娃说，“根本不会思考，说东就是东，说西就是西，”她停了一下，把双手放在胸前，“我很爱我的国家，但是我也不是生活在幻想里的人，罗马尼亚永远不会有民主。要是你告诉那些人，国家已经革了命，他们会很开心，因为他们以为能够分到更多的食物，他们才不懂什么是革命呢，更不想事情发生什么变化。”

“选举之后，伊利埃斯库把人们给吓到了。他们那些人只会出卖罗马尼亚，把我们的食物运到美国和匈牙利去，到时候人们都会失业，简直无法想象！齐奥赛斯库太蠢了，伊利艾斯库比较聪明。”

我说：“国家开放之后，难道他们看不到西方的生活更美好吗？”

“为什么？他们怎么会看得到？他们没受过教育，又穷得叮当响，电视上放的那些美好生活，他们只会以为是政府的宣传，他们觉得要是西方有人特别有钱的话，那也一定有成千上万的穷人，真的。”

她看上去气得不轻，我说：“但是我们并没有戴高顶帽子，也没有穿长袍呀。”

她终于露出了微笑，“他们会认为你们是乔装打扮的，”她悄悄地说。

在20世纪70年代初，伊娃和她的丈夫移民到了美国，她的丈夫零零散散地做兼职，她在一间学校里做清洁人员。

“你能相信吗？就像个环卫工一样！”

她丈夫想留在美国，伊娃回来了。他们有个儿子，是美国公民。“在70年代，”她说，“那个时候，在罗马尼亚还能过上正常的生活。”而现在，多亏了齐奥赛斯库，她对生活充满了迷信般的恐惧。

“你认为他现在死了吗？你怎么知道的？从电视上看的？呸！”她咧开了嘴，看似很生气。“齐奥赛斯库有7个演员做替身，说话、走路都和他一模一样。要是他害怕了，他就让一个演员去替他。有时候，你知不知道，要是细心点你就会发现，同一个时间会出现两个他，简直太可笑了。”

“但是谁会去枪毙他呢？要是他在瑞士银行有存款的话，我们最好的选择是查清楚数目后放了他；可能他现在在古巴呢，谁知道呢。所以，其中一个演员会死，或者假装死了，我们也不得而知。”

珊达说：“我倒觉得齐奥赛斯库正被折磨呢，他在瑞士有钱，但是电视上他走路的样子很奇怪，是用一只脚，所以……”她把手腕朝自己的方向弯，“看起来被打得不轻，”她的手指放在脸上，“不利索。”

出了餐厅，伊娃在台阶上和我们分别了。她们要去河的另一边，搭乘公交车。

第二天，我们又在河边的咖啡馆里遇到了珊达。

她也是一个徒步爱好者。

“我们成天都在走路，大概一天能够走 40 公里山路。那天天黑了，我丈夫伊昂说我们还要走 20 公里。我告诉他我很累了，但是我们最后还是继续马不停蹄，直到我一步也走不动了。我跟他说，我的腿算是完了，他说要是在雪地里我就死了，我们必须得继续前进，然后我们就听见了狼嚎，他让我赶快走，然而我却走不动。”

“然后你们知道吗？我们在树林里面看到了光，他说好，我们到了。而我要求他背我过去，可是他喜欢我坚强的样子，而不喜欢我做一个‘小女人’，他拉长了脸，自顾自继续走，我就一个人倒下了，只能用手和膝盖爬行。可能爬了一个小时。他在那儿，而我还得帮着做饭。”

我和凯特两个人吃惊地望着她。

“我们无话不说，这一点我很骄傲，我和他一样壮，对我来言，那次徒步挺不错的。”

她和伊昂挑出了整个国家最难走、最无人烟的地方，一连步行几天，这对我们来说简直是噩梦。我们问她一路上可能会遇见谁，大概多久能遇上一个村子，人们会怎样对待他们，她则不停地安抚我们说一路都没有人打扰，甚至连奇怪的牧人也没有。当她最后理解了我们的意思——我们打算沿着大路走，而且尽可能多地穿过村庄——时，她惊异不已。

“特兰西瓦尼亚每一个地方，都有不同的帽子，”她仔细思索了一番，“有许多旧的习俗。”

她患有幽闭恐惧症，城市生活对她来说太无聊了，她想要搬到北方乌克兰边境的山区里去，到那儿一所小学里去教书，要是情况允许，最好自己再开家小店，但是这几乎不可能。

“这就像护照一样。自从改革之后，要是出远门就必须得拿到一本护照，你得去警察局填表，填表虽然不花钱，但是，跟警察打交道就得花钱了，他们说‘抱歉，没有表了’，然后你就得掏钱，可能得500列伊，我才不会掏钱呢！”

“这个国家简直就是一个大黑市，什么事儿都得给钱。孩子们在学校里想要好成绩，得给老师钱，要是他考得不好，就是老师的错，老师就会受到惩罚，所以老师就得作弊。”

“简直太糟糕了！”我感到吃惊。

她看起来有些迷惑：“唉，怎样才能让老师们老老实实工作呢？”

“你是说，人们都不相信老师会正常工作吗？”我问。

“我告诉过你，在这里，谁都不相信谁。”

克鲁日

从奥拉迪亚出发，在平原上穿行了几天之后我们才到达山区。城外的开阔平原上，农作物稀稀拉拉地长在两旁；路上几乎没有遮阳物，只有零零散散的几棵树，垂头丧气地立在路旁，像是丧气的难民，完全成不了林荫。一群小马在水井旁饮水，两个小男孩扔石头赶它们走，小马们跟木马似的摇摇晃晃地走开了。

我们违反了自己的本能，竟然对穿越森林充满期待！树林里空气凉爽清新，走几英里才能到达小屋。

小屋位于峡谷之中，旁边有一个岩穴。从路上是没有办法到达这里的。小屋被埋在一层厚厚的落叶之中，窗子里的百叶窗紧闭着，棕色的漆已经从木条上剥落，门前的水泥路长满了湿湿的青苔；沿着小屋有一条小道，一直延伸到小溪旁。小屋旁的空地上摞着半打椅子，旁边的一张铁桌子已经锈得不成样子，一旁的树上还垂下来两根绞车的电线。放眼望去，只有门上的锁是新的，我们怯怯地不知所措：错不该听了珊达的话，我可不是伊昂，也不喜欢在野树林里露营，更不喜欢夜里听着狼群的脚步声而睡不着觉。

此时，从峡谷顶上传来了一声口哨，透过树林，我们看到了一个男人，他穿着短裤，脖子上挂着一个马桶坐垫，他身后是一个穿着牛仔无袖夹克的男孩儿，还跟着一个身穿黑裙子的女人，他们身后还有很多人，都扛着马桶坐垫、彩锅和一些奇怪的盒子。此时绞车开始动起来了。不一会儿，一堆浴室用品就堆到了我们脚边，最开始出现的那个男人走来跟我们握手。

“我和我兄弟开了一家旅馆，”他说话的方式显得很自信。他体格如罗马皇帝一般强壮，胡子也剃得很干净，带有一点意大利口音：无论如何，只要他会讲英语就谢天谢地了。“现在我们必须得工作了，”

他说。

他这句话是一句赤裸裸的命令。这儿有一条铁路延伸到峡谷的底部，还有一座小车站，不过已经被野花占领了。在绞车的蒸汽里，我踩到箱子顶上，听见业主轻轻地喊道："骆驼香烟。"还用大拇指指我，出于本能反应，我一把按住了我的钱包——这一个动作刚好被一个男人看到了，他瞥了我一眼。

把所有盒子都搬到小屋旁边后，领头的那个人问我们晚上打算睡在哪里。

"这儿，这个小屋里。"

他用手捂住了嘴，鼻子里发出重重的喘息声，双眼紧盯地面。

"有问题，有问题，屋子满了。"

之前，这个屋子还跟报废了似的；现在，在他说话之际，就已经充斥着一屋子的皮夹克、黑墨镜的年轻人，仿佛从树林中冒出来似的。

"匈牙利小孩，很坏。"他解释道，他们一看就很坏，大口地喝啤酒，整体无所事事，还抽烟。此时我们听到了一阵雷鸣般的低音，紧接着是一声不详的尖叫。

"你们可以睡在我姐姐的房间，"他几乎是喊出来的，"那里条件不是很好。"

的确，那里条件不是很好。除了百叶窗和一扇锁不上的门，它几乎就是一间水泥牢房。血迹斑斑的床单底下是一张坏了的弹簧床垫，一坐上去，就被压得如骨头般咔咔响。最后，我们在草垛上睡下了，那儿条件稍微好一点。

"多少钱?"

"50 列伊。"

以官方的汇率来算的话，大约是 2.5 美元。准确地说，我们身上只剩那么多列伊了。我侧身过去凑到他耳边，开始了我在这个国家的第一笔黑市交易。

"美元要不要?"

“要是你想给，也可以。”

我们花了老半天时间才把锁锁上，在我们的“小牢房”里，老老实实地守护着我们的背包。渐渐地，外面开始吵闹起来。房间里的灯光瓦数很低，一片昏暗，我们的朋友又走了进来，这次是向我们介绍他的弟弟，一个亲了凯特手的家伙。我们的朋友坐在床尾。

“那间小木屋不适合外国游客，”他皱起了眉头，在昏暗的灯光下，他酷似墨索里尼。“齐奥塞斯库当政的时候，这里的人什么都不干，一片脏乱。每天晚上，许多男人——坏人们，喝酒打牌，打扑克，玩 21 点。游客——嫖娼，喝酒，打牌——真是丢人！”

他又拉长了脸。

“现在我家是业主了，一年之后情况会有所好转。”

我们应和点头，暗自希望情况真的能有所好转。

“我有一个问题，很快我就得去法国或者西班牙，加入外籍军团了。”

外籍军团，为什么？

“我的问题。”他故作姿态，仿佛在暗示什么好事儿似的。

“那还是挺难的，”我说。他笑了，“我是罗马尼亚伞兵部队的，对我来说，可不难。”

在思索片刻之后，他脸上露出了一丝焦虑。

“那个军团会经常打仗吗？”他问。

我们觉得应该不会，他露出了笑容。“那就好，你知道发多少钱吗？伙计？”

我替他猜了一把，“可能，2 万美元吧。”

“一个月？”

“一年。”他皱起了眉头，咂了咂嘴。

“对我来说还不错，但是我必须得去法国，”他脸上再次露出了焦虑的表情，“因为在罗马尼亚赚不到钱。我从外国人手上买了一点儿。跟我说，你们能不能给我换一点美元？能不能行得通？”

“我们没有那么多现金，”我谨慎地回答。但最后我同意了，答应帮他换 100 美元。他想要的不止这么点，于是显得大失所望，他突然跳起来，说他要去查查现时汇率。

出门之后，他又折回来，敲了敲门。

“1 美元 50 列伊可以吗？”

成交！他说，他从阿拉迪亚城（他是这么叫奥拉迪亚的）取钱得花点儿时间。

“你们有吃的吗？那和我们一起吃饭吧！”

我们表达了感谢，他走了，承诺说一定会找人来修锁。

“我母亲是一个厨师，绝对好吃。”

但那天和他们吃饭，并不如我们想象中的一样。相反，他们在桌子上铺了一块格纹布，在昏暗的客厅里，腾出了一张双人桌，旁边堆满了纸箱子，食物的确很美味。可以算得上是大草原的农民口中的“梦幻大餐”了，有鸡汤意面，上面漂着金灿灿的油星，还有鸡腿、土豆泥、莴苣，最后还有草莓。

甚至还有新鲜的白面包，和从黑市上淘来的黄油，在黄油的包装上，我们看到了伊斯坦布尔生产商，顿时，一股胜利感涌上了心头。

我们的朋友拿来了钱，“要是我不去外籍军团，”他解释道，“永远也不能好过。”

我们的房间可遭了殃，成了匈牙利孩子帮的扩音器，吵闹的音乐声从窗外传来，整夜在房间里回响。

在克鲁日(Cluj)中心广场的一角，我们看到了一栋建筑，上面歪歪扭扭地趴着“旅馆”字样的霓虹灯。接待员坐在一个玻璃柜子后面，柜子上陈设着各种各样的奢侈品：红酒、香水、外国香烟等等。

当时我们疲倦不堪，没有注意到她脸上暗示抱歉的表情。我们倚在柜台前，弯着腰、踢着背，百般无助。最后，她终于明说没有房间了，我们无精打采地转身要走。可能是我们的软弱和逆来顺受打动了她，她把我们喊了回去，在一大摞账本里面好生翻找了一通，终于找到了一间有三张床的空房。

“三张床也可以，”我们说。

“但是没有淋浴，”她说，她的语气似乎意味着没有淋浴比露宿街头还糟呢。

“好吧，好吧。”她拿出了最后的撒手锏：“但是你们必须付三张床的钱。”

我们疲倦地看着她，她也打量着我们。可能是我们脸上有某些顽固或者愚蠢的东西，最后她屈服了。

随后，从不经意的谈话中，我们听说黑市里美元的汇率至少是我们那个朋友给的两倍之多，所以很失落，心里有苦说不出，悻悻地回到了我们那个尴尬的房间：脏兮兮的床单，以及下水口蜘蛛网般的头发丝。

教区的房子位于旧中心广场一个铁门的后面，对着圣马修教堂。小小的门廊里十分凉爽，远离了大街上的喧嚣和街上人们斜睨的目光。整个上午，我们在城市里穿梭，寻找兹利亚克神父，过往的行人向我们投来疑惑的目光。兹利亚克神父可以讲七门语言，甚至会拉丁文。我们在伦敦的时候，一位历史学家把他介绍给了我们。到了地方之后，我们看到了一个长着一圈灰色胡子、面带笑意的老人，恭坐在一张桌子后等待我们。

“*Si vous demeurez ici, le pretre va venir*（如果你们在这等，兹利亚克神父会来的），”他以轻柔的声音说道，边说边用手帕浸沾额头。

兹利亚克神父并没有到，所以米克洛斯为我们提供了午餐。门廊后，穿过几间办公室，是一张红绳地毯。还有一个三面封闭的内庭，再旁边，是一条用篱笆围起来的通往厨房的小路。

“*Je vous en prie, mangez*（不用谢，吃吧），”米克洛斯说，我们坐在

干净的橡木桌旁，盘子里摆上了新鲜的面包和香肠，一位老妇人打扫完厨房之后把一大锅水放在炉子上烧，米克洛斯说这是兹利亚克神父所赐的奇迹。

“齐奥塞斯库的秘密警察在教区房中有个安插点，从那里能够俯瞰整个广场，当然，也能看到这里。在革命之后，神父向上面申请重新启用教堂，但是有一天，军队突然就来了，没有任何征兆，他们把什么都收走了，我带你们去看。”

米克洛斯在确定我们吃饱了之后，领我们穿过了内庭，登上楼梯来到了这间“被收回的房间”：房间里空无一物，但是他能够准确地描述6个月以前秘密警察逃跑的那夜房间里有些什么。从窗户里向下望，可以俯瞰整个广场和教堂大门。雕花的石拱门廊边挂着许多秘密警察拍摄的照片，净是些进进出出的人的照片。那个时候，上一次教堂可能就会让你丢了饭碗。

“*Le telephone se trouve ici*（电话在这儿）。”还有传真机、复印机、电话机、对讲机和摄像机，以及一排挂衣服的横竿——隔音间里什么都没有，只有一张桌子——刻录机，还有一大堆的文件、各种各样的盒子，还有他自己的。

“你进来的时候就销毁了这些文件了？我猜。”

米克洛斯看起来一脸阴郁。

“*Non, non. Nous n'avons rien detruit. Je j'ai regarde le dossier, et le remplace, tout simplement.*（不，不！我们没有什么碰。我就看了看文档，又把它们调换了，仅此而已。）”

我试图去想象。

“*Mais qourquoi?*（但是，为什么呢？）”我问。

“*J'avais peur*（我很害怕），”他丝毫没有犹豫。

他伸出了双手。

“*Je vous comprends. Vous savez, nous ne sommes pas maintenant ce que nous etions avant— avant*—（我明白你的意思。你知道的，我们

之前的世界可不是现在这样的——之前。")他挥了一下手，仿佛让谁走似的。

"*La semelle de la peur nous accompagne toujours au coeur. Pour nous, les limites de la courage sediminue.*(恐惧总是悬在我们心里。对我们来说，勇气有减无增。)"他的手指在空中翻开了某个假想的物体，满满展开。"*Nous nous guerirons lentement, lentement.*(我们进展很缓慢。)"

我们只能沉默，环顾四周空空的房间。

"*Les dossiers existent encore?*(那些文件还在吗?)"我问。

"*Oui, oui, sans doute.*(在的，当然在。)"他略微停顿了一下。"*Ils sont fuit d'ici, quand même. Ce batiment, dédicacé à l'église, est retabli, C'est extraordinuire. C'est un commencement pour nous.*"(不管怎样，他们还是离开了。这座建筑已归教堂了，也已重建。这座非比寻常的建筑，是我们的开始。)

"*Un miracle?*(奇迹?)"

米克洛斯咯咯地笑了。

"*Peut-etre.*(可能吧。)"

兹利亚克神父披着雨衣出现在了办公室门口，身旁还陪着两位年轻牧师。他个子很高，骨骼粗壮，长着一张宽脸，乌黑的头发有些油腻。我们自我介绍之后，又道明了来找他的来由。

"你们愿不愿意在我们这里住几天?你们到了克鲁日之后住在哪里?"

他劝我们放弃住酒店的念头，然后就迈着大步子走出了门。两旁的年轻牧师得小跑才能跟上他的步伐。

我们本以为会被分到教堂的一个房间。但是神父的秘书彼得到了，把我们带回了他家里。他长着一张皱纹满布的长脸，手很小，戴着一副眼镜。他的英语比松鼠的吱吱叫还难懂，可谓无可救药。他开车载我们回家，路过了一个小山丘，他把圣马修教堂指给我们看，还有城墙的遗迹，以及像蝌蚪尾巴一般向东延伸的新房子。除了一堆堆绿色的树，在近百年中，老城中心几乎没有任何改变。圣马修教堂黑色的屋脊仍安然无恙地伫立于一片低矮的平房房顶十字架之中。

彼得和妻子玛丽卡住在教堂附属的公寓里，从房间里可以俯瞰离中心广场不远的公园。以东欧的标准来说，这个公寓已经非常大了，有儿童房、老人房、他们自己住的房间以及给我们的客房。

玛丽卡眼睛周围有一圈黑眼圈，但是从她呆滞的表情中，明显可以看到无法消除的怯弱，想必是在克鲁日熬夜工作所致。因为，那个地方，流言四起：

有人说，齐奥赛斯库在石壁的山洞里，养着许多婴儿，试图通过注射小孩的新鲜血液来永驻青春；

还有人说，罗马尼亚的香烟里，真正含烟草的就一种，而且它还是能买得到的香烟中最贵的那个，叫喀尔巴提(Carpathi)——前提是买得到的话；

还有人说，齐奥赛斯库在秘密警察军队里培养童子军，让他们对自己充满敬意与爱戴，还给他们灌输“若是没了我，你们活着还有什么意义”的思想，把自己塑造成救世主；

还有人说，革命就是一场政变。死在特兰西瓦尼亚大酒店门口的16名示威者，不是被秘密警察开枪打死的，而是军队，他们只是为了嫁祸给秘密警察；

还有人说，罗马尼亚人是特洛伊军队的后裔，有人不同意，认为是20世纪的时候，维京人清扫西西里岛而流落至此的西西里强盗；

还有人说，齐奥塞斯库压根没死；

还有那些吉卜赛人……

“天哪！”玛丽卡惊叹了一声。“去年，那些吉卜赛人攻击了一群德国游客，他们仅仅是在奥拉迪亚到克鲁日途中停下来野餐而已。他们为了夺戒指把人家的手指都砍下来了，一个小男孩躲在树林里面，才得以生还。当然，不能到处说，那可是光天化日呀！”他提到的那个地方，我们记得很清楚。那儿的路边有一个水泥桌子，罩在浓密的树叶下，我们还坐在那儿换过袜子呢。

第一天晚上，彼得拿出来一瓶帕林卡酒，又掏出了一张纸、一支铅笔，嘴里念叨着那蹩脚的英语，手在纸上零零碎碎地画着。我留下了那张纸，上面画着山、海、船和堡垒。那天晚上，在线条和字母的拼凑之下，渐渐出现了一张地图：特兰西瓦尼亚天主教堂坐落于地图的正中心；土匪横行的西西里岛仅仅是边缘的一个小点；一条用圆珠笔画出来的河流向西流淌；锯齿形的山峰从东面和南面兜住了整幅地图。在落笔之间，时不时传来彼得惊喜的叫声，这张地图还记录了一场争吵：关于匈牙利特兰西瓦尼亚地区的争吵。

它也记录了一段新友谊的开始。那一周，我们都和他们待在一起，还为他们举办了一场结婚纪念日派对，我在那儿也庆祝了自己的生日。有一天，他们带我们去胡埃丁（Huedin）南部的山里野餐；还有一个下午，我们开车前往阿尔巴尤利亚（Alba Iulia），路上看到了匈雅提·亚诺什[①]（Hunyadi Janos）的坟墓，生前他被称为“土耳其佬的克星”，在他逝世一个世纪之后，土耳其攻占了根据地，也“克”了他一把。还有一次开夜路，在我们即将撞上另外一辆没有打灯的马车之时，凯特尖叫了一声，及时避开了危险。事后，彼得和玛丽卡两个人用蹩脚的英语争论着。

地图上的波兰（举个例子）是我画的，大约有一个硬币大小，彼得把它圈了起来，和特兰西瓦尼亚连到了一起，圆圈里面还写下了拜特伦·珈伯（Bethlen Gabor）的名字：他曾是特兰西瓦尼亚亲王，后来又成为波兰和匈牙利的国王。舍克里（Székely）人——一个匈牙利部落民族——居住在崎岖的宛如一排奖牌的东部山地之中；南边是大批的罗马尼亚

---

① 雅诺什·匈雅提（1387—1456），匈牙利王国特兰西瓦尼亚总督、王国大将军和摄政王（1446—1452），反奥斯曼土耳其战争时的英雄人物。——译注

人，他们越过达尔马提亚[①]，消失在保加利亚，紧接着他们来到山地地区，又突然停下的是一个小箭头，意味着羊。

“罗马尼亚牧羊人，只有羊，没有建筑，没有文学，没有绘画，”彼得说，然后一个小日期出现在了左上角：1921。“在这之前，没有罗马尼亚建筑。匈牙利，有；德国，有！”

南部山脉地区出现了一个锯齿状的小山，接连着，又有一个。舍该斯洼（Segesvár，又 Schässburg）是一个撒克逊小镇，在特尔古穆列什附近；很快，那个令人眼花的名字也出现了：Marosvásárhely——匈牙利语中的特尔古穆列什（Tirgu Mures）。我们试图念出来，但是只能做到 Marosh-vasher-hay 这样，反而觉得自己蠢蠢的。

裴多菲[②]葬于舍该斯洼附近，所以彼得在地图周边写下了零零散散的关于他的事迹。他还背诵了一首诗，虽然我们一个字也听不懂，但是他散发着帕林卡酒气的声音差点就让我们以为自己真的听懂了。他对自己的母语深以为豪，特别是它饱满的发音和神秘的起源。彼得的声音在柔软的元音和生硬的辅音之间回旋，他说，罗马尼亚语和西西里语有一点儿渊源，还借用了些许斯拉夫语的词汇；而匈牙利语就不同了，发展得很成熟，是一门贵族的语言。出于某种特殊原因，匈牙利人借鉴斯拉夫词汇时，是有所选择的。

对于彼得来说，特兰西瓦尼亚就像那些晦涩的词语一样光芒万丈。匈牙利人保留着这个地方的精神，就如同他们保留着真正的传统一样：艺术、信件、历史和宗教，最高级的文化在那些曾经流落的贵族的宫殿里面生长，文化艺术远远超出现今的布达佩斯的创造能力——毕竟，布达响应了土耳其，而布达佩斯则投靠了哈布斯堡皇帝。农民的传统也在这里得到了发扬光大（在匈牙利，这一点是永远也做不到的），古亚细亚标志——例如波斯雄狮（the Persian lion）——现在仍然是农民艺术

---

① 达尔马提亚(Dalmatia)，南斯拉夫一地区。——译注

② 裴多菲·山多尔，匈牙利爱国诗人和英雄，自由主义革命者。——译注

的元素之一。为了向我们展示，彼得拿来了几本巨大的书，书里面展示了此地区独有的一些刺绣图案，他还努力向我们解释其形式是多么的多变，即使同一个山谷，不同的村庄也会有不同的表达形式。

特兰西瓦尼亚的历史记录了匈牙利人的种种事迹，匈牙利人参加战斗，修建教堂、城堡和城镇，他们写书、印刷、阅读，建立学校、大学，修建房子、宫殿、牛棚，研习农学，他们甚至还教化了罗马尼亚人，在第9世纪时，他们教罗马尼亚人使用拉丁文字……突然间，彼得对那些自称为特洛伊后代的罗马尼亚人迸发出了极大的不屑，因为他们没有创造出任何值得铭记的事物：战果或是贸易、文学、大学，甚至连砖块也没有。好在他们撞了最莫名其妙的大运：他们拥有特兰西瓦尼亚。

“罗马尼亚胜利了！罗马尼亚母亲万岁！！”匈牙利人占领了山谷、道路、河流，并且创造了文化，他们在这里思考过、战斗过、牺牲过；而罗马尼亚牧羊人霸占了山头，仅仅是用来养牛、养羊和养孩子而已。1918年，协约国要求统计人口数量，这个时候那些辛勤的养育终于得到了回报。整个过程是半捏造、半统计的，他们把上山避暑的瓦拉吉亚地区的牧羊人也算了进去，加之匈牙利的一部分正处于布尔什维克的控制之下，而特兰西瓦尼亚在罗马尼亚军队的手中，所以，最终协约国认定特兰西瓦尼亚地区罗马尼亚人多于匈牙利人。1921年，在特里亚农，特兰西瓦尼亚归于布加勒斯特（罗马尼亚首都）统治。

“那些人都是骗子，没有文化！”彼得十分气愤。

要是他非得去罗马尼亚出趟差，他连午饭都得自己带。

米克洛斯有一个信任度排序表，分别是上帝、歌剧、悲剧和匈牙利人。有时，他会在办公室里唱歌，是甜美的男高音。要不是因为自己命运多舛，他可能成为一个专业的男高音歌唱家；而对自己的不幸，他却十分随遇而安。一天晚上，他带我们进入一家剧院，欣赏普契尼的歌剧《波希米亚人》。出演的是罗马尼亚国家剧院的学生，在第一幕之后，他脸上露出了悲痛。当剧中的人物唱起离别的咏叹调时，他掏出了绣花手绢，轻拭双眼和额头。

剧院的建造师是赫尔默（Helmer）和费尔纳（Fellner），他们为哈布斯堡王室四处修建剧院，德布勒森[1]（Debresen）和奥拉迪亚都有。这家剧院规模比较小，从镀金吊饰到小型包厢，从正厅后排到特等席位，都是那些大型的奢华剧院的微缩版。

米克洛斯几乎不会错过任何演出。每周，他都会把大衣挂在衣帽间里，来到预定好了的场次，找到他的座位，在灯光熄灭前一两分钟准时到达。从后排渐渐传来小提琴的声音，观众们站立让位时，纸张会发出哗啦啦的响声，还会有座位靠背突然弹直，观众席里会传出小声的问候，双簧管发出低沉的声音，短笛也加入了演奏：全世界的文明之声和理性之音都聚集在此。所以，灯光渐熄，歌声和乐器渐归沉寂。会有那么十几个人记得低声咳嗽示意，接着是一阵沉寂。大幕拉开，在那不寻常的灯光里，我们猛然觉得自己已离开了克鲁日。米克洛斯脱离了独居的种种痛苦与繁杂，远离了生活中的那些长队、腐败和烂掉了的香烟，也不用去理会那些令人作呕的长篇大论；在歌剧里，他来到了苏格兰高地，来到了埃及，来到了巴黎，能经历世间种种和爱恨情仇。

对于一满屋子观众来说，表演十分精彩。结束之后，我们陪他到了公交站，一辆公交车遇到了些问题，僵住了，动弹不得，后面的队越排越长。他向我们道歉，说没法请我们去他家做客或是喝点什么，因为他母亲最近去世了，家里乱糟糟的，没有时间打扫。终于，来了一辆公交车，人们蜂拥而上，他坐着公交车驶进了黑暗的街道，从后窗户里，他羞涩地朝我们挥手。

广场上正在举行示威活动，我们挑出了一个长得像哈里森·福特[2]的人，问他关于横幅的事情。他英语讲得很好，让我们直接叫他约翰。接下来几天，我们熟络了起来。他相信民主，相信东方神秘主义

---

① 匈牙利一城市。——译注

② 美国男演员。——译注

(Oriental Mysticism)，也相信这次示威的政治价值，他不惜在这 6 月天里，在广场上站一天，目的是为了目睹布加勒斯特的暴力行为。后来，有一对年长的夫妻走近他，劝他不如去找个工作，而他仅仅是把双手插在口袋里，摆出一副傲气的神情。

“*Jos Communismus*”——扫除共产主义——这些字写在广场房顶上的一个红条幅上，已经在那儿几个月了；示威者手持着一些新条幅，上面写着更具体的控诉和诉求。他们急切渴望伊利埃斯库下台，他们也想让军队撤退，或者是插手——无论怎样，只要能够防止再次出现袭击示威者事件就可以了，他们还想举行大选，但是要给政党一个公开的平台和一段时间来准备，他们也想要一部新的宪法来平衡行政和立法之间的权利。他们想要人民能够当家做主，他们把自己称为“*golan*”——意思是“暴徒”，这是伊利埃斯库曾给他们安上的罪名。

示威者们自信满满。他们的领导是一位倦容满面的女性，叫亚德里安娜，她从属于国际特赦组织。她口齿十分不清楚，说话的时候唾液四溅；眼睛里时常充满了恐惧，她把我们拉到身边充当人肉挡箭牌，她说，因为我们是外国人，所以别人就不会来找麻烦。她既这样说了，我们就觉得自己有义务照顾她了，非得来看看不可。

时间一天天过去，“暴徒”们的意志已经渐渐消沉，可能是受了生无可恋的大众们的影响，来参加集会的人渐渐少了，大家都回去工作了。亚德里安娜仍然坚守在她的长椅之上，但身边的人群渐渐稀疏。当她分神的时候，她更像是一群鸽子之中的一位拾荒女，而不是一个民主集会的领头人。此时，我们注意到，约翰的脸上突然蒙上了一层迫切的迷惑。

有一天下午，我们在广场附近的咖啡馆里见了面，他喘着粗气说：“可能，罗马尼亚人民永远不会懂，他们还没有准备好。”

“所有人都不懂吗？”

“也许我应该承认，匈牙利人的确更加先进一些。”

显而易见，匈牙利人展示出了极大的政治敏锐性。他们的行为表现出他们对选择的概念有着明确的理解，他们为匈牙利政党投去了大批选票，现在这个政党已经成为议会里面的最大反对派，几乎也是唯一一个反对派。事实上，罗马尼亚人也面对着一个巨大的选择，但他们仅仅是选择反对伊利埃斯库的执政政府，并且选择和多数派交好，正中斯大林下怀。

又驻扎了一个下午之后，他们不得不把条幅靠在马加什一世国王[①]的雕像上了，因为已经没有人来举牌子了。约翰坦承这场示威最终会解散。在这几天里，他的英语已经达到了很高的水平，他之前从未讲过英语，仅仅是不断地阅读、不断地从老的电影里面学习对话而已。他解释道："*Not Oldies but Goodies*; *Oldies but Rusties*.（不是老电影，而是经典电影，老的那些只会老掉牙。）"他难得露出了一丝幽默感。现在，他和我们在一起，就能够把理论应用到实践当中去了，而且为了进一步加强练习，他提出要陪同我们一起离开克鲁日。

彼得和玛丽卡两个人对约翰不是很满意。那天下午，他们俩来广场上为我们送别，那次见面十分尴尬。他们为我们准备了——即使我们再三婉拒——打包的午饭。其中有彼得最喜欢的几种美味的罐头，还有一年多以前从匈牙利带来的番茄酱鱼肉和鞑靼牛排。那天我们都流泪了，互相拥抱。

约翰当时穿着超短牛仔裤、T恤和运动鞋，拎着一个自制的尼龙麻袋，还不停地流着鼻涕。我们领他上了山，路过了世界闻名的植物园(Botanical Garden)，离开了克鲁日。有时候，约翰和我们很像；有时候，我们又觉得他与我们截然不同。

他是密宗佛教(Tantric Buddhism)的虔诚信徒，当我们在马洛斯山谷的啤酒花和草莓田里辛苦跋涉的时候，他谈论的则是亚洲云游四方的苏菲派人士(the sufis)。他说他们否定物质，倾向于游荡四方，所以

---

① 独立的匈牙利最后一位伟大的国王，没有王室血统，但博学多才，懂7种语言，从1458年以14岁之龄登基，至1490年身亡为止，一直在统治整个帝国。——译注

他们需要在腰间绑上重物，好把自己固定在地面上。在家的时候，约翰会进行冥想，并且已经领悟到痛苦仅是一种幻象。他可以在手臂上碾灭烟头，眼睛都不带眨一下的。有一天晚上，他跟我们演示他的手指是如何不怕火烤，那次他的确吓到我们了，之后他就一直抱怨手指上的水泡，一周之后，我们把身上所有的药膏都给他涂了个遍。他一瘸一拐的，痛苦得不行，说要回克鲁日。

其他一些方面，它令我们想起了奥拉迪亚的珊达，他们俩都认识到了理智是无法打败罗马尼亚社会野蛮的本性的。约翰的东方宗教信仰是一种得到了许可的冷漠，从集会的失败里就可以预见这个结果，而且这种冷漠已在他身上留下了印记。他成天梦想着成为北部山区里的一名隐士——珊达也梦想着开家小店和没有人的街道；约翰想的是一间小棚屋：他们俩都本能地把隐退当作洁身自好的唯一办法。

约翰归隐的热情和特兰西瓦尼亚接纳我们的人的态度大相径庭。他的想法殃及了他为人处事的方式。在他看来，那天晚上收留我们的匈牙利牧师的行为是不可思议的。牧师双眼间距很近，眉骨突出：典型的南方人模样使得我们在鱼龙混杂的特兰西瓦尼亚郊区人群中一眼就认出了他。他有一种斜睨、短视的目光，说实话，只从外表来看的话，是个人都会想要远离他、想要抗议。

我不能说我和凯特从来没有对人发号施令过，但是自从波兰的第一夜里昂・里斯把我们领到了他的家里之后，我们就已经在努力做到最好了。正如大家一样，我们也对于别人赠予的东西心怀感激，且对于主人的热情都要推辞一番。

然而，当约翰想要什么的时候，他却依然能硬气十足，而且理所当然地接受别人的好意，这倒不是贪婪，也不是算计，而是太沉迷于自我的世界，无法看到别人待人接物的方式。他看不到克鲁日广场上那些愤怒的人们是如何勉强过活的，珊达也有这种优越感，也对她周围的人抱有同样的轻蔑，而且她是唯一一个认为罗马尼亚人之间不存在信任的人。约翰的理想是值得赞颂的，但是他追求理想的道路与社会相逆，他智慧的头脑里所萌生的理想的树芽，一旦见到了现实的阳光，就会枯萎殆尽。

在某个小镇里，我们走进了兽医店旁边的一家小书店。那天下午，我们正在寻找牧师，一位长着胡子的匈牙利兽医看到了我们，就把我们带回了他家。书店里的那些书和别处并无区别，都是如货物一样放在柜台后面。书的内容干瘪得能一眼看穿，浏览也没什么意思。我们直接找店员要地图。

第一眼望去，我们的德国地图看上去比他们的高级多了。他们店里的地图大约只有两英尺见方，只列出了最大的城镇和道路；整幅地图都是粉色的；罗马尼亚几乎占据了整个幅面；周围的部分则是一片空白。所以，我们几乎没有办法分辨边界上是哪个国家，罗马尼亚就悬浮在一个封闭、萧索的区域。

我们询问店主有没有当地的地图。我们本想碰碰运气，结果店员真的拿出了一张名为“克鲁日区”的地图，这张和全国那张大小差不多，但是区域更小一些，所以我们怀着激动的心情把它展开。结果令人大失所望，几乎和上一张一模一样，仅仅是一小片克鲁日地区是粉色，罗马尼亚其他的地方是白色而已。

而约翰怎么也没能明白这个梗。

在外面等待牧师归来之时，兽医菲伦克招待了我们两天。他的房子和大部分匈牙利房屋一样，周围也架满了阴凉的藤蔓。晚上，我们坐在藤蔓下讨论特兰西瓦尼亚的地区问题。他们俩争先恐后地用关于腐败的故事吓唬我们：最开始是齐奥赛斯库的狩猎派对，还有东正教大主教的贪污受贿事件，然后菲伦克的故事就变得越来越生活化了，我觉得其中不乏某些他刚刚记起的事；当然，他老婆去看医生的时候，可能真的带去了帕林卡酒；他也可能真的去照顾孩子老师家里的羊，好让孩子在期末考试中拿到一个更高的分数。

那两天，他白天都待在家里，晚上会出去一小会儿。他是去照顾一个朋友的奶牛了，每 24 小时就得喂一次药。他说 6 点以后再出去干活，他本该收三倍的费用。

牧师归城，我们相遇了。因为约翰也在，所以牧师很谨慎地向我们谈起了某些工作中的困难。他知道自己的布道将会被秘密警察录音，而且主要工作是要鼓励匈牙利年轻人留在特兰西瓦尼亚。最近几个月政治形势已大为好转，但南部仍有极端的民族主义者兴风作浪。而且，在这种罗马尼亚和匈牙利人口几乎持平的地区，这种势头只会愈演愈烈。他建议我们去特尔古穆列什（Tirgu Mures）寻找一位牧师，说他比较有经验。

我们准备离开那会儿，他把我拉到一边，问我需不需要现金。我们路途中遇到的一些人——即使是最穷的人——都会这么问，主动提出给我们现金，因为他们不清楚外国人要怎样或者到底能不能获得当地的通货。

有一天晚上，我们住到了一个吉卜赛村庄的一位牧师家里，他是我们所遇见的第一个舍克里人（Szekelyi），他个子不高，手掌小巧，长着黑色的卷发，说话时会害羞得咯咯笑。我们四个人一起用了晚餐，晚饭很丰盛。村子里的一个匈牙利女人照顾牧师的起居，她得确保牧师吃饱穿暖，所以她从一场婚礼中打包回来了没有吃完的炖包菜。约翰摇了摇手中的叉子，说没什么稀奇的，尝了两口之后，又说这道菜做得不咋的。

那天晚上，我们睡在地板上的睡袋里。第二天早晨，牧师带我们去往村子边缘，在一个集体农场后面有一所腐朽的房子。这是一座特兰西瓦尼亚库勒庄园（Coole Park），是匈牙利式优越感的遗物。我站在门廊之下，四周都是伤痕累累的廊柱，我可以在脑海中重现往日的繁荣景象：在摇摇欲坠的小桥两旁种上草，在布满车辙的主路上铺上碎石，再把远处田地中那颗衰败的橡树替换掉就行了。房子本身的碎片也承载了它历史的痕迹：一面弯曲的灰色嵌板原应镶嵌着白色和金色的饰物，一长条陶瓦片，以及木屑堆中的那个巨大的铰链。在外墙上——外墙还完好无损——有一个刻着拉丁文字的石卷轴，上面刻着卡罗伊（the Karolyi）、一些军械和“1610年”字样。

直到一战前，这所庄园仍旧正常运转，战争爆发后，这家人就逃亡了，把庄园交给一位罗马尼亚籍清洁工照看，他拿着斧子敲碎了陶制的地板砖，花了他好几天时间呢。后来，吉卜赛人又在马厩和仆人营房里驻扎——他们的品位怪得很呢——过了几年，后来这所房子就成了猪棚和粮仓。直到几年前，本地的市长把房顶揭掉、运走了，很明显，是运去修建当地的政党总部了。

即使经历了如此无情的攻击，现存的阁楼仍然昭示着这所房屋顽强的生命力。大部分地方都很干燥，瓦片也十分牢固，烟囱下面被熏黑了的砖块仍然完好无损。从那个角度看，楼下一切废墟和残骸似乎都是被人精心布置的效果，碎片和瓦砾皆臣服于这所房屋强大的核心力量。

它的未来似乎已成定局。有流言说这家人会收回房屋所有权（特尔古穆列什有一位老妇人正等着继承这儿呢），不过特兰西瓦尼亚地区各式各样的流言都承认了一点：这家人肯定指望着政府把它拍卖掉，收个最好的价钱。

特尔古穆列什

当我们到达特尔古穆列什[①](Tirgu Mures,又名 Marosvásárhely)的时候,约翰和我们道了别,此时我们终于感觉自己有力气前往教堂了。我们走进了教堂阶梯边的一个小门,遇到了三位正在喝咖啡的年轻牧师,其中一个正抽着万宝路香烟。他们三个看上去都太年轻了。

我们结结巴巴地说明了自己的身份,询问有没有地方可以让我们住一晚。最年轻的那位牧师给了我们一个严肃的眼神,问我和凯特结婚了没。

我本该说没结婚的。当时我想要是说结了婚,就能够省去一些不必要的麻烦,也不用分开住了。不一会儿,我们就被安排到了一个狭小的房间里,两张床首尾相连。现在也没有退路了。

还没等我们脱鞋、躺下,戈扎(并非戈扎牧师)就敲门进来了。

"你们现在应该去吃饭了,"他用德语说道,"等一下我们会去游泳。"

牧师们吃剩下的晚饭都摆在一个小的餐厅里,戈扎切了面包,邀我们举杯共饮。"这是好酒,别担心,"他解释道,"从阿尔巴尤利亚的和尚那儿拿来的,是专供圣餐用的,所以必须得纯,当然,这是白葡萄酒。"

烛光之下,杯中的白葡萄酒有些泛黄,尝起来颇干。面包全堆在一个木板上,旁边的木质大盘里还堆放着奶酪,另外一个木碗里装有黄油,旁边还有一盘西红柿和一盘冷肉。伴着一顿饭难免得有一小块儿烟熏肥肉。在高档一点的匈牙利餐厅里,瘦肉的顶端都得有一块小肥肉,我们之前都把它丢开了,以为是装饰,或者仅仅是保鲜的作用。特兰西瓦尼亚的这种不透明的肥肉还带着一点纹理,对当地人来说是一

① 罗马尼亚中部城市,穆列什县首府。——译注

道难得的美味。有时候，这块肉特别硬，得用刀叉才能切开，但是你还得伴着白面包吃，要是西红柿或者小黄瓜那就更美味了，会让你的双唇浸满烟熏味的油脂。

我正忙着吃饭呢，加博和凯特开始聊天，戈扎只会说德语，他问我们什么时候结的婚。

“我们什么时候结的婚?”

“对啊，什么时候?”一开始，我胡乱编造了一个日期，紧接着就把话题转开了，开始讨论教堂。在接下来几天里，我发现我已经给自己挖了一个大坑，年长的修士拿眼睛直勾勾地盯着我们光秃秃的手指:没有戒指。

现在戈扎说，:“东正教元老支持齐奥赛斯库，在滕斯法省的大屠杀之后，他公然发了一封贺电，赞颂他那英明的领导战胜了反社会流氓。他之前出去躲了一段时间了，但是现在已经回来了。”

他喝光了杯子里面的酒，“现在咱们去游泳吧。”

外面街道上灯光昏暗，戈扎开车十分狂野，活像个匈牙利人。我们绕到了东正教教堂的背后，又路过了一个大酒店——这家酒店的前身是1247年修建的方济各会修道院，几年前人们把修道院拆了，新建了这所酒店。在上桥之前，我们猛地一转向来到了沿河的公路上。

河边有一个小木码头，水面波光粼粼，反射着点点星光。戈扎一声欢呼，一头扎进了水面。我是跳到水里的，用脚趾划动着水底的软泥。

我问:“水干净吗?”

“一般般，”加博说，“没有关系的，人人都在这里游泳。这就是我们晚上来的原因，白天太危险了，每个人都跟我们问好，压根儿就没法游。”

我们游了一会儿，我是第一个出来的，戈扎玩到了最后。他圆滚滚的，挺可爱。

回到了教堂之后，加博给我们每个人都端了一杯酸橙茶。第二天他会去主持一个女孩的葬礼，死了的女孩就是两天前在我们刚才游泳的河里淹死的。他把她的照片放在桌子上，照片里是一个面带微笑的小女孩儿，扎着两条大辫子。他让我们替她祈祷。

加博的房间有一张窄床、一个洗手盆、一个衣柜，还有几个小书架，书架上的书大部分都是平装书，几乎全是匈牙利语的书。过了一会儿，他问道："你有圣经吗？"

"额……没有，"我脸红了，有些尴尬。

他走出房间拿回来了一本英文的《圣经》，"在你们睡觉前，我想为你们阅读一段，这是我最喜欢的一段儿。"他清了清嗓子说：

"我做孩子的时候，话语像孩子，心思像孩子，意念像孩子；既成了人，就把孩子的事丢弃了。

"我们如今仿佛对着镜子观看，模糊不清，到那时就要面对面了：我如今所知道的有限，到那时就全知道，如同主知道我一样。

"如今长存的有信、有望、有慈这三样，其中最大的是慈。"

他关上了书，说："现在，你们可以睡觉了。"

特尔古穆列什中心有一条十分宽广的林荫大道，一直延伸到那巨型的爬虫形水泥东正教教堂附近。1921 年，特里亚农条约把特兰西瓦尼亚划归罗马尼亚所有时，他们才建立了这个教堂以庆祝此次胜利。陡峭的车道盘绕着南部的山道，然而北面地势平坦，一直延伸到河边。在主路两侧的房屋上，明显可以看到拆除和部分重建的痕迹。

在主干道的西端，伫立着最著名的分裂主义建筑：文化宫，它的罗马尼亚名为 *Palace Culturul*，虽然，目光所及之处——无论是锈迹斑斑的玻璃窗，还是墙上刻着的诗文——都很明显是匈牙利人的成果。一条艺术长廊里展出了匈牙利画家的作品，但是他们却被硬生生地按上了罗马尼亚的名字，还有强制征集来的达细亚-罗马珠宝、手镯和箭头；另外还有一间紧闭的画廊，这个地方只举办当地的齐奥塞斯库相关展览。

在街对面的百货商店楼下，你可以在一间矮小的屋子里买到美味的炸面包[1]，楼上的那家百货商店沿街安装着巨大的玻璃幕墙，玻璃老旧又不平整。一天下午，我们在街的另一边走路的时候，有一块玻璃掉了下来，碎了一地，没有人受伤。在建筑背后是一个小花园，时不时能在那儿找到一两盒火柴。

然而，和奥拉迪亚相比，城中心长长的轨道给了特尔古穆列什一种独特的优雅气质，这里向来有军队驻扎，所以不是一个笙箫之地，反而更适合立功勋、办游行。有一天下午，马戏团在我们窗户外面的街道上游行，光着膀子的演员头戴花哨的帽子，从上面望下去，仿佛他们在演绎100多年前的军队生活。

在林荫大道的中段，是特兰西瓦尼亚大酒店（Transylvania Hotel），我们去那儿吃过饭。虽然它是崭新的，但仍然代表着固化的旧时代资产阶级：沉甸甸的紫色丝绒窗帘垂在窗前；轻纱帘轻抚椅子；昏暗的阳光透过窗帘照到桌子上，每张桌子上都摆着银质的酒杯；那儿只卖装在小金属盒里的卡地亚香烟；但是，这里的食物却难以下咽；服务员也压根儿不会理你。在东欧，人们仍然热衷于华丽的装饰。特兰西瓦尼亚大酒店早就吸收了俄国革命的精华，配备了华丽的扶手椅和银制单脚桌盘；玻璃下压着的小方巾竟然与口号和训词尴尬地共处——而且与深夜抓捕的敲门声形成了可怕的对比。

实际上，这种对于过度装潢、买花、送花和做发型的热情恰好暗示了对于一种既定行为方式的认同，就像是一个人写信之前，他会临时抱佛脚，赶忙研习一下德布雷特[2]信件格式。资本家的生活方式向来以注重外部物质而臭名昭著，而且，在罗马尼亚，外部物质早已与现实情况脱离：所以，有银盘子来装酒，但是却没有酒可饮；有华丽的香烟，但是价格高得没有人能买得起；酒店里有漂亮的接待员，但是床单却一个多月都没有换。

---

① 炸面包（Langos），一种匈牙利特色食物，一种油炸的扁平面包。——译注

② 德布雷特礼节与现代礼仪新指南。——译注

如今，特兰西瓦尼亚有酒了——某一种酒。

“我很抱歉，没能让你们尝到更好的酒，”我们邻桌的人说道。即使我们再三劝阻，也没能拦住他给我们斟酒的热情。“以往，我们有上好的窖藏酒，但是这个，简直是勾兑出来的化学试剂！”

与我们共用一桌的是城里最后一名奥地利上校的长侄。这个老头个子很小、步履蹒跚、青筋暴起，他是2世纪以前殖民于特兰西瓦尼亚西部的施瓦比亚殖民者（the Swabian Colonists）的后代。

喝了他那化学试剂般的酒，这个德国老头嘶哑着嗓子，唱起了歌：“*Siebenbürgen, Land des Segens*.（特兰西瓦尼亚，大地的祝福。）”直到他的匈牙利朋友对他皱了皱眉摇起了头，他才适可而止。

在战争快结束的时候，上校发现自己授命的国家处于分崩离析的边缘。当时他在俄国内战中指挥一个白人军营，后来，他被布尔什维克俘虏之后，他的妻子——一位波兰公爵夫人——选择绝食自尽，在他回来不久之后就去世了。

“当时，上校也想自杀，”这个德国老人说，他站在镜子前，用刮胡刀对准脖子做自杀的动作。“我的父亲，也就是他的兄弟，救了他。从那之后，他就在罗马尼亚军队任职，一直到1939年。”

“然后呢？”

“然后他就成了俄国前线的一名将军，那个时候我也加入了军队，这算是一个家庭传统吧——德国政府把半个特兰西瓦尼亚都划给了匈牙利，像上次那样——*eine neue Karte von Europa*（欧洲新地图）。”

“希特勒也做过一些好事，”他又说道。他的匈牙利朋友说了一句“麦克风”，又在桌子底下敲了两下，这个德国老头耸了耸肩，“我真的敢说，当时德国没有失业，人们生活富足，但是他在犹太人这件事上做错了，他不该把反法西斯的人杀得那么绝。当然，他也小看了丘吉尔，”他极小幅度地低了一下头。“但是，他杀那些犹太人是因为他们是犹太人，而不是因为他们反对他。”

“他们的确反对他，别无他法。是的，是的，犹太人是他的一个大错误。”

他似乎察觉到自己说得太多了，可能是酒劲儿发作，“要是从来没有希特勒，可能会好一些。”

在一阵停顿之后，他又想起自己曾经向美国人投降。

“为什么要回来？怎么不留在德国？”

他又倒满了酒，把空酒瓶放到了银制的篮子里。

“我们家的宅子被充公了，我的母亲当时住在城里的一间小卧室里。家里的葡萄园变成了耕地，被人种上了‘更合适’的作物，我们避暑的宅子也被人围了起来，荒废了，梯田也没有人耕种过，到处都长了高高矮矮的树。我为什么回来？*Warum*（为什么）？”他用手拍了下额头，“*Ich war doch so dumm*（我真是太蠢了）！”

那时要退出已经来不及了，他回到了法律部门，谋了一个律师的职位，然而他的上校叔叔于1956年死于西德，逝世时仍享有将军的养老金。

“我计划马上就去德国了，我先看一看，要是没问题就会把全家人都带过去。我能拿到一份真正的养老金。”

他们决心要带我们在城里转一圈，向我们展示他们记忆中的快乐又精致的地方。一番推搡之后，我们付了钱，东倒西歪地跟着他们去游城，试图再现战前的黄金年代，“这儿曾经是一家很棒的饭店……那边山上的树荫里曾是上校的别墅。”我们还去参观了一条黄金道路的遗址，它曾穿过整个城市，直通新教教堂。最近，一块釉砖被人挖了出来，运往南边的布加勒斯特；东正教教堂现在的地方曾经是一家著名的咖啡馆，它的主人还曾经建了一个铸币厂，因为大家都从中获益，所以也没人举报他。

最后，我们到了一个学校，我们的老朋友们曾在这儿念过书，上过匈牙利语和德语课。学校的学生见我们踉踉跄跄，惊诧不已。老人推开了一扇门，但是他记忆中的宿舍已消失不见了；他感叹时光易逝，说那个时候的地板都能当镜子照，在楼梯上跑还会受到体罚；以及孩童时期不走运洗了冷水澡就会被同学嘲笑的趣事。然而，记忆是我们无法回去的地方，现在，我们只能站在昏暗的盥洗室里。

一会儿之后，他们的步伐渐渐平缓了下来，上楼梯时也没那么激动了，也不再频繁开门，可能是酒精作用消失了，或者是他们激动地想起的每一个名字——狂热的体育指导员、旧时的同学、校长，还有那个坐着豪华轿车来上学的男孩——仅仅是让他们想起了死亡和别离。

我们又在特兰西瓦尼亚吃了一顿午饭，与我们共桌的是一个匈牙利男孩，他正带着他的罗马尼亚女友一起庆祝自己的生日。他们的英语口语都很好。

虽然他的梦想是成为一名牙医，但是目前，他是一个随车医护员。很重要的一点是，他人得回匈牙利：他有一幅家传的名画在那儿，能够卖好多钱。

“在这儿没法儿做买卖，”他解释道，“特兰西瓦尼亚不是一个与西方打交道的地方。”

“对，并不是，”我同意，“提起这里，每个人都只能想到吸血鬼[①]。”

我们的新朋友盯着他的杯子，然后又把目光挪开了。

“抱歉，”他哧哧地笑了起来，“但是我的确是吸血鬼——村子里都这么说，我有印记。”

他抬起了下巴，在他的雪白脖子上有一个李子大小的血红的标记。

“还有其他的地方，”他说，他用手捂住嘴，轻笑了一声。

他的女朋友点了点头。

“我的父母可不中意这一点，”女孩说，“他们说他是斯特里戈伊（the Strigoi），是……一种吸血鬼。”说着，她举起了爪子，轻轻往前一扑。

我们替他们安排好了西行的行程：我们之前路遇了一些英国约克郡的做慈善的人，他们可以替他把空救护车开回来。但是，我们自此再

---

① 德古拉（Dracula），著名的吸血鬼传说。——译注

也没有听到过关于他们俩的消息。随车医护、牙医,奇怪的是,我觉得自己有义务对他们负责:他们被铁幕封闭了50年,被《锤子手》[1]扭曲了世界观。现在好了,他们能想走就走,想来就来了。

在特尔古穆列什市里,特里基图书馆是唯一值得怀念的东西。哈布斯堡王室的首相于18世纪修建了这座图书馆。在这儿,我们能闻到古老的气息;能在筒形的穹顶之下欣赏古老的文字;还能在艺术画廊和高高的玻璃书架中穿行。

我们寻找地图时,遇上了这里的首席图书管理员米哈利·施皮尔曼。他是犹太人,同时又是匈牙利籍的罗马尼亚学者,算是三重少数族裔了——要是你把犹太人与学者等同起来的话(在东欧,人们几乎都这么想),那就算两重。

米哈利带我们来到庭院中的一棵大树之下,我想,应该更大程度上是出自习惯而不是谨慎。这里不会被人偷听,也几乎不会被打扰。

"有一点让我很难受,一想到彼得·罗曼是犹太人,我就不舒服,"他说。

"总理吗?"

"对呀,天哪!罗曼,谁会随随便便就姓了那个?那是他的祖父改了他的姓!30年代,许多犹太人都想融入罗马尼亚,想比罗马尼亚人还像罗马尼亚人,罗曼是一个犹太姓,比我的姓还犹太。"

"所以你不希望你们的总理是犹太人喽?"

"一旦他做错了某件事儿,他就不再是伊利埃斯库的总理了,反而成'犹大'啦!"

一天晚上,米哈利邀请我们去他家,我们谈起了吉卜赛人。自克鲁日始,路遇的人都极力劝我们当心吉卜赛人,特别是从特尔古穆利什到

① 《锤子手》(*Hammer*),1973年美国恐怖电影。——译注

舍盖斯洼(Segesvar)的途中——要是我们有可能不幸失踪,那一定是在这儿(后来我们发现,我的亲戚的确以为我们在罗马尼亚失踪了:焦灼的夺命连环电话,不断的外交部高层上访……但是我们倒觉得他们担心的理由莫名其妙。一位瑞典的外交官被逼展开了调查,甚至还布置了营救计划……直到我们从保加利亚往回打了一通电话,这一切才烟消云散)。只有米哈利能明确地告诉我们:他们的担心是多余的。

他指出,大众对于吉卜赛人的恐惧源于被经掌权者恶化了的偏见。齐奥塞斯库本人尽量不理会吉卜赛人,到了最后,没有人知道罗马尼亚到底有多少吉卜赛人。有人估计大约有400万,占罗马尼亚总人口的1/5。

一个如此厌恶操纵和掌控的民族,他们竟然直接粗暴地被排除于官方数据之外,简直可笑。他认为,吉卜赛人最厌恶的事情就是被当局了解和控制,他们亲眼看见了被政府当傀儡一样对待的“正常”群众,且努力逃避。但是这种行为并不能算是作恶。

“大多数人为了安全而选择牺牲自由,”他说,“在欧洲的这个角落,这种做法向来是传统。哈布斯堡王室把官僚控制做到了极端,吉卜赛人身在这个王国,却选择了另外一个极端。在许多人看来,他们放荡闲散,相比于用心观察、了解他们,直接把吉卜赛人视作骗子和小偷更加容易。”

他发现了一个关键问题。

“其实吉卜赛人一直都在工作,他们站在街上互通信息——交换智慧。你在街上看到垃圾了吗?没有,对吧?那是因为吉卜赛人看似无所事事,但其实他们把旧报纸、票据和纸都收集了起来,”他从书架上随手挑了一本书,我们坐在他的家里,墙壁四周都摆满了书。

“你知道我怎么能买得起这些书吗?因为吉卜赛人把废旧的纸回收起来送到工厂里,没有其他人会想做这个,因为会花很长时间,但是吉卜赛人把这件事融合到自己平日的活动中去了。他们什么都回收,吉卜赛人是这个国家唯一的商人和工匠,”他宣称道,“在吉卜赛村庄里,一个铁匠可能也会做首饰,他的老婆会做衣服,他的孩子会分类各种垃圾,例如橡胶、玻璃纸等等。然后他们会派一个人去城里卖他们的产品，在买卖的同时他们还会打听别人的需求，我们所谓的罗马尼亚经济——炼钢、造船、开矿等等，都是一个笑话，真正的经济是由这些吉卜赛人运转的，过去那么多年中，吉卜赛人已经探索出了避免当局禁锢的最佳方法：他们远离正常秩序的世界，行踪不可预测，政府也没有办法来对付他们，他们把分给他们的房子烧掉，或者干脆使用上十个不同的名字。反过来，警察却把许多无辜的吉卜赛人关进了监狱。这样做只会使问题恶化，他们在这儿只会变本加厉，进一步加深世人对他们的误解。”

虽然他如此仔细地观察，但却没有注意到吉卜赛人穿的传统服装。

“现在，他们穿的是普通的衣服，那些老服装只是在庆祝和节日的时候会穿，”他口口声声向我们保证——虽然，吉卜赛人每天光明正大地穿着五彩斑斓的、镶嵌有亚洲花纹的短裙和紧身上衣游行——就在我们的眼皮底下，但是米哈利就是没看见。

在他房间里，书架的前面还挂着几串香肠，他和我们所遇见的每个匈牙利人一样，每年都会杀猪，做成肉酱、香肠、烟熏肥肉和腌肉。这一切都是在城中心进行的，在9点的时候，他的孩子径自走进房间，打开电视，观看一个冗长的德国酿酒家庭的连续剧——电视剧镜头给得最多的似乎是他们前往办公室战场和家庭殿堂之间开的豪华轿车。

他对我们说：“这就是罗马尼亚的国家计划，这就是总统将会为我们创造的生活。”

嘲讽终于一吐为快，他舒了一口气，安心地和孩子们一起看电视。

两个月以前在特尔古穆列什，罗马尼亚人和匈牙利人之间爆发了一场规模不小的斗殴，虽然我们当时在波兰听说了这件事——安德杰跟我们说起过这件事，目的是让我们避开这个地方——但是现在，我们与亲眼看见这场暴力事件的人面对面交谈。没有人相信是空穴来风。

布达佩斯的一名作家厄尔诺·苏托本来要向匈牙利议会政党演讲（政党所在的那座楼里还有许多罗马尼亚反对派政党人士），但是一群罗马尼亚农民扛着草耙和镰刀冲进了那栋楼。作家和其他人挤入了阁楼里，把一个水桶放在了楼梯间里，进攻的那群人只能一个个上来。

两个小时之后，来了一个中队，解救了被包围的匈牙利人士，奋力抵抗的人也渐渐出来了。他们下楼时，一路上被推推搡搡，甚至还有拳打脚踢。匈牙利人爬上了治安队的大卡车——是金属架子外面包着一层帆布的那种，一行驶起来就如同鼓满了的帆——但是有人被暴徒们拽下了车狠狠地殴打，苏托自己就被打坏了一只眼睛。当地的特里基图书馆也被攻陷了，但是那古老的铁门似乎是无法攻破的。

有几个问题还尚待解决。很明显，罗马尼亚人还以为这次会议将以特兰西瓦尼亚独立告终，可能还恰巧遇到匈牙利异常的入侵。曾经，燃料和交通极其匮乏之时，一大波农民一起涌入了城市，军队在那栋楼被围攻几个小时之后才到达。从推理的角度来说，整个事件可能是精心策划的结果。

那天接下来的时间里，广场上举行抗议的匈牙利人遇到了一大群扛着农具的罗马尼亚人，两拨人之间仅有薄弱的一层士兵，群众的情绪越来越激动，匈牙利人把他们的老婆和孩子支回了家，罗马尼亚人则开始嘲弄“我们才是土地的主人，你们只是占地的土匪”，而且还大声呼喊着：“祖国！祖国！”

在口头侮辱和投石攻击之后，肉搏战在那个下午爆发了。一辆卡车全速冲向了罗马尼亚人群。军队的决心似乎遭到了动摇，并且撤退了。打斗越来越激烈，整条街上非死即伤。大约下午6时的时候。在昏暗的日光里走出来一队人，他们戴着帽子，穿着黑色的背心，从主路旁的一条小街走来，打架的人疑惑地看着他们，没有人知道这群吉卜赛人想要干吗，他们大喊地喊了一声：“别担心，匈牙利同胞们，我们是吉卜赛人！”

他们的攻击堪称血腥，罗马尼亚人踉跄地逃上了巴士，但是巴士却被点着了火，他们从车上跳下来，被逮到了就是一顿毒打，对方把刀都掏出来了，还有耙子。在夜幕降临时一阵乱捅，燃烧的巴士火光闪闪，照亮了这一切。营房里的军队一直等待着当局的命令，然而他们却从未等到。

一天晚上，我睡不着觉，和家里的主人一起在电视上看了一场足球赛，他舒服地卧在一个扶手椅里面，只穿了一件背心和一条旧裤子，嘴里念念有词。

最后，我们扯到了上次打斗的问题，罗马尼亚匪徒攻击了教堂，他想到这里，面色阴沉地点了点头，把手伸到后面，拿出了一根钉满了钉子的棒球棒，还上下掂量了几下，似乎是跃跃欲试。

之后，我们就一直看球赛，我第二天再见到他时，意识到自己想错了，他穿着长袍急匆匆地穿过大厅去做弥撒。

新教牧师的儿子安德拉斯是个严肃的孩子，还不满 18 岁就已满心悲悯，当他听到被卡车碾压的人的惨叫时，他努力控制住泪水，不让它流下来。

他父亲的教堂位于林荫大道的高处，四周都围了中世纪的防护墙；在西门边，有一幅损毁了的壁画，画中内容是两名戴着白头巾的土耳其士兵，他们兵械下的匈牙利俘虏则没有戴头盔。

安德拉斯的父亲在年轻的时候就被逮捕了，发配到了多瑙河三角洲——罗马尼亚的古拉格(Gulag)集中营。那里的犯人们被迫在毒气沼泽中挖地道，当时，他父亲本没指望能活命。自从他被捕的那一刻起，官方政府就一直缄口不言，他的老父母只能猜测儿子是可能被逮捕了。4 年之后，他被释放，与家人相见之时，已是“尘满面，鬓如霜，唯有泪千行”。

安德拉斯从小就被告知，沉默是社会不公的武器之一。政府的行径从来都是在沉默中进行的，渐渐地，人们也安于沉默了。

“我们的电话又被监听了，12 月之后的某一段时间消停了，但是现在你可以清楚地听到那个第二声滴答。”

他的母亲点了点头，“*Ils nous écoutent maintenant, probablement.*(他们可能在监听我们。)”

“这次，我们尽量装作不知道，如果我们能继续发声抗议，他们就会觉得压制我们没那么容易。”

我突然想起了那张周围全是空白的罗马尼亚地图。齐奥塞斯库试图把每个人都孤立起来：与外国人讲话必须上报组织，没有证书不能私自拥有打字机。没有信任感的罗马尼亚人说，因为我们是外国人，所以他们才能与我们讲话。不管人们的谈话包含了 1/4 还是 1/10 的真正信息，只要人们觉得是，那就得万分谨慎。在波兰、捷克斯洛伐克和匈牙利，文明的社会是建立在政府运作的基础之上的：教堂、童子军夏令营、文学和艺术的集会；然而罗马尼亚却不一样。这儿的匈牙利人一定程度上能够团结起来，吉卜赛人无论被怎样欺压也不问世事，但是罗马尼亚人不仅不团结，而且固执己见、一意孤行。

安德拉斯正襟危坐，脸上的神情十分专注，他总是在不停地解释和辩护。在他过渡到成人世界的过程中，伴随他的是孩子般的逻辑、严谨和耐心。看着他，我想起了米哈利曾经开的一个玩笑：利用现存的自由来为以后的政治牢狱生涯铺建起人际关系网。

“伊利埃斯库和他的人民都想要权力，就是这样。这样一来，便能很轻松地把 3 月和 6 月发生的事情联系到一起了。最开始，罗马尼亚人反对匈牙利人，然后是工人反对知识分子，总是大多数欺压少数。当局势渐紧时，他只会让事态更加紧迫。他作为国家领导人，领导着一群数量庞大的担惊受怕的民众。他只向海外侨胞许诺民主，所以那些人会为他提供资金支持，然后他就用这些钱来贿赂自己国内的支持者。”

“政府想要毁掉这儿的匈牙利人，匈牙利籍领导、专家都离开特兰西瓦尼亚了，那些人可以在匈牙利重新开始，只有头脑简单的人才能够留下来。在没有领袖的情况下，他们也不会抵制外族人的同化，几代之内他们就会消失。国家里的所有人就都成了罗马尼亚人，也没有人会追寻原本的真相。”

他抬起了头。

“我们必须与西方取得联系，不论是朋友、教堂、组织还是旅游，只要稍微联系上了一点，他们就很难再把我们与外界隔绝开来了。我们需要教育，我们必须建立知识分子阶层。知识分子懂得反抗压迫，他们知道彼此都是受过教育的人，而不会没头没脑得像匈牙利人那样憎恨罗马尼亚。”

安德拉斯在半空中握紧了拳头，“我相信信息科技，你看，在这个国家，科技掌握在压迫者手里，人们甚至连打字机都不能有，但是秘密警察们，”他悄声说，“却有传真机、电脑、无线电话、麦克风、摄像机等等。所以我们也要把这种权利赋予人民。到那时，地理位置的限制就没那么大了。”

安德拉斯的展望如小孩子的世界一般精彩：领土的负担不复存在——不用在东欧一个阴暗的角落里努力争取空间——全被一个电子化的吉卜赛式生活所取代了；审查制度将不复存在；在同一片电线和电缆网络之下，国界也荡然无存；罗马尼亚周围的空白部分将会塞满无限的调试器；在无边际的网络的间隙里，自由会向病毒一样自发蔓延开来。

我也想像安德拉斯那样坚信未来，也想像他那样激动地畅想 21 世纪特兰西瓦尼亚的机遇和可能性。我想，在适当的地方，这种想象是可行的。但是在特兰西瓦尼亚，即使吸血鬼德古拉通过传真邀请了杀手哈克[①]，哈克打开他的笔记本电脑接收，他也仍然免不了担惊受怕。安置那种生活的适当的地方应该是那些已经富裕、和平、有包容性的社会，而不是罗马尼亚这样的地方，在这儿连学位证书都可以买卖，政变带着革命的面具，民主成了暴君的武器。过了一会儿，安德拉斯带我们参观他父亲的教堂。

我爬上阶梯，在围墙上发现了一个垛口，于是评论道：“与其说是个教堂，不如说是一个城堡。”

“当然了，”安德拉斯继续说，“这是特兰西瓦尼亚的传统，教堂都筑

---

① 哈克(Harker)，吸血鬼故事传说中的吸血鬼猎人。——译注

有城堡，小的也不例外，你在舍克里福德（Szélelyföld）能够看到更多这样的建筑。”

我走下了阶梯，问：

“舍克里人是谁?”

“原始的民主主义者，”他神秘地说。

我们离开了城堡。

安德拉斯想要给我们看某个东西——一个字母表，字母表上一共有 31 个如尼字母[1]，每一个都对应着一个罗马字母或是匈牙利语里面相应的字母组合，匈牙利语里那些拗口的双元音，全都被分解成了干净利落的楔形、圆圈或者三角形。安德拉斯说，直到 19 世纪中叶，舍克里人一直都保存着这张字母表，后来布达佩斯的教师插手干预了。我们之前在克鲁日的省博物馆见到过这些符号。

“现在，这些是匈牙利语的原始写法，你知不知道最近有考古学家在中国的西部发现了同样的东西，那些是突厥文字，你看吧，舍克里人是匈牙利人，但是不止如此。在那之前，他们一起生活，共同保护王国，每个人——即使是农民，也配备有宝剑和枪支，住在边界附近抵抗土耳其和鞑靼人。”

“我说过，他们是最原始的民主主义者，他们所有的财富都是平均分配的，在村子里没有很有钱的人，因为有钱的人会雇佣其他人战斗；也没有穷人，穷人是买不起好的枪械的。所以大家都是平均的，而且永远是自由人。”

他急切地想让我们复制他的这张表。

“也许，你们可以拿给舍克里人看呢?”他急切地说，“我很希望舍克里人能够与这幅字母表重逢呢！一个世纪以来，他们战无不胜、拼尽全力保卫国家和匈牙利王国，现在他们仍然需要继续战斗，虽然他们没有那么多可保卫的事务了，但是这张字母表可能会帮助他们抵抗被同化的步伐。”

---

[1] 如尼字母（Runes），古代北欧所使用的字母。——译注

"那信息学呢?"

安德拉斯叹了一声气,"信息学可能得等很长很长一段时间之后了。"

我们正准备离开特尔古穆列什时,安东尼兄弟们到了。他们深夜到达我们所住的修道院。外面的吵嚷声把我们吵醒了,修道院里没有一个人懂英语,而他们俩只会说英语。

他们三天前从英格兰出发,身负着援助教堂的委托,紧赶慢赶地来到了这儿,一路上他们累得不行。他们来自布拉德福德[①](Bradford),此次是他们头一遭走出英国。

当一杯茶送到小安东尼手中时,我们注意到他突然若有所思,戈扎一脸迷惑:茶是好东西呀;而大安东尼坚定地拿起了一杯椴树汁喝了。他们俩对一路的行程都没有什么记忆,小安东尼在最后一分钟被拉上了车,按到了副驾上;他没时间办签证,所以在边境被耽搁了一会儿。当二人听说周围都是匈牙利人而非罗马尼亚人时,他们十分吃惊。

小安东尼说:"我对这个国家的了解还没邮票上的画包含的信息多呢,"然后就爬上床睡觉了。

戈扎宣布:"你们俩明天带他们去城里转转。"于是,我们的启程日期又推迟了两天。

很快我们就发现,虽然他们是一起开车来的,但是这两个安东尼在出发之前压根儿就不认识;即使经历了一路,也没能成为好朋友。小安东尼说另一个:"他就是个傻子。"小安东尼乐于接受生活中的一切事物;他有问不尽的问题、喜欢到处交朋友、待人也很和善。他说一年前自己患上了糖尿病,有一个肾坏了,那时整个人很"脆弱",想起来还有点儿反感,他母亲给他捐了一个肾,所以他才能够过上他以前从未梦想过的生活。

---

① 英格兰北部城市。——译注

对于食物，他坚持禁欲之道。

我们一起在一家酒店吃了一顿令人作呕的饭，之后他问："知道我喜欢什么吗？"

他回答："炸鱼派、薯条、香肠、土豆泥、豆子、培根、煎蛋、番茄酱。"

他停顿了一会儿，我们一下子出了神。

"全都放在一个桶里，"他又补充道。

他又停顿了一下，继续说："真是美味得不得了。"

舍该斯洼

清晨,天空皱缩成了一坨,像是一张凌乱的床。在特里基图书馆外,脏乱的塔楼一路伴着我们,又在田地出现的地方突然地消失了。在峡谷旁边,大约有 50 辆车排队等着加油。

一小时之后,我们被一条狗攻击了。

凯特看到它的时候,它大概离我们还有半英里远。树林旁有一间缠绕着电线的小屋,看起来像是一个变电站。狗在我们身后大叫,但是它的叫声对我们来说不构成威胁。我们穿过了半个欧洲,一路上不断遇到乱叫的狗——那些狗们通常都被拴了起来。

"它朝我们过来了!"凯特突然说,我回头看,发现从山上跑下来一个小小的白色的斑点。还没,还远着呢。

"可能就是在追兔子,"我说。

"我可不觉得,"凯特加快了步伐。狗越来越近,它朝我们飞奔过来。

"没事,我们继续走,去树林里试试,"这句话很多余,我知道。

我们往前走了大概一百码,进入了树林。我们所处的地方两边各有一条沟。田地是空荡荡的,公路上也已一个多小时不见车了。那条狗从最近的田地里面绕了过来,吠叫声回荡在天空。

那狗一跃跨过了沟渠,我能听到它的爪子在柏油路上摩擦的声音,此时我才真正感到危险的迫近。这是我有生以来见过的最丑陋、最凶恶的狗:黄色的毛在它脊柱上一簇一簇地堆着,它那坚实的细脖子尖端是一排赤裸的牙齿和黄褐色的小眼。当我们沿着路后退时,他把前腿按到地上,拱起了后腿。我用登山杖指它,说:

"坐下,坐下!"

狗嘴大大地咧开,同时发出了锯木头一般的咕噜声。

“别动！别动！”

狗甩了甩它的头，又朝着我们大叫。在每声吠叫结束处，都伴有水池里水漏尽了的咕噜声。口水开始在它的牙齿之间冒泡。

我们慢慢地朝着树林挪动。狗咧着嘴，朝我们咆哮，龇出了黑黑的牙龈。当我们离它几码远的时候，他压低了头，朝我们扑了过来。时不时，它猛冲一下，在眼睛离我的登山杖尖端只有一英寸处猛然停下。

我知道的对付狗的唯一建议是从一本书里看到的，这本书的作者是一名自行车运动员（我觉得，要是一个自行车手真的害怕了，他肯定不愁跑不过狗）。要是小狗，咋样都行；要是大狗，就应该把打气筒对准他的喉咙，用打气筒戳它。书上说，没有打气筒的话，可以用胳膊——这听起来像是要牺牲掉自己的手臂似的。要是这条狗朝我扑过来，我当然会把我的登山杖朝他的喉咙里插过去，但是似乎它不会那么老老实实地朝着登山杖尖头扑过来。它会左右试探，然后从另一侧出击。一旦他绕过了棍子尖端，他的牙可比我们的武器厉害多了，棒子此时没有任何用处。现在它已经越来越大胆了。突然，它咬住了我的棍子，我用力一抽，他的尖牙碰撞到了一起。现在它又退远了，这回它要朝我们扑过来了！

我又拿棍子对准了它的眼睛，我的双手在颤抖。此时，另外一个想法闪过了我的脑海，要是我们被咬了（仅仅是被咬了！），我们可能需要注射狂犬病疫苗。在我们出发之前，有人建议我们直接带上针头，以防在罗马尼亚的医院里感染上艾滋病。当然，那时我们没有在意。

“滚！混账东西！”我的声音尖锐起来。

我们小心翼翼地解下了背包，希望用它来抵挡狗的攻击。

然后，渐渐传来了引擎的轰鸣声。

狗没有退缩，我在心里祈祷：把它压死吧。

从树林里开出了一辆大巴士。那狗还好好地站在路中间。

“救命啊！”当巴士开过我们身边时，我们朝他大喊。狗又跳向了沟渠的另外一侧，巴士开走了，跟着它的有另外一辆车，我们拼命地招手，但它就是没停。

“跑哇!”

路过的车有那么一会儿挡住了我们,我们赶紧沿着公路跑了几步。跑到了树林里,我围着我的棍子转圈圈。三十码之外,那条狗正闻着沟里面的什么东西。

在小路即将盘山的转口处,我们发现了最不可思议的事物——一家提供咖啡的旅馆。我们想吸口烟镇定一下,但是颤抖的膝盖撞翻了勺子。一个吉卜赛人朝我们瞟了一眼,另外一个吉卜赛人进来了,和他坐到了一起。另外一个胖子向服务员抗议说要请吉卜赛人离开。

在上山的途中,我们有些犹豫,转回去了两次。在路过一个开阔的田地时,为了以防万一,我们捡了许多石头,但是没有狗出现。我们站在山脊上的一棵大树之下,看到了一匹马从我们面前的路上跑过。再往下是一个山谷,谷底平坦的田地上点缀着一个个小村庄,就像是微缩的平原和许多微缩的城市。

我们在舍该斯洼的房东是巴尔纳神父。他有一套关于狗的理论。

“你们来的时候,”他问,“穿的什么衣服?”

“嗯? 额,就这些。”

“嗯,对。黑色的衣服和帽子。”他着重强调了黑色。

“我的帽子?”

“吉卜赛帽子,对吧? 啊哈。”

“但是那条狗是疯狗!”

“那是因为它很讨厌吉卜赛人。他们算是好人,但是……”他耸了耸肩,笑了。

也许巴尔纳神父是对的:狗可能是讨厌吉卜赛人。所以,我们又告诉了他另外一件关于帽子的事情。

从山上下来之后,我们遇到了一个老人。他穿着一身黑色的羊毛西服，他问我们有没有看到他的马，我们说见到一匹马朝特尔古穆列什去了。他笑了，“我已经 85 岁了。”

在山脚下，我们停了一会，向接受了安东尼所有援助物资的牧师打招呼，他不在，他的老婆招待我们喝咖啡，我们婉拒了。凯特问能否用一下洗手间。此间，我则从井里取了水，灌满了水杯。

凯特出来之后，她立马对我惊叹道：“他们的洗手间真的是非常豪华啊！”

“力士香皂，洗衣机，碧浪全自动，花牌除臭剂，高露洁牙膏！”

“真的吗？”我很感兴趣。

“厚实的成套毛巾，还有欧乐的牙刷呢。”

医疗包里的东西全是电动的。我正好奇为什么西方人总觉得罗马尼亚人需要这么多香皂呢？

“因为罗马尼亚自己人说需要呀，这儿人总是谈论香皂，”凯特说

“我知道，但是为什么呢？他们自己也能生产好香皂啊。”

“我不知道。但是在黑市上，我们总能看到卖香皂的。”

“可能是受到了见好就收的牧师们的影响吧，你觉得呢？”

“你说话倒真像个罗马尼亚人，”她说。直到我们走出了村庄，才有了我们第一次难得的自发的幽默。

我们就这样走着，在田里走了一大段路才发现身后跟着的两个小吉卜赛人。一个女孩，大约 8 岁，带着她的妹妹。她俩都有着小麦色的皮肤，面容绝美如天使，小脸儿裹在棉布围巾里，就像郁金香一般美丽。她们俩光着脚在我们两旁走着，迈着直挺挺的步子，像印度女人一样，她们的脚自裙子底下直挺挺地伸出来，不断地踩踏着脚下的土地。她俩抬起阴郁的眼神望着我们，哼着一首我们可以辨识的兰巴达舞曲(Lambada)①。

之前，那个德国老头在得知了我们的路线之后，他摇了摇头，警告

---

① 巴西一种贴身舞曲。——译注

我们要当心,“你永远不知道那些吉卜赛人会怎样,”他说,“你们只有两个人,而且来自西方。”在克鲁日,也有人提醒我们要当心特尔古穆列什旁住的一群臭名昭著的吉卜赛人。“所以呢,他们在 3 月里会出门对匈牙利人下手,”匈牙利人如是说,“现在是 6 月了。”我们忘了问米哈利为何他那么确定吉卜赛人不会伤害我们。

我们很焦虑,这两个小女孩的出现可能预示着接下来一大波吉卜赛人的逼近。她们看上去俏丽万分,但是她们的目光却肆无忌惮,而且那轻柔的歌声里满是凶兆。

在山脚之下的篱笆墙里,有一排小木屋。这俩女孩见到了其他一群孩子,欢乐地聊了起来,他们朝我们看了几眼,然后就散开了。我们继续走,也不自觉地哼起了兰巴达。一群灰头土脸的小孩儿坐到了我们前方的篱笆上,他们的神情让我们有一种不祥的预感。几个女人站在门廊里,用手遮着眼睛遥望着。

“凯特,”我轻轻地说,“我的鞋带散了。”

“我们别停。”

但是几步之后,我的另一只鞋的鞋带也散了,在地面上乱挥一气。

“不好意思啊,坚持一下。”

即使用世界上最快的系鞋带的速度也比不上那群人围拢我们的速度:一群人挡在了我们的路上。他们脸上挂着松垮的笑容。当我站起身时,其中一个人往前迈了几步,抬起了他的手。

“*Servus*,”他说。

“*Servus*,”我们也这样回答,可能是问好。

他盯着我俩看。所有的人都盯着我俩看。

盯着我的帽子。

他摸摸自己的头,又指了我的头,说:“多少钱?”

“从克鲁日买的,”我谨慎地回答道。

他点了点头,“多少钱?”我真的很不想在这种情况之下谈钱。

“110 列伊。”那个男人和我脸对脸地站着。

“我出 120，”他说。我们一群人站在废弃了的路上，像西部牛仔一样。

我有些矛盾，一边想把帽子给他，另一边又很不情愿。他转身走进了一间小屋，回来时手里拿着两顶帽子：一顶绿的，一顶黑的，帽檐儿比我的窄，看上去有些毛茸茸的。

他把两顶帽子递出来，要跟我交换。

当我拒绝时，有一个吉卜赛小孩以为我没有懂他们的意思，站了出来，比划着跟我说很划算，两个换一个。

我笑了，说还是喜欢自己的，然后我们就继续前进，那个男人面无表情地看着我们，孩子们则笑了。

许久之后，我们到达了舍该斯注(罗马尼亚语叫 *Sighisoara*，匈牙利语叫 *Segesvár*，德语叫 *Schässburg*)，见到了巴尔纳神父。

开始，我们把这个故事告诉了他。“你们的经历不同寻常啊，”巴尔纳神父说。

我们吃惊地发现，他竟然和我们年纪差不多，因为，我们到达那天，他的管家以十分庄严的语气让我们等候牧师，所以，我们想象他可能一大把年纪了，生怕把这个故事告诉了他，他会受到过度的惊吓。

当巴尔纳神父回来时，他害羞地笑了，询问管家是否能留宿我们。

现在，他又想到了吉卜赛人的帽子，说：

“他们情愿亏，也要跟你换?”

“是的。比我们买的还多了 20 列伊。”

他摇了摇头，感到十分吃惊。

“闻所未闻，”他说。

与其他人一样，米哈利也忽视了一件关于罗马尼亚吉卜赛人的重要事实。在我们看来震惊不已，但是当地人却视而不见，所以你只能设想他们都囿于一种集体幻觉。吉卜赛人其实并不千篇一律。有些人像拉贾斯坦[1]人，皮肤白皙、眼眸深邃、颧骨高耸。另外一些则是又黑又矮，圆脸、圆肚子，更像古吉拉特[2]人。在大街上游荡的是"拉贾斯坦"人，身穿五彩服饰，售卖珠宝和香烟；他们热情、幽默、不惧人，要跟我交换帽子的就是这些人。他们喊我"*Camarad*（同志）"，然后大笑；那些女人也用好奇的目光打量凯特，仿佛我们是闯入派对的外人。

而古吉拉特吉卜赛人则懒散邋遢，穿着二手的宽松毛衣和短裙、裤子，然后慢慢发福，直到衣服把肉勒出游泳圈；矮胖又没牙的女人们宛如暴发户的贵夫人，手指上的戒指闪闪发光，看我们的目光里似乎总有一丝鄙视。

"表匠的塔，织工的塔，裁缝的塔，"老妇人说，"都用来抵抗土耳其佬（Turks）了。"

"Türken"，她着重强调了这个变音，这是一种学生气的高地德语，并非方言；也像是若干年前流行的雅座标准语言。

她望向我们俩，眼神迫切。

"那都是行会的任务，"她说，"现在不用了，当然！之前用。现在人都走了。*Alle Leute sind weg*（所有的人都走了）。"她的手颤抖着，朝山坡那边指去。"我们再也用不着塔楼了，我们老了，*Wir Bleibenden*（我们留下了）。"

她捡了一条卵石路走远了，两旁是夹路的住房（有着厚重的屋顶和山墙），从一个新刷绿漆的花箱里，伸出了粉色的天竺葵。她在转角处消失了，倒有三个黝黑的孩子在她后头大喊大叫，手里还挥舞着一个旧注射器。

那天晚上，黑夜已经笼罩了新教教堂，我们再一次遇到了她，她和

---

① 印度某一地区。英国统治时，拉贾斯坦叫拉贾普达那，意即拉吉普特人居住的地区和"国王地区"的意思。印度独立后，将小王国合并，建立拉贾斯坦联邦，后来又改为拉贾斯坦邦。——译注

② 印度西南海岸之一省。——译注

其他老妇人们一起坐在钟楼旁的长凳上。

她们裹着围巾的头微微颤动，双手叠放在腿上，用颤抖的声音念叨着："*Gruss Gott*（神灵安好）！"

在舍该斯洼，我决心再也不在特兰西瓦尼亚和当地的罗马尼亚人身上花心思了，他们不值得。

1265 年，第一波德国殖民者来到了特兰西瓦尼亚省，建立了舍该斯洼城，匈牙利国王把德国殖民者请入国家，目的是为了兴旺市镇、平定边界、发展贸易、抵抗入侵——而且在利益受损的时候，他们也会抵抗国王。硬要说财富和贸易遭到了地理屏障，那就是不讲理了，因为这些城镇是按照德国的方式建的，他们能够建立起相同的行业体系、商业规模，能够带来同等的教会和市政的繁荣，其规模也与北欧相当规模的城市比肩。7 个世纪以来，他们保持着自己中世纪式的文化，所以即使是维多利亚时代的人也会觉得他们怪异。他们和纽约的亚米什人[①]有些相似，不同点是亚米什都是暴发户。

在罗马尼亚，我们曾在一天之内穿行了一个匈牙利小镇和一个德国小镇：但是到了德国小镇，我们发现他们都走光了——他们放弃了。

"你想离开吗？"

他用脚慢慢地蹭着地面。他穿着粗布工装、蓝色棉布夹克，旧皮鞋皱纹满布，一顶古怪的帽子扣在他的亚麻色头发上。他噘起了下嘴唇，耸了耸肩。

"*Was kann man tun*？（还能怎样呢？）""*Muss gehen*.（必须走！）"

每个人都持有同样的谨慎态度：*Was kann man tun*？7 个世纪之后，特兰西瓦尼亚地区的撒克逊人的创造力已经枯竭。自从 12 月革命以来的 6 个月里，80 万撒克逊人中，已经有 50 万逃亡了；世道越乱，留

---

① Amish，又名孟诺什教派，主张简单、严苛的乡村生活。——译注

下的人就越苦。他们失去了朋友，独守在半空的村里，学校的学生都来不齐——还会有陌生人突然住进熟悉的环境里。所以他们也得逃。

他们急得什么也没带。对于那些最先离开的人来说，这么多年来的梦想终于成真，他们劝自己的邻居“这可能是最后一次机会”。直到12月，罗马尼亚人已经零零碎碎地转移到了西德：价格是每个人头4000欧元。政治对他们来说没有很大的影响，他们自给自足的社区关系仍然完好。所以，为了源源不断地移民资源——第一是为了硬通货，第二是为了伟大的罗马尼亚理想——那些社区和支撑社区的中世纪公民意识遭受到了粉碎性的打击。如果村里或者城里的一间房子空了下来，当局会把最恶劣、最顽固的家庭安置进去。一群吉卜赛人能够把一个像样的地方化为灰烬，在把他们的良民邻居“虐待”了一番之后，再继续挪窝。撒克逊学校也被下令停课，牧师们被批斗，教堂被迫关闭，撒克逊人的专制——它独有的啤酒、美食和红酒的供应——都断裂了，取而代之的是不定期供应的国家垃圾。

舍该斯洼堆挤在一座山头之上，周围是高耸的城墙，要想进入城市就要从两边的塔楼大门进去。它尖尖的房顶、半木质结构以及高层叠架上向前倾斜的楼层，令其笼罩上了一层绝美的中世纪气息——这是我见过的最美最棒的中世纪城镇，宛如童话里的仙境。当你弯腰走过一个低矮的木质门廊，穿过大街，进入一条窄巷子时，你会看到巷子两旁满是木质的楼梯、前门、平台和走廊。自打羽毛笔时代起，一切仍保持原样。淡蓝色的灯光透过古老的玻璃，在光滑平整的被无数人踏过的木地板上投射下格子状态的阴影。

上城区里有5座教堂，其中也包括巴尔纳神父的匈牙利天主教教堂。他那间是其中最新的一座，重建于一所19世纪教堂的火灾废墟之上。匈牙利人到得相对较晚。他们来到的时候，撒克逊人已经在这里站稳了脚跟。正如在波兰北部的日耳曼城市一样，这里的城市建筑也与教堂肩并肩。城里的一座标志性建筑是钟楼。钟楼俯瞰着南部的一条窄巷子，巷子两旁全是村舍，还摆着阻止车辆冲出道路的巨大石块。在农耕时代之后，撒克逊人转向了工业。他们制造钟表，欢乐的人群从各自家的小门里涌出，加入游行队伍。这座钟楼已有 300 年的历史了，但目前仍是最精准的仪器。它外形华美、走时精准，我们虽然已经与它相处了几个月，但是每次见到它的时候，还是会打心底里敬畏这伟大的神作。

每次，我们坐在酒吧里看到它的时候，都感觉那古老的机械在嘲笑我们。我们的酒吧位于一栋突起的房屋的一楼，这所房屋曾是弗拉德·塔古勒[①]的出生地，弗拉德自己的父亲当时为了躲避土耳其人，逃进了一所撒克逊城镇。我们第一次进这间酒吧的时候，拱顶之间摆着搁凳和长椅。那天酒吧空荡荡的，没有酒卖，只有棕色的果汁；第二天仍然没有酒卖，但是一名急躁的客户开始吸烟，弄得满屋子都是烟气，后来就听见有人躁动了起来，在座的瞬间都成了投机者，冲进了酒台，想要大饮一番：每个人都在弥补所丢失的时间。我们挤到了一张桌子的一端，旁边是一个罗马尼亚肌肉男孩。我们痛快地沉浸在啤酒里面，味道真不错。

一个年轻的德国人举起了拳头。“*Trink auf*！*Morgen gibt's keine*！（喝呀！明天就没有了！）”

当地流传的撒克逊故事把舍该斯洼和哈梅林（德国西北部一所城市，属于中世纪的汉萨同盟）联系到了一起。要是说内陆那些传奇的故事——亚瑟王、游荡的犹太人和荷兰鬼船船长——是属于但泽（Danzig）的话，哈梅林的故事则是游荡的彩衣吹笛人（Pied Piper），传说中，他带着一大队小孩进了山里——撒克逊人曾经宣称他们就是那些小孩，还说曾经在某个掉队的跛脚的小孩身边昙花一现的天堂就是现在的特兰

---

① 弗拉德·塔古勒（Vlad Dracul），当时被纳为“龙骑士”组织的成员，被罗马尼亚地区希其蒙（Sigisuund）国王任命为特兰西瓦尼亚的总督军。——译注

西瓦尼亚。

如果真是这样的话，他的小伙伴们又都回来了。

匈牙利人，虽然同样四面临敌，但是他们会继续挣扎，撒克逊人在乡村里从来未享受过匈牙利人所拥有的统治权。要是你打心底里相信这就是匈牙利，那就没有办法再回头了。并且，匈牙利不像德国那样有能力提供那么多资源，这儿从来都不是令人向往的远方故乡，这儿的所有人也不是都能买得起奔驰，都能享受上千倍的优待养老金。但无论如何，这个瘸腿的小男孩最终成功了。他的吹笛人一直吹到了杜塞尔多夫和艾森的天堂。

我想，我们可能目睹了东欧大陆无数的改变之一，在未来20年内，当最后一批，老弱病残——“*wir Bleibenden*”（意为：“我们留下来”）逝世之后，来到此地的游客，将会发现舍该斯洼的撒克逊人遥不可及，就如同曾经建造了这些城堡的人一样早已消失远去，*Sighisoara*（罗马尼亚语的舍该斯洼）将会成为一座古老的、由德国殖民者建于13世纪的罗马尼亚城镇——又一个古怪的古城。

布加勒斯特印发的官方城市导游册已经把撒克逊人的痕迹抹掉了，就如同纳粹的地图直接忽视了住在波罗的海岸的波兰人一样，他用沉默作为武器，让游客们都以为罗马尼亚人在其他民族的帮助下建立了这所城市，仅此而已。在未来20年里，坐在塔古勒咖啡馆（Dracul Café）等着当地服务员为他们上红酒（*vin rossu*）时，他将毫不知情：不久之前有将近100万人过着绝望的生活——*was kann man tun*?（还能怎样呢?）

我们爬上了三百阶的木制阶梯，通过一条木隧道向山上的黑教堂（Black Church）走去。舍该斯洼在一座小山上，黑教堂则立在镇中的终极高地之上。教堂旁边是公墓，我们在破瓮和哭泣天使包围下度过了一个下午。墓碑上标着品牌的名字：鲍尔，艾森哈默，马勒。在这个公墓里——也许是最后一次——二十代人得以安息。

舍该斯洼是一个堡垒城镇。它守卫在南部的马尔河谷（Maros Vally）抵抗土耳其人入侵，并且是撒克逊城镇之一。它盛于贸易，环绕喀尔巴阡山脉，保护着匈牙利腹地——现在，腹地却被南方占领了。在山脚下，沿着钟楼延伸出的车道，在镇上唯一的咖啡厅——供应真正的咖啡，既甜美又充斥着黑色的布景，颇具土耳其风味——旁，有一家酒店兼餐厅的建筑，里面嘈杂可怕的音乐经扩音器放大，吓得我们不敢走近，当然，也少不了客人们的凶狠的目光和当地白兰地如化肥一般的气味。这里有着与奥拉迪亚相同的野蛮氛围，和同样的“非欧洲”的外观。

在那里，大罗马尼亚的文化斗争（*kulturkampf*）已经打响，随之而来的是各式各样的小玩意儿和丑陋的胜利。三年之前，这里曾经是密集的街道，各式各样的房屋、密室、古老的客栈，现在都只剩下碎石和空巷，还有约莫一公顷的破板条和垃圾。对于下城区来说，齐奥塞斯库死得太迟了。沿巷子过去，几公里都十分脏乱，房屋门前的商铺空空荡荡，屋外的公共洗手间也摇摇欲坠。彼得曾表示，罗马尼亚人在第一次世界大战前没有建造任何属于自己的东西；他们是在弥补失去的时间。

所以我们像被围困了的撒克逊人一样寻找更高的地方。最终，我们来到了黑教堂。

在门口站立着一位司事，他又高又瘦，黑色短发，长脸上挂着一丝忧郁。他住在教堂门对面的一座塔楼里。他在一个巨大的紫杉树荫下的草地上搭了一个搁凳。

我们在门口谈话，他问我们喝不喝啤酒。他的桌旁坐着一对奇怪的夫妇，是邻近某村庄的农民。

“这些人要去德国，”司事说，把两瓶稀有的瓶装啤酒放在桌子上。

“我们的邻居离开了几个月了，”司事说道，他的口音几乎难以辨识：与莎士比亚不同，他口音不像是 Hoch-deutsch（高地德语）。他穿着宽厚的皮革背心、棕色的毛绒裤子、橡胶靴子和一件衬衫，他从衣服里掏出了一封信。“我们在等他们的回信。他们觉得我们应该一同走，到那边可能会过得好一点。”

他用厚厚的食指敲了敲这封信，又停下来，端起了啤酒，好像喝点儿酒就能下定了决心似的。“村里有太多陌生人、太多吉卜赛人了，我的羊都丢了好几只了，而且我妻子在家也没法安生。”

他握住了信：“德国人已经写信给我了，说提供战伤津贴和养老金。八年，在俄罗斯工作营，我的腿受伤了，腿脚不是很利索。”

“那，你的家人?”我问。

“早就已经走了，”他回答说，“什么都带走了。”

司事说：“你相信我说的话，曾经我们在这儿过得很幸福。就在不久之前，我们还自己酿啤酒、做手工小玩意儿呢！甚至，在60年代，我们在山上还有一间晚餐的餐厅呢！叫Klebert，是吧?”

旁边的农民耸了耸肩，鼓起了脸颊。

“70年代之前，连这所学校都是我们的，”司事继续说，“我们自己的老师，都是德语上课。然后他们送来了几个罗马尼亚孩子，一切都得变。再不是德语课了，他们把教堂也关了。”

“罗马尼亚人都是小偷，”农夫说。

“什么到了他们那儿都是这样，”司事说，把手放在背后扫了一下，“一切。”

“现在，齐奥塞斯库已经下台了，如果你们继续在这里生活，日子会不会好起来?”我问。

“那些人啊，总有一个会成为下一个‘齐奥塞斯库’的，”司事说，农民笑了起来，觉得很妙。

“你要吃点什么吗?”司事很坚定，“已经做好了，我们自己吃不完。”

他拿了几块烤羊肉，把它们放在盘子上，旁边还有酱汁。

“小心，这个酱有点辣。”

“还有，”当我们吃完饭之后，他说，“别谢我，要谢就谢我的朋友吧，这是他最后一只羊了。”

那个老农民咕哝着:“毕竟带不走啊。”

这个地方是德国东进的最末端。这儿曾见证了苏联吞并柏林之时汉斯·克雷布斯(Hans Krebs)①在燃烧的总理府外无力回天的情形。一路从格但斯克走来,我们一直都在德国人曾走过的路上。他们的规模庞大,人们对他们的称呼也不尽相同,每种语言都记录了各部落与德国人的相逢:他们叫自己 *Deutsche*;波兰人称他们 *Niemanski*;他们又算是 *Allemands*,或者直接叫“日耳曼人”。英国人叫“盎格鲁人”,法国人叫“法兰克人”,但是德国人的名字则有众多变体。在条顿骑士团一代代男爵之后,又出现了侯爵(Margrave)②和指挥官(Burgrave)③,还有总督和同僚,再是国王、日耳曼恺撒,还有后来 1872 年的罗马尼亚国王卡洛尔;还有追杀裴多菲的年轻爵士和他们的军队;还有 1914 年行军的装甲队、特遣团和纳粹兵。当他们随着但泽哀怨的先辈和汉斯·弗兰克(Hans Frank)④一起消失的时候,德国的东扩政策(*Drang Nach Osten*)落空,只留这些旧边哨地区的日耳曼人黯然神伤。

我们刚巧遇到了最后一波正在离去的德国人。他们在过去 6 个月里进行了撤离,而在过去 700 年中,他们对离开一直持抵触态度。这些人面黄肌瘦、竹片状的手指布满了龟裂,但是眼睛特别清澈。他们选择撤离——脸上还挂着迷惑的神情——在跨过易北河的时候,他们抬起手擦去嘴角上残留的最后一点羊肉。

传奇故事生动地传达了流离失所的无助之感:撒克逊人、东德人,甚至还有特兰西瓦尼亚地区的匈牙利人;在东欧,这种无助感十分普遍。这些故事的主角是那些从沉睡中醒来的人,他们本身的存在就昭

① 纳粹德国陆军步兵上将,1945 年 5 月 2 日在元首地堡内自尽。——译注

② 中世纪时,边境的军事指挥官称号。——译注

③ 中世纪城堡的指挥官。——译注

④ 二战纳粹德国波兰总督。——译注

示着对于变化的惊讶和无助。

最早,关于沉睡者的故事是发生在以弗所[1](Ephesus)。几名被定罪的基督徒在一个山洞里避难,醒来之后发现城里没有一个认识他们的人;且所有人都是基督徒,所以他们高兴坏了,以致死了过去。

另外一个故事是瑞普·凡·温克(Rip Van Winkle)的故事——一名身处美国的德国殖民者。他沉睡了20年,醒来之后,发现他的孩子已经成为老人,生活在共和国里面。

当变化产生威胁之时,亚瑟王会再次苏醒,让一切归于平静;但是游荡的犹太人(Wandering Jew)可能永远不会睡觉,直到末日,他每日都得被改变带来的震慑所折磨;为世人所熟知的、沉睡过去又醒来的人是吸血鬼(vampires)。在哈布斯堡王朝时期,吸血鬼的故事流传甚广,玛丽亚·特蕾莎修女甚至还派了一个考察团来调查——只是,从此以后考察团再也没法把这个故事置之脑后。可能吸血鬼的故事就像是预言一样,在警告听故事的人不要去探索关于生死之外的事情。乡村吸血鬼,正如考察团所调查的结论那样,几乎不可能生性温文尔雅或是尊享某种爵位,他们大部分是本村的近期离世的丈夫、妻子、父母或孩子。有人认为他们之所以回来——不管是真正的痛苦,还是人们想象中的——都是顺从了亲人们愿其死而复生的强烈愿望。本来死了的就已经没了,无法复生,但是这种愿望强烈到能够违背自然规律,所以他们的复生只能以这种非自然的方式呈现。这无非是血腥的、残酷的。

客观的信息既不会滞留在过往,也不会主动寻求复生,但是人类的记忆是永不会罢休的。在世界的这个角落,吸血鬼被束缚在这片土地上。几个世纪以来,记忆不断累积,受了伤的企图寻找补偿;恐惧只会引发进一步的恐惧。万字符、铁十字架、箭头……这些都等着人们再一次把它们记起。东欧的民族在一整队重负之下迁移,像是一大队难民,

---

① 古希腊时期小亚细亚西岸的一座城市。——译注

每一种希望、每一次胜利、每一件好事……这儿也都有；每件恶事或者恶果都被打包走，迅速地卸到了另外一个地方。每个人的补偿都是另外一个人的伤痛，每一次弥补都是另外一种篡夺；没有任何一种行为是完全无罪的。

舍克里福德

自舍该斯洼出来，我们的路线选择取决于我们想何时到达平原、保加利亚和伊斯坦布尔。我们本可以拐向南边、穿过山地，然后在大约一周内到达罗马尼亚，但是我们选择了向东前进。我们对那里的人比较熟悉，也比较喜欢。我们把山脉当作一堵防护墙，那样我们就能跨越舍克里福德(Székelyföld)，并且在布拉索夫(Brasov，另外一座撒克逊城市)直接向南穿过山地。

特兰西瓦尼亚地区的流言像是灯塔的灯光一样，从一座山头直接传到另一座山头。这里是流言的折射镜，神不知鬼不觉，流言如鬼火般悄然出现，流传开来，又消失不见。没有人确切地知道舍克里人的来源，只知道他们是这个地方最原始的土著。特兰西瓦尼亚地区居住的所有人，只有舍克里人无处可去，虽然他们讲的是匈牙利语，但他们不完全是匈牙利人。他们自称为匈奴王阿提拉部下(Attila's horde)的后代，可能是6世纪时匈奴王横扫欧洲时所滞留下来的人——这种说法颇具争议，他们也可能是潜入特兰西瓦尼亚平原内部的马扎尔人；当然，他们也可能是一个土耳其部落，遇到了西行的马扎尔人，于是在大草原上安了家，可能在此过程中学会了他们的语言，后来就扎根到大山中，没有人知道。

匈牙利人于13世纪结识了舍克里人。在他们相遇之时，匈牙利人十分确定这是另外一个民族，很快，整个地区就被蒙古人入侵了。在第一波蒙古人冲进了北部平原、摧毁了克拉科夫之时，第二波蒙古军队横扫了特兰西瓦尼亚。在多瑙河沿岸，在潘诺尼亚(Pannonia)和周边地区，为了应对苏联的入侵，匈牙利国王拟把舍克里人安置到特兰西瓦尼亚内陆内部。他们的土地已拱手让给了德国殖民者，所以让这些舍克里人在喀尔巴阡山的内坡上抵抗。加之撒克逊人和贵族后裔，舍克里人成为特兰西瓦尼亚地区三大中世纪民族之一。在这儿，民族仅仅意味着享有某特定权力的世袭群体。相比之下，农奴就没有自由，也没有值得称道的权力，他们就不构成一个民族。舍克里人在马背上征战，他们保持着游牧民族的轻骑战斗力，即使定居许久也没有改变他们是自由人的事实。随着时间的流逝，他们也被奉为尊贵的民族，但他们并不富裕。一个舍克里农民既没有时间，也没有闲钱来把自己装饰成一个重骑士兵。

特兰西瓦尼亚东部地区被人称为 *Székely*，或者叫 *Székelyföld*，舍克里人也向来以聪明、狡猾、独立著称。在匈牙利的笑话里，舍克里的农民总是头号被开涮人物。例如，一个走路的外国人遇到了一辆舍克里农民的马车，想要搭一段路，他问离乌德沃尔海伊还有多远，舍克里农民回答还有 10 英里。于是这个外国人爬上了马车，想要搭个顺风车。马车大约跑了一个小时之后，这个外国人问农夫现在还剩多远。农民回答："16 英里。"这个外国人怒火冲天，但是舍克里人打断了他："你只是问我离乌德沃尔海伊有多远，又没问我是不是去那里呀。"

匈牙利人以拥有舍克里同胞为豪；反过来，舍克里人也把他们传统的责任看得十分重要。在布加勒斯特的暴动中，有传言说大批矿工也会涌入特兰西瓦尼亚，舍克利人马上就在南边的铁路上设置了陷阱：三棵大树横于路中间，也制造了泥石流，如同遵循中世纪国王的命令抵御外敌一样：在匈牙利人的眼里，舍克里人是坚守地盘的英雄。

在舍该斯洼外，我们路过了裴多菲的失踪地。1848 年，裴多菲 26 岁，那年他加入了匈牙利革命军，听命于波兰将军贝姆(Bem)。贝姆当时在瓦拉吉亚成功地抵抗住了土耳其人，替考苏斯[①]保住了几乎整个特兰西瓦尼亚，直到奥地利人搬来了俄国救兵。贝姆干掉了第一波军队，但是当沙皇增兵 20 万时，匈牙利军于 1849 年 7 月 31 日溃败了。裴多

---

① 匈牙利民族解放运动领袖。——译注

菲的尸体没有被找到，有流言说，他被沙皇抓进了监狱，被释放的囚犯们曾说在西伯利亚的监狱里见到过他。而在匈牙利国内，一群假冒裴多菲的人则靠着全国上下的悲痛和爱戴过上了一段痛快日子。现在，这个地方到处都散落着橡胶、破砖块和水泥渣，日复一日，经受着高温的炙烤。

我用手指划过地图上的红色线段，把一个个点连接起来，这些点很烫手。我试图缩回我的手，但手肘卡住了，动弹不得，于是我就醒了。

床尾蹲着一尊陶瓷小人，还长着一撮小胡子——原来是菲伦克。

“*Jo reggelt*（早安）！”那个陶瓷小人说。

我本能地嘶哑着嗓子喊道：*Jo reggelt kivarnok*.（你也早。）捷克话？波兰话？德语？罗马尼亚语？似乎有一大堆语言混成了一坨糊糊，堵在了我的嘴边。那粉色的酒是什么？从冰箱里拿出来一瓶瓶的。自制的。现在还不能喝，但是菲伦克极力坚持让我们尝尝。（“这都是你的酒。这还有呢，请喝吧。地图……”）

我的眼睛很难受。我像拉扎勒斯[①]一样从羽绒被中直挺挺地坐了起来。凯特也用手肘把自己撑了起来，菲伦克开始咧嘴嘿嘿地笑。他示意我是不是头疼，我点了点头。

我的双脚滚烫乏力，浴室的下水道也堵住了，安娜·玛丽亚不得不手洗所有衣物了。床边立着一根奇怪的拐杖，菲伦克昨天才刚做好送给我。在喝完啤酒和帕林卡之后，我们穿过了他的工作室：那是一排低矮的被锁了起来的车库，离铁轨堤岸不远。对于罗马尼亚的一些东西——例如，即使一家人没有车，他们也可能有一个精美的车库——我们早已见怪不怪了。也许建筑师最开始就是想把它建成一个工作室。机械师用手丈量着古达细亚的水沟；戴着面具的焊工宛如一位希腊的悲剧作家，仔细地检查焊接口；还有人正在给家具上漆：法兰克设备很

---

① 圣经里的麻风病乞丐。——译注

齐全。他有一条宽大的工作椅、一架踏板车床、一把齿锯，还有一种架子的工具。他选了一根粗木棒，开始工作。

菲伦克是一名舍克里人，看上去与中国人无异。亚洲人的肤色，同样光洁无瑕的皮肤、漆黑的双眸和头发。他个头比我矮很多，但是体格壮硕、肩膀宽阔，他的雕刻属于传统的舍克里风格。在一下午的打磨之后，我的拐杖已经呈现出了一个十字架的雏形，形状介于太空实验室和图腾柱之间，棒身镶满了小木块和六角形，每个小物体都有许多个刻面，看上去像一个奇怪的水果；握柄则装饰了盛开的花朵，两两并排，刻满了整个拄杖。其实，它更像是一根权杖而不是拄杖，它高度到我半腰，直径大概有1.5英寸。在我刚刚丢了我的波兰登山杖之后，立马就遇到了一个可以为我重新做一根的人，这简直巧得可怕。他把拄杖呈给我，然后又去做一些其他的东西了，一个木板。他往木板上镶木钉，到处随手刻了一些成对的花，在背面又刻上了自己的名字和日期，写上：致凯特。

之后，他把他的小女儿举到肩膀上，又带我们参观天主教墓地。

他们没有墓碑，用一种比我的拄杖更野性、更宽的东西来代替。即使这种墓碑上有铭文、小黑白照片和顶部十字架，这种东西也是极为“异教”的。这些也仅仅是做做表面的样子而已，其下掩盖着几世纪以前随之迁移而来的某些东西，那些木头柱子是大草原的创造，刻满了萨满符号（shamanistic symbols）和纯东方的东西：雏菊和波斯雄狮。

菲伦克的妻子安娜·玛丽亚天生丽质，有高高的颧骨和漂亮的头发，她在当地一家医院里当护士。虽然没有提前告知她，但是在我们到来的时候，她还是能端上一碗美味的辣鸡炖肉[①]（goulash）。菲伦克说他老婆会讲法语，但是她只是十分害羞地说了几个词。她就知道几个词而已。所以我们借助词典，用结结巴巴的匈牙利语进行了对话。当粉

---

① 匈牙利菜式。——译注

色的葡萄酒呈上的时候，我们的谈话进行到了顶峰，后来安娜·玛丽亚和凯特开始打盹了，我和菲伦克不经意地在地图上比画着，渐渐的，就没什么话了。

我拄着腋杖跟在凯特后面，菲伦克和安娜·玛丽亚在夜里只合了一会儿眼，一大早又洗了一大堆衣服，现在他俩得去上班了。当她走进医院时，窗户里出现了三张可爱的小脸。

菲伦克提出了一个主意，说有可能在黑市上买到电池，装进相机里。黑市上的商贩都经营着一些极微小的走私货：力士香皂、火花塞、德国汤块、饼干、罐头等等。其中有一个人有一台笨重的俄国相机和一块保加利亚手表，但是似乎没有人光顾，而且黑市里也没有电池。

菲伦克与一帮站在附近的吉卜赛男人聊了起来，他们戴着普通的黑色帽子，穿着黑色背心，其中一个长着长长的灰色的胡子，他们摇摇头，建议去茨希克什哲烈达找找。

菲伦克说他今天就得去，会帮我们找找电池。我们很怀疑他竟然情愿单纯为了我们往那边跑一趟，而且想要劝他放弃这个念头，他却很坚持。他还提出再陪我们走一段路，所以我们就朝东北出发，前往霍默罗德（Homorod）。

接下来那个村庄有三个吸引人的地方：一个一位论教堂（Unitarian church）——塔尖叉着的三个圆球十分显眼，以及舍克里的大门和一家很棒的酒吧。

要是没有菲伦克，我们可能就错过了这家酒吧。它是由一座木质谷仓改成的，藏匿于一团混乱的乡间小路之间。我们一下子买了6瓶啤酒，以防我们在喝完前3杯时酒就卖完了。在一个干净的牛棚底下，我们坐在一把搁凳上，向菲伦克展示了安德拉斯给我们的北欧古字母表。他突然间激动万分，说之前从未见过这东西，然后小心翼翼地复印了一份。

舍克里人在他们农场入口处竖立的大门可能是早先防强盗和山匪

的栅栏。每一个大门大约有15英尺高，十分宽阔，足够容纳一辆载满了稻草的马车。旁边还有一个小门，是供日常使用的，整座建筑都布满了刻画，通常上了一层彩漆。过梁也空荡荡的，能够当作鸽舍——鸟儿从一个心形的洞里进进出出。但是这些大门迷人的地方在于他们的房顶，不论是铺了瓦片还是上了木板，都是又窄又陡，两旁还有带着华丽弧度的飞檐，看到它们就能想起传统中式建筑——中国的山墙。

从酒吧里出来，菲伦克打算教我们一首歌，但是我们根本抓不住节奏，也没法判断何时降调、何时升调。菲伦克和我们一起并排走，双手在空中作指挥状，最后他搭了一辆顺风卡车走了，还把身体从驾驶室里探出来，朝我们挥手。

我们的路沿着长满了胡桃树的山谷缓缓而上，小果园里的树上藏着一朵朵小花；树枝上树叶繁茂；青果子仍然酸涩紧实；为了防蚁害，树干底部全都涂了一层白石灰，远远看上去像是绑了绷带的马腿。山坡上的小果园由麦田分割开来，田里的小麦都已经成熟，等待收割。到处都能看见收麦的人，一个男人带着他的儿子躺在草地上休息，大镰刀靠在旁边的一棵树上，他们脚边放着一个敞开的小包，里面有一条面包、一两块肥肉或者奶酪，全家人都在忙碌地收割。在山坡下，一辆马车倚靠在撑竿上，高高的草掩映着马车，马则在树下乘凉。一切都是如此安静，你甚至可以听见在马嘴里草被咀嚼的声音。

当割麦的人走到了稻田中央，秃鹫就出现了，映着白云，它成了一个黑色的小点，影子则随意地落在对面的山坡上。一个男人躺在草地边睡觉，从帽子底下传出了鼾声。在树林里，小路突然下坡，还有一个指示霍莫罗德(Homorod)的指示牌。一路上我们都没有看到任何民居，直到来到了山脚附近，我们发现了一家很大的度假酒店，酒店坐落在一条游廊之上，俯瞰着一个停车场和一个围溪而成的游泳池。

霍莫罗德盛名于中世纪人们对于泉水的喜爱。这闻名国内的泉水带着微微的温度和臭鸡蛋的味道，从布满铁锈的管子里涌出，此种令人作呕的组合则进一步巩固了它的名声，可谓“相得益彰”。你可以在平台下面的人造水池里洗浴，在酒店里面能买到瓶装水，但没有啤酒，也没有红酒，倒是有一种怪异的咖啡。无一例外，这附近也有一个醉汉，他坐着马车而来，花了好大一会儿想要逼他的马儿上台阶，又是吼叫，又是挥鞭。

几个小时之后，我们与菲伦克见了面。事实上比约定时间晚了许多，在等待的过程中，我甚至怀疑之前是不是听错了，而且甚至打算在那预定一间房。当时，已经没有空房了，菜品也剩得不多，只有平台露天烧烤剩下的花白的羊腱以及干面包和甜芥酱。我们若有所思地咀嚼着，眼睁睁地看着一辆载满啤酒的卡车到达了酒店下面，但是没有一瓶留到了饭店里。在卡车停住的那一瞬间，主顾们就各自搬空了，并示意回头再把钱给司机。他这一趟可是好好赚了一笔，想必，等他回去的时候肯定已经想好了一个应付他老板的故事，说不定会说在“急转弯的时候酒箱都翻了”，我过了好一会儿才明白了这一套运作系统。等到我到达卡车旁边的时候，车上什么都没了，卡车慢慢停了下来，一个穿着白色 T 恤的熟悉身影从驾驶舱里跳了下来。

菲伦克向我们表达歉意，说没能替我们找到电池。以现在的证据来看，他替我们找电池的那一天真的没什么成果值得我们好好训他一顿，虽然我们的匈牙利语脏话储备并不多。他一直等到我们用完了我们所有的词汇量才调皮地拿出了 4 颗电池。生产商不明，但是大小正好。

他提议我们与他一同坐车前往乌德沃尔海伊(Udvarhely)过夜，我们最终被他劝服了。酒店里没有房间，薄暮的寒意已经笼罩了整个山谷，透过树林，某青年野营团的篝火闪闪跳跃着。酒店后面有一个小木屋，我们决心前往那里对付一晚上。

舍克里福德(Székelyföld)县里有不少棕熊。冬天，瘦骨嶙峋的狼从布科维纳(Bukovina)下山，来到舍克里的农牧地区，准备进行一番抢夺。

自然，熊和狼喜欢霍默罗德的温暖，这儿是不冻区，村里也有许多可以直接采摘的食物。村民们都各尽其所能进行自卫。在菲伦克的帮助下，我们找到了一间谷仓，附属于一个四周都有围护栏的农场，周围还竖着一圈纷杂的篱笆。旁边一条小溪上横着一块木板作桥，溪水则一直流到了一扇木门前。

冬天是可以猎狼的。只有在冬天的时候，它们才构成危害。要是某人未获允许而射杀一头熊，会受到十分残酷的惩罚。近些年来，官方几乎都不再发行猎熊许可了，因为齐奥赛斯库把这项运动的乐趣占为己有。他的大猎队会配备猎杀武器，带着一大帮人员一起向着山地进军，当然，免不了跟着一大堆秘密警察和摄影团队。

和齐奥赛斯库做的其他事情相比，唯独他逞能当猎手这件事情最能惹恼特兰西瓦尼亚的人们。没收打字机、逼迫妇女参加内部考试、摧毁城市和村庄、挥霍资源等等这些事情使得他被人们所厌恶，但是他的猎队则遭到了每个人最无以复加的抨击。

这种狩猎极其可悲。野猪、熊和狼几乎是被赶到了领袖的猎枪之下，而真正的猎手则挂在树上，时刻准备着维护领袖的狩猎形象——在领袖开了枪却没打中的时候及时补上一枪。有时甚至为了让故事更加真实，熊事先被绑住了脚。

可能是领袖狩猎的盛况在电视上播放剪辑太烂了，所以连小孩都能够看得出来在弄虚作假。每天晚上，在电视广播的那两三个小时里，领袖狩猎的报道时不时会插播于领导会见的报道之间，诸如齐奥赛斯库会见政府首脑，埃琳娜获得荣誉学位，或者是领袖飞往海外等等。其中的一部分材料是新的，但是大部分播报都是新瓶里的老酒。当齐奥赛斯库与布基纳法索的总统一起出现、安琳娜被授予学位、外国教授鼓掌庆祝之时，没有人能分清这是昨天的还是几年前的事情，或者，没有人明确知道是否真的发生了。每个人都极其痛恨空洞的夜间节目，所以我十分不理解为什么他们还会排长队去买电视。然而他们也会去买报纸，报纸上也满是睁眼瞎话。

乍看上去，我们那天夜里寄宿的农场似乎与电视和报纸的世界相距甚远。农场围一个庭院而建。虽然参差不齐，但到处是梁柱和宽阔的木板和木桩，每一块木头经过了岁月的洗礼，变得光滑平整。在房屋塌陷的地方，房顶的线条也成了美丽的波浪状。我们的稻草阁楼间在第三层，能俯瞰楼下的房间。车棚里有一架梯子可以直接上到阁楼，我们把睡袋铺在了新鲜的稻草上，放下背包做记号。当我掏出了手电筒时，这家主人开始在下面大喊。从单片房顶的裂缝里，外面的天空看起来已经黑了，走出来之后看，却黑得略显苍白。

这家的农民有一条木腿，裤子塞到了橡胶靴子里。他老婆的鼻子像根手指，个头比丈夫还要高。他们把我们领到了院子后面，走上了一个土坡，到达了一个木平房里。这个平房比院子里的房子宽阔一些，直面庭院，四周是抹灰篱笆墙：这是一所御寒房，走廊四壁都很光滑，房间里的一个大衣橱上放着一台电视机，衣橱里则陈列了各种各样小小的奢侈品：一块未开封的力士香皂，一瓶花牌洗发水，还有一瓶未开启的俄罗斯伏特加酒，如美元商店一样，全都陈列在橱柜里。此时，从扩音器里传来了模糊不清的声音，全家人都在看着我们。农民坐在一张高高的硬椅子里（因为木腿），两个小女孩坐在一边的高背藤椅里，母亲和祖母则坐在我们身后的桌子边。他们执意让我们坐在扶手椅里。

突然之间，一个轻快的英国口音说道：“一盏灯，陛下，请看，就在树林那边。”

接着是一阵窸窣声以及马具的叮当声，然后，埃罗尔·弗林（Errol Flynn）出现在我们眼前，在马背上摇摆着。

农民拍了拍我的胳膊。

“*Angol*（英语的），”他解释道。

电影开始了：英国国王外出打猎，但是被风暴挡住了去路。他在一所简陋的撒克逊人小木屋里躲避。国王看着周围脏乱的环境，对原始的家具和守林人端上来的稀粥嗤之以鼻，他在房间里昂首阔步，甚至用脚踢踹守林人，还对他的女儿图谋不轨，更可恶的是国王还骂这个地方恶心，我真替这个角色感到害臊。我们的东道主也一直保持沉默。

我和凯特想要去睡觉，但是感觉应该等电影结束。到最后，我们下定决心起身，我们一动，他们全家人立马就急切地跳了起来，很明显，他们一直在礼貌地等我们有所表示。他们目送我们爬上了梯子，然后用木锁钩锁上了门。我们脱衣服、进睡袋时，没有把扎人的稻草带进来。新稻草弹性十足，睡在上面感觉很暖和。在波兰，我们曾经睡过过冬之后的稻草，单薄灰重。最后，我们听见牧场猫咪轻轻的脚步声，它应该是过来找吃的。

菲伦克向我们保证，从霍莫罗德前往茨希克什哲列达（Csikszereda）的这段路上有整个特兰西瓦尼亚最漂亮的景色。经验告诉我们，若是任何东欧人谈起了美景，无一例外，他是指松林。我们讨厌松林。但那天刚开始时还不错。从霍莫罗德出来后，上山大约走了几英里，我们看到了塔尖上的球形圆顶以及高耸的塔针，想必这就是改革之后的教堂了。在村中央的广场上，一个小男孩在一个小报亭里售卖瓶装啤酒，我们也不是唯一的外人。我们在报亭的阴凉处休息了一会儿，大饮了几口啤酒。一位年老的登山爱好者从村里走了过来。他的装束几乎和鞑靼族的牧羊人差不多，这样穿的人一直散布到了北部喀尔巴阡山的巨型镰刀之内。曾经有人告诉我们，这些人分别是说波兰语、匈牙利语、斯洛伐克语、乌克兰语、俄语，还有罗马尼亚语。这些喀尔巴阡的高地居民彼此之间联系紧密，远远超过平原上与他们讲同一种语言的人或者他们的统治者。从中世纪的标准来看，它们构成了一个民族，他们之间并不是由人种或语言联系的，而是生活方式和共同的传统。

老人的胡子不长，虽已雪白但是却坚挺无比。他走路的时候拄着一个拐杖，头戴一顶绿色的帽子，看上去像是传统提格尔山地帽，帽檐旁边有一圈黄色的小辫子。帽子看上去小了几个号，几乎算是放在他头顶上的。在舍克里人中，不戴帽子曾被认为是服丧或者是纪念的象征。他的衬衫和裤子是雪白的羊毛材质，都被掖进了硬硬的油皮腰带之中，腰带大约有一掌宽。他的一只肩膀后还扛着一个小皮袋子；另外一只手则拄着拐杖，支撑起自己的身体。拐杖在他的胸前左摇右晃，他也东倒西歪。我试图模仿他的这种走路体态，但我很快就放弃了，因为这并不能加快我的速度，而且棍子差点和我的腿扭到了一起。在广场上，他坐在雪白的阶梯上休息了几分钟，然后又继续走了。卖啤酒的小男孩，还以为他是赶着去收庄稼。

要是他真是去赶着收庄稼，他就得快点儿了：收割马上就要结束了；空荡荡的马车从村里出去，又满载着一车乡村面包吱呀呀地回来——这种马车的设计与波兰几乎是相同的，都比较宽，横梁大约有三英尺，但是长度约有九英尺，微微倾斜的侧边，前面放一个平板来当座位用。一旦所有的稻草被堆在了车上，整个车约莫有9英尺宽，高度几乎可以企及一所房子。而就算这样，稻草也几乎不会撒出来。

有一辆这样的马车正准备往田间开去，驾车的人和他的妻子想要载我们一程，小孙子坐在他们之间，他把我们那天早上在霍默罗德买的爆米花一下子吃了个精光。稻草叉和镰刀在我们脚底丁丁当当地响，这对老夫妻很友好，也很有趣。拍照时，他们还专门摆了姿势，告诉我们下次再来一定要来找他们。当我们在路口下车时，还极其小心地写下了他们的地址。

直到我们穿过了山门，转了一个山角才停止朝他们招手。山脚参差不齐，在一堆枯草和荆豆之上，长着几棵扭曲的树。我们看到面前是一长道松林，心顿时沉了下去，当一个灰色的影子从我们面前的路上跃过，钻入了长满刺的灌木林时，我们的心一下子又紧了起来。突然之间，它站定了，头和腹部持平，做攻击状。旁边长了刺的树看上去太脆了，爬不得，也不够高。在我犹豫不决的时候，那条灰狗突然不见了，我们在口袋里和手心里都备满了石块，然后继续前行。

路面十分陡峭，前面是走不尽的“之”字拐弯，在上山的途中根本看不见前面的景色，即使到达山顶也仅仅能看见一片淡蓝色的冷杉。但是最终我们走出来了，到达了一个比较宽的山谷。一条河在谷底田地之间蜿蜒前进，还有一条铁轨在山坡的另外一边画出了一道巨大的弧线。在山顶上，路走到了尽头，前面是一片布满了白色石块的坎坷路面，可能是采石场。石厂的看守住在一个小木屋里，放眼望去，看不见任何需要监视的工人。他走出来向我们询问有没有香烟，我从被揉碎的包裹里掏出了两根滑雪牌香烟，虽然我很想在下次补充库存之前留几根，但是还是给他了。香烟里的烟叶都已风干，烟草——管它是不是烟草——则是又老又脆。装在这种包装里，总是容易伸出来半根，除非你把口拧紧。罗马尼亚香烟也是对真正香烟的拙劣模仿，就如同它的民主、革命、餐馆和狩猎队伍一样。要是你不用心看，很可能就被绕了进去。罗马尼亚的滤嘴（*filtru*），很可能就是在包装纸上画上一些棕色的点点，来模仿软木塞；世界上处处如此，但是在罗马尼亚，这种对细节的错误模仿着实典型。为了把香烟黏起来，他们用的是可溶性的胶，所以你从一头拧卷烟，烟叶就会从另外一头掉出来。纸散开了，会黏到你的嘴巴上，滤嘴就掉了出来。你可以努力不把滤嘴打湿，但是吸了几口之后，滤嘴就扁了，没有滤嘴香烟自然就散开来，无论哪种方法，烧着的那头总会遇到一块块烧不着的木屑，要想重新再点燃香烟，你得把木屑一个个扯出来。

当然，前提是你得有火柴，而且火柴得能点着火。要是你遇到了一个卖火柴的商铺，必定是限购每人一盒。我在背包角落里发现了最后一包珀弗利特火柴，打开，一根根火柴看起来就像是一盒整齐的小横梁。在东欧的火柴厂里，手指灵活的工人挑拣着一个个火柴头，用小盒子装起来，产品供国内消费。绝大多数罗马尼亚的火柴棒都有木头结，你在划火柴的时候绝对会断裂。从来没有两根火柴长得一模一样，但是它们都有着同样的难以点燃的液化石棉火柴头。然而这并不是安全火柴，要是你用手指摆弄了半个小时，一整盒可能直接在你口袋里烧起来。没等一盒用完，侧面的砂纸就已经被磨平了，此时你要是再想点燃，就得死抠那边边角角上的一毫米完好的砂纸来用。

这就同电视和报纸一样，会让你觉得奇怪："怎么会有人去买？"

所以，我递给他两根烟。他的脸上显得有些失望，我想他可能是想要外国烟吧。没要到，他又继续争取。

“朋友，才两根?”他说。幸亏罗马尼亚语简单易学，要是太难，我还真听不懂。

我又给了他两根。

“谢谢，”他说。

为了表示感激，他感激地伸出了手，我退了一步，和他握了一下手，然后马上就上了路，准备走。破损的路面晃到了我的眼，我摔在了一堆石头之上，背包砸到了我的身上。幸亏伤得不重，仅仅是磕破了膝盖，打碎了手表，不知道咋回事磕青了耳朵而已。凯特和要香烟的那个人幸灾乐祸，笑得前仰后合。

山谷底部宽阔又平坦，在山坡背风面耸立着两座方济会修道院的灰色塔楼。巴纳神父曾建议我们到这儿拜访，这是舍克里福德天主教的中心。要到达那里，我们可以从东北方向绕路，但是我们也可以沿着山谷南下，一直到布拉索夫(Brasov)和布兰(Bran)——卡尔巴阡山的翻越点。

进入山谷之后，欣喜和安全感再次充满了我的身心。周围是果园、温暖、农作物和住房。我们走过时，电线杆上的鹳鸟敲打着喙，发出声音。在山谷，我们选了一块草地野餐，从猪皮水袋里喝了一点儿水，分了一块硬面包卷。在看不到前路之后，我们成了无头苍蝇，脚下的路不是转向调头，就是戛然而止，我们没法看清塔楼的方位，而且它离我们时远时近。高温煎熬中的我变得暴躁易怒，在遇到了一群乱吼的狗之后，我朝凯特发火了，可能是恼羞成怒；不一会儿，再加上饥渴难耐和失望透顶，我硬是固执地跟凯特吵了一架。凯特用路上捡来的火石砸我。后来，我们来到了一所废弃的屋子面前，我们两人分别坐在游廊的两端，等恢复一下心情之后再前往修道院。

对于任何来到特兰西瓦尼亚的英国游客来说，当地离婚的习性都会令其无比震惊。一位论者对这个问题看得很开,所以克鲁日就成了当时的里诺[1](Rino):城里无论是谁,只要拥有一所房子就都能够提出离婚——城里还有一整排废弃的房子,不断地易手,目的就是为了满足各家各户的离婚条件。

不过,支持离婚的不仅仅是一位论者,撒克逊人也十分热衷。随便翻看三个村庄过去的记录,博纳尔博士就发现了每年至少有 37 桩离婚案。而离婚的理由多种多样,反感是最常见的一种,另外的比较模糊。有人说是被逼结婚,还有酗酒、厌恶、虐待、夜不归宿等等原因,无端抱怨也成了合法的理由,甚至是口臭。博纳尔看到了其中一个最令其震惊的理由:翻白眼。

博纳尔博士并不是拘谨之人,他注意到离婚案在每年葡萄收割之后更为频繁。但是到头来,他也不比那些匈牙利人好到哪儿去,最终他坦承可能离婚已经成为一种习惯。

我们到达修道院大门的时候已经将近 5 点了。从正门进去,我们在台阶上遇到了一个身穿长袍的人,他建议我们 9 点再来。在山坡上,我的心态已经恢复了平静。柱子和壁柱缓缓引人看往圣坛后的处女雕像——这是欧洲最大的神迹雕塑,前面有一对年轻夫妇正在祈祷。

后来,我又看到了一条消息,心境就更加平和了。那段文字说此修道院建于 1442 年,主修人是匈雅提·雅诺斯(Janos Hunyades),目的是为了庆祝于特兰西瓦尼亚南部击退土耳其人的胜利。当时土耳其将军率领的 2 万大军被一举拿下,在匈牙利人举杯欢庆之时,还流放了大批囚犯。第二年,匈雅提·雅诺斯又带领军队击溃了来复仇的 8 万大军。1456 年,他于贝尔格莱德(Belgrade)[2]逝世。鉴于他生前的伟绩——击败了土耳其将领穆罕默德(伊斯坦布尔的征服者),而在世的人都对他

---

① 美国某座以离婚而出名的城市。——译注

② 塞尔维亚共和国首都。——译注

心怀恐惧，所以，在他死后的100年以后，他在阿尔巴尤利亚的坟墓被土耳其匪徒洗劫一空。他生活的时代，是东欧各王国平定之前的战乱年代，波兰和立陶宛的国王拉迪斯劳斯(King Ladislaus)坐上了匈牙利的宝座；伊凡四世还没有从凶猛的游牧民族(the Golden Horde)手中把莫斯科大公国(Muscovy)夺回，哈布斯堡王室还未正式崛起，匈雅提·雅诺斯自己也有意向称王保加利亚。1444年，他率领军队几乎冲到了埃迪尔内城墙(the walls of Edirne)边，但是在黑海旁的瓦尔纳(Varna)，他的匈牙利-波兰军队败给了拉迪斯劳斯国王。此次战役差点把欧洲的土耳其人全部赶尽了，也差点终结了君士坦丁堡的命运，但是无奈失败了。9年之后，瓦尔纳败落了。在接下来的几个世纪里，土耳其人在欧洲的地位也终于有了保障。

我们走进了村子。山旁边的一座石质凉亭底下有一口硫泉水。傍晚时分，人们排队从这儿取水，一个小吉卜赛男孩站在队伍最前面，但是他把位置让给了一个刚拉着马车来到的农民，农民的板条箱里各种空瓶子撞得叮当响。有一个女人接水太慢，后面的队伍开始议论了起来。农民把他的马车停在旁边，缰绳太短了，马儿吃不到草；当他准备出发时，又挥起了鞭子，狠狠地抽打马儿的侧翼：如此对待一个有用的牲畜，着实不应该。吉卜赛小男孩只有几个瓶子要接水，所以他坐在阴凉处，耐心地等待所有人接完。

当我们再次到达修道院时，钟声再次敲响。一位老妇人二话没说就把我们带到了一间有两张床的房间，被褥已全按医院的折角铺叠法折好。我们向她表示了感谢，刚刚准备脱衣服，之前在台阶上遇到的那个男人敲门进来了，说："要是你们不累，就请跟我上楼吧。"在路上，他向我们解释，说可能我们会觉得这个地方比较破败，自从土地充公，之后只有三个和尚留下来了，他就是其中一个。

他把我们带到了一间厨房里，一位年龄稍长的、戴着贝雷帽、穿着工装服的男人给我们煎了6个鸡蛋，我们就着面包和黄油吃了，还喝了一杯阿尔巴尤利亚红酒。他温柔地问我们的国籍和信仰，那时我们才意识到他就是这所修道院的住持。

第二天早上，我用帽子盖住了夜壶，悄悄地穿过走廊，想要找个地方把它处理掉。整所修道院看起来都很荒凉，在我回来的路上，我遇到了一位穿着长袍的和尚。他问我是否注意到了窗外的事：院子被一辆大卡车挡住了。和尚们似乎和我一样吃惊，赶忙下去瞧。

当我和凯特出来的时候，和尚们正议论纷纷，仿佛这辆卡车是夜里被某人悄悄塞进来的一尊巨大的雕像。崭新的卡车车身庞大，挂着德国的车牌号。和尚们时不时往驾驶舱里面瞧，想看看还有没有活人，但是个个脸上都露出了困惑的表情。我踩到了脚踏板上，趴在玻璃上朝里看，车内窗帘后冒出一张脸来。

这个年轻人留着淡金色的胡子，困倦地揉了揉脸。

"和尚们似乎搞不清楚状况，"我说。

他拉开了窗帘，跳了出来。

"早啊，我什么也不知道。"他说。

我看着驾驶室里十分忌妒：巧克力棒的闪光包装纸和美味的家乐汤杯包装袋安详地蜷伏在挡风玻璃和仪表盘的缝隙之间，仪表盘上还装着一台闪光的电脑，豪华的可调节座椅上还垫着丝绒软垫。

司机把润肤液挤在手上，搓了一下，又抹在了头上，打了一个哈欠。

"这后面有家出版社，是吧？地址写的是这里。"

他说得没错。和尚们看似都还没反应过来，但是也没有生气。我们帮车卸了货，然后翻越山谷，前往茨希克什哲烈达。

前天，当我们站在哈尔吉塔县（Harghita）山顶的时候，我们瞥了一眼这个城市；夜里，我们也见到过远处闪闪的灯光。要不是因为签证快到期了，即使不远万里来到这里，我们也不情愿在这里停留。茨希克什哲烈达——或者叫 Mercuria Ciuc——是一个县城，我们想或许能在警察局里办理签证延期的手续。

从稻田旁，城市贸然出现，我们站在一面安静的湖边，湖面上布满了起起伏伏的方块儿，水面上时不时有小小的水泥岛屿露出来，还缠满了铁线。有一条宽阔的大道从广场起始，一直延伸向远方。大道两旁是高耸的公寓楼、阳台、窗户、巨大的山墙，还有庞大的瓦片房顶、上百万英尺的办公空间、上千套迷你的公寓。然而，瓦片正在一片片滑落；预浇制的水泥上，裂缝正缓缓地蔓延；玻璃上也溅满了水泥点子；大道两旁的水泥土坯房空空荡荡；宽敞的商铺似乎在思索着本应有的顾客都去哪儿了。

一辆巴士从林荫大道上缓缓开来，那形态活像是一个从生化危机之中活下来的幸存者。车上还挂着巨大的油箱架子，最近才用天然气代替了汽油。

为了腾空间，店铺建得很大，显得很空旷；道路建得很宽，即使把伦敦的交通搬到这儿来也会畅通无阻。人们被迫离开了他们原有的平房和花园而搬进了九层的狭小公寓，连厕所都是公用的。而这仅仅是一个县城而已，外省的人几乎都没听过的一个小县城。可能它本身就该这样怪异吧。县里的居民就应该在某一天悄悄溜走，任杂草和裂缝在城里蔓延。

我们走进了一间豪华宽敞的餐厅，准备为了一杯咖啡与罗马尼亚女服务员展开斗争。我们想，要是能够先安定在一家酒店里，说不定能更容易拿到签证延期。对于待在酒店里的外国人，大家都心里稍稍放心些；在野外游荡的外国人，签证上又出了问题，那就太可疑了。

我向布加勒斯特的英国使馆打了一通电话，寻求建议。那天是周六，不知道是谁接了电话，反正他讲的不是英语。酒店的接待员向我们指明了警察局的方位，可笑的是，警察局竟然不在城区内。警察局的办证厅里挤满了申请护照的人，要不是有霍莫罗德的人认出了我们，把我们推到了窗口边，我们可能就迷失在混乱之中了。我们填了一张表，把护照交了过去。交钱的地方在另外一间办公室，足足有一英里远，凯特守着我们的包，我走过去交钱。

我们还参观了一家博物馆，房屋老旧破败；还看到了当地一个拆迁队从外面攻陷一座古老的钟楼；还有一辆菱绅车从大门里倒退出去，我们不得不给他让路，在路过我们的时候还得用德语问好。我们还看见一位牧师正从办公室出来，我们解释说有布达佩斯牧师的介绍信，所以得以进去。

茨希克什哲烈达

伊娃·舒曼小姐吃面包嚼得眼镜都掉到鼻尖上了，她用手指熟练地一戳，又把眼镜推了回去。每次微风吹得烛光闪动时，她的脸上就覆上了一层傍晚的浅蓝灯光。

她在维也纳的一所学校里教英语。她听到的关于罗马尼亚的事无一不令她感到害怕，她怕被偷袭，怕卷入内战，也怕小偷和吉卜赛小孩；无论去到哪儿，她总是神经兮兮的；也怕狗，也怕一个人，她胆小但并不软弱，意志力决定了她不会成为恐惧的奴隶，而是——恐惧的受害者。她曾独自开车跨越边境，陪她的仅有一个宠物，宠物狗已经快疯了，它能感受到主人口令里的飘忽不定，而且时不时会被关在她的高尔夫车里。

她说："我觉得我的狗能够保护我。"而我却觉得最后她的狗会把她吃掉。

乔治是牧师的德语翻译，说拆迁的活都是当地人干的。

"布加勒斯特仅仅是制定计划、发布命令，而这儿的人们得亲手摧毁家园。1998 年，这个地方已经有两块地区被推平了。"他又补充道，"*Befehl ist Befehl*, *und Geld bedeutet*.（命令是命令，但是没有钱。）"

我们曾经听说的可不是这样，听说匈牙利人和罗马尼亚人经常会互毁对方的城镇和村庄。牧师耸了耸肩："可能在别处是这样吧。"

伊娃跟随乔治带领的一个小车队一路从维也纳开到了这里。乔治是一名匈牙利人，但是过去 15 年一直为奥地利一所天主教慈善机构工作。自从革命之后，他会每两周来到罗马尼亚的孤儿院里探望一次。在我们睡觉时，卡尔和芭芭拉坐在灯光的边缘处，构成了一幅温暖的场景，宛如草棚底下温顺的奶牛。卡尔把两瓶法国廉价酒倒满了各个酒杯，我们觉得味道还不错。芭芭拉很爱笑，卡尔长得像阿道克船长，他能讲四门流利的外语，讲英语几乎没有任何口音。在他家的农场上，他是 13 个孩子中最小的。她妈妈 33 岁才生了头一胎。此种经历让他坚信孩子多有种种好处，他和芭芭拉有一种自然而然的豪爽气概。芭芭拉在上一段婚姻中有两个女儿，算上他们结婚后的三个孩子，一共五个，然后他们就开始了收养之旅。第一个是一位未成年瘾君子的孩子，第二个是一名来自威尼斯的孤儿；最后，当他们大女儿去上大学时，他们从医院里又收养了一个婴儿。庭院对面，他们的菱绅车里塞满了维也纳亲朋好友捐赠的衣服，还有泰迪熊、玩具、尿布、奶瓶、蜡笔和婴儿鞋：一堆威尼斯资产阶级的旧货，但是看上去都很新。

他们经营着自己的纸张回收生意，正计划离开维也纳去往克罗地亚边境，租一个农场——那个农场上还有一个鹳鸟的巢——他们想着孩子能够在那儿成长，顺便会讲德语和克罗地亚语，以免成人以后对新外语产生惧怕心理。

舒曼小姐对他们则持恐惧态度。她一直坚持不懈地与自己所教授的英语做斗争，不断引用一些粗野和原始的言论来诋毁英语。她一直深究德语某种模糊的渊源，最终发现了一系列奇怪的声调，按她的说法，这些声调组成了尴尬的早期元音系统。

"Oooaa，iiiooo，aaaeheheh，"她薄薄的嘴唇凹成了各种形状。"这些音太难发了，当然啦，必须得通过早期日耳曼语元音转换系统。"

她解释道，早期的英语从此过程中受益，但是后来的高地德语发音转换系统则没有考虑英语了，所以英语的发音被排出咬合阶段之外，同时也阻断了它往更高级阶段发展的道路。在她眼里，英语的薄弱之处在于没能摆脱"th"音，是一种语言学上的卢德主义①。

"德语比英语更高级，"她说。

在吃晚饭的时候，她意识到卡尔能比她更好地发"th"音，所以她沉默了，只是从碗里一块一块地夹面包吃；卡尔和芭芭拉是来为一对没有

① 卢德主义，是指对新技术和新事物的一种盲目的冲动反抗。——译注

孩子的维也纳夫妻办理收养手续的。

“一旦生母签署了同意书，领养程序就可以进行了，”卡尔说。情况通常是，找不到生母的人，大多数是父母健在的孤儿，她们往往是吉卜赛人，哪能寻得到踪影。

“去找——就算找到了，然后你必须说服她们在表上签字。这种女人从来都没有见过正儿八经的文件，她们也不知道这是啥。她们单纯地不想留下任何记录，害怕日后有一天会带来麻烦。”

日后，若是借此痛斥吉卜赛人买卖婴儿有辱民族会不会显得太过于精于算计？或是要批判她们轻而易举地夺取了本应该属于“罗马尼亚儿童”的福利？统治者和被统治者之间似乎存在着一种古老的传统，这种传统可追溯到伊利埃斯库和齐奥赛斯库之前，甚至先于法西斯时代；当然也有可能早于土耳其人的统治，早于政客卑躬屈膝和政府欺软怕硬的时代。那些不愿签字的母亲可能比卡尔想象得要明智得多。

卡尔则相信，你怎样对世界，世界就会怎样对你，要是你坚信未来更加美好，且行事如此，那么生活终将会有所改善。

任何认为奥匈帝国地大物博的人都应该来尝一下特兰西瓦尼亚边境上的维也纳超市里的西红柿。我嘴里的西红柿看上去很鲜红，但却又硬又涩，在咬下去的一瞬间，思乡朝我猛然袭来。我们做了一顿奥式早餐：裸麦黑面包、奶酪、萨拉米香肠。车队驶出了新教教堂的大门，开往南方 70 英里外的孤儿院。

到后来，行驶相同的距离得多花我们三天的时间。到时候，车上都装满了面包和分量不轻的包裹，这些东西都得送到森特哲尔吉（Szent-György）去。可是现在，我们在乔治的面包车里，高坐在乘客座位上，休息了一个小时。当我们穿过吉卜赛村庄时，外面的孩子们朝我们咧嘴笑，我们则朝他们挥手。

在伯伊莱·图什纳德的泉水旁边，一位卖爆米花的吉卜赛女人打量着我们的面包车，在意识到里面装了什么之后立马开始了呼喊。她的爆米花生意看上去还挺红火，一天大约能挣100列伊，比在克鲁日教堂工作的彼得每天工资都高，也比在图书馆工作的米哈利挣得多。卡尔递给她一包小孩用品，她吃惊地站了起来，然后猛然地跑开了，喜笑颜开的，生怕卡尔会要回去似的。

我说，这个女人肯定会在黑市转卖的。

“这不是问题，”卡尔说，“到头来，总有些小孩能穿到的。”

“嗯，额……”我支吾道，但是我的声音太小，他没听见。我们从那口硫泉里饮了两口水，又继续上路了。

孤儿院孩子的生活中，只有吃饭能够为他们带来一丝慰藉。稍大一点的孩子仍然不会说话，他们也不哭，因为没有人理会他们；没有人会去抱他们，他们就静静地躺在昏暗的房间里，保持着呼吸。我们推门进去，眼睛一时不适应那昏暗的灯光。最开始，我们还以为房间是空的，人的感官要适应这种低迷气氛，听到那微弱的幼小的叹息需要一定的时间，小孩子们躺在自己的小床上，包围他们的只有自己的呼吸声。

卡尔和芭芭拉打开了窗帘，稍大一点的孩子站了起来，伸出了僵硬的胳膊(胳膊肘甚至朝内拐)。

房间里空荡荡的，到处都散发着酸腐的气味。墙壁涂上了棕黄色的漆，40张小床排成了三排、两列，门口还放着一套桌椅。天花板上吊下来一根电线，悬着一个孤零零的灯泡。有小孩子在，这个房间是不可能保持整洁的。

似乎，镇上的人们不知道这些孤儿的存在。在城里时，我们问了好几次路才找对了地方。我们到达时，主任、副主任和几个护士正站在门口的楼梯上等着我们。

我们把一包包衣服、一箱箱一次性尿布搬上了台阶，抬进了大厅。乔治曾来过这儿一次，带来了鼓励、建议和婴儿食品、尿不湿、玩具。令人不解的是，这些小床上空荡荡的，玩具都如奖杯一样陈列在大厅旁边的书架上。护士们行动迟缓、反应呆滞。在她们看来，换尿布这种行为无非徒劳，因为不一会儿新尿布又会被小孩子们弄脏。尿布和围兜都溅上了红色的点点，看起来像骇人的血滴。

卡尔和芭芭拉把玩具送到了一张张小床上，但是几乎没有孩子明白这是在干吗。我们趴在护栏旁边，用手荡着玩具，反而引起了孩子们的关注。他们为了博取我们的注意力，使劲摇头晃脑、扭动身体、晃胳膊，直到他们意识到我们不会离开之时，才把注意力转向玩具；然后，他们向我们投来焦虑的目光，又呆呆地望着玩具，似乎他们所做的一切都只是为了取悦我们。这种孩子——至少一大部分——在重复着他们的行为，但是仍有许多没有显现出对玩具的任何兴趣，他们看上去紧张又不安。

我们的任务是教孩子们玩耍。无论是从字面上来看，还是从象征意义上来看，孩子们都被束缚在他们自己的世界中，团成了孤独的小球。他们只能通过用头撞床或者一遍遍地击打自己来感知外界。当你把玩具熊、芭比娃娃、铃铛在他们面前摆弄时，他们既害怕又好奇地望着，把百分之百的关注都集中在玩具之上，似乎是要努力记住这绝妙的表演。然而，他们似乎从未想到自己也可以这样玩。

护士们脸上的表情则和孩子们一样呆滞。

乔治与主任讨论完毕，回来时一脸阴郁。

“她问了第二孤儿院那边的情况。有许多3岁的孩子都被送到那儿去了。在3岁时，他们会进行一项测试，来给孩子们的身体和智力情况打分，满分10分。在西方，这种测试许多年前就被废止了。得分最低的那20%或是30%，必须离开，被送往第二孤儿院，”他用手捂住了脸。

“*Vernichtungslager*，”他说。“毁灭之营”，这是形容奥斯威辛和特雷布林卡的词汇。

“孩子们到那儿之后，都被丢进一个大房间里，还有许多身体或者智力残疾的，全被混在了一起。他们不送孩子接受治疗，不给他们衣服穿，只提供食物和水，跟对待动物没什么两样。”

“自从革命以来，这种地方更加神秘。二院那边甚至派了一个人来接孩子，而且几乎不准探望。所以我向主任询问那些孩子最近的情况。

自从我们上次到访之后，她又送了10个孩子过去，那些人对她说：'哦，挺好的，还有4个活着。'”

大房间的40个孩子里，有一些患有唐氏综合征[1]的小孩，某种程度上，他们是相对来说最外向的几个，他们很爱笑。其中有一个长着黑色的卷发，可爱的小圆脸，他抱住凯特不放，有了凯特，他就心满意足地笑了，但是把他放在小床里，他则像鸟一样不断地尖叫，用头撞柱子。还有一个患有艾滋病的小孩，瘦得皮包骨头，安安静静地躺在那里，那薄薄的粉色皮肤上布满了粉色的疥癣，眼睛半睁不闭。护士们说他既瞎又聋，那泛蓝的瘦胳膊还痉挛般地抽动着。

我努力引逗一个小女孩，把一整串能发出声响的小玩意儿挂在她床顶的板子上：能响铃的水球、会丁零零响的电话、插在棍子上的塑料动物玩具。在沉默了很长一段时间之后，她终于准备伸出手自己去够玩具了，但是在我碰到她胳膊那一瞬间，她立马又缩了回去，用小脚把自己蹬到了小床的一个角落，把脸埋在胳膊里；我又花了好一会工夫才让她回到了刚才的状态，并努力不再碰她。

两名护士开始给孩子们喂食，卡尔极为震撼：“我喂一个孩子的时间，他们竟然喂了8到10个，甚至不给孩子们咀嚼下咽的时间。”小孩的嘴里塞满了食物，一勺又一勺，食物都从嘴角边洒了出来。饭碗空了，他们就把小孩扔到小床上。有一个小孩呆呆地站着，把手举了起来，好像是在等着被抱起或者被喂食，对周围的人和事丝毫没有反应。他站了几分钟，脸上仿佛带着恐惧。

外面太阳明媚，有草地、树木和鸟儿，还有一个防止孩子乱跑的护栏。

“他们不能去镇上找一些喜爱小孩的人吗？”我问，“或者让孩子们成群地外出看看。”

但是孤儿院与城镇没有丝毫联系，仅仅是一些人在这儿工作、在这

---

① 唐氏综合征（Down's Syndrome），先天愚性。——译注

儿居住而已。乔治理出了一堆一次性尿布，向主任说明食物罐里的东西。在他下次来之前，一千张尿布早就被用光了。他们还是配有清洗系统的。我们参观了洗衣房、巨大的烧水桶和一排排热水管道。即使说它原始，最起码它也在发展之中。

乔治这些奥地利人把这项任务看成振奋士气的一项壮举，向员工证明这个世界珍视他们的工作，并且也尽力帮助他们。一千张尿不湿就是决心的有力物证，这不仅仅能够鼓励护士们更加认真工作，而且还能激励她们在亲朋好友中加大宣传，获取更多人的关注。这一千张尿不湿就是通往慈善资金和志愿服务的一步。

这些奥地利人有精力、有信念，从不抱怨，而我的反应则是对当地医护人员和镇上的人报以厌恶和鄙夷。慈善是从身边做起的，奥地利人则不会怀有任何偏见。

正当我们要走时，乔治随口一说想去参观下一个房间，主任推开了门，有 20 个年龄稍大点的孩子，大概在 3 岁到 7 岁之间。他们没有明显的残疾，属于没有被送走的那一批，各自坐在地板的毯子上。我们把小孩抛向空中，让他们骑在我们肩膀上摸天花板，还用线拉着玩具车，摆弄娃娃和动物玩具。孩子们喜笑颜开。但是要走的时候可就不容易了，一个小女孩抱住了我的腿用力拉扯，另外两个小男孩则抓住了我的手，还有一个想要爬上来。所以我不得不把他抱起，墩坐在我的大腿上。我们在孩子堆中纠缠不清，被小小的身躯所包围。一位护士笨拙地组织起了拉圈圈的游戏，但是孩子们不想玩，他们争先恐后地想要被举高，安静地渴求我们留下。

乔治指出，这些孩子们的成长过程是非社会化的，他们没有能力给予和接受爱。齐奥塞斯库的秘密警察们大部分都是孤儿，但是养育的过程中也没有必要刻意地把他们引向残暴。

在我看来，奥地利人对待疾病仿佛是在处理伤口，他们把小孩多疑和反社会的性格归因于孤儿院机构的不足之处。但是你要是这么认为，那么同时这也意味着，罗马尼亚正是在多疑的基础上繁荣起来的。

而且孩子们一旦落到了国家的管控之下，就容易成长为他们父辈那样的人。

卡尔和芭芭拉那个周末又收养了一个孩子，这也是他们所未料想到的。那孩子是一个吉卜赛小女孩，呼吸有困难，一遇到陌生人就害羞地躲到一边——无论是谁。但是她的文件已经准备好了，那些人说她太瘦了，怕活不下去，于是卡尔和芭芭拉就把她载回了家。

几个月之后，我们去维也纳拜访了他们。那是一个下午，只有芭芭拉一个人在家，她自然是身边孩子成群。最小的一个又黑又圆，像个小南瓜。小女孩得意地爬上楼梯，向我们展示她的能力，嘴里还发出咕噜咕噜的声音。当卡尔推门进来时，小女孩曲着腿尖叫着跑向爸爸。她朝爸爸伸出了双手，爸爸则一把接住了她，把她举了起来，如同举起胜利的奖杯。

到达布拉索夫

乔治对于付出的欲望几乎成了一种偏执。要是给他一个急救包，他必定为他人利益奋不顾身。

“你还需不需要什么？”他满怀希望地问。那天早上我们准备启程。

我坦承的确需要相机、电池和一个看时间的东西。

“哦！一定有的，”他开始在面包车里一通乱翻，“嗯，在哪儿？哦？对，对，电池……嗯，闹钟！闹钟……”

他继续翻找着，声音里渐渐多了一丝无奈。

我说：“要是找不到，就别找了，也不是很必要。”

乔治助人之心急切，却郁郁不得。在羞愧之中，他扑向了那一箱箱食物，“哈哈，”他大声喊了起来，递给我们几包裸麦粗面包和一管奶酪抹酱。

“太感谢你啦。”

“你们还需要这个，”说着，他把一堆番茄鱼肉罐头塞到了我们手里。

“谢谢你，但是一个就够了——”

“你们还得拿着……”罐装火腿、玉米片、一罐橄榄、一圈尖块奶酪、三袋五香烟熏牛肉、一盒里维塔[①]脆面包。

“乔治，够了！”

“面包是好东西啊，”他说，声音里带着些许失望。

“但是我们得腾出空间来装东西。”

“所以，你们需要不占地方的食物，对吧？”他反驳道，又把一捧汤料块儿加到了我们那堆食物里。

---

① 里维塔（Ryvita），英国食品公司出品的某食品品牌。——译注

“这一堆也太重了吧。”

乔治看上去有些伤心。

“吃总是免不了的呀，所以你们得带着。”

“我们带不了这么多，无论如何，十分感谢你的好意。”

他摇了摇头，觉得我们在假客气。

“这箱子里，你想要什么拿什么，随便拿！”

“好啊，谢谢，”我们佯装翻找了一番，最后只拿了一小袋方便汤包，“谢谢。”

“得了吧。那，你需不需要钱？有没有旅行者支票？”

在我们握手——或者拥抱——之后，我们的朋友兼东道主走上前来，抱着一个特大的鞋盒子。

“要是你们去森特·哲尔吉（Szent-György），就带上这个吧。”

“这是什么？”

“我不知道，维也纳的某个人让我把它转交过去，应该不是很重吧？”

的确很重。我给了自己一个勇敢的微笑，把它抱起，放在了那一堆鱼罐头、汤包、面包和香肠之上，一不小心还拉伤了我的侧腰。在我们颠簸到主路上之前，那大箱子的尖角比我的头还高。

渐渐地，Mercurea Ciuc（茨希克什哲烈达的匈牙利名）的白色塔尖被吞没在群山之中。

赶路之时，我们望眼欲穿，没有什么比教堂的尖顶更加慰藉人心的景色了。看到了教堂塔尖，就意味着看到了安稳和庇护。走得越远，我们越发感激他乡的教堂。自远远地望见了塔尖的那一刻起，我们就开始猜测它的含义：一个十字架代表着天主教堂，尖头铁球（如同权杖）代表的是加尔文教教堂，一根刺穿着三个铁球的是一位论教堂。天主教堂和加尔文教堂数量相当，一位论教堂则比较少，且集中在特定地区。在乡下，我们没有见到任何东正教教堂。

罗马尼亚的东正教教堂只出现在较大的城镇里。从地面上看，穹顶看似千斤重。我若把其视作国家正统教派的堡垒，就会发现自己的容忍度已接近上限。在教堂里，蜡烛在黑暗的最深处燃烧着。集会的教众从来不被允许坐在明亮的烛光里，这种集会方式令人们看上去如群居动物一般。当没有礼拜的时候，你可以坐在墙壁的凹陷处，观看虔诚的信徒伏下身亲吻圣女的雕像。

一路上教堂的形式变换不断，当我们快接近东正教的边界时，沿途的教堂则更有了庇护所的韵味。公墓的围墙渐渐变厚，高度升高，敞开着的小门也渐渐被大铁门替代。在乔治的面包车里，伴随着外面飞驰的景色，我们能感受到我们正在逐渐接近危险区域。

然而，前往森特·哲尔吉的路途比较顺利，而且颇为有趣。我们感觉很安全，仿佛那些高高的教堂围墙是来保护我们的，不过，也许是想到这里的人们拥有值得保护的东西才有了这种印象吧。在一辆吉卜赛大篷车里，一个人手伸了一瓶酒出来，大喊道："*Servustok*！（你好！）"还跟我们握了手。另外一个下午，在某新教教堂和牧师的蔬菜园后，我和凯特正在清凉的小河里泡脚。凯特问我们是不是应该在伊斯坦布尔预订一间房。然后，我们回到了牧师住所里，在牧师夫人的陪同下吃掉了煎白菜卷，一同等待牧师归来。牧师垂钓远足回来时已酩酊大醉。他还为孙女带回来了鱼的一条触须，大言不惭地用匈牙利语宣布自己能够讲 5 门流利的外语。

一辆吉卜赛马车载了我们一程，免了进入博伊莱图斯纳德（Baile Tusnad）前的最后两英里。车上一家吉卜赛人不辞辛劳地沿途乞讨香烟，家里的每个人都得有几根，包括小孩。之前那位卖爆米花的女人也不见了身影，可能借着意外之财享乐去了。我走进了一家小咖啡馆，店里的天然气用完了，没法儿做热咖啡，到最后，还是一位服务员跑回家端来了一锅热咖啡。醇厚、香甜、浓郁，喝完了整个人都神清气爽。我们心满意足地出了门，甚至没有去管那口硫泉。

在森特·哲尔吉的教堂里一安定下来，我们就出去递送那个神秘包裹了。按照地址，我们来到了一个小公寓里，一位慈母般的老妇人招呼我们坐下。他们家的客厅虽狭小，但是每个角落都塞满了镶嵌有特兰西瓦尼亚传统图案的刺绣抱枕。家具是乌木制的，镶嵌有珍珠贝壳：房间看起来有点像吉卜赛人的大篷车，但一切都井井有条，一尘不染。

包裹的收件人是一位老人，退休之前他是一名加尔文教牧师。他的妻子为我们端上了茶水和蛋糕。他满怀感激地接过了包裹，礼貌地当场把它拆开。(那样我们就知道自己一路抱的是什么了)当然，在到达目的地之前，我们必然摇过、掂量过，但是包得太好了，完全猜不出来。当纸板滑落，一瓶杜松子酒展现在了眼前，我不服，气得暗自咬牙。包裹里还有一封信，老夫妻俩快速看了一下，放在了一边，待日后再细细读。

老太太用手绢捂住了脸，小跑出了房间，牧师则温柔地朝我们微笑，用德语向我们说明情况。去年，他女儿前往德国工作和休假。她是独生女，也是二老的掌上明珠，却不幸在德国丧生于车祸。

他用手掌心擦了擦嘴角，眨了眨眼，“她有许多好朋友，人见人爱，这封信是来自她的一个奥地利朋友。”

他拿出了一张女儿的相片给我们看，老太太回到了房间，说了声抱歉。

二老强烈要求我们留下来吃晚餐，我们不得不拒绝了，因为教堂的提伯尔神父已经安排好了8点吃晚饭。牧师的妻子坚持我们必须吃点儿再走，要我们一定尝尝她的手艺：要是没法把晚饭吃完，那就尝几口吧。我们跟着他们走进了一间不大却很明亮的厨房，尝到了这一年来最美味的食物：一道樱桃汤、一小碗意面，还有一种用香肠和土豆做成的甜烩饭。他看着我们吃得香甜，面露喜色。牧师还给我们倒了一小杯帕林卡酒，还把自己酿的酒端了出来给我们尝。

“你们不是外人，也不是客人，”牧师的妻子说，面带微笑，“是我们的孩子。”

我们共同举杯，看了看牧师，又转头看向他的妻子，不禁泪目。

与提伯尔神父的晚饭较为正式，菜品也很丰盛。一位舍克里老妇人身兼厨娘和管家。她兢兢业业、小心谨慎，外形和中国人无异：个头儿娇小，满脸皱纹，黄色的皮肤，背后一条黑黑的辫子，步态缓慢而稳健。提伯尔牧师对于任何事物都有自己坚定的观点。他大腹便便，穿上法袍就是英国的乡绅（不戴假发的那种）。晚饭时，他大方地给我们一杯又一杯地斟帕林卡和淡黄色的阿尔巴尤利亚酒。

和之前在克鲁日某教堂的一段艰难时光相比，森特·哲尔吉的牧师生涯则算是一种放逐。虽然他的职业生涯一直笼罩在兹利亚克阁下[①]壮举的阴影之下，但是他却怀念那种与知识分子打交道的生活。自调岗以后，他一直奉行禁欲主义，可能是希望所受的苦难能够有所回报。

他坚信舍克里人的历史由来已久。“舍克里”意味着“座位”，最开始，舍克里福德（Székelyföld）有 7 个座位，每一个都是领导者的王座，代表着权威，且对应着一个部落。“茨希克什哲烈达”中的“茨希克”就是其中一个部落。提伯尔神父相信，在许久之前，7 个部落就已在此地区扎根。

和特兰西瓦尼亚地区的匈牙利人一样，他也患有幽闭恐惧症。他们都认为所生活的国家里的统治者文化和智力水平都不高。他说巴尔干主义（Balkanism）其实是人们走投无路之时聊以自慰的东西，集抵抗和腐败为一体。为了解释罗马尼亚人的行为和态度，他从古代中国哲学和逻辑学里寻找线索。拜占庭政教合一所体现出来的单一文化主义、思想的融合以及现世王权都是东方社会的回声。他读《老子》。

“读《老子》，我明白了罗马尼亚意义上的法律，”他说，“每条法律都有一扇门。没有什么是绝对的，也没人会尊重一成不变的东西。所以

---

① 阁下（Monsignor），对天主教堂高级教士的尊称。——译注

每个人都是以其他人来作为对照、判断自己的。世上没有信任的根基，每个人只能推开他以为存在的那扇门，这是一种道德上的无政府主义状态。”

正因为此，罗马尼亚人才在齐奥塞斯库手下煎熬了这么长时间。这种行为跟随了西方传统的脚步——西方传统认为正义是自然存在、无处不在的。有那么一部分匈牙利裔人，最后幡然醒悟，把齐奥塞斯库推倒了。

任人唯亲、贪污腐败、貌合神离是东正教教堂的典型特性。教堂里的神职人员都已做好了与秘密警察相互勾结的准备，他们这种态度也与东正教的历史本身有很深刻的渊源；但这种态度深深扎根于罗马尼亚的本性之中。提伯尔评论道，那位罗马尼亚人——布加勒斯特的天主教大主教，在齐奥塞斯库成功镇压了滕斯法省的打砸抢烧之后，也送去了祝贺，就像忒俄克里托斯[①]一样。

即使如此，自从仁慈姐妹(Sisters of Mercy)到来之后，森特·哲尔吉就成了一个充满活力的地方。提伯尔牧师要定期为仁慈姐妹举行弥撒和忏悔式；仁慈姐妹也经常寻求提伯尔牧师的建议，为他提供日常娱乐。他说：“她们的确甘于清贫，但怎么也没想到商业如此不景气。”那些修女本人十分有趣，一牵扯到宗教，则十分真诚。仁慈姐妹带头的是一位来自加尔各答的特蕾莎修女式的人物，她们两个月之前来到这里，为这里的吉卜赛人布道。

第二天，我们乘坐一辆公交车前往火车站。布道屋是一间平房，坐落于火车车棚和破败的公寓之间。房前的道路上站着三个穿着紫色和白色明艳纱丽的修女，草坪修剪得很整齐，木质走廊也重新上了漆。这三姐妹已经把狂乱和动荡剔出了生活之外，铁路上的噪音、冲撞和喊叫，那不停歇的混乱、移动、冲突和奔跑，那污秽、辛酸和肮脏，在她们的尖木栅栏里荡然无存。

---

① 古希腊诗人。——译注

一位加尔各答修女管着另外的三位修女，她很胖，但欢快无比，还有一位瘦弱苍白的爱尔兰女孩，和一个高高的戴着大框眼镜的毛里求斯修女，她神情严肃，办事一丝不苟。此外，还有一位来自喀拉拉邦[①]的年轻修女。

我们问她们是否适应这儿的生活。

“哦!”管事的修女笑道，“都挺好，只是这儿的语言太难学了，恐怕我们都太笨啦!”

她们学习匈牙利语的速度已算飞快。每天早上，她们都要上课：5点起床，祷告、打扫，然后用早餐；从提伯尔那里领完圣餐之后，神父会用英语主持仪式，但是是用匈牙利语念祷告辞；然后，去参加教堂的日常仪式；8点整时，她们的匈牙利语老师准时到来，一直上课到12点，中间4个小时都在与这拗口的语言做斗争。午饭之后，她们还要继续自学。晚上睡觉之前，还要做祷告、看书，干一大堆的活。她们不急着开始向吉卜赛人布道，准备等到把语言学好之后再开始。到那时，她们就真能称得上是生活的典范了，而且会尽量与每一个来访者交谈。

布道所内部几乎是空的。小教堂里铺了一张全铺地毯，立着一个小小的十字架。关键因素不在此，而是这一尘不染的圣洁之感。

“我们听说大多数吉卜赛人都是天主教徒，但是他们一到教堂就不自在。这也是为什么我们要专门在这儿为他们准备一间教堂的原因。”

但是语言这关几乎没有办法克服。

“你知道你能做什么吗?”领事的修女问道，“你的脚步也算是一种祈祷，每一次你迈出了一步，你就必须想起森特·哲尔吉的3位修女。她们如此努力地学习语言，为的就是让你能与上帝更进一步。”

那天下午我们参观了舍克里博物馆。博物馆的建筑是一家传统的村舍，地面部分已经翻修过。不幸的是，我们去的那天大门紧闭。墙上

---

① 印度西南部邦。——译注

装着传统的小窗，我们努力朝里瞥，看到了铺着淡蓝色瓷砖的炉子，还有新涂了油漆的家具、雕花的衣柜和毛毯箱。床边很高，床上堆了约一码厚的刺绣被子和亚麻被褥。高背椅子座位很矮，供人坐的地方离地面几乎只有一英尺高。博物馆内，唯一的另外两名是和我们一样的夫妻。他们朝我们投来了抱歉的微笑，巧身一躲，闪进了走廊，消失不见了，把馆长扔给我们对付。馆长尾随着我们参观了一间又一间房间，鼻子里呼着烟气，嘴里不断地念叨着。在一间装满了复活节彩蛋的房间里，他倒在了一个野餐篮子里，篮子内还装有包在塑料里的两条面包(空壳而已)和两瓶酒(也是空的)，我们选择了一个逃跑的时机，一起飞奔下楼。他在后面追赶着我们，高声喊着"*Linneker*"。

提伯尔神父认为我们能进那家博物馆就已经是撞大运了，因为馆长是个臭名昭著的厌世者。为了驱赶游客，他甚至曾经在院子里放过凶狗，而自己却悠闲地躺在床上喝大酒。

提伯尔神父在教堂空闲的区域为我们挑了一间房，房对面是一间小学校。这所学校是某一天晚上为了逃避查封一夜之间建立起来的。正当工人们迫于政府的强权和他们的信仰顾虑之间时，革命爆发了。我们的卧室之前曾用于储藏西方的救援物资，而似乎其中绝大部分从来没离开过这里。我们向提伯尔牧师询问。

"我们能怎么办呢？这个地方将近有6000位居民，但是这间房里只有300块肥皂。"他解释道。

特兰西瓦尼亚早先遭受过频繁的洗劫，但与东欧的其他地方相比，过去两个世纪中，这里几乎没有经受战乱之苦。当土耳其的威胁解除、多瑙河流域开放之后，这个国家多多少少就免去了外部的威胁，从而也渐渐获得了"死水"的名声；同时，也成为欧洲那个"几乎被遗忘的角落"，你可以轻松地把狼狈地爬出城堡的伯爵与之联想到一起。这个地区被战事和贸易改道所搁浅，在哈布斯堡王室无能地掌控之下，仍旧保持着它原有的样貌。

赫尔曼(Hermann)村离主路很远。一条两旁长着树木的破败小路带领我们上坡、向南,来到了布尔岑兰(Burzenland)。我们见识了所谓的典型的撒克逊教堂。

那天早上,雨下个不停。与往常不同,这个村子很安静,而且房屋都列成一排。我们面前是教堂的一堵又高又厚的围墙,还有一座高高的塔楼(或者是门房)。大门旁的塔楼上有小小的窗户和高耸的房顶,和马尔堡类似。护城河上跨着一座拱形廊桥,一直连到教堂的城墙上。门房和城墙都涂上了沙土般的颜色,整座建筑现今的样貌估计与400多年前无异。

来开门的是一个小孩,亚麻色的头发、上翘的鼻子,一个小撒克逊人;他操着一口很标准的高地德语,邀请我们进去。进门后,左边是一长串阶梯,我们跟着小向导上了楼,穿过了塔楼的主体部分,上到了楼顶。推开一扇半掩着的厚重的橡木门后,是一个近几世纪从未变样的房间:宽阔的木地板上放着一个搁凳;烟熏黑的墙边还靠着几个质朴的木箱子;从狭窄的窗户里射进来了几缕阳光,照亮了一张高背椅,椅子上坐着一位正在做针线活的女人。

她抬头看了看,没有表现出明显的兴趣。自我介绍之后,我们问是否能见一下牧师(*Pfarrer*),然后参观一下教堂。

她咕哝了几句,咬断了手里的线,站了起来。她身材极为魁梧,穿着深色的紧身上衣和黑色的到小腿的裙子。

"*Gibt's noch bier kein Pfarrer*,"她说,"这儿早就没有牧师了。"她停顿了一会儿,仿佛是在决定什么。"*Aber, kommen Sie bitte*.(请跟我来。)"

她从门后一颗钉子上取下了一块头巾,系在了脖子下面。我们跟着她下了楼,穿过了拱桥。在桥上,她从口袋里掏出了一根巨大的铁钥匙,打开了内门。这里的墙着实是厚,甚至还留出了一些空间延伸到底下的过道去。

以往,为了度过困难时期,人们会在这种地方储藏食物。要是鞑靼人（或者罗马尼亚人）入侵，这儿储存的食物够供整个村子的口粮，而且还能藏身。每个家庭都有义务贡献出一些东西：培根、谷子，或者是奶酪。

我们曾对撒克逊人的储藏室有所了解，那些被送进来的培根或者谷物从未出去过，年复一年，只是往里累加，像是一种从来没有人质疑的“什一税”。19世纪的外地人至此，看到这挂了上百年的火腿也只能报以假笑；同时，令之无奈的还有撒克逊人不论目的、盲目遵守惯例的行为。在二战期间，储藏室一度被填得满满当当。

“现在里面还有什么吗？”

“老鼠，可能吧，”她嗤笑了一声。

在她看来，是经济毁了特兰西瓦尼亚地区的撒克逊民族。

“我们撒克逊人都是干活的老实人，”她说，“我们人人都知道努力工作、好好赚钱，那样才能过上好日子。”她领着我们进入了教堂。“只是那些罗马尼亚人不懂这个道理，他们妄想不劳而获，伊利埃斯库竟也做出了这种承诺，所以我们现在仍然没法摆脱贫穷。”

“你知道他们在布拉索夫造什么吗？拖拉机！好吧，他们把拖拉机卖往国外，赚了许多外币，工人们也高兴。但是你知道这些拖拉机怎样了吗？我丈夫在黑海边的康斯坦萨[①]工作，那儿有一艘日本货船，从布拉索夫装载拖拉机。那艘船是这样把拖拉机吊起来的。”

她用胳膊模仿吊臂，攥紧了手指握成了一个拳头。

“他们只想要金属，我告诉你，罗马尼亚人从来不懂经济学，自由呢？他们也不懂。他们想要，但是根本就不知道怎么一回事。他们觉得自己已经获得了自由，但是仍然没有认识到他们也必须得工作。”

我们在教堂里四处探索。排座的靠背装了悬臂，一边可以观看仪式，另外一边可以来参加社区集会。

“村里还剩几家人？”

---

① 罗马尼亚商港。——译注

“大概五家吧。这里之前过得很好，你能想象吗？之前，每周日教堂都是满的。以往教堂也很大，能容纳几百人。那些人大部分是村里人，还有周边的农场人家。你猜猜，是谁最先去德国的？牧师！真是好榜样啊，我认为牧师应该陪伴他的教区的人民直到最后一刻。他本应是最后走的，但事实上，他头一个跑了！”

她把手叉了起来，看似气得不轻。

“我们尽力能留多久就留多久吧，这是我们的家园。我的祖宗们上百年都住在这个村里，但是生活越来越难了，能走的都走了。现在，我就担心孩子们上学。最近的一所德语学校在布拉索夫，也太远了。现在，人们手里的钱都不值钱，你啥也卖不掉，因为没人买得起，你啥也买不起，因为你根本就没钱买，简直太可笑了。这就是罗马尼亚的经济。”

我提起，西德可能要为罗马尼亚大批向外移民负责。任何德国人都可以享有巨额的养老金和社会福利，但前提是他们要身处德国；要是他们还在原处，那就啥也得不到。要是这些人待在他们原本的处所，而不是全挤在难民营里，德国政府本应感到欣慰，他们本可以用德国马克来支付较少的养老金，这能省掉许多麻烦，也能节省一大部分钱。而事实是，他们坐视不管。

“实际上，有人提出过计划，”这个女人解释道，“但是得在政府之间沟通，德国政府为了德国的公民而向罗马尼亚政府付款，但是他们做的事情太大太空，而且建的都是不必要的工厂，实体的罗马尼亚经济，他们在村里建工厂、制造拖拉机或者那些玩意儿。你说得对，他们应该直接发钱到每家每户，那样人们就有本金了，可以做个小生意或是怎样。”

她举起了双手，做出了无助的顺从状。“*Es ist doch zu spat, glaub' ich*，”她说，“我觉得一切都太晚了。”

门楼对面是一家乡村客栈。客栈前的草地上坐着几个男人，他们面前摆着小桌，正喝着啤酒，他们看到我们之后，就招呼我们过去，我们喝了一杯，他们问我们结婚了没，我们说还没，他们脸上则浮现出了淫荡的笑容。还有一个把凯特叫作我的“陪睡伙伴”，他们觉得很有趣。

我们向他们描述了我们的路线，但是发现他们对那些国家仅有模糊的概念；对于前头的国家，他们知道得更详细一点；还有伊斯坦布尔，他们说那是个繁华的好地方。

布拉索夫可能会发生什么事情，目前还没有公开，但是人人心里都已打好了自己的小算盘，而且做出了相应的准备。官方开始美化城镇，把市场的路面重新铺就，把商店铺面翻新，四处都是厚玻璃板、金具、石灰和盆景。商店都挂上了铁制的招牌（例如三个球、熊、仿中世纪的图案等等），但是店铺里仍然空荡依旧，他们把广场地面重新铺了，但是在重新铺之前没有往下挖，所以铺好的地面足足抬高了一尺，广场中央的市政厅像是被涨潮包围了似的。

从城堡望去，能够俯视整座城市，但是城墙垛子挡住了下面的酒吧和迪斯科舞厅。在那个地方，成群的穿着牛仔裤的罗马尼亚年轻人舞动着身躯；气氛浓重，且具有攻击性，我们想去买啤酒是不可能的，但是罗马尼亚当地人则大声地谈笑风生，头都不带转一下，像纨绔子弟一样潇洒地把头发甩向背后。看着别人面前摆着的一瓶瓶啤酒，我们只能酸酸地回想起修女所说的“法律和每条法律背后的门”。

路德教牧师个头很高，面相白净，但是他没时间接待我们。他直截了当跟我们表明在晚祷之后可以睡在房间里，但只能睡一晚。之后，我们必须得自己另找地方。

第二天早上，牧师招呼了两个工人进我们的房间安装卫星电视，我们很识相，立马动身了。我们想象中的撒克逊人热情好客，但实际上则落了空。在黑教堂外的阶梯上，司事曾跟我们说过，这里曾有过一座伟大的图书馆，以及罗马尼亚人是如何在 1945 年到来之时把它毁了的。

“都是古书，有几百年的历史了，”他说着，摇了摇头，“直接丢出了窗外，还生火来烧。在那些书里，写着真正的欧洲文化。那些人把书都给撕了，放在厕所来当手纸用，野蛮人！”

我们自行找到了匈牙利加尔文教教堂，牧师出去了，但是他的妻子说我们可以把包放下，先去城里转转。

到傍晚时分，有人在广场上聚集起来。中间是一群跳舞的小孩，大约有 40 多个，年龄在 8 岁到 14 岁之间。他们穿着小紧身衣、短裤和 T 恤，跳的都是一些惯常的套路：十字架、圆形、波浪转圈等等。他们大多数是法国人，来自瑞士的一所女修道院学校。

表演成功吸引了一大波人群，舞蹈结束之后，一个年轻人开始对人群喊话，旁边还站着一位罗马尼亚语的翻译。

“教堂都在骗人，”他开始喊了，“是的，他们会狡辩，牧师也会说‘我们将会向你们传达上帝的旨意’，但是他们把上天的面孔隐藏了起来，我们需要他们吗？我告诉你们，不需要！你不需要他们，你需要基督！谁将会照顾我们？谁将会眷顾我们？基督！当我们孤独、害怕、悲伤时，谁将会来到我们身边？基督！因为他爱我们，我们是他的子民。”

他脸上一直挂着微笑，是那种唇红齿白的健康的微笑，他的声音深沉又有穿透力，在广场中回响。

“我们如何知道耶稣我主博爱天下呢？因为，这些全写在了一本伟大的书中，这本书的作者是普通的男人和女人，平凡如你我，他们真正地目睹了我们的救世主。他们亲耳听闻救世主所带回来的好消息。你若是听到了这种消息，肯定会迫不及待地告诉你的亲朋好友们。事实就是，他们的确听到了，而且他们急于想告知世界！”

他穿过了广场，爬到了一个舞台上，孩子们全围绕在他身边，手里拿着一个个包裹。

“我们也想把这好消息与你们分享。”他朝人群俯身，把胳膊伸向前方，“我想让你们自己来看，你们所看到的内容就是 2000 年前一名叫约翰的人所写的东西，一个平凡的人，一个平凡的名字！”他弯下腰，又站起了身，把什么东西举到了他的头顶。

“这本书是给大家的，”他大喊道，心醉神迷地在头顶上方挥舞着，声音里充满了亲昵，“读读吧！”人群开始向他涌动，“思考一下吧！”他的声音既低沉又虔诚，扩音器都承载不住了，“拿给你的朋友们和家人们看吧！”

人群开始累积，有的人捏着一本蓝色的小书从人群中挤出来，旁边站的人则正努力挤进去。有人看见广场对面的人开始跑起来了，于是也往中央跑。天上掉馅饼的事谁都会赶着去做，已经拿到手的人正翻看着往外挤，没有的人则恨不得跳过人群冲到最前面去。

“请听我说，朋友们！人人都能拿到这绝妙的书。”他被淹没在一片人头之中，只有声音还回荡在广场上，“要是你有一本，就拿给你的朋友们看吧！把它传下去！将这些文字铭记于心，然后把书传下去！”

书很快就发完了，人群还在涌动着。几个来得晚的人冲到了现场，四处询问发生了什么。任何一位拿到书的幸运儿周围都围了一圈空手的围观者，但是他们看了内容，说笑了几句就转身走开了。

黄昏将近，年轻牧师和孩子们爬上了在街边等待的一辆马车。马车里塞满了行李，张张小脸都堆满了困意，在旅行袋上打盹儿。

“今晚还不错，”一个小女孩用法语说，“但是的确有不高兴的地方，有人从南边攻击我。我们在一个剧院里，人群冲进来撕书。”

第二天，我们找地方吃饭，最终定了城墙旁的一家新酒店里的餐厅。餐馆十分矫揉造作，用成套的餐具，还有亚麻餐垫和全套镀银餐具。旁边贴有禁烟标识，我看到之后就猫着腰出了酒店，转头竟发现旁边大厅里竟蹲了一排叼着喀尔巴提烟的服务员。

酒店里有个问询处，我们向柜台小姐说明了我们如何一路徒步而来，问她是否了解关于平原的一些信息。

那个女人盯着我们，“你想要信息？这儿是巴比伦，先生，”她说，“我们国家还没有准备好发展旅游业，我们是从零开始的。我觉得你要是去比夫拉[①]可能还容易点儿。你看，街上的人都没钱，而且那个人的脑子还不清楚，像这样，”她把手圈成了一根管子，向上猛抽。“你想要

① 尼日利亚东南部一城市。——译注

从旅游中获得什么？先生，你最好搭车去布加勒斯特。”

一群荷兰基督教徒载满了一房车的匈牙利语《圣经》，安静地来到了这里。周日，我们在加尔文教牧师的教堂里遇到了他们。教堂建在新城区，以一间地下室作为祈祷间。牧师向我们解释说，为那群荷兰人考虑，他会用德语布道。匈牙利众教徒微笑以示赞同。可能布道的内容太高深，我没有听懂太多。之后，这群荷兰人用英语唱起了赞美诗，还有吉他伴奏：表演十分专业，呈现出了环绕立体声——虽然，语言十分简单。

“耶稣，和平的使者！”

“哈利路亚！”

他们每个人都挺拔却不显得跛扈，丰满却不肥腻；他们的皮肤紧实光滑；女孩的头发浓密惊艳，绑成了弓形辫子。他们去年来的时候，边境的守卫问他们有没有圣经，他们说没有，但是教团的带头人自己有一本，搜身的时候被发现了，守卫们把他们的房车翻了个底朝天。今年，还是同一名守卫，竟然开心地与他们合照。

在布拉索夫(匈：Kronstadt)，每个人都在等待，期待是这个城市的通病。此城的创建者——条顿骑士团等了 26 年，才发现后来的居民并不欢迎他们，于是北上出征普鲁士。这所教堂很明显是粗制滥造的结果，没人认为它值得专门花心思与财力，小维特·施托斯[①](其父亲在克拉科夫工作)因未及时完成任务，被罚了一笔款。罗马尼亚国内首次印刷技术就是在此展开的。

现在，每个人都等着看一切的最终事态，撒克逊村民们正观望布拉索夫的同胞们是否都已离开，一些人有自己的理论，且已做好了应对准备；官方把城镇装饰完毕，巡回布道者感受到了贯穿于布拉索夫的刀

---

① 维特·施托斯(Wit Stosz)，德国著名的雕刻家。——译注

刃，转而劝教大众去感受上帝；一位路德教牧师已经做好了一手准备，他让我们睡在会礼堂的一张桌子上，以避免我们问问题——我们猜想，他可能是准备逃。城镇里的人都在玩一场边缘游戏，不过，也可能一直以来都处于边缘状态。

布拉索夫之后——先是喀尔巴阡山，再是所有事物——都朝着博斯普鲁斯海峡[①](Bosporus)倾斜。罗马尼亚人的信仰来源于此，这儿有最早的文字记录；近几世纪以来，他们所交的税收也花在了这里；他们，连同与金角湾[②]的居民，都被隔离开来；他们共享着同样的治国本领。喀尔巴阡山像是一座墙，在墙之外，我并不觉得“东欧”这个名词仍有什么特别的含义，若要有，可能仅仅是对于地理学家来说吧，这个词对他们来说要比对社会学家、历史学家和政治家重要得多。若说这儿不是西亚，那最好说是巴尔干。我记得在大草原上，我们遇到的一位图书管理员对我们说过：“你去那儿的时候，一定要说匈牙利不属于巴尔干。”

从教堂回来的路上，我们路过了市场。我需要买电池、相机胶卷和一个新手表，之前那块在去茨希克什哲烈达的路上摔碎了。旁边人行道上盘腿坐着几个吉卜赛人，都戴着黑帽子和手工制作的首饰。他们每个人都有一个小小的铁砧和一个锤子，面前还有一个挂着许多小银环的纺锤，他们吆喝着“Collega(同志)”招呼我们过去。

他们每人都有一堆银币，可铸成银手环。有许多硬币都是古董，有来自二战初的摄政王霍尔蒂统治时期的弗林(Horthy's frints)，有古哈布斯堡王朝的先令，有带有彼得二世国王头像的南斯拉夫的第纳尔(dinars)，还有普鲁士的马克。我们仔细地端详着他们的财宝，十分震惊，心里琢磨着这可能暗示了吉卜赛人的迁移轨迹。这些吉卜赛人看

---

① 博斯普鲁斯海峡是沟通黑海和马尔马拉海的一条狭窄水道，与达达尼尔海峡和马尔马拉海一起组成土耳其海峡。——译注

② 位于伊斯坦布尔，是博斯普鲁斯海峡南口西岸的细长海湾，长约7公里。——译注

我们感兴趣，立马争相凑了过来，解开他们的小包，把银币全都撒在地上。其中一个人有一块巨大的硬币，上面印着玛丽亚・特蕾莎[①](Maria Theresa)的头像和“1784”。从克拉科夫一路走来，我们把它视作哈布斯堡王朝的纪念品。卖家开价 30 美元，但他实际只收了 18 美元，我们觉得捡了个大便宜，且买卖双方都露出了满意的笑容。

在很久之后，我们把这枚硬币带回了英国的家。一位见多识广的朋友嘲笑我们，说现如今奥地利的铸币厂还在铸造印有 1784 年的玛丽亚・特蕾莎头像硬币呢！考虑到这些银子的分量，他说最多值 10 英镑。

之后，我们与牧师和他的岳父坐在一起，他岳父是一名共产党人，曾在城里一家工厂做过劳工咨询师；对东欧的一切变化，他都谨慎待之。牧师颧骨高耸，脸上空荡荡的，典型的一张禁欲系的脸，他对世间的变化感到极度失望，但是喝起帕林卡酒却十分的欢乐。

他大声吆喝着：“44 度！家庭酿造哦！”

虽然他看似完全不在乎那些吉卜赛人，但是我们还是询问了一下牧师的观点。他的看法十分新奇：他认为存在两种吉卜赛人——这是头一次有人向我们证实这一点。

“他们非热即冷、非黑即白，”他解释道，“吉卜赛人通过两条路线进入欧洲。在他们离开君士坦丁堡之后，一条是主要路线，通过巴尔干半岛，沿多瑙河而上，进入了匈牙利；第二条是沿着黑海和第聂伯河进入了俄罗斯。在 17—18 世纪时，俄罗斯吉卜赛人还在斯堪的纳维亚呢。”

“但是，我觉得在那几个世纪里，生活肯定不易。可能是因为斯堪的纳维亚老婆们爱唠叨吧，哈哈哈！”他又笑着补充道。

“所以，他们又回了南方，两个种族，”他一口干了杯子里的帕林卡酒，“一些吉卜赛人玩金子。他们很有组织，跟着三名斗争领袖(*vovoides*)，手下还有几名吉卜赛人之王(*boulibashas*)。其中，一个斗争领袖住在克鲁日外，他的奔驰车比英国女王的还要豪华。人们都说，他

---

① 奥地利国王及匈牙利摄政王。——译注

富可敌国，为了保护手下的人，每周都向警察赠送一公斤的黄金。我们不知道那是否属实，但我的确听说过他的事。有一次，他竞拍一个圣餐杯——他喜欢收集古老的金银器具——他出价 10 万列伊，还是现金！当他拿到手时，他承认'要是有必要的话，我情愿付 50 万'。

"你知道的，许多吉卜赛人都会把金币当首饰来穿戴。大部分都被国家没收了，但是现在政府必须得归还。"

至于归还，我觉得，可能是白日做梦。

库斯勒[①]觉得中欧的犹太人——阿什肯纳兹人（Ashkenazi，德系犹太人）是 10 世纪和 11 世纪散落的卡扎尔人（Kazhars，土耳其半游牧民族）。他的理论建立于为世人所知的故事之上：卡扎尔国王叛变到犹太主义，后来又为了证明犹太人是向东迁徙的，转而支持中世纪德国鲜有犹太人的观点。

在推理过程中，他对卡扎尔人的多样性视而不见。如果国王采取犹太主义作为国家政策和最高外交手段，他的人民想必不会是单一的犹太人。吉卜赛理论家认为，最早的吉卜赛人是在 5 世纪时从印度迁徙而来的，在黑海海岸旁分成几拨，一些人前往君士坦丁堡；一些人向北前往高加索山，进入卡扎尔地区[②]（Khazaria）。一位穆斯林旅人说，卡扎尔人并不是千篇一律的，然后把他们分成了黑、白两波——就像我们区分吉卜赛人一样。

---

① 亚瑟·库斯勒，匈牙利裔英籍作家。——译注

② 位于黑海和里海之间的土地。——译注

喀尔巴阡山之外

布拉索夫出来4英里处，通往罗马尼亚中心地带的道路开始变得崎岖不平，扑朔迷离，分岔、蜿蜒，宛如毒蛇的舌头。主路延伸到了一个滑雪度假村，夏日里，度假村没有了雪的覆盖显得十分可怖，所以我们选择了一条小路前往布兰(Bran)，海拔也没那么高。

为了吸引滑雪顾客，布兰的城堡被吹嘘成了吸血鬼德古拉的大本营，这当然是胡扯——德古拉可能曾路过此地，但这里绝非其驻地；这仅是20世纪20年代玛丽女王扩建的小特里亚农宫(Petit Trianon)的残骸而已。(玛丽女王曾在特里亚农宫获封，她说："罗马尼亚需要人撑腰，我就来撑腰。"我是玛丽女王的"迷妹"，十分崇拜她一举扩张了两倍疆土的外交手段，但我不得不承认，布兰确实魅力无限。)

我们穿过了脚手架和脏兮兮的床单，潜入了城堡。除了齐奥塞斯库偶尔在此静养之外，这里很少被人记起。我们躲着工人，怕被赶走。我们在凹室、阁楼、蜿蜒的走廊里穿行，快速浏览各个格架，在门廊里藏身：玛丽女王的宾客仿佛就在我们面前。这个地方与安逸的香槟晚宴十分匹配，也适合长廊窥探，钢琴边也应有一位长着小胡子的诡异侍从，以及拥挤的宾客。在这种华美的地方，唯一的德古拉只可能是把糖衣杏仁当假牙、玩猜字谜的小朋友。

在布兰，我们与喀尔巴阡山重逢了，上次分别是在斯洛伐克。那天，一日入夏。如今，我们见到了那熟悉的山毛榉小山丘；当我们在城堡旁的小旅馆前驻足时，傍晚的空气又凉爽了起来。旅馆客满了，所以我们那晚寄宿在民宿里，拿我们热情的房东练习罗马尼亚语。老人用手指在地图上指指点点，指到奥尔特尼亚(Oltenia)[1]时做了个鬼脸，念

① 瓦拉吉亚西部地区。——译注

叨着:“呸,呸!”彼得曾愿意自己打包午饭也不愿吃平原的饭菜,但是他是匈牙利人;这位老人暗示罗马尼亚山地人也鄙夷平原居民。

在树林的尽头,夏季的牧场一览无余,我们偶尔也会遇到几株蹩脚树和几排冷杉。我们脚下的山路缓缓盘上了山顶,又突然俯冲下来,我甚至出现了耳鸣。草地又嫩又稀,宛如雪化后的第一抹绿;在散落的村舍之间,羊群悠闲地游荡;夜间,牧犬和牧羊人在环形带刺羊圈里过夜。我们尽力躲着牧羊人,只顾埋头背负同种的无尽的孤独。我们与之在大路上碰面,即使牧羊犬不在他们身边,在那皮裤、粗布斗篷和小怪帽的映衬下,他们看上去依旧狂野凶狠。我以为牧羊人是一种带有浪漫色彩的人物,但是当时真真没有感受到浪漫所在;在我们眼里,他们一如灰暗的过往,样子一如他们所期望呈现的那样:比常人高、壮、凶。

但同时,他们身上也有一种沉默不言的底气:当一个人独自出现时,就会自带这种气质。每一种孤独的所作所为都带有一种神圣感:为什么自甘堕落,或者选择牧羊?独身一人,似乎是从某种神秘源头汲取能量,此种行为在旁观者眼中是人性的象征,正如同乌合之众的驱动力是兽性一样。人群享有兽群一般的臭名,爱大惊小怪、人云亦云。一旦个体融入了人群,他的理性就会被兽性本能所取代。

目前来看,我眼中的乌合之众是罗马尼亚人。在特兰西瓦尼亚,我们曾见过形单影只的匈牙利人,而且,匈牙利人可不是组成“人群”的料。我们一路上遇到的乱众都是罗马尼亚人,一如既往的粗野:奥拉迪亚的花园啤酒派对,特尔古穆列什暴动的农民,锡吉什瓦拉[①]涌进的无产阶级。我既不相信他们,也不赞同他们,因为在我眼里,他们始终成群结队、乌泱一气。但是,也有许多人是把自己放在一个群体中来认识自己的。在克鲁日,我们遇到了“暴徒”(*golan*)——他们是一群怀抱希望的智者,他们向往自由,心怀远大抱负——这种群体克服了普通罗马尼亚人的大众心理。

---

① 罗马尼亚著名的观光胜地。——译注

“暴徒”们想要推翻将罗马尼亚人当作群体来统治的系统，而且进行得很不错，这才是重点。当伊利埃斯库将矿工送进布加勒斯特时，或者把暴徒送进特尔古穆列什时，他可能会（而且将会）被暴众反制的事实已不言自明。一个能够滋生恐惧、引发受害者心理、挑起愤怒、树立虚假偶像的环境，同时也是一战之后笼罩整个东欧的大环境。彼时，多个国家第一次接触民主；但是在第二次民主潮流袭来时，波兰、斯洛伐克、匈牙利都没有发生这样的事情，只有罗马尼亚仍然滞后。

与其他国家不同，罗马尼亚向来被看作一国暴众，其结果就是国民迟迟止步不前。在其他国家，这些人算作农奴。20 世纪从来不是一个追赶的好时机，罗马尼亚在强有力的贵族统治之下获得了独立；第一次民主思潮（或者说人民权利运动）在 1930 年最终败给了法西斯主义。法西斯失败之后，取而代之的是一个强有力的共产主义专制政权，最后演化成为欧洲最具有压迫性的极端政体。之所以至此，是因为罗马尼亚国家全体民众都深陷于惊慌失措的群体之中，每个人只顾着明哲保身，没有人停下来反思或者向前看，普通的罗马尼亚大众根本就没有机会学习公民道德，因为顺从是他们被期望的所有内容，责任从来不是其中之一。这样的民众，不是被打倒，就是像约翰或者珊达那样隐居山地、追寻梦想——逃离。

那个老人脸上的鬼脸给我们提了个醒：对于不熟悉的群体，我们通常是害怕和厌恶；但是，意识到这种态度是一回事，完全摒弃那种厌恶和恐惧又是另外一回事。在喀尔巴阡山的这三天，我无比害怕；在山峰之上，我们待在一间小木屋里。饭店里，旁边有一群卡车司机一直盯着我们看；之前在路上，他们把头从驾驶室里伸出来，从浓烈的变速箱烟雾里一路望着我们。我们很早就睡了，把一张比背包还重的桌子推到了门前，抵住了门，然后彻夜在黑暗中聆听着卡车声、脚步声，还有那奇怪的东方哀号般的音乐（有点儿像吟诵，也有点儿像悼歌）。

第二天中午时分，我们来到了峡谷。要是顺着山涧走，可能得走几英里的错路无法回头，或是被一个悬崖拦住无路可走。一条小溪不断地切割着水面上的大岩石，我们小心翼翼地爬上了堆满岩屑的河岸，沿着峡谷里的蜿蜒道路前进。直到傍晚时分，我们开始惊慌起来，想象到处都埋伏着心怀不轨的牧羊人，还把一个度假木屋的灯光错当成了亡命之徒的巨大阴谋——在接近那个小木屋的时候，我们吓得几乎腿都软了，只能爬着前进，就跟我们在小溪旁的岩屑堆上一样。

第二天早上，我们继续沿着山谷走。凯特让我独自一人跟一个小男孩进山洞探路。小男孩领我走过了最暗的一段路，站在黑暗处问我要口香糖，话语里还带有一丝威胁。从他机智的解说里，我得知这个山洞曾经是山匪和叛军（抵抗土耳其人或是哈布斯堡王室）的驻地，但是人流量似乎往往超载，早就不是秘密基地了。我给了小男孩 100 列伊，然后赶快出来了。

在山洞的最后一个转角处（之后就豁然开朗了），一个驿站旁拴着一条狗。狗身上的毛全都结成了疙瘩，厚厚的毛遮在眼睛前——它肯定什么都看不见了。溪流的水声弹射在对面的崖壁上，几乎掩盖住了狗叫声。当然，这声音也足以掩盖住我们的脚步声；所以，那可恶的狗仅仅是通过气味辨别我们，可能把我们当成了某种无声、无形的东西了。

在鲁克尔（Rucar），我们在主路旁的一家小旅馆里安定了下来。旅馆主人见到我们十分兴奋，觉得我们能给他带来几笔黑市交易，他能捞一笔外快；不过前提是他能提出一两样像样的东西卖。每过几分钟，他就走进我们的房间，坐到床上，喘着气悄悄告诉我们可能能卖什么（他就能从中赚一美元的利润），说到“美元”这个词时，他把声音压得很低，抬眼瞥向四周，把手绢攥成一团轻拍着掌心。为了那一美元的利，他向我们保证第二天早上把早饭送到我们房间里来——第二天早上，他跑上跑下忙活着兑现他的承诺（实际上，倒是我赚了）。

鲁克尔是在山脚盆地里的一座比较大的村庄，山坡上隐约也有一些房屋。村里，一个磨刀匠推着手推车在大街上吆喝。我们没酒了，镇上唯一的酒吧也是乱糟糟的，杯子——无一例外——满是缺口，污迹斑斑；啤酒尝上去宛如二氧化碳，还漂着黑色的小颗粒。

那天晚上，我们靠在一堵篱笆上观赏某座别墅，却被别墅里的一对中年夫妇邀请进去吃晚饭。他们在布拉索夫经营着一家餐馆，这间别墅在女士的老母亲名下，她母亲年迈多病，需要儿女一周回来几次帮着做饭和打扫。开饭店的这对夫妇给老母亲做了午饭，也为她和我们备好了晚饭。过了一会儿，他们就准备回布拉索夫，晚上还得开业呢。

想到这儿，我突然很难受，不是因为我们从布拉索夫过来花了四天时间，他们回去仅需一个小时——这很明显；而是因为他们对那些高山视若不见，仿佛山的存在没有任何意义。几周以来，那些高山一直给我出难题：语言、宗教、政治传统、历史、地理。在我看来，山的存在形成了一堵巨大的屏障，我同走投无路的革命者一样无助；现在，他们则是想来就来，想走就走。

以上是我所想的，但我们谈的倒不是这个，我们谈论德国的旅游贸易业。齐奥赛斯库对经济自带抑制效果，如同空难对于航空公司的影响，如同沙门氏菌爆发对于度假村那般。特兰西瓦尼亚拥有美丽的古镇、壮观的景色，还可以打猎、钓鱼、滑雪、做手工——说到“手工”这个词的时候——她的眼睛亮了起来，但是齐奥塞斯库上台之后，一切都每况愈下。

按照这套说辞，特兰西瓦尼亚不再存有争议。以这个女人的观点来看，特兰西瓦尼亚仅仅是罗马尼亚向北延伸出来的一块土地，而且她认为我的理解是错的，罗马尼亚不是按山脉划的国界，而是河流：多瑙河(the Danube)构成了南方的边境，奥尔特河(the Olt)发源于特兰西瓦尼亚，沿着喀尔巴阡山流淌，在奥尔特尼亚(Oltenia)汇入多瑙河。然后我也发现了关于约翰的新的一面：他从未料想到省内民众的情绪还能如此高昂，即使有过一丝考量，他也一定会感到吃惊(发现他的国家里有这么多说匈牙利语的人)；但是，他却不会大惊小怪，因为约翰不是特兰西瓦尼亚人，他来自奥尔特尼亚，那个生产统治阶级黑手党“斯库”家族和笑话里面的傻角儿的地方。他还没有理解其中的辛酸,因为这是特兰西瓦尼亚本身的,只在相互竞争的特兰西瓦尼亚人之中存在;在特兰西瓦尼亚,有烈火(Vatra)[①]乐队最忠实的拥护者;在那个地方,山地还算得上某种屏障;在那里,人不是变得更强,就是被打倒(取决于其忠心)。

我们坐在别墅前的一间俗丽的花园房间里,这里像是一间改造的车库,藤椅之间放着一尊雕像,躺椅上躺着这家沉稳、务实的商人。有那么一瞬间,我突然悟到如何从这令我恼火的对话中全身而退。在罗马尼亚,我身边认为屏障根本不存在的人不在少数,他们还告诉我在特兰西瓦尼亚听到的东西都可以直接忽视。忽视可刻意为之,也已成为人们自我保护的面具。

但那灵光转瞬即逝,我仍没有超然。即使我超然了,也不能洗脱拒绝与人交谈的罪责。无知是一种原始的恐惧,是邪恶的来源。孤儿院所在的那个城镇孩子们正遭受苦难,然而镇上的人却打着“不知者无罪”这张牌。伊利埃斯库为了控制住政府,也玩弄着无知;齐奥塞斯库为了把人们引向无知,不惜去毁灭信任、垄断信息。

天还没有很晚,但是我们很累了,谢过了主人之后,我们向老夫人道别。老夫人诚恳地挽留我们过夜,我们只得向她说酒店里还有许多事情要安排。在回去的路上,山地上方没有灰色的云,暖玫瑰色的落日旁也没有一丝风,但是我还是尽量地与罗马尼亚保持距离,宛如那儿有一场可怕的风暴。

山河似乎也和我一样,不愿意接近罗马尼亚。风景绝望地散落在崖壁之上,抓住一堆堆丛生的茎豆,在破碎的岩石和干涸的土地里挣扎。树木在哀号,道路肆意流淌。在烈日之下,一条溪的溪床正慢慢龟裂。前面是最后一条山脊,我们穿过了一条小径,路旁有一座巨大的苏联和罗马尼亚军队的纪念碑;再往前就是一片乏味的平原,一直到辛庞

---

① 克罗地亚摇滚乐队。——译注

朗(Cimpunglung)市——那个地方是罗马尼亚吉普车工业的发源地。我们在一家小旅馆里过了夜。

第二天,随着海拔渐渐下降,我们进入了平原。我们在村与村之间的林荫道里穿行,正如彼得预测的那样,这里的建筑极端原始:每间屋子先挖地半尺,再建半米泥巴矮墙,稻草铺上房顶。居民们像是穴居动物一般从低矮的门里出来,看着我们从面前走过。我想起了印度的村庄,在那儿你能看到相似的泥巴洞和黄沙,以及空中飞扬的灰尘。这里同样缺少"pukka"房屋——用砖和石头建成的屋子——各个村庄无一例外都是用土建起来的,眨眼间又能归于尘土。路上,水牛耐心地立在路边,或者是沿着路边,缓慢地拉着吱呀响的马车,把他们巨大的角压得很低。我们在特兰西瓦尼亚也见过水牛,但是较为少见。在这个地方,人们用水牛来代替马,他们说在几个世纪以前,是吉卜赛人从印度引进了水牛。

小孩子在背后追赶我们,成年人则叉着双臂看我们一步步地往前走。在鲁克日,我时不时还能想起来特兰西瓦尼亚是罗马尼亚的一部分,但是到边境地区,环境差异十分巨大,宛如从瑞士一下子来到了拉贾斯坦[①]。

在19世纪末,皮特史蒂(Pitesti)草草建了起来,其粗制滥造的程度不亚于在沙漠里草草堆砌一些砖块,或者是军营的临时驻扎地。有人告诉我们这里有一个匈牙利教堂的代表团,让我们向其求助。但是,我们跟着地址也找不到地方,问行人也没人知道街道的名字:每条街长得都很相似,而且没有标志,只是胡乱地生长。路也是光秃秃的,两旁建的都是住房,一直延伸到城市边缘。最后,我们懒得再找了,掉头前往城中心(哪里是中心很明显,因为那儿有一间大酒店;但是周围却没有商店,没有街道)。

---

① 印度拉贾斯坦邦。——译注

酒店的费用贵得惊人。柜台小姐似乎也很同情我们，提醒我们说“房间里有电视”，作为高房价的补偿。我们爬上了三楼，304 房间，门锁已经松动了，几乎不费任何力气就能把门打开。我们的房间和世间千千万万的廉价酒店一样：紫色的地毯、福米加[1]床头柜、放箱子的板条凳，以及一个小柜子和电视。一动窗帘，灰尘漫天，向窗外望出去，能看到对面建筑工地上水泥棒子如昆虫触角一般向天空挥舞。的确很讽刺，在欧洲最穷的地方，我们遇到了第一家“国际”酒店。我们无精打采地打开了电视，总理彼得·罗曼正在接受一位意大利记者的采访，那位记者真是太好说话了，让总理轻而易举地给对付了过去，有模有样地谈着什么“任何转型和调整时期都必将遇到困难”。点，我们看了一部电影，想起我们北方的朋友们——彼得和玛丽卡、巴尔纳和米哈利——会是怎样地目不转睛、全神贯注。

在皮特史蒂之后，乡村渐渐少了，或者说离路渐远了。我们脚下的小土路是打破乏味的平原景色的唯一物体。路面上铺的碎石，仿佛与地平线上的作物一起融化在高温里。路两旁种满了向日葵和玉米，路面上气温高得厉害，空气灼热到颤抖，倒成了周边唯一运动的物体；而空气的频率竟和我们的步伐一致，构成了最最无趣的远方——我们别无他法，只能看着。

静止不动的玉米以及向日葵的瘦秸秆在我们两旁形成了参差不齐的两堵墙。墙很高，我们望不出去。时不时，远方地平线上会有一丝搅动，阳光也闪了一下，然后那东西如阿米巴变形虫一样，以极慢的速度渐变清晰。在辨认出卡车的形状之前，你就能听到引擎的轰鸣声，然后，在一团烟雾之中，卡车轰然而过，我们只得面朝田地，用帽子遮住脸极力避让。

我们抽烟完全是因为太无聊了，但在阳光之下，嘴里吐出的烟雾看不清，火也不断地熄灭。周围气温很高，高到指尖的一个小小的火点都

---

① 美国塑料贴面品牌。——译注

让我无法忍受。最后，我们停了下来，喝了些水，吃了在山里买的烟熏香肠，心想着还有多久才到头啊。

很快这个问题就有了答案。正午时分，我感觉身体不舒服，仿佛脑子里是一坨糨糊。最初我以为是怪这一成不变的景色，然后我以为是怪这满眼的向日葵：一想到成千上万株向日葵在我身旁安静地生长，我就一阵恶心。虽然我以为自己闻不到，但是口里却不断冒口水。我继续挪动着，身体十分虚弱，连腿也开始颤抖起来。我脑海里不断回荡着两个词“多汁的种子（succulent seedlings）”，必须得说出来才能安生。凯特用奇怪的眼光看着我，问我还好吗。

作为回应，我把背包脱到了地上，眼前一晕，倒向了向日葵田，用力撕扯自己的裤子。在第三或是第四次抽筋时，我能明确地意识到在向日葵花上拍打的昆虫已接近我的鼻子。透过秸秆，我能够看到路前凯特的一点身影。我体内滚烫，但外表却是冰凉的。一阵阵恶心从我肚子里涌上来，牙齿也跟着颤动。

凯特扶我站了起来，我们继续上路。我十分需要坐下，于是转头看向太阳，她同情地低声说可能吃香肠吃坏肚子了，我知道就是香肠，因为当她说到那个词的时候，我对着那些可恶的向日葵又是一阵恶心。

“我们能不能离开这儿？”我虚弱地问道。

皮特史蒂方向的路上又传来了卡车的声音，我站了起来，努力稳住自己的身体。我们招了招手，卡车慢了下来（但看上去却像是在加速），然后在我们面前停了下来，凯特打开了驾驶室门，我把头搭在她的肩膀上。

“久尔久（Giorghiu）去吗？”我大声问道。

司机好一会儿都没动，然后突然弯腰向前，他的脸上有些狰狞，似乎没有听懂。

他大声喊道：“久尔久？”

凯特以为他不去，于是换成了“那南边呢”？

但事实上，这个司机的确是要去久尔久，他又喊了一遍“久尔久”，点了点头，帮我们把书包丢到了卡车后厢里。然后，我们爬上了车，坐到了副驾驶位，出发了。

我断断续续地在凯特肩膀上打盹儿。司机用双手做了一个睡觉的动作，指了指我，又松开了手刹，凯特点头示意，卡车开始动了。

算上前前后后浪费的时间，可能加起来有三天了。周围的景色没有很大的变化，仍旧是一成不变的黄色玉米和向日葵地——一里又一里。有那么一两次，我们慢下来穿过城镇，本想在那儿过一宿，但是那儿却是恶劣到无以复加的工业丛林：建筑虽新，但都布满了黑烟灰；城市外围散布着战争的恶果——被撕裂的土地、黑色的水沟、成堆的锈铁鼓，在此之上还有巨大的工厂残骸，只剩下一堆破败的管道，仿佛被掏空了内脏的怪物。我又想起了琴斯托霍瓦，心里没有一丝波动。这是纯粹的野蛮、血腥和愚昧，宛如可怕的工业昆虫的探须。我闭上了眼，再次睁开的时候那怪物已不见了。我们在一条坑坑洼洼的路上颠簸着，正穿过一片红色的平原，平原上布满了一种根茎植物，罩住了土地，如一张巨大的网。

有两次，我让司机停了下来，爬出去找到了一个灌木丛吐了一番，吐完之后感觉好些了。可能，香肠的毒性已过，但是也可能我中的毒根本就不在香肠里。自从我们跨过罗马尼亚边境的一刻起，它就一直毒害着我的头脑，用它那小聪明时不时地变换着剂量。在奥拉迪亚，第一波黑暗的压抑感降临在我身上，一不小心剂量太大了，所以后来又减少了些许，但是我所受的毒害每天都在增加，侵蚀着我的身心。我之所以现在感觉好些了，是因为我们正准备离开罗马尼亚，前往多瑙河和保加利亚。终于把那个大苍蝇盖住了！终于要离开那可怕的地方！

司机在一个十字路口把我们放下，路上凯特和他聊过天，他不想收我们的钱，但是我们把现金塞到了仪表盘的一个袋子里，和他握了手。当我们挥手再见之时，我发现自己笑得像个开心的猴子。

保加利亚

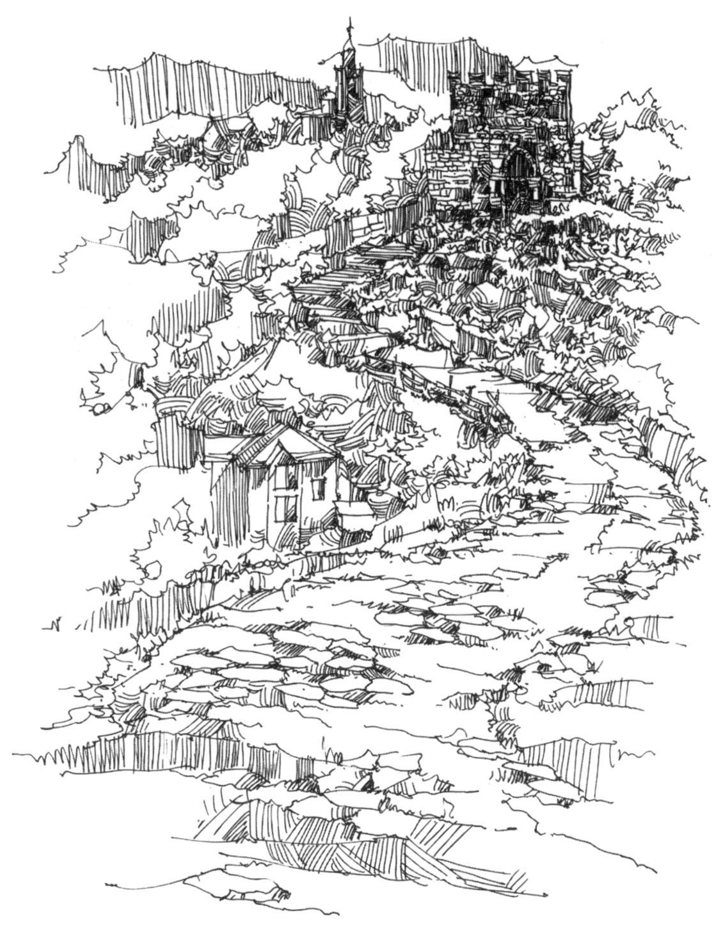

在久尔久(Giorghiu)市内,友谊桥(Friendship Bridge)的引桥延伸了大约一英里。久尔久是一座呆滞的水泥城市,宽大的人行道上裂痕斑斑,路旁是一排排的枯草,以及简陋的水泥公寓。但是排队上桥的那个场景则十分活跃,乌泱泱一大堆人:有卡车司机、商人、度假者、买东西的人,还有一个没有出关签证的巴基斯坦人。

我们花了大约半个小时才来到了罗马尼亚海关关卡,但是队伍丝毫没有挪动。罗马尼亚人的车超载了,橡胶已快陷入沥青路面之中。人行道变成了散发着香气的厨房,有人用随身携带的普利茅斯火炉做饭;车要变道,滴滴地响着;有人掏出了椅子;有人为了凉快脱了鞋帽;还有人在街上争相放收音机。这即兴发挥的耐心和随遇而安是东方的典型特色。越往后排,队伍里就有越多的人当即享受了起来。唯一的例外是一辆德国牌照的黑色高尔夫车:透过有色的车玻璃,我没法看到里面坐着的主人,但是可以想象他是如何庆幸有着玻璃、如何谨慎地隔绝开身边的混乱,努力置身事外。

罗马尼亚海关的警官喝醉了,浑身散发着愉悦的歌剧般的情绪。在桌子底下的阴影里,立着几个啤酒瓶子。他的小儿子在身旁帮忙。这位警官把巴基斯坦人的护照拿在手里左右摇荡。

巴基斯坦人说:“去他妈的鬼地方!”想要伸手去够他的护照。

“啊——啊——啊,”警官一下子打起了精神,手猛一收,把护照举过了头顶,他慢慢地眨了几下眼。

“签证,没有,”他看上去很得意。巴基斯坦人生气了,跳了起来,一下子抓住了护照。

“这儿!这儿!你看啊!就在这儿!”唾沫从他口中飞溅出来。他快速地翻动着护照内页,“保加利亚签证!保加利亚,OK!欧洲国家,

OK!”他手里的纸页几乎扇到了警官的鼻子。

“不,”警官一下子站了起来,转头不看对方拿出的证据。

“呃,啊!”巴基斯坦人对这一切感到恶心,然后他把所有文件一下子捅到了自己拉开的包里,抓住了拉链,猛地拉上了。“再见!”然后就头也不回地朝着保加利亚走了。警官转头露出了一个迷人的微笑,转向我们,抚摸着我们的护照,轻轻招手示意通行。

多瑙河水面波光闪闪,我们来到了它广阔的棕色的河腹地带。当然,我们之前也偶遇过多瑙河,在布达佩斯曾偷偷地瞄过几眼。我曾从火车上丢下一枚硬币,看它慢慢旋转,直到我头晕了,它也不见了。

河面约莫有一英里宽。而友谊大桥有三英里长,我们过桥花了很长时间,因为卡车司机好奇心很重。我想,他们应该很少见到外国人步行穿越大桥吧！这些司机几乎全是匈牙利人,或是土耳其人:算是老朋友,有前途的旧相识,他们挨个儿邀我们吃午饭。在每一辆车下都挂着一个金属箱子,我之前以为是某种箱子;事实上,这是一个微型厨房兼储藏柜,里面装着食材、锅和小炉子,还有罐装的肉、水果、生鲜蔬菜、啤酒,都一一码在架子上。他们之所以自带食物,是因为都不想尝试罗马尼亚的东西。他们说保加利亚食物还算不错,但是伊斯坦布尔才是最正宗的,这些土耳其人咧开了嘴,亲吻着自己的手指。每个人都向我们保证那是地球上的天堂。

在保加利亚边境,我们兑换了钱,拿到了换汇表,还有人告知我们前往酒店的路。

天色向晚,工人们、买东西的人都在夕阳里朝家走,空气中传来微弱的陌生的语言。冰凉的空气把我灼热的背颈冷却了下来,我们的红酒也是冰镇过的,杯壁上还挂着小水珠,标签上写的是“保加利亚乡村红酒”,和普通人家里酿造的一样。

大街上最晚回家的那拨人已经和夜间出来散步的人群融为一体

了。散步的人个个都精神抖擞、仪表堂堂,有穿西装的,有穿百褶裙的,还有穿着T恤和新熨烫的牛仔裤的,头发都油光锃亮,乍看上去还以为从未洗过。在7点之时,鲁塞(Ruse)全城已经装扮完毕,"散步"可谓是一件源远流长的文明事迹!而那守旧、破败、浮华的罗马尼亚是无法效仿的。散步(promenade)的习惯来源于匈牙利,而这个传统在罗马尼亚渐渐消失了,宛如特尔古穆列什的黄砖道路一样。罗马尼亚人在街上闲荡时,会装出一副难惹硬汉的样子,还向你投来怀疑的目光(但会避免与你进行目光对视),凯特曾朝着他们摆动食指和小手指,企图驱赶那些邪恶的目光。

有一个男人把他的自行车靠在一根柱子上,用匈牙利语问了我们一些话,我们道歉说听不懂匈牙利语,他说自己能讲一点英语,问我们介不介意帮他照看一会儿自行车。

他回来之时,郑重地感谢了我们,然后踌躇了一会。自然而然,我们邀请他和我们一同走,他道了谢。我们想请他喝一杯啤酒,但后来他为我们付了红酒钱。

他叫克里斯托夫,是一名水手。他头上的短发已经花白,蓝色的眼睛旁嵌着深深的皱纹。

克里斯托夫的生活由一系列的出航组成,而其间隔就是在岸上的短暂停留。鲁塞是一个港口城市,多瑙河相当于一条高速路,大海就在不远的地方。他曾经去过法尔茅斯[①](Falmouth),在大西洋钓过鱼,还在布达佩斯到奥德萨[②](Odessa)之间的河流上工作过,唯独没去过匈牙利。要是去过的话,他就算得上会说所有的多瑙河流域语言了:德语、俄语、罗马尼亚语、塞尔维亚-克罗地亚语,还有英语和土耳其语。

第二天,他邀请我们去他家用午餐。

---

① 英国一港口城市。——译注

② 乌克兰南部城市。——译注

他们家客厅前挂着一幅巨大的森林的照片，我们俩细细欣赏着他从地中海港口带回来的一堆堆明信片。我只听说过其中一些，还有一些黑海沿岸的港城，以及在前面还有一张法尔茅斯的明信片，图片看上去阳光明媚，颇具地中海风味。克里斯托夫的女儿阿尔贝娜会讲英语，也嫁给了一位水手，她丈夫统领着一艘多瑙河巡游艇。当丈夫不在家的时候，她就在家吃东西。她是我们几个月以来见过的第一个胖子。

她的母亲为我们做了午饭，菜品很丰盛，辣椒、酸奶、肉丸、皮塔饼，对于长期受罗马尼亚黑暗料理折磨的我们来说，算是一顿盛宴了。之前，我们在罗马尼亚吃的都是玉米粉糊糊、熏肥肉、腌黄瓜、黑麦面包、蒸包菜等货色，还有跟皮带似的炸肉排。

在往嘴里塞食物的空档间，阿尔贝娜跟我们说，任何有脑子的人都会发现保加利亚是个死胡同，他们一旦拿到了学位证，就得开始考虑出国了。只有无知、懒惰或者说是迫于亲戚关系的人才会选择留在这个国家。

“你知不知道，每个月，官员们都能拿到 2.7 公斤的肉，然而我们只能拿到两公斤，简直令人震惊！”

阿尔贝娜十分渴望有朝一日政党能够分崩离析，但是我们没做评论。鉴于我们不久前在罗马尼亚的经历，保加利亚的现状已经算是奢侈了。

“你知不知道什么是巧克力？”她问，“在保加利亚，小孩们都不知道巧克力，我也没法给他们买。”

似乎，这求之不得呢。

“这太令人悲伤了，我看着他们的小脸儿……那么渴望……”

“要是他们不知道什么是巧克力，就不会渴望了啊。”我说。

“但是我会跟他们讲。”阿尔贝娜说。

鲁塞的现代化程度出乎我们的意料。林荫大道两旁是建于 19 世纪的精品别墅，有百叶窗和精钢铸的装饰阳台。泥沙从维也纳流过来，但是多瑙河又把这份馈礼献给了黑海，宛如醇厚的黑咖啡。可能，这是一种对鲁塞的犹太人的献礼吧。埃利亚斯·卡内蒂(Elias Canetti)[①]是一名鲁赛的犹太人，保加利亚保护其国内的犹太人免受纳粹之灾。保加利亚的犹太人大部分是由伊斯坦布尔而来的Sephardim(西班牙人和葡萄牙人的后裔)。在保加利亚境内，我们将会不断地听到关于伊斯坦布尔的消息，如唤钟般吸引着我们的心思。

要是我觉得见了鲁塞，就知晓了整个保加利亚，我就大错特错了。都市的气息很快就如拆毛线一样消失了，继而我们就进入了有着干草堆、几只羊和几株枯荆豆的荒凉地界了。这种景观类似地中海气候，一直从普罗旺斯(Provence)延伸到罗伯奔尼撒。之前，我只在列车上瞥见过这种地方。

盛夏里，这儿的确不是适合走路的地方，地中海文明向来都是沿着山谷和海岸分布的——毕竟近水。我们向南的路相当于横切了这地形的纹理。和多瑙河一样，所有的河流都是自西向东流的，起伏的山脊拱起整个国家。保加利亚比匈牙利大，但是人口却少一些，而且分布不均匀，有几百万人口居住在黑海海岸，一百万在索菲亚(Sofia)，剩下的则零星地分布在小城镇和村子里。保加利亚中心地带几乎没有人烟。

一连几个小时，我们都没有说话。一辆跑得飞快的摩托车把我们扫到了一个角落里，这不是头一辆超速的交通工具了。路边堆满了废铜烂铁。这个地方属于匍匐的蔓草、蜥蜴、石头、蝰蛇和阳光。我的靴子上已经布满了一层灰。

那天，我们两次穿越了村庄，第一个村庄和城郊别无两样，但实际上并不是。我们只得承认事实：那个村的确已经沦为了一个与外界隔离的末梢。平原上的罗马尼亚乡村外形都十分原始，多半是由于那低矮的泥巴墙和稻草房顶，但是这些房子比那种要好一些。

---

① 作家、评论家、社会学家和剧作家。——译注

每户的房屋都像是一个堡垒，旁边堆着各种各样的垃圾：没有底的桶、废旧的锈铁片。一堆废锅盆里长出了一棵几乎窒息的扭曲的树，到处都是散落的烟头、碎片和碎石。刚进村庄，迎接我们的是一堆生锈发霉的垃圾和到处乱飞的塑料袋；等我们出去的时候，送走我们的是半掩在土里的铁盒和单只的鞋。在边境外，不见一个人的踪迹。这片土地的空旷，上个村庄的冷漠，我们对于陌生国家的茫然，都不禁让我们后脊凉了一截儿。穿过一条两旁种有果树的小路时，我们发现背后一直跟着一个男人，朝我们不断逼近。

我们停了下来，把书包脱到了地上，转头看着他一步步走近。那个男人刚开始有些犹豫，然后索性走了过来。他手里提着一小捆东西，随着上山的步法轻松地摆动着胳膊。凯特突然注意到他穿着蓝色牛仔裤、戴着眼镜，我震惊得屏住了呼吸！没有土匪会穿牛仔裤、戴眼镜的！管他是谁呢，反正他是从天而降的天使，牛仔裤是城里人才会穿的，眼镜更不用说，这是知识分子的标志。

对他来说，在这不见人的路上能遇到两名外地游客——还是英国人——真算是撞了大运。“你知道，我会说英语的！”他高兴地大喊道，仿佛这是一个天大的巧合。他让我们说明了两遍自己的身份，然后似乎觉得荒谬，耸了一下肩，笑了笑。我们一起继续上山。

我们最初还以为他是土匪，后来再说起的时候，着实松了一口气，然后他又耸了一下肩（令我们十分不安）。他是从鲁塞乘大巴过来的，然后下了高速路，穿越了乡村。那条高速路离村子很远，把旧路给盖住了。19 世纪 70 年代，管辖鲁塞的奥斯曼帕夏①(Pasha)修建了一条军用高速路——我们的这位年轻朋友是一名工程师，对这条大路的历史知根知底——这是保加利亚国内建立的第一条西式的道路。并不是土耳其人自己不会建，而是连圬拱都是由保加利亚工程师设计的。帕夏看工期太长，不相信这质量的高架桥，生怕太脆弱，于是命建筑师站在柱

---

① 旧时土耳其对大官的尊称。——译注

子下，自己带一队士兵从桥上走来测试坚实程度。私下里，保加利亚人都说，这条路对于军人来说，可能和对土耳其人一样有用。

“当然没错，”工程师又继续说，“俄罗斯军队就是凭着那条路把土耳其人赶走了。”

我突然意识到了，在那村子里，到底是什么令我如此焦虑——是那种诡异的闭塞感。虽说有些许理由能解释为什么当时的村庄看上去荒无人烟，而且那种闭塞感并不是因为我们没有见到人——要是村民们躲了起来，他们肯定不是故意为之——而是他们却在隐藏另外的东西：他们在做什么？他们怎样生活？我所见的让我深深地记住了那野性的贫穷，但却并不能使我深深信服。因为乡村很少把贫穷的状态向外界广而告之。一路从东欧走来，村子即使再穷，也会努力显得体面，人们用心经营的节俭处处可见：散养的鸡、圈养的猪、打理整齐的菜园；在波兰，坏篱笆都罕见；特兰西瓦尼亚的房间，不仅干净，而且井井有条，到处都是精美的饰物。当然，我们还有更重要的事情要讨论——当我正在想怎么提起时，工程师问起了晚上我们打算睡哪儿。

不一会儿，我们的行程就被安排好了。我们感激不尽，当时真是恨不得趴下来亲吻他的脚。

我们把阿尔贝娜为我们打包的菜摊开，放到了桌子上，他又端上了面包和奶酪。他看着那瓶酒，微微笑着。

“背着这酒，包装还那么好，不重吗?”我问他。

当夜幕降临时，我们的工程师朋友点燃了一盏煤油灯。在阴影里，房子显得更大了。这是他祖父的房子，自祖父逝世之后就一直空置。其他的家人不是在鲁塞，就是在索菲亚，都有稳定的工作，不愿意再回来管这间乡村小屋。房子还附带一个小果园和玫瑰园，工程师解释说，这个村子里是靠水果和玫瑰致富的。他祖父的房子和村里的其他房屋一样，是用砖瓦建的三间小屋的平房，没有电，没有自来水，都离高速路很远。花园里有一个土厕，还有一口盖着石盖的井。工程师一有时间就会回来照看一下老屋，明天他会去看看玫瑰花，估计现在快到收成的季节了。

这个村子和那天我们所经过的其他村庄都不一样，除了一个方面：从外部看都是封闭的。这儿没有垃圾和阻塞的沟渠，但是每栋房子周围都建了一圈高高的砖墙，从大路不能直接进入屋内，得绕墙走到后面走小门。

先前，我们开玩笑以为他是土匪，他耸了耸肩，吃晚饭的时候他又说起了这回事儿。从这个动作里又延伸出了一系列糟心的可怕故事，大部分都将矛头指向了我们即将会遇到的土耳其人。他说，那些人都是亡命之徒。那些土耳其人在日夫科夫(Zhivkov)执政的时期很不明智地选择了跨越边境——当时的政府想要获取民心，以及把民众的注意力从当时的经济状况中转移出来——于是逼着他们使用保加利亚名字。所以保加利亚境内的土耳其人本期望自己原国的同胞能够友善地施以援手，但到头来他们却一脸茫然，想不通为什么会遭受来自同胞的苦难：毒打、强奸、谋杀、阉割。

“在土耳其，那些同胞问他们为什么要待在保加利亚?”而真实情况则似乎是保加利亚的土耳其人无处可去：对于土耳其本国人来说，他们永远是保加利亚人；而对于保加利亚人来说，他们永远是土耳其人。

土耳其人的统治历史能够很好地解释村里的奇怪景象。工程师认为，面对长达几世纪的占领，保加利亚人选择聚集在一起来进行自我保卫，用高墙来保护自己的家。每个村庄里都有一名土耳其的地主，普通村民要是一旦露富，那就是自找麻烦。

即使土耳其人已经被赶出境内达一个世纪之久，他们所留下的恶意仍然存在。保加利亚在600年的屈辱史之后宣布独立，那些高筑防卫墙的村庄，那些故意展露出来的贫穷，还有保加利亚人“说不却点头”“说是却摇头”的怪异习惯，都是精心设计出来迷惑压迫者和逃避灾难的做法。工程师认为，土耳其仍然对保加利亚心怀不轨，一旦有机会肯定不会放过。在保加利亚边境还驻扎着60万土耳其军士兵，在危机解除之前，每一个保加利亚人都有义务保卫国家的安全。保加利亚是唯一一个想留在华沙公约(Warsaw Pact)里的国家，既然现在公约已经解散，那也就没什么能保护保加利亚了。还好现在土耳其想加入欧共体，那它就得安分点。

当我们把睡袋铺在铁床上时，我问我们的朋友："宗教在保加利亚人抵抗土耳其人的过程中有没有发挥什么作用?"他思考了一会儿，说："没有，我们的宗教信仰没那么强。"他又想该怎么解释，"我们的教会有多种发展形式，"他说。说到这儿就没有再继续了。

自从过了多瑙河以后，海拔一直在上升，第二天又突然波浪式地下降，前方是一片金黄色的田野。终于！前方出现了一些文明开化的景象，路旁也开始有了树，但这景色里似乎有一种追梦者的孤独。时不时，我们会遇见一辆驴车，车身涂黄，还装饰有绿色和蓝色的玉米花、树叶和藤蔓。有一次，我们被载了一程，但是因为我们太重，驴都快走不动了。虽然驾车的师傅碍于脸面，再三要求我们坐着别动，但是当我们悄悄溜下车的那一瞬间，他应是松了一口气；我们则站在原地，悲伤地看他们一步步走出了视野。

在帕夫利凯尼[①](Pavlikeni)，酒店主人一开始很不相信我们，后来甚至起了疑心，最后，在她几乎要拒绝我们的时候，突然把我们带到了一间光秃秃的水泥房子里，天花板上只吊了一个灯泡。她肆意地拿斜眼瞥我们，信口开了一个天价，我们疲惫得没力气讨价还价。我们中途出了一趟门，但是外面的吉卜赛人的目光十分凶狠，我们只得退回房间里，早早就睡了。

第二天早上，我们打算在太阳日出之前起床。黎明的城镇一副凄凉惨淡的景象，我们沿着路走了几英里，才遇到一位超速的女司机。她跟我们感叹着"保加利亚终于醒了"。我们走的是那条军用路，虚与委

---

① 大特尔诺沃旁的一个小镇。——译注

蛇地通往大特尔诺沃(Veliko Turnovo)。我们想着在夜幕降临之前到达那里,当然,这意味着要顶着高温走30英里。

那天天气比较阴沉,正午时分,我们在路边的一个小亭旁歇息。因为早上没有喝咖啡,所以头昏沉沉的,亟须回一下神。小报亭里的女人肯定是从某个看不到的村庄里过来的,离大路应该很远,因为我们一路上还没有见到过有人烟的地方。那天下午,我们一直沿着林荫大道走。可能是土耳其人计划得天衣无缝,似乎大路无论怎样都要避开村庄,一路到达保加利亚的中心。

最终,我们的路开始曲折起来,像是喝醉了酒的司机突然遇到了一个路障那样左摇右摆,然后就这样摇摆着进入了一个峡谷,然后在城市面前戛然而止。

叫它城市是考虑到它曾有过辉煌的历史,单就人烟稀少这一条来看,保加利亚中部就配不上这个称呼。我们工程师朋友曾经说过:“鲁塞是保加利亚唯一的城市,连索菲亚都算不上,它最多算一个行政中心吧。”相比之下,大特尔诺沃算是一个古都(但是事实上保加利亚有许多古都,一遍遍地重复着兴衰往事,演绎着拜占庭、康士坦丁堡和伊斯坦布尔的故事),近现代,它沦为了一个中等城镇,留有些许工业,谷底还有两排建筑,仅此而已。

城堡建在城镇下方,而非上面。在酒店的长廊餐厅里,可以直接看到散落着石头的山脊,有人说那里是城堡的原址——从那简单的废墟中判断出如此多事情,多半是出于信念吧。从长廊里看出去,还能望见一座半圆剧场,看似饱经风霜又戒备森严。我们四处寻找城堡,但就是没有想到谷底——这是必然的。要不是那天晚上戏剧性的事件,我们可能永远都找不到城堡。

我们吃完饭正吃到一半,灯突然灭了。从房间内隐隐约约透出一丝蜡烛的微光。然后慢慢地,一阵微弱颤抖的长笛声从黑暗的山谷里传来。谷底某处突然闪了一下粉色的灯光,我们伸长了脖子朝外看,那诡异的音乐却变了,紧接着又是一阵闪烁的灯光。然后又是一次,直到整个谷底成了一张发疯的开关板，伴随着那神秘的笛声闪烁着灯光。

接着，又响起了鼓声，一面蓝色的墙突然从谷底升了起来，接着又一面，此时，从另一边暗处升起了一座粉色的塔。

表演规模十分宏大。第二天，从护墙边外望出去，我最起码能看到一些石制的建筑和城堡的线条，偶尔也能看到那损毁的角楼，但是在那20分钟里，那声光表演竟把这往日的残骸组成了规模宏大的城堡。在那从东延伸到西的城墙后面，彼时的刀光剑影似乎依稀可见。长久以来，我们已经接受了各种东西都没法用的事实：灯泡会灭；钥匙打不开门；电话接不通……但是这科技营造的精妙表演着实令我们吃惊。当灯光再次亮起的时候，我们的饭已经凉了，但是表演的确给我们留下了很深的印象。

在其他方面，大特尔诺沃缺乏温馨感。游客办公室给我们在某个街区分了一间小公寓。我们在各位业主的生活之间频繁跳转，未留下一丝痕迹，当然，我们也很少与他们碰面。公寓完完整整地被大树挡住了，房间里摆满了笨重的家具，沙发看似舒服，但坐上去却没那么舒服。附近还有一个教堂的遗址、几间商店和咖啡馆，当然也有城堡的残骸。两排神秘的屋子夹着一条小路，一直延伸到城镇的最高点——那本该是城堡的所在地。似乎，我们没有不去看看的理由，但是我们的确有些迟疑——一种潜意识的畏缩。

继续看，你就能发现关于阿巴纳西[①](Arbanasi)某些可疑的东西，村子里都有路灯。在山顶之上，你只能看见干枯的石头城墙，而不是修补过的水泥石墙，而且路上也没有铺柏油。

村里有一座古教堂，是个正经的旅游景点。从外面看像是一个石头牛棚或者是一个猪栏。奥斯曼人对其他宗教的容忍力极强，只要对方摆正位置、知晓尊卑即可。如若任何教堂建得比清真寺还宏伟，则是

---

① 距离大特尔诺沃5公里的一个村庄，在一座小山上。——译注

明令禁止的，但是阿巴纳西教堂遵守了那种隐秘、防卫的传统，里面有几条低矮的拱廊，沿着拱廊往前走，穿过一个低矮的门廊进入教堂，仿佛是在参观一艘潜艇，除了墙壁和天花板的每一寸空间都画上了深蓝色：星空、天堂和地狱、城镇的远景，小窗户上布满了奇怪的伊斯兰花朵图案，透不进一丝光。罗马尼亚的教堂都很夸张，我总是避之不及：教堂里，为了制造令人畏惧的氛围，墙壁会着重强调黑暗——那是一种压迫人的黑暗；阿巴纳西教堂的这种神秘则不包含任何恶意，也不会把你打压到地底下去。

村子里有两座房屋是对外开放的。所有阿巴纳西的房子都很宽敞，楼上三面都建有凸窗，要比一楼要宽出来一些，像蘑菇一样地插在地面上。在房间内，一楼地面铺就石头，有厨房和办公间；楼上可能是巨大的会议厅；壁炉是建在墙内的；糊墙的石灰雕花粗糙，是简单的花草的形状；窗户都用木质百叶窗封了起来；木门又大又宽：不难想象，曾几何时，有位可爱的小宫女站在壁炉旁，斜倚着那紫色的抱枕，把脚伸到壁炉旁取暖。

在阿巴纳西，一对魄力夫妇开了一间旅馆，我们当即就住了进去。旅馆一共有四间房，我们分到了最差的那一间，虽然还有一间比较不错却闲置着。然而旅馆的奢侈标准令我们无法想象：竟然能洗热水澡，有柔软的浴巾，走廊上还提供饮品，晚饭也十分美味。在破房间里睡了一晚之后，我们装作是来度假的，连哄带骗地挪进了那间稍微好的房间。

一对法国夫妇向我们推荐这家酒店，他们住在旁边的一座附属建筑里，可能是旅馆主人自己的房子。晚饭之后，我们在花园里休息，他们断然是一对受过教育的愤青：

"民主是一种产品。产品是我们西方所有的，而且我们会拿来售卖。东欧会买下来，为的就是那个虚无的影像。他们心里根本不考虑民主是否行得通、是否对他们有益。那不是买东西该想的事。"

日夫科夫是东欧最后一位共产主义领袖，在几天之前陨落了。在视频里，12 月份他还在坦克里指点天下、挥斥方遒呢，这损失可不是议会能够承担的。我们的旅馆主人十分高兴。

在俯瞰大特尔诺沃的露天剧场边缘，有一个巨大的白色箱子，我还以为是水箱或者是某种灯塔，事实上那是总统的宫殿。旅馆主人的一个朋友有那儿的钥匙。

我满怀期待地搓了搓手：去观察前任总统的家可不是革命之中常有的机会。在 1790 年和 1830 年，巴黎的民众曾经做过这种事，罗马尼亚人也做过，还有菲律宾人。现在，多亏了保加利亚人提供的方便，我也愿意去试试。存不存在一位日夫科夫夫人呢？我已经看到她成堆的鞋子了！还有一堆狩猎的奖杯。要是没看错的话，那难不成是镀金的水龙头？水晶高跟鞋！还有一个全石英打造的按摩浴缸。

通往宫殿的路十分顺畅，平整的柏油路一直延伸到那宽阔的白色阶梯前，再往上是几扇巨大的铁门，推开门，有一张福米加桌子，上面摆着一盏台灯和旋转椅；过道里铺着一张廉价的李子色斜纹毯子，没有图案，没有装饰；四周是单调的白墙，有黄铜色的灯光打下来。

为了导游着想，我们跟着他逛完了整栋建筑。“日夫科夫曾在这里用餐。这儿是他的卧室。这是他的会议室。”我们频频点头——没什么看头。家具崭新而结实，皮质沙发、抛光木桌、一组多功能木椅、质朴的椅套，每间房间里的电话桌上，都放着一部平凡无奇的电话机，以及北欧风格的绿色和红色的窗帘，大小刚好的壁炉（看似刚刚打扫过）前铺了一张毯子——不是土耳其地毯，而是一般的白色羊毛毯子。总理和他的妻子用的是白色的烛芯纱床罩。不得不说，整间屋子看上去像是一间清苦的国际酒店。

“我觉得，他们可能想要把这里改造成一间国际酒店，”我们的导游说。

我们出发那天气温高得离谱，凯特最终还是丢下了她那双靴子，因为太厚重。她在大特尔诺沃给自己买了一双沙漠靴。让我气恼的是，她那双轻便的靴子竟和我的大笨鞋走起来一样舒适。有些东西我们应该不会再用到了：套头衫、羊毛衫、长裤、一些我们不愿意丢掉的书，以及菲伦克的雕刻木板、波兰和特兰西瓦尼亚人民送给我们的刺绣品，我们清理了出来，包成了一个大包裹，准备回大特尔诺沃时把它们邮寄回家。

邮局里的那个女人对我们点头，但又说包裹没法送，我们花了几个小时才搞清楚。她一直回避我们，招呼后面的人，最后我们趁空档逮住了她，她叉起了胳膊，用一支铅笔戳住我们的衣服（仿佛衣服能爬走似的），说旧衣服只能从海关点运出去。真是不可理喻！最近的海关点在鲁塞，我可不相信别无他法；我不相信保加利亚的规定里专门提到了旧衣服；要是他们想把旧衣服留在国内，我也不相信海关不会检查包裹。我很生气，要求见管事儿的人。

她好一会儿才弄明白，旧衣服是可以运送的。她靠到椅背上，指着一间阁楼（上司的办公室），一副“随你们便吧，我倒要看看会怎样”的样子。

邮局局长的额前有一缕很显眼的白发，他把脚翘在桌子上面，正翻着一份体育报纸，收音机里放着流行音乐。他见我们进来，把脚放下，跟我们握了手，请我们坐下，我们尽自己最大努力向他说明情况。他把收音机音量调小，再次面对着我们。他很有礼貌，但是不愿意与我们有任何眼神接触。用外语交流时，要是你想表达清楚自己的意思，眼神接触必不可少。他把报纸合起来，又在桌子上摊开、抚平（不然桌子上就空无一物了），我们再次比画了一番。最后他点点头，说：“不，不，不。”

我们花了好一会儿才弄明白。毕竟，在斯洛伐克“不”意味着“是”；而点头在保加利亚意味着否定。他的回答似乎自相矛盾。

“*Sprechen Sie Deutsch*（你们说德语吗）？”他最后说。我急切地倾身向前，终于有进展了！

“说！说！”我开心地说。

他面带悲伤地看着我们，鼓起了腮帮子。“我，”他用保加利亚语说道，“不是德国人。”

最后，还是那对法国夫妇为我们解了燃眉之急。他们答应帮我们把包裹带到“西方”去。我们满怀感激地把包裹递交到他们手里——自打被邮局拒绝的那一刻起，手里的包裹就跟个铅垛子一样重。

凯特发现我在看地图的时候嘴里念念有词，因为我在计算离边境的距离，就像是盼望着假期到来的小孩天天数着日子过一样。我们日日都走了相应的路程；晚晚都要担心何处寄身；提防狗和强盗；日日要冒着正午的烈日，拭去额头上的汗水；下午，我们走路得更加小心谨慎——现如今，下午变得乌烟瘴气，这不是普通意义上的高温，也不是说路上的人开车太野，而是8月那厚得能藏人的叶子，以及日复一日的沉重感，还有那暗藏危险的地中海慵懒的下午。谁会在太阳最烈的时候出国呢？我们本应该在舒适的家中午睡的。高温之下，我们脚步不稳，但是仍艰难地迈着步子，只能把帽檐向下扯扯，挡住眼睛。

等我们晚上找到了睡觉的地方——加布罗沃一间灰色的巨大的酒店；布道院旁边的一个露营点的一间木屋；德里亚诺沃（Dryanovo）的一个度假村——我们几乎沉默着蜷成一团，脑袋已经被白天那无聊的路程冲昏了头，所剩的东西也仅仅是第二天即将面对的那同样无聊的行程：山坡、树林、黄色的田野，以及路两旁茂密如墙的树。

保加利亚仿佛感知到了我们渐渐接近，也在努力地宣誓自己的存在。它已经花了几个世纪学习来如何隐藏自己，而现在则生怕没被注意。它用信号般的语言来讲述它的只不过百年的历史，其开端是民族复兴运动。在民族复兴之前，这个国家几乎是“欧洲的土耳其”，保加利亚人已经学会了默默无闻地生活，把他们的教堂建到了地底下，把垃圾堆到了家门口；然后，他们就一直保持安静。但是现在，他们几乎是在放声高歌，像即将下课的小孩子，像从图书馆出来的人群，像一个杯子被打破之后的派对般嘈杂。

保加利亚向来看重他们的英烈和伟人，有时，似乎任何在民族复兴期间死去的人都能沾光。在每个城镇里，我们所到之处都能看到胡乱拼凑出来的英烈纪念堂：有的长着胡子，有的系着子弹带，有的人的表情则像是在摄影棚里睁着大眼睛，有的则像流氓，有的像劫匪。一座座雕像抱歉地出现在街道拐角处，委屈地触碰着你的袖子。保加利亚所组织起来的，是个影子一般的军队，在必须付诸实体之时，则如同中国出土的兵马俑般一样脆弱。

德里亚诺沃(Dryanovo)的英雄是一名叫作乔治的年轻人，他是当地一个商人的儿子，年轻、聪明。在鲁塞从商的保加利亚商人一起凑了钱送他去读农业学校，想让他学习西方的先进技术，增强国力、促进繁荣，把土耳其人驱逐出去。这个年轻人很聪明，但两年之后他就弃了学，又忽悠这群商人给身在维也纳的他打钱——他在维也纳接触到了革命思想，农业倒是没学多少。当然，在他心里，爱国之情在燃烧，不驱逐压迫者难平亡国之恨。他写下了愤怒的篇章，回到了鲁塞，躲在一艘客船里。即使这般隐姓埋名，他还是被腐败的土耳其压迫者们发现了，在被拦住的一瞬间，他掏出了手枪，怒火之下打死了一名吓呆了的官员，然后就被关押了起来，被押走时他还大喊着“保加利亚万岁”。关于这个事件，有人画了一幅版画：手枪口里冒着青烟，一名出众的年轻人怒火冲天，一群丑恶矮小的土耳其人向他伸出爪牙。我想，这位乔治算是保加利亚的裴多菲吧——虽然代替诗歌的是他那未竟的学业；代替战功的是那海关无名之死。然而，在德里亚诺沃，他的名字不会被忘记。当我们的博物馆导游在叙述这个故事时，她差点热泪盈眶。

“还那么年轻！这就是我们国家必须承受的痛苦。”

我们还听人说，这所房子本是属于乔治的父亲的。但是，其实是不可能的。这所房子很新，头顶上露出来的横梁即使被涂了黑漆——也明显是出于机械手之下；地板方方正正；地面平平整整；门和窗户严丝合缝；其他的边边角角也都是用精钢制成的。

“确定是这所?”我质疑道。

“是的。”

无须再多说什么。我们穿过了旧街区，在路上闲荡着，看到每一座小古老建筑都正在被重建，莱沃恰的重建工程堪称粗制滥造，但是这几乎算得上是史无前例。每座古建筑和翻新之后的替代物几乎无差，因为新旧几乎一模一样，仅仅是更挺拔、更干净、更体面——其极致程度几乎令人叹为观止，现代的保加利亚人热切地渴望子孙后代也能够和他们一样，对于过往有着同样的缅怀，他们把民族复兴运动视为珍宝，近乎疯狂，想要置身其中。

希普卡山口(Shipka Pass)算是保加利亚人自我庆祝的巅峰之作了。对我们来说，过关则如1878年此处发生的恶战般痛苦(当时，保军一旦从土耳其人手里夺回对希普卡的控制，土耳其佬就只能滚回伊斯坦布尔了。换句话说，当我们到达山峰时，前往伊斯坦布尔的路已经清晰可见了)。每次动摇的时候，每次身处密林、不见天日、回头也望不见多瑙河的时候，我们都这么安慰自己。上下山的过程都不安宁，因为希普卡路汇集了所有向南向北的车辆和行人：上山的时候一片尾气和哼哧哼哧；下山的时候则是不绝于耳的刹车声。

这遭人唾弃的山脊生得荒凉，将这通道的惨淡景象与过往战场上徘徊的忧思联系到了一起。我突然想起1913年，塞尔维亚的士兵在跨越科索夫战场之前，都自发停下脚步、脱下鞋子，因为600年前，他们的祖先于此惨遭土耳其人的无情屠杀。

山口附近有家肮脏的旅馆，里面到处是疯跑的保加利亚小孩，他们看见我们就偷笑，在房间里大声放着摇滚乐，一直噪到深夜。山口附近有许多小亭子，高价向游客出售咖啡。路边停着一辆波兰牌照的卡车，我们过去和司机讨论路线。他是波兰人，而且和我们路程相仿，所以我们对他很有好感。他开了三天，穿过了南斯拉夫，而且被希普卡山口磨得没有力气答话了。他的刹车坏了，没有办法，只得等公司送来零件(或者说等公司买得起零件)，所以他目前被困在这儿了——他已经在这里待了5天了，希普卡山口成了囚禁他的监狱。

酒店里服务生已经做好了出逃计划，他悄悄地向我们询问关于阿斯顿·马丁轿车(Aston Martin)[①]的消息，然后拿出了从口袋里掏出的一张德国地图，怀着坚定和骄傲把它展开在我们面前，仿佛这是一张魔毯，能够把他载到德国，仿佛能给他带来好日子。

我们跟着一个欢快地数阶梯的小女孩一步步爬上了灯塔。她从"1"开始，直到数到"300"时，突然发现旁边一个桩子上刻着"300"的字样，可把她沮丧坏了。我们还没到达山顶，四周的雾就变成了云，从四面朝我们涌来，在此之前，我们刚刚瞥了一眼底部的平原，房屋像稻田一样一圈圈地散布，远处有一连串稍低点的山。云雾自山谷处开始裂开缝隙，露出了蓝色山林的轮廓。之后，在一声惊雷之后，我们全身一阵冷战，于是飞跑下山，但是，雷声却没有带来雨水。

波兰人在马车上睡了，一对土耳其夫妇从一辆灰色的奔驰车上下来，进了一间破败的小酒吧，喝了咖啡：男士穿着衬衫、领带、暗条纹雪花灰色的西装，戴着一副弧型的眼镜，但是天气太热了，他把裤筒卷了起来，露出了多毛的小腿和黑色的袜子；他的老婆穿着一身白色套装，涂着粉色口红，墨镜推到了发髻上。希普卡就像一个支轴，波兰人和土耳其人就像是支轴两端坐跷跷板的小孩儿，但是我们的心是在土耳其人这边的，想也没想，就准备下山。

徒步游记能以亲身经历告诉你：上山不比下山累。而最有发言权的人将会是那些穿着夸张的如"非洲鹦鹉"服饰的人(我们本以为只有在伦敦才会见到这般打扮，其艳丽程度能够使湖泊地区[②]的绿草黯然失色)。可能，对他们来说，下山是体力活：沿途都是岩屑和石头；可能，要是他们不自娱自乐，这个过程就难免痛苦不堪：这是一种本质上的欺

---

① 英国轿车品牌。——译注

② 湖泊地区(Lake District)，英格兰西北部风景区，有高山和湖泊。——译注

骗;相比之下,我们则轻装上阵,很快到达了山底。我们能闻到平原上飘过来的百里香的味道;正如前晚一样,下了山,空气立马清澈了起来。

在接近山顶的树林里有一座修道院,可能是对肯放行的保加利亚表达感恩:如往常一样的几杯啤酒、几片碎布、几块指甲片大小的弹片。与之相比,我们对村子里的饭店更感兴趣:在那儿点的猪肉几乎是生的,但是酸奶却浓郁醇厚,又喝了几杯寡淡的雀巢咖啡,虽然看上去优雅新潮,但是比传统咖啡要贵两倍。他们说传统咖啡卖完了,但分明是只想卖贵的给我们。我们的服务员戴着深色的眼镜,身上的三件套上沾染了污渍。他给我们上餐的时候,手指在抖动,很快,他就对我们失去了兴趣,转而招呼来看望他的一桌朋友。

两辆红色的马车从门旁边缓缓经过,第一辆惹恼了前方看工厂的两条凶狗,自然而然,我们需要搭乘第二辆车以求自保。当路过工厂的时候,那狗一下子冲了出来,想要咬我们的轮胎。一直到它们叫累了,才溜回狗窝。驾车的人一直很安静,轻松愉悦地开着,仿佛前面的路还很长很长。

在前往卡赞勒克(Khazanlak)之时,我们在一家小工厂停下来问路,发现除了地下室的一个胖女孩,其他地方几乎都荒不见人:这个女孩留着长长的卷发,身边堆满了玫瑰花,正在看一本英语书。

她说:"'Long greasy locks'(油腻的长辫子)是什么意思?"

在当时的情景之下,我们觉得她太无礼了,因为4个月来我们几乎都没洗过头(头上真的是顶着脏兮兮、油乎乎的辫子),但是她是真的在问问题,我看了她的书:书上其他内容都挺有条理的,在一堆形容词中就这一个不懂的词组很扎眼。这个女孩开了一家小小的玫瑰花博物馆,至此唯一一件与民族复兴运动扯不上关系的事物。在我们临走之前,她很大方地给我们倒上了两杯玫瑰花水,又给凯特的斟满了。根据她的指示,我们努力寻找前往卡赞勒克的路。

她的指示太模糊,且城郊又大又空,我们走了很久,中途迷路了,精疲力竭地坐在一个公园里，看隔壁小区某栋楼窗内一群孩子办派对——因为卡赞勒克也是一个城市，玫瑰花交易地也聚集着居民。这个城市凭借着玫瑰花发了家，应该更加甜美温馨才是。

城市没有真正的中心。我们把中心暂且视作是一家大酒店的门口，而真正的市中心更可能是交易市场，因为城镇是围着它的玫瑰花市场发展起来的——在那儿人们曾向奥斯曼贵族售卖香薰。

大酒店附近有一家咖啡馆，我们在那吃了早饭。几分钟之后，戴安娜也在那儿停住了脚步。

"抱歉，抱歉，我听见你们在说英语，我觉得我必须得跟你们聊聊。我必须得来。我知道，你们一路上肯定遇到很多想要练口语的人，所以你们可能很厌烦，但是要是你们觉得烦，请一定告诉我！不，问我一个问题吧！看吧，我就是忍不住，我就是一个很烦人的人，想要练口语的人。"

她说这番话花的时间比念出来还要短，她才18岁。要是我选，我肯定选她当保加利亚的总统。事实上，她对政治感兴趣，但是目前还没考虑过这个。

"这个政党，那个政党。我知道，这件事十分重要，我们必须马上开始正确地理解民主，但是现在国家的政治情况太严肃了，根本不容许。"

"附近没什么可买的，'around'是这样发音吗？好吧，你肯定注意到了。其中一种经济已经崩溃了，另外一种还算可以，但问题是，好人总富不起来，富起来的总是坏人。在旧经济中，人们什么也买不了，抱歉，买不起。所以事事都牵扯进了一点灰色收入，都不光明正大了，都变得不资本主义了。变了？变得？有一大群越南人来我们这儿工作，现在他们下岗了，所以只能往黑市跑。"

戴安娜有着甜美的口音，而且说话时面部表情比较夸张。她的重音落在了奇怪的词上，例如黑市、那种经济。她的肢体动作能跟得上她的语速，与此同时进行着两个层面的会话，一个是她的主话题，另外一个则是不断地修正和道歉。

"现在政府又想让农民自己单干了，但是近些年来，人们一直都从乡村涌向城市，在城市的工厂里工作。现在，工厂已经无利可图了，但他们也不愿意回乡村，因为农活太辛苦，而且也没有电影院、咖啡馆，啥都没有，保加利亚人都比较懒散。”

她说话的时候手指会动。我曾经在书里看到过，在古保加利亚人搬到巴尔干半岛之前，有一种奇怪的做法：他们会把有智慧的人当众绞死。“我告诉你，”我跟戴安娜说，“你要小心点。”

她微笑着回答道：“我没有智慧，我很愚蠢。一定是这样的，因为聪明人才不会待在保加利亚。”

几个小时之后，我们道别了，她说：“在旧扎戈拉①(Stara Zagora)，你们和我待在一起吧！”

我们那一整天都在翻越旧扎戈拉两条山脉之间的山谷。戴安娜接待了我们，也带我们见了她的朋友，她们准备前往索菲亚学习外交学、统计学和法律，准备把保加利亚的现状改善一番，看到她们就使人心生希望。但是，我们想要赶快出发，于是没有久留，我们想一路向前，像即将冲到终点的短跑选手那样冲刺一把。到了斯灵格勒村(Szilengrad)之后，是一连串的廉价酒店、肮脏破旧的吉卜赛村庄和一片无法想象的干涸土地。

在边境附近，我们在一家破旧的汽车旅馆里要了一间房，有人在跟女接待员争吵什么，很明显，她听不懂——我吃惊地发现那人喊的竟然是波兰语。还有一个戴着眼罩的男人，一直直勾勾地盯着我们看，然后回了他自己的房间，关上了门，我们觉得自己像任人宰割的羔羊般掉进了欧洲最底部的角落。路边，吉卜赛人摆着一个个小摊，卖着那些最不值钱的东西：电动钥匙环、一次性小灯、保加利亚国旗、劣质玩具、中国的剃须刀、盗版光碟、盒装纸巾，还有护手霜——一些最没用的小物件，也用不久的，才会拿出来卖。

一些罗马尼亚人坐在草地上，享用着简朴的野餐。一条丧家犬在

① 保加利亚中南部城市，为经济中心之一。——译注

汽车旅馆附近游荡，瘦得露出了肋骨。第二天早上，我们伴着朝阳启程，那时，贫穷和破败的景象还笼罩在黑暗里，路面上的石块后面拉着一道长长的影子。大约一个小时之后，从果园上升起的浓雾就随着渐渐嘈杂的交通消散了。

上午，跨过第一重山之后，似乎就能瞥见希腊了，向前望能看到土耳其，我们禁不住这个诱惑，于是决定爬上山看个清楚。

路边停着一辆土耳其牌照的卡车。司机正摆弄着一条胶套粗电线，想要把一端连到电池的电极上。他身旁丢着一条烧坏了的电线。不知道怎么的，他拆出了一条备用线，但是太短了。他很严肃地向我们解释了一番，想让我们用一个钳子夹住一端，他来努力把另一头牵到电极上。最后，我们成功地把电线拧了上去，接通了电。司机明白他欠了我们一个人情，所以他提出载我们一段。

要是一般的好意，两三句话就能拒绝，且不会伤人，特别是解释了原因之后。但是，我们不会讲土耳其语；而且，很明显这并非一般的好意：我们对他伸出了援手，所以他必须得还我们人情，真是太悲哀了。我们脸也抹了，笑也笑了，大腿也拍了，跟他指边境线，甚至还用一堆语言说了“好，好”，但是司机的脸还是阴沉了下来，仿佛我们拒绝了他的好意，不拿他的热情当回事，鄙视他显示出来的友好，甚至不相信他的话似的。我们仅仅是助人为乐，现在被帮助的人却生气了。在事态进一步恶化之前，我们二话没说就爬上了车，司机显然觉得我们反应过于夸张了，但是他着实松了一口气。

20分钟之后我们就到达了边境。边境站里的保加利亚女人不愿意帮我们把列弗[①](leva)换成硬通货，我也不愿意再跟她纠缠，差不多才5美元，但是凯特突然发脾气了。我把硬币放到了窗台上，往里推了一把，那个女人又推了回来，凯特怒气冲冲地又推向她。那个女人屈服了，无奈地摇了摇头，从抽屉里数出了8美元——我们甚至都没期待从

---

① 保加利亚硬币。——译注

她那里换得美元。

“签证呢?”土耳其守卫问道。

我的胃像是一下子打了个节:我从来没想过要申请一张土耳其签证。

“每人5英镑,”他说。我以为是美元,所以询问美元的汇率。

“不是美元,”他说,“是英镑。”

“英国护照,每人5英镑。”

我没想到他是来真的。在过去几个月中,我们一直都待在被官僚主义压迫得无法呼吸的国家里,这条土耳其的规定却是把我们压迫得最狠的一次。谁能想到,离开本国长达6个月的两名旅人身上还能找到5英镑的钞票吗?

“请收下美元吧。”

“不,不,你必须去银行换。”

我过了一会儿才意识到——他用笔指着我背后的银行——我回头看了一圈,不是一家,而是一排。

“哦,好的,请问需要什么帮助?”

“这边可以用土耳其里拉换钱吗?”

“换到美元吗?先生。”

“换英镑。”

“德国马克可以吗?”

“要不然来杯冷饮吧,土耳其咖啡可以吗?”

“我们的汇率很有优势,你看吧,你可以带几份这种地图,你是游客吧?你去著名景点有这些票能够有优惠。10英镑,当然。从美元换过来……”

土耳其?资本主义?这几乎荒谬得如胡子女人、尼亚加拉大瀑布和戴帽子的兔子融合成了一体。好几个微笑友好的脸、一堆小礼物,明显这就是个陷阱,可是目的何在呢?

让你犹豫不决就是目的。几个月以来,遇到了银行我们就去换钱,遇到了酒店我们就入住，遇到了商店、餐馆或者酒吧我们就会补充体力。但是当我们准备跨入土耳其国界时，当我们准备踏上前往埃迪尔内的大路时，困住我们的不是面前一座座宣礼塔，也不是陌生的语言，而是让我们措手不及的“犹豫和优柔”。

这里什么东西都很充足，交通也繁杂拥堵，必须得看准个时刻才能过马路，酒店也是成千上万，几乎每家区别都不大。一条拥挤街道上所售卖的商品比我们在保加利亚全国见到的都要多，我们应该去哪儿吃饭呢？我们看着拥挤的人群，麻木地羡慕着他们能够果断做出决定，羡慕他们能计算和判断，按照自己的想法来安排事情，也能够坚定地选定一家酒店。但是选酒店的确太耗人心力了，你永远也不知道下一家会不会更好，或者更便宜，再或者稍微贵一点但是物超所值。事实上。除了身体的极度劳累，我们似乎没有其他理由不接着往下看看。

最后我们选了一家通风较好的酒店，分到了其中一间房，酒店主人整夜都待在院子里冲洗他的马，和一位老朋友喝着咖啡。

在我们下方的土山山顶上，围着一圈淡蓝色的光圈。有人在沙滩旁的饭店里跳兰巴达舞（Lambada）[①]。我们停下了脚步，在宣礼塔的阴影处休息，宣礼员已经开始喊叫了。一个胖子滚动了一下，俯趴着；过了一会儿，我还以为他准备祈祷，但是祈祷只会打扰到他——他枕在自己的胳膊上睡着了。

我们躺在地上，向天空望去，依旧是沉默不语。远处宣礼塔纤细的轮廓刚好滑过天空，塔尖处飞过了一大群鸟——我之前从来没有注意到它们。

早上，我们从酒店出发，又到了那片海滩。鸟儿们还在那里：成千上万地，鸟朝我们飞过来。

从远处几乎无法看到城墙。视野被成排的水泥度假村建筑挡住了，其中混杂着卡车、吊臂，以及排气管里滚涌出来的浓烟。这周围，像

---

① 巴西性感热舞。——译注

是一间巨大的监狱。

我俩并肩坐在沙滩上，沮丧，且与周围格格不入。一阵刺鼻的废气飘来，盐、美黑霜散落在沙滩上。从一堵脚手架后面传出了一阵钻磨的声音，沙滩上，一个又一个的小波浪堆出了一堆棕色的泡沫。

我们向后躺了过去。那些鸟是什么？海鸥吗？但这些海鸥会在水面上盘旋、俯冲，它们在高声鸣叫，天上的鸟儿都飞往同一个方向，成千上万，它们优雅地挥舞着翅膀，比我们想象中飞得要高，体型要大。他们拍打着巨大的翅膀从我们头顶飞过，紧接着又有更多鸟从西边飞来，填满了整个天空。鸟群沿着海岸安安静静地、紧紧密密地飞去。

我突然坐了起来，鹳鸟！成千上万只鹳鸟从我们背后飞来，沿着马尔马拉海岸向东飞去。这是波兰的鹳鸟，就是某天早晨我们在一个乡村钟楼里看到的鹳鸟；就是我们在比阿拉戈拉（Biala Gora）见到的那沿河而上的、挥舞着巨大翅膀的那一对儿；当我们离开里昂·利斯家时，它们可能正在我们头顶上方的某处。还有那把头转向后背、敲击鸟喙的鹳鸟——在哪儿来着？在埃格尔外吧！还有，当我们下山前往茨希克什哲烈达时，那填满了山谷的鹳鸟——当然，它们从我们头顶掠过，在天空的某个高高的角落，往索菲亚滑翔（后来，我们又相遇了，它们正停留在索菲亚的屋顶上）。

最后，我们站了起来，跺了跺脚上的沙子，走进了伊斯坦布尔。